Kira Licht

Wir sind die Ewigkeit – Dusk & Dawn 2

Weitere Titel der Autorin:

Gold & Schatten – Das erste Buch der Götter
Staub & Flammen – Das zweite Buch der Götter

Kaleidra – Wer das Dunkel ruft
Kaleidra – Wer die Seele berührt
Kaleidra – Wer die Liebe entfesselt

Ich bin dein Schicksal – Dusk & Dawn 1

Über die Autorin:

Kira Licht ist in Japan und Deutschland aufgewachsen. In Japan besuchte sie eine internationale Schule, überlebte ein Erdbeben und machte ein deutsches Abitur. Danach studierte sie Biologie und Humanmedizin. Sie lebt, liebt und schreibt in Bochum, reist aber gerne um die Welt und besucht Freunde. Für News zu Büchern, Gewinnspielen und Leserunden folgen Sie der Autorin auf Instagram (*@kiralicht*) und Facebook.

KIRA LICHT

Wir sind die Ewigkeit

DUSK & DAWN

2

one

Dieser Titel ist auch als Hörbuch und E-Book erschienen

Die Bastei Lübbe AG verfolgt eine nachhaltige Buchproduktion. Wir verwenden Papiere aus nachhaltiger Forstwirtschaft und verzichten darauf, Bücher einzeln in Folie zu verpacken. Wir stellen unsere Bücher in Deutschland und Europa (EU) her und arbeiten mit den Druckereien kontinuierlich an einer positiven Ökobilanz.

MIX
Papier | Fördert gute Waldnutzung
FSC® C014496

Originalausgabe

Dieses Werk wurde vermittelt durch die Michael Meller Literary Agency GmbH, München

Textredaktion: Annika Grave
Umschlaggestaltung: Sandra Taufer, München unter Verwendung von Motiven von © Nadezhda Shuparskaia / shutterstock; Rudchenko Liliia / shutterstock; Boonchuay1970 / shutterstock; CG_dmitriy / shutterstock; dvtchk / Creativemarket; HS_PHOTOGRAPHY / shutterstock
Satz: 3w+p GmbH, Rimpar
Gesetzt aus der Adobe Caslon Pro
Druck und Einband: GGP Media GmbH, Pößneck

Printed in Germany
ISBN 978-3-8466-0164-8

5 4 3 2 1

Sie finden uns im Internet unter: one-verlag.de
Bitte beachten Sie auch luebbe.de

Kapitel 1

»Tempo, Porter! Da ist ja meine Großmutter mit ihrem Rollator schneller!« Die Stimme unserer Sportlehrerin Ms Watanabe übertönte sogar das aufkommende Gelächter. »Ruhe dahinten, Hernandez und Baker, oder ihr dreht ein paar Extrarunden!«

Mein Schnaufen hallte in der darauffolgenden Stille überlaut in der Turnhalle wider. Ich war nicht nur schweißgebadet und sah bereits Sternchen, meine Beine wurden mit jedem Schritt schwerer. Und das hier war nur das Aufwärmen. Gleich würden wir in zwei Teams eingeteilt und sollten Fußball gegeneinander spielen.

Rhonda, gut drei Meter vor mir, drehte sich kurz zu mir um

und wurde bei meinem Anblick langsamer. Doch Miss Watanabe schrie sie an, kaum dass sie es bemerkte.

»Was ist denn los, Erin?« Unsere Sportlehrerin joggte zu mir. »Deine Magenverstimmung ist zwei Wochen her. Geht es dir immer noch so schlecht?«

Jedes Mal, wenn irgendjemand das Thema auch nur ansatzweise auf diesen denkwürdigen Abend lenkte, kämpfte ich mit den Tränen. Es war jetzt zweieinhalb Wochen her, dass Cal mich am Abend des Herbstballs verschenkt hatte. Verschenkt! Pausenlos dachte ich darüber nach, und dennoch hatte ich es immer noch nicht begriffen. Er hatte mich überredet, ihn nach dem Herbstball meiner Schule zum Kartell der Fawn zu begleiten, weil er zu einem ihrer legendären Feste eingeladen war. Doch statt dort zu recherchieren, ob es stimmte, dass die Fawn etwas mit den Verbrechen der Zahnfeen zu tun hatten, hatte ich dort erfahren müssen, dass er mit meiner Bekannten Melissa verlobt war und ich das Hochzeitsgeschenk sein sollte.

Cal hatte mich die ganze Zeit belogen, mir etwas vorgespielt und mir zum zweiten Mal das Herz gebrochen. Ich blinzelte, um die Tränen in meinen Augen zu vertreiben.

Erst dann bemerkte ich, dass Ms Watanabe mich immer noch musterte. »Es geht schon«, presste ich hervor.

Ich spürte erneut ihren prüfenden Blick auf mir und wandte automatisch den Kopf etwas zur Seite. Hoffentlich war unser Gespräch mit meiner knappen Antwort beendet. Schließlich konnte ich ihr nicht erzählen, dass ich kaum noch schlief. Dass ich jede Nacht mit der Angst kämpfte, dass Cal oder Melissa zurückkommen würden, um mich ins Reich der Fawn zu verschleppen. Bei dem Gedanken daran, auf welch skrupellose Weise die beiden mich vorgeführt hatten, musste ich erneut hart schlucken. Meine Beine wollten mir nicht mehr gehorchen, und ich wurde immer langsamer. Rhonda sah sich erneut zu mir um und erkannte wohl die aufsteigenden Tränen in meinen Augen, denn sie blieb abrupt stehen.

Dieses Mal brüllte Ms Watanabe Rhonda nicht an. Stattdessen seufzte sie und winkte meine Freundin zu uns. »Setz dich mit Erin mal einen Moment auf die Bank, ja?« Dann sah sie zu mir. »Hast du etwas zu trinken dabei?« Ich nickte schnell, immer noch verzweifelt versucht, meine Augen nicht überlaufen zu lassen.

Ms Watanabe hatte die Hände in die Hüften gestemmt und runzelte die Stirn. »Du bist ganz blass, und du zitterst. Vielleicht solltest du mal bei einem Arzt vorbeischauen. Es scheint ja doch etwas Ernsteres zu sein.«

Ich nickte wieder. »Mache ich. Danke.«

Rhonda legte einen Arm um mich und führte mich über die Seitenlinie in Richtung einer der schmalen Holzbänke, die an den Wänden der Turnhalle aufgereiht waren.

»So geht das nicht weiter«, flüsterte sie mir im Gehen zu, während hinter uns Ms Watanabes schrille Trillerpfeife erklang. »Du stehst kurz vor einem Zusammenbruch. Wann hast du das letzte Mal mehr als zwei Stunden am Stück geschlafen?«

Ich zuckte mit den Schultern.

»Du hast doch deine drei Gamma«, flüsterte sie weiter. »Pünktchen, Herald und Otiz. Du hast mir selbst erzählt, dass sie die besten Alarmanlagen sind. Sie würden es doch merken, wenn sich ein Unbefugter deinem Zimmer nähert.«

Ich hatte schon ein paarmal versucht, meinen Freunden zu erklären, warum ich einfach keine Ruhe fand. Dass ich nicht im Schlaf überrascht werden wollte, dass ich vorbereitet sein wollte, dass ich meinem Angreifer in die Augen sehen und mich ihm stellen wollte, ohne schlaftrunken aus den Kissen hochzufahren. Und dass mein Kopf einfach nicht still sein wollte, wenn es dunkel wurde. Und dass dann alles erst recht wieder hochkam und die Erinnerungen mich verfolgten und quälten.

»Komm, setz dich.«

Meine Knie zitterten, als ich auf der Bank Platz nahm. Schnell legte ich meine Hände darüber, doch Rhonda bemerkte es. »Wir brauchen eine Lösung, und zwar so schnell wie möglich.« Sie beugte sich zu mir. »Wir alle machen uns große Sorgen um dich.«

Eine einzelne Träne lief meine Wange hinab. Ich war wie erstarrt. Schon wieder jagten Erinnerungsfetzen vor meinem inneren Auge entlang. *Der Moment, in dem Melissa durch den Vorhang aus Blüten getreten war. Cals kalter Blick, mit dem er mich gemustert hatte. Meine Flucht in den verbotenen Wald, Drystan, der Hauptmann der Leibgarde, der mich verfolgt und dann gestellt hatte. Mein Schlag, der ihn außer Gefecht gesetzt hatte und die Odyssee, die darauf folgte. Die Angst, die Schmerzen, die Verzweiflung, bis Nyncis, Cals Reittier, mich gefunden und in meine Welt zurückgebracht hatte.* Und hier war der Albtraum seitdem weitergegangen. Denn ich ahnte, nein, ich wusste, sie würden mich nicht aufgeben. Sie würden …

»Erin?«

Ich zuckte zusammen. »Hm?«

»Dein Wasser.« Rhonda hielt mir meine Flasche hin. Ich hatte nicht mal bemerkt, dass sie sie geholt hatte.

»Danke.« Ich nahm ein paar Schlucke.

Es schmeckte schal und abgestanden. Ich schüttelte mich innerlich, doch ich schaffte es, die Flasche wieder zuzudrehen und Rhonda ein Lächeln zu schenken.

Ihr Blick war immer noch ernst. »Möchtest du noch mal ein paar Nächte bei mir übernachten?«

»Das ist total lieb. Aber ich weiß nicht mehr, was ich Grandma erzählen soll.« Ich hatte das Wochenende nach dem Herbstball bei Rhonda verbracht. Zu groß war meine Angst gewesen, dass Cal bei mir auftauchen würde. In der darauffolgenden Woche hatte ich erneut zwei Tage bei Rhonda übernachtet. Doch dann hatte Grandma das Gespräch mit mir gesucht, und mich eindringlich gebeten, ihr zu erzählen, was passiert war. Meine Kratzer und Wunden waren notdürftig versorgt worden, dennoch konnte ich sie nicht komplett verbergen. Und Grandma war vom Fach. Ihr konnte ich nicht erzählen, dass ich eine Treppe heruntergefallen war.

Ich hatte irgendein dummes Zeug von einer Nachtwanderung erzählt. Eine verrückte Idee von Mitschülern auf einer Party. Hätte Grandma die Geschichte auch nur ansatzweise hinterfragt, wäre mir das Kartenhaus aus Lügen über dem Kopf zusammengebrochen. Doch entweder hatte sie mir wirklich geglaubt, oder sie schien zu spüren, dass es Dinge gab, über die ich mit ihr einfach nicht reden wollte. Also hatte sie es dabei belassen – vorerst zumindest. Diese Woche waren ihre Fragen allerdings bohrender geworden. Ich hatte es auf den Druck der Abschlussklausuren geschoben. Das Schuljahr war fast vorbei, und eigentlich sollte mich der Prüfungsstress komplett vereinnahmen. Eine Klausur hatte ich bereits erfolgreich verhauen. Da ich eine gute Schülerin war, war ich von unserem Chemielehrer zu einem Gespräch gebeten und dazu befragt worden. Er wollte wissen, wie ich eine so miese Leistung hatte abliefern können. Ich schob es auf einen Magen-Darm-Infekt, der mich fest in den Klauen hatte. Das war die Lüge, die im Moment für alles herhalten musste. Aber sie brachte mir zumindest einen

Nachschreibtermin ein. Bedachte man jedoch, wie es um das Schicksal der Welt stand, war es gut möglich, dass mir dieser Termin total egal sein konnte. Irgendjemand wollte vermutlich die monströs-großen Omega erwachen lassen, um unsere Welt dem Erdboden gleichzumachen. Es waren uralte, böse Kreaturen, die nichts als Zerstörung kannten. Sollte es demjenigen, der den Weltuntergang plante, tatsächlich gelingen, dass alle Menschen plötzlich wieder die Fähigkeit bekamen, die Noctua zu sehen, würden nicht nur neue Omega entstehen, die alten würden aufwachen. Der Untergang unserer Welt wäre nicht mehr aufzuhalten.

»Vielleicht können wir …«, riss mich Rhonda aus meinen Gedanken, da erklang erneut Ms Watanabes Stimme.

»Rhonda, zurück aufs Feld, Erin kommt jetzt allein klar.«

*

Nach dem Sport trödelte ich herum. Rhonda und Jinjin warteten draußen an den Tribünen des Sportplatzes auf mich, weil es in den Umkleiden nach dem Duschen immer so stickig war. Über zwei Wochen mit kaum Schlaf machten sich erneut mit aller Macht bemerkbar. Gerade verließen die letzten zwei Mitschülerinnen den Umkleideraum, und ich winkte kurz zurück, als sie mir einen Gruß zuriefen. Sogar den Arm zu heben, fiel mir schwer.

Ich seufzte und warf meine Sportschuhe in den Spind. Mein Blick fiel auf den Hoodie, der ordentlich gestapelt in der oberen Ablage lag. Ich hatte ihn getragen, als ich mit Cal in Obskuris gewesen war. Durch mein Herz jagte ein so heftiger Stich, dass ich mich krümmte.

Ich hasse dich, Cal. Ich hasse dich aus dem tiefsten Abgrund meiner Seele. Und ich werde dir niemals verzeihen.

Ich knallte die Tür zu.

Zuerst war da nur etwas, das ich aus dem Augenwinkel wahrnahm, ein Schatten, der rechts von mir aufragte. Alarmiert schwang ich herum – und blickte in ein mir bekanntes Gesicht.

»Hallo, Erin.«

Kapitel 2

Melissa. Oder besser gesagt: Melissa Naira Stratford, Königstochter der Fawn und verlobt mit Callahan Kymragh, Sohn des Anführers der Onyx. Der Schock jagte wie ein eisiger Blitz durch meinen Körper. Ich machte den Mund auf, doch kein Wort kam heraus.

Melissa, die meine Reaktion wohl richtig gedeutet hatte, hob beide Hände in einer beschwichtigenden Geste. »Ich möchte nur reden.«

»Ja klar. Ich glaube dir kein Wort«, zischte ich. Noch immer raste mein Herz. Wie automatisch glitt mein Blick zur Tür. Natürlich rechnete ich damit, dass sie mit Verstärkung gekommen war. Sie würde mich zurück ins Reich der Fawn verschleppen, dessen war ich mir ganz sicher.

»Ich kann nicht lügen.« Melissa sah mich eindringlich an. »Schon vergessen? Wir Fawn können nicht lügen.«

»Oh bitte«, erwiderte ich sarkastisch. Ich wich erneut zwei Schritte zurück, weil die Panik in mir nicht zu bändigen war. »Gib dir keine Mühe, mir noch mehr Märchen zu erzählen. Keine Ahnung, was du bist, aber du bist keine von ihnen. Du bist auf der Erde geboren worden, du bist hier zur Schule gegangen, ich habe mir deinen Lebenslauf im Internet durchgelesen. Du hast sogar Babyfotos von dir auf Instagram veröffentlicht, die eindeutig beweisen, dass du hier auf der Erde aufgewachsen bist.« Nochmals schüttelte ich abwehrend den Kopf. »Also erzähl mir nichts.«

Melissa hielt mit mir Schritt, was in meinem Kopf alle Alarmglocken noch lauter schrillen ließ. Ich musste mir erneut ins Gedächtnis rufen, wie geschickt sie alles geplant hatte. Wie skrupellos sie mich benutzt hatten, sie *und* Cal. Melissa mochte in ihrer hübschen dunkelblauen Stoffhose und dem adrett gebügelten Oberteil vielleicht aussehen wie die Unschuld in Person, aber sie war gefährlich. Ich wusste nicht, wer sie war, ich wusste nicht, was sie war, und ich hatte ihre wahren Pläne noch immer nicht durchschaut.

Bei jedem Schritt, den sie auf mich zukam, machte ich einen weiteren zurück. »Bleib, wo du bist«, stieß ich hervor. »Ich werde so laut schreien, dass die ganze Schule es hört. In genau einer Minute sind wir nicht mehr allein.«

»Du weißt, dass ich für die Menschen unsichtbar bin, es sei denn, ich will gesehen werden?« Sie klang nicht besonders beeindruckt.

»Und du weißt, dass du mich nicht mehr entführen kannst, sobald ich von meinen Mitschülern umgeben bin«, erwiderte ich und war selbst überrascht, wie kalt meine Stimme plötzlich klang.

An Melissas Wange zuckte ein Muskel. »Lass uns einfach reden. Es gibt so viel zu klären.«

»Ich will nicht mit dir reden.« Mein Rücken stieß an die Wand, die die Duschen von den Umkleideräumen trennte. »Ich will, dass du, nein, dass *ihr* mich in Ruhe lasst, und zwar für immer. Für den Rest meines Lebens.« Meine Stimme hatte zu zittern begonnen, als meine Gedanken zu Cal gewandert waren. »Ich will keinen von euch je wiedersehen!« Jetzt war meine Stimme laut und schmerzerfüllt.

Etwas in Melissas Gesicht ließ ihre Maske aus Höflichkeit und aufgesetzter Freundlichkeit verrutschen. Sie runzelte die Stirn, als habe sie mein Schmerz tatsächlich erreicht. Fast, als habe er etwas in ihr ausgelöst.

Nochmals machte sie einen Schritt auf mich zu, und ich wich an der Wand entlang tiefer in die Umkleide. »Fass mich nicht an«, würgte ich hervor. »Ich warne dich. Ich schreie um mein Leben.«

»Ich werde dir nichts tun.« Melissa blieb nicht stehen. »Erin, bitte sei vernünftig. Wir müssen mit dir reden. Wir brauchen dich.«

An diesem Punkt kapitulierte mein rationaler Menschenverstand. »Ihr braucht mich?«, schrie ich, und es war mir egal, ob mich irgendjemand hörte. »Ihr *braucht* mich? Nach all dem, was ihr mir angetan habt? Seid ihr alle verrückt? Ist das hier real, oder habe ich Halluzinationen?« Ich fasste mir ins Gesicht und betastete meine Wangen. Erst da fiel mir auf, dass ich erneut zu weinen begonnen hatte. »Das kann nicht echt sein …«

»Du bist ja völlig durcheinander.« Wieder runzelte Melissa die Brauen. »Und wieso glaubst du, dass du Wahnvorstellungen hast? So etwas tritt doch normalerweise nur nach massivem Schlafentzug auf und …« Sie hielt inne und musterte mich erneut. »Mein Gott«, sagte sie dann leise. »Es ist noch viel schlimmer, als wir angenommen hatten.« Wieder machte sie einen Schritt auf mich zu. »Bitte lass mich dir helfen.«

Sie streckte ihren Arm nach mir aus, doch ich schrie auf und rannte los. Im hinteren Teil der Umkleiden gab es keinen Ausgang. Ich jagte durch die Gänge, die von Spinden gesäumt wurden. Hier gab es nur ganz schmale Fenster nahe der Decke, die ebenfalls keine Fluchtmöglichkeit boten. Dann fiel mir etwas ein. An den Raum mit den Duschen grenzte ein kleiner Wartungsraum! Hier befanden sich der Boiler und die Heizungsanlage der Schule. Dort gab es ein größeres Fenster, und dahinter lag der Schulhof. Und gelegentlich vergaß der Hausmeister, diesen Raum abzuschließen. Es war meine einzige Chance. Ich jagte in die Duschen hinein und dann weiter zu dem Raum. Melissa war mir dicht auf den Fersen.

»Erin«, rief sie. »Du kannst nicht entkommen. Bleib einfach stehen. Was soll diese alberne Nummer? Du siehst aus, als würdest du gleich umfallen. Schone deine Kräfte und höre mir einfach zu.«

Ich antwortete nicht, stattdessen riss ich panisch an der Klinke des Heizungsraums. Nichts. Die Tür bewegte sich keinen Millimeter. Sie war abgeschlossen.

Die Erkenntnis brach mit aller Macht über mich hinein. Ich saß in der Falle. Hastig presste ich mich mit dem Rücken gegen die Tür, um meiner Feindin ins Auge zu blicken. Melissa kam langsam auf mich zu, und wieder machte sie mit der linken Hand diese beruhigende Geste, als wäre ich ein Pferd, das wütend die Nüstern blähte. Irgendetwas daran machte mich noch wütender, als ich sowieso schon war.

»Komm mir nicht zu nah«, flüsterte ich. Dann endlich fiel mir mein Messer ein. Seit den Geschehnissen bei den Fawn trug ich es immer bei mir. Ich fühlte mich sicherer damit. Und einmal hatte es mir bereits das Leben gerettet, als ich von den zwei Furcht einflößenden Beta angegriffen worden war. Vielleicht würde es mich heute erneut aus einer brenzligen Situation befreien. Ich zog es hervor, und die Klinge des Klappmessers zeigte direkt auf Melissa.

»Erin, bitte.« Melissa klang eher vorwurfsvoll als eingeschüchtert. Als würde sie ein bockiges Kind tadeln.

»Ich weiß, wie man es benutzt«, wisperte ich. »Ich habe gegen zwei Beta gekämpft und gewonnen.«

»Ich hörte davon«, sagte sie beiläufig und kam weiter auf mich zu. »Aber ein Beta ist kein Alpha. Und ich bin eine Alpha.«

Dann hob sie ihre rechte Hand. Sie war zur Faust geballt, und als sie die Finger öffnete, sah ich etwas Glitzerndes auf ihrer Handfläche. Ich wollte mich noch ducken, doch da war es schon zu spät. Melissa pustete mir den schillernden Staub mitten ins Gesicht.

Das Letzte, was ich wahrnahm, war ein süßlicher Geruch nach Honig und Blumen. Im nächsten Moment wurde alles schwarz.

*

Ein leises Fiepen drängte sich in mein Bewusstsein.

Ich blinzelte, doch meine Augenlider fühlten sich immer noch unnatürlich schwer an. Vorsichtig bewegte ich den Mund, doch irgendwie war alles taub. Etwas Warmes, Pelziges drückte sich eng an meine Seite. Doch selbst die Hand zu heben, fiel mir schwer. Ich wollte instinktiv zurückweichen, doch mein Körper gehorchte mir noch nicht richtig. Ich spürte, wie mein Herzschlag sich beschleunigte und wie mit jedem weiteren Hämmern meines Pulses meine Gedanken klarer wurden. Meine Gefühle kehrten zurück, und mit ihnen die Erinnerungen.

Ich war in der Umkleide der Schule gewesen. Dann war Melissa aufgetaucht, und ich hatte versucht, vor ihr zu fliehen. Doch dann hatte sie … Ich erinnerte mich an den Staub, den sie mir ins Gesicht geblasen hatte. Melissa musste mich betäubt haben.

Wo hatte sie mich hingebracht? Befand ich mich bereits wieder in Obskuris? Würde ich für immer im Kartell der Fawn in Gefangenschaft leben müssen?

Ich stöhnte auf und rieb mir mit einer Hand vorsichtig über die Augen. Als ich jetzt erneut die Lider hob, war meine Sicht klar. Über mir ragte eine weiße Decke auf. Ich bewegte mich vorsichtig und blickte zur Seite.

Ich lag auf meinem eigenen Bett.

»Endlich bist du wach.« Melissas Stimme erklang aus der anderen Richtung. Ich drehte den Kopf zu ihr. Sie saß auf meinem Schreibtischstuhl und lächelte entschuldigend. »Tut mir leid, ich habe wohl im Eifer des Gefechts nach etwas zu viel Feenstaub gegriffen. So lange solltest du eigentlich gar nicht schlafen. Ich hatte berechnet, dass du pünktlich zur Ankunft hier wieder aufwachst. Jetzt hast du noch eine halbe Stunde länger geschlafen, tut mir leid.«

Abrupt richtete ich mich auf. Pünktchen, meine kleine Gamma, die wohl halb auf mir gelegen hatte, rutschte von mir herunter und drängte sich sofort wieder ängstlich an mich. »Du hast mich betäubt. Wie kannst du es wagen?« Obwohl mir immer noch etwas schwindelig war, kochte Wut in mir hoch. Erst dann entdeckte ich Herald und Otiz, die sich auf der anderen Seite des Bettes hinter mich gedrängt hatten. Sie schienen eindeutig Angst vor Melissa zu haben.

»Ich wollte in Ruhe mit dir reden.« Melissa erhob sich von dem Schreibtischstuhl und wollte auf mich zukommen.

»Bleib, wo du bist«, zischte ich und rieb mir erneut hektisch über die Augen. »Komm ja nicht näher.« Wo war mein Messer? Wie konnte ich mich wehren?

Zu meiner Überraschung ließ Melissa sich zurück in den Schreibtischstuhl sinken.

Ich sah mich erneut hastig im Zimmer um. »Wo ist er? Du bist doch garantiert nicht allein gekommen.«

»Meinst du Cal?« Melissa legte den Kopf schief, als könne sie kein Wässerchen trüben.

»Natürlich meine ich Cal«, erwiderte ich scharf. »Wo ist er?«

»Er ist nicht hier. Können wir uns unterhalten?«

»Ich will nicht mit dir reden. Verschwinde.«

Melissa erhob sich und kam auf das Bett zu. »Lass uns reden wie vernünftige Menschen.«

»Du bist kein Mensch!« Meine Stimme überschlug sich. Otiz und Herald verschwanden mit lautem Fiepen unter dem Bett. Pünktchen fauchte, und ihre Nackenhaare stellten sich auf. Sie war eindeutig die mutigste des Trios, denn im nächsten Moment sprang sie Melissa entgegen.

Die wedelte nur mit der Hand, und Pünktchens Flugbahn änderte sich abrupt. Sie knallte gegen meinen Schrank und kam dann unsanft auf dem Boden auf, wo sie sich benommen aufrappelte. Ich wollte nachsehen, ob es ihr gut ging, doch meine Angst vor Melissa war größer.

»Jetzt sei vernünftig«, sagte Melissa leise zu mir, und ihre Stimme klang kühl und beherrscht.

Doch genau das war es, was sie so bedrohlich machte. Ich musste hier weg. Doch wie? Melissa war zu nah an der Tür, diese würde ich nicht erreichen, ohne dass sie sich mir in den Weg stellen würde. Dann kam mir ein Gedanke. Ich sprang auf der anderen Seite aus dem Bett und rannte dann direkt zum Fenster. Ich riss es auf und schwang im nächsten Moment ein Bein über die Fensterbank. Ich wollte vom Vordach, das die umlaufende Veranda überdachte, hinabrutschen und von dort aus in den Garten springen.

Hinter mir schnalzte Melissa mit der Zunge.

Die Dachschindeln des Vordachs erhoben sich in zwei geschmeidigen Wellen.

Ich schrie auf und wich zurück. Wie hatte Melissa das gemacht?

Ich riss das Bein zurück über die Fensterbank.

Im nächsten Moment jagte ein Muster über die beiden Wellen, als würde jemand die Pixel eines Fotos hin und her schieben. Dann erhob sich ein riesengroßer Schmetterling vor meinen Augen. Dank des Halfters und des Sattels identifizierte ich ihn in dem Bruchteil von Sekunden als ein Reittier der Alpha.

Der Schmetterling neigte seinen Kopf mit den großen Facettenaugen, als wolle er mich grüßen. Im nächsten Moment hatten seine Flügel und sein Körper nicht mehr das Muster der Dachschindeln, sondern ein strahlendes Blau.

»Das ist Dante. Er ist ein Chamäleon-Blaufalter«, erklang Melissas Stimme hinter mir. »Eins der seltensten Reittiere der Alpha.«

Und vermutlich gerade exklusiv genug für eine Prinzessin.

»Er kann sich jeder Farbe und Struktur anpassen«, erklärte sie weiter. »Selbst andere Alpha können seine Tarnung nicht durchschauen.«

Und er hatte mich erfolgreich daran gehindert, aus dem Fenster zu fliehen. Ich schwang zu Melissa herum. »Tolle Show.« Pünktchen hüpfte auf meinen Arm, und ich zog sie an mich. Ich strich ihr beruhigend übers Fell, während ich immer noch fieberhaft über eine Fluchtmöglichkeit nachdachte.

Melissas Blick fiel auf die kleine Gamma. »Ich wollte ihm nicht wehtun, tut mir leid.«

Pünktchen hob den Kopf und fauchte sie zum Dank an.

»Er ist eine *Sie,* und sie heißt Pünktchen«, erwiderte ich kühl.

»Tut mir leid«, sagte Melissa erneut und sah die kleine Gamma direkt an. »Du wolltest mich beißen, und ich musste mich wehren.«

»Erin issst meine Freundin«, zischte Pünktchen.

Melissa nickte, als wäre ihr das Erklärung genug. Dann sah sie mich an. »Das alles, die Sache mit der Verlobung, dich zu täuschen, es war meine Idee. Ich habe Cal in einem unserer Video-Calls im Hintergrund gesehen und sofort erkannt. Auch ich wusste von dem Krieg, der Obskuris droht, und meine Spione hatten mir bereits von dem Problem mit den Zahnfeen berichtet.« Sie schluckte und sah auf ihre Füße. »Das Schlimme ist, dass ich mir nicht sicher bin, wie meine Eltern zu alldem stehen. Hier ist eindeutig Magie im Spiel, und dafür sind wir Fawn normalerweise in der Dimension verantwortlich. Magie liegt uns im Blut, sie ist ein Teil von uns. Und ich habe meinen Vater schon oft darüber reden hören, dass er es besser finden würde, wenn die gesamte Dimension von nur einem König regiert wird.« Sie hob den Kopf und sah mich erneut an.

»Wenn mein Vater es ist, der für all das mit den Zahnfeen verantwortlich ist, dann müssen wir ihn aufhalten. Vielleicht tut er nur so, als würde er nach Verbündeten für einen friedlichen Ausgang suchen. Vielleicht will er sich zum totalitären Herrscher machen. Vielleicht nutzt er die angespannte Situation in der Dimension, um hinter dem Rücken aller anderen seinen eigenen Plan zu schmieden. Und dann müssen wir ihn unbedingt aufhalten. Ich habe zu Cal Kontakt aufgenommen, und er hat mir von deinen Fähigkeiten erzählt.« Jetzt war ihr Blick bittend. »Wir brauchen dich, denn nur du kannst ihre Halsreifen sehen. Aber wir brauchten auch einen Vorwand, mit dem du dich absolut frei im Reich der Fawn bewegen kannst. Und da du ein Mensch bist, blieb uns keine andere Wahl.« Sie rang mit den Händen. »Cal war absolut dagegen. Er wollte dir das nicht antun. Aber ich kenne meine Eltern. Ich weiß, wie gut sie andere durchschauen. Deine Reaktion musste echt sein, es war die einzige Chance, dich nicht in Gefahr zu bringen. Glaub mir, es war nicht leicht, Cal zu überzeugen. Bis zum Schluss war ich mir sicher, dass er dich heimlich eingeweiht hatte.«

Sie machte ein paar Schritte zur Seite und ließ sich dann langsam auf mein Bett sinken. Sie verschränkte die Finger miteinander, als wüsste sie nicht recht, was sie noch sagen sollte.

In mir kämpften derweil zwei Parteien um die Oberhand. Die eine war sich sicher, dass es sich erneut um einen Schwindel handelte. Melissa erzählte mir eine rührselige Geschichte, damit ich ihr freiwillig ins Reich der Fawn folgte. Die andere Partei in mir fand alles, was sie erzählt hatte, erschreckend logisch. Sogar, dass sie mich nicht eingeweiht hatten, fand ich jetzt nachvollziehbar. Ich hatte schließlich ihre Eltern kennengelernt und mehr als eine Narbe von der Begegnung mit ihnen zurückbehalten.

Jetzt war ich es, die sich auf den Schreibtischstuhl sinken ließ, während Pünktchen sich mit wachsam gespitzten Ohren auf meinem Schoß zusammenrollte. Hinter dem Bett sah ich Herald und Otiz wieder auftauchen.

»Und falls du denkst, dass wir das mit der Verlobung ernst meinen, dann kann ich dir nur sagen, dass du dich täuschst«, sprach Melissa plötzlich weiter. »Cal liebt dich, ich sehe es in dem Leuchten in seinen Augen, wenn er über dich spricht. Für ihn gibt es nur dich. Und wenn man seinen Erzählungen lauscht, dann hat es auch schon immer nur dich gegeben. Du bedeutest ihm so unendlich viel.« Ihre Miene wurde weich. »Es geht ihm wirklich mies, seit du den Kontakt so rigoros abgebrochen hast.«

Ich schnaubte. »Was hättest du denn getan? Dich bedankt? Wohl kaum. Zuerst erfahre ich, dass mein Freund sich mit einer anderen verlobt. Und dann bin *ich* auch noch das Verlobungsgeschenk? Als Nächstes lassen mich deine Eltern zum Spaß fast umbringen. Während meiner Flucht bin ich ein paarmal fast gestorben und du hast keine Ahnung, in welchem Zustand ich es zurück hierher geschafft habe. Ich schlafe kaum noch, rechne jederzeit mit einem Überfall von euch. Ich kann nicht mehr essen, ich kann mich nicht mehr konzentrieren, und hinzu kommt dieser unendlich große Schmerz, dass Cal, der mir so viel bedeutet, mich so hintergangen hat.« Ich schüttelte den Kopf, weil ich es einfach nicht fassen konnte. »Und jetzt erzählst du mir, dass *er* sich echt mies fühlt?«

»So war das nicht gemeint«, erwiderte Melissa. »Ich maße mir gar nicht an zu wissen, wie es dir mit alldem geht. Ich möchte dir einfach nur versichern, dass ich es bin, auf die du wütend sein müsstest.« Das Klingeln eines Handys unterbrach uns. Melissa griff ohne hinzusehen in eine Tasche ihrer Hose, und es verstummte. Dann sprach sie weiter, als wäre nichts gewesen. »Ich möchte das wieder in Ordnung bringen, Erin. Der Plan war, dass wir uns gemeinsam in meinem Kartell umschauen und nachforschen, und sobald wir gefunden haben, was wir brauchen, lösen Cal und ich unsere Verlobung wieder. Ich werde meinen Eltern erzählen, dass ich eine andere liebe, und ich es mir nicht vorstellen kann, für immer mit Cal zu leben, nur für eine Allianz zwischen zwei Kartellen. So trifft die Onyx keine Schuld, und ein eventuelles Bündnis von unserer Seite aus ist dann nicht gefährdet.«

»Eine andere?«, hakte ich nach.

»Ich habe eine Freundin«, erwiderte sie. »Schon seit drei Jahren.«

Ich schüttelte den Kopf. »Hast du nicht. Auf deinem Instagram-Profil findet sich keinerlei Hinweis darauf.«

Melissas Mund wurde eine gerade schmale Linie. »Das ist richtig.« Jetzt war ihre Stimme wieder kühl. »Aber das liegt nicht an mir. Olivia wollte sich noch nicht outen, und ich werde sie ganz sicher nicht zu irgendetwas drängen.« Melissa zog ihr Handy hervor und öffnete die Foto-App. Dann reichte sie es mir. »Es ist der Ordner mit dem Herzchen.«

»Olivia ist eine Noctua?«

Melissa nickte knapp. Ich nahm das Handy und tippte den Ordner an. Dort gab es Dutzende Fotos von Melissa und einer blonden Frau. Sie hatte die Augen der Fawn und war etwa in Melissas Alter. Die Bilder zeigten die zwei in unterschiedlichsten Lebenslagen, mal auf der Erde, mal in Obskuris und eindeutig sehr vertraut miteinander. Manche von ihnen waren sehr intim, andere in der Öffentlichkeit aufgenommen. Das älteste Foto war über drei Jahre alt.

Konnte ich ihr wirklich glauben? Oder war das wieder eine Täuschung?

Ich reichte Melissa das Handy zurück. »Schön, du hast eine Freundin. Aber das erklärt nicht, was ihr jetzt mit mir vorhabt. Mein Leben ist hier auf der Erde, ich mache bald meinen Abschluss, und ich habe Pläne. Cal hingegen hat mich deinen Eltern geschenkt. Und das bedeutet ja wohl, dass ich für immer im Reich der Fawn bleiben muss.«

Melissa schüttelte den Kopf. »Auch das ist mein Fehler. Ich habe meine Eltern unterschätzt. Cal und ich hatten geplant, dass du nach dieser Feier wieder hierher zurückkehrst. Cal wollte meinen Eltern erzählen, dass du noch ein paar Angelegenheiten regeln musst, bevor du dann für immer im Kartell bleibst. Ich bin davon ausgegangen, dass sie kooperieren würden. Dass es ihnen lieber wäre, du bleibst freiwillig, als dass sie dich für immer gefangen halten müssten. Aber hier habe ich sie falsch eingeschätzt. Mittlerweile konnte ich jedoch mit ihnen verhandeln.«

»Aha?« Mehr konnte ich dazu nicht sagen.

»Es ist eigentlich ganz gut gelaufen.« Sie klang nur wenig überzeugend. »Meine Eltern nehmen die ganze Sache mit dem Verlobungsgeschenk, also mit dir, die als Einzige die Noctua sehen kann und so weiter …«, sie wedelte erneut mit den Händen, »… leider sehr ernst.«

Ich rollte mit den Augen. Was kam denn nun?

Melissa räusperte sich und schien sich dann einen Ruck zu geben. »Sie lassen sich auf einen Kompromiss ein, allerdings nur unter einer Bedingung.« Sie räusperte sich erneut. Ich ahnte Böses.

»Sie stellen dir eine Art Bodyguard an die Seite, der dafür sorgt, dass dem einzigen Menschen, der uns Noctua sehen kann, nichts passiert. Dieser Bodyguard wird …«

»Nein«, unterbrach ich sie unwirsch. »Das kommt überhaupt nicht infrage. Soll hier irgendeine deiner Fawn-Wächterinnen einziehen und mich beim Schlafen beobachten? Wie gruselig ist das denn bitte? Außerdem sind wir in diesem Zimmer bereits voll ausgelastet, falls ich dich an meine drei Gamma erinnern darf. Und sie werde ich auf gar keinen Fall ausquartieren. Ist mir egal, wie du das mit deinen Eltern klärst, aber das akzeptiere ich nicht.«

Melissa wirkte noch unbehaglicher, obwohl das kaum möglich war. Meinen Einwand überging sie einfach. »Um es mal ganz präzise zu formulieren, möchten dir meine Eltern jemanden an die Seite stellen, dem sie persönlich vertrauen. Es handelt sich hierbei um ein Familienmitglied.«

»Hast du etwa noch eine Schwester, von der ich nichts weiß oder …« Dann machte es klick.

»Auf gar keinen Fall!« Meine Stimme war eine Oktave höher gewandert. Vertrauter des Königs, Familienmitglied. Ich wusste, wen sie meinte. König Thiobald von den Hügeln meinte seinen Neffen, Sohn seiner verstorbenen Schwester und mittlerweile Hauptmann der Leibgarde.

Drystan von den blauen Monden. Der Drystan, der mich mit Pfeil und Bogen fast erschossen und den ich im Wald mit einem Ast fast umgebracht hätte.

Unser Aufeinandertreffen *explosiv* zu nennen war auf lächerliche Weise untertrieben. Wir hatten uns nichts geschenkt.

»Drystan kann sich praktisch unsichtbar machen«, redete Melissa hektisch weiter. »Und er nimmt seinen Auftrag sehr ernst.«

»Glaubst du, ich habe Angst, dass er meine Grandma erschreckt? Ich weiß, dass ihr von den Menschen nicht gesehen werden könnt, es sei denn, ihr wollt es. Aber ich sehe ihn sehr wohl, wenn er in meinem Zimmer herumsteht und mich beobachtet. Kommt überhaupt nicht infrage.«

»So meinte ich das nicht«, erwiderte Melissa nun hektisch. »Ich meinte, dass Drystan natürlich nicht in deinem Zimmer schlafen wird. Er wird sich ums Haus herum aufhalten, und du wirst ihn nicht bemerken. Es ist die einzige Chance, dass meine Eltern nicht jemanden schicken, um dich zu holen. Und dann kann selbst ich dir nicht mehr helfen.«

»Natürlich wirst du mir dann helfen!«, rief ich. »Denn es ist *deine* Schuld, dass ich mich in so einer Situation befinde. Und was glaubst du eigentlich …«

Plötzlich klingelte es an der Haustür Sturm, während gleichzeitig Rhondas Stimme aus dem Garten zu mir hinaufschallte. »Erin? Bist du da? Geht es dir gut? Ich rufe die Polizei, wenn du dich nicht sofort meldest!«

Kapitel 3

Melissa und ich starrten uns einen Moment lang wortlos an.

Natürlich. Rhonda und Jinjin hatten auf mich an den Tribünen gewartet. Und ich war einfach verschwunden, während mein Auto noch immer an der Schule stand.

»Erin?«, erklang erneut Rhondas Stimme. »Du lässt doch nie das Fenster auf, wenn du nicht zu Hause bist. Wer ist da? Hallo?«

Melissa stand schwungvoll vom Bett auf. »Um deine Freunde bist du jedenfalls zu beneiden. Sag ihnen, dass es dir gutgeht. Wir reden ein anderes Mal weiter.« Mit diesen Worten ging sie zum Fenster. Es ging alles blitzschnell. Gerade noch saß sie auf der Fensterbank, und im nächsten Moment hatte sie sich schon auf den Rücken ihres Schmetterlings geschwungen. Dann entdeckte ich Rhondas dunklen Haarschopf.

»Ich bin hier!«, rief ich und winkte. »Alles gut, ich lasse euch vorne rein.«

Melissa flog auf ihrem Schmetterling davon. Nur ein leichtes Rauschen der Bäume verriet, wie kraftvoll seine großen Schwingen die Luft aufwirbelten. Kurz darauf waren sie zwischen den Wolken verschwunden.

Ich schwang herum und eilte dann die Treppe herunter, um meinen Freundinnen die Tür zu öffnen. Wie erwartet standen Rhonda und Jinjin auf der Schwelle und musterten mich besorgt.

»Dein Auto steht auf dem Parkplatz. Wie bist du hierhergekommen?« Rhonda drängte sich an mir vorbei ins Haus. »Kannst du uns nicht sagen, wenn jemand anderes dich mitnimmt?« Sie drehte sich zu mir um und sah mich vorwurfsvoll an. »Oder geh wenigstens an dein Handy.«

»Wir haben uns wirklich Sorgen gemacht«, ergänzte Jinjin. »Nach all dem, was passiert ist, solltest du uns wirklich besser auf dem Laufenden halten. Wir haben direkt bei den Tribünen gewartet, und du bist nicht aus den Umkleiden gekommen. Bist du vorne rausgegangen? Wir hatten doch abgemacht, dass wir uns treffen und zusammen zum Parkplatz gehen.«

Ich war total gerührt, wie aufgebracht sie wirkten. »Es tut mir leid, dass ihr euch Sorgen gemacht habt. Ich bin von *jemandem* mitgenommen worden, allerdings nicht ganz freiwillig. Kommt, wir gehen in die Küche. Mein Hals ist vom Reden ganz trocken, möchtet ihr auch etwas trinken? Soll ich uns einen Kaffee machen? Oder lieber einen Tee?«

Rhonda und Jinjin wollten beide einen Kaffee, bestürmten mich aber gleichzeitig mit Fragen. Während ich vorausging und sie kurz vertröstete, sah ich auf mein Handy. Es gab Dutzende Nachrichten und Anrufe von meinen Freundinnen. Aber es waren auch Nachrichten von meinem besten Freund Dylan dabei. Während ich frisches Wasser in die Maschine füllte und Rhonda und Jinjin auf den Barhockern Platz nahmen, öffnete ich sie.

Es waren mehrere hintereinander, was ungewöhnlich war, da Dylan sich normalerweise kurzfasste. Ich überflog den Text.

Stell dir vor, ich habe den Game Boy geknackt. Das ist so krass, das musst du dir anhören. Einige Dateien sind auch beschädigt, da konnte ich nichts retten. Aber der Rest ist echt spektakulär.

Und die nächste: **Ey, wo steckst du? Du müsstest doch schon längst freihaben. Hoffe, es ist nichts passiert. Setze mich jetzt ins Auto und komme nach Hause. Soll ich direkt bei dir vorbeikommen?**

Die nächste Nachricht klang besorgt: **Alles in Ordnung, Erin? Du hast meine Nachrichten nicht gelesen. Ich schreibe jetzt Rhonda über Instagram an. Vielleicht weiß sie mehr. Hoffe, es geht dir gut.**

Ich ließ das Telefon sinken, und mein Herz begann zu rasen, als ich zu meinen Freundinnen sah.

»Dylan hat den Game Boy geknackt, er ist auf dem Weg hierher. Es gibt wohl bahnbrechende Neuigkeiten.«

Schnell beantwortete ich noch seine letzte Nachricht, damit er sich nicht weiter Sorgen machte und stimmte ihm zu, vorbeizukommen.

Rhonda sah auf ihre Uhr. »Eigentlich müsste ich gleich schon wieder los, aber das kann ich mir definitiv nicht entgehen lassen. Dann muss der Schachclub eben warten. Hoffentlich rastet Mom nicht allzu sehr aus, ich habe nächste Woche ein Turnier.«

Jinjin wirkte nicht ganz so begeistert von den Neuigkeiten. »Willst du uns nicht erst erzählen, was gerade an der Schule passiert ist?« Ihre Stimme wurde ernst. »Ist Cal wieder da? Bedroht er dich, und du musst jetzt gerade so tun, als wäre alles in Ordnung? Ist er irgendwo in einem der anderen Zimmer?« Sie sah sich um, als rechnete sie tatsächlich damit, dass der Onyx in nächster Minute aus einem der Zimmer stürzen würde.

»Nein, er ist nicht hier, und er war es auch nicht. Melissa hat mich in der Umkleide abgefangen.« Bei diesen Worten fiel mir ein, dass mein Rucksack in der Umkleide liegen geblieben war. Wir waren die letzte Sportklasse vor dem Wochenende. Ich hoffte inständig, dass der Hausmeister ihn finden und einfach nur in sein Büro legen würde. Immerhin befand sich mein Portemonnaie mit allen Ausweisen darin.

Während der erste Kaffee in einen Becher lief, begann ich zu erzählen. Davon, wie Melissa mich aus den Umkleiden entführt, und alles, was sie mir in unserem Gespräch eröffnet hatte. Ganz zum Schluss berichtete ich von Drystan und seinem neuen Job als mein Bodyguard.

Jinjin stand der Mund offen, und Rhonda hatte die Brauen finster gerunzelt. »Ich glaube ihnen kein Wort. Dass Cal dich einfach so ins offene Messer hat rennen lassen, das werde ich ihm nie verzeihen. Und jetzt besitzt er nicht mal die Klasse, hier persönlich vorbeizukommen und dir all das zu erklären? Stattdessen schickt er seine Verlobte?« Sie rahmte das letzte Wort in imaginäre Anführungszeichen. Rhonda war noch nie ein großer Fan von Cal gewesen, und all das, was passiert war, schien sie nur noch in ihrer Meinung zu festigen.

»Die verkaufen dich beide nach wie vor für dumm. Und

dann diese alberne Nummer mit dem Bodyguard. Ernsthaft? Ich würde die Polizei rufen, wenn Melissa dich noch mal belästigt.« Dann stutzte sie. »Wie kann es überhaupt sein, dass sie auf der Erde lebt? Ich meine, so permanent? Hast du nicht mal erzählt, dass die Noctua regelmäßig in ihre Dimension zurückkehren müssen? Sonst sterben sie?«

Ich nickte langsam. Das hatte ich mich auch schon gefragt, aber im Eifer des Gefechts natürlich nicht daran gedacht. »Sie hat menschliche Eltern. Oder jedenfalls Menschen, die sie als ihr Kind aufgezogen haben. Den Fotos auf ihrem Instagram-Kanal nach zu urteilen sind sie eine glückliche Familie. Aber ihre leiblichen Eltern sind eindeutig das Königspaar der Fawn, da gibt es keinen Zweifel. Sie beherrscht Magie, und das ist typisch für dieses Kartell.«

»Warum wohnt sie dann auf der Erde, wenn sie dort wie eine Prinzessin leben könnte?« Jinjin sah mich mit großen Augen an, als wäre das das Dümmste, das sie je gehört hatte.

Ich lachte trocken auf. »Die Stratfords sind nicht gerade arm. Ich bin mir relativ sicher, dass ihr Leben hier auf der Erde dem einer Prinzessin relativ nahekommt. Die scheinen Geld wie Heu zu haben.«

Jinjin streckte die Hand über die Theke aus und verknotete ihre Finger mit meinen. »Ich bin so froh, dass sie dich nicht entführt hat. Wenn man sich mal überlegt, wie einfach es hätte sein können. Sie pustet dir irgendein Pulver ins Gesicht, und du verlierst das Bewusstsein. Du könntest mittlerweile wer weiß wo sein, und wir würden dich nie wiedersehen!« In ihre Mandelaugen stiegen Tränen. »Ich will mir das gar nicht vorstellen.«

Sofort hatte auch ich eine ganz trockene Kehle. »Ich gebe auf mich acht, das verspreche ich. Und sollte man mich tatsächlich verschleppen, dann werde ich einen Weg finden, zu entkommen. Du weißt doch, dass ich nicht kleinzukriegen bin.«

»Das ist noch untertrieben«, brummte Rhonda. »Nach all dem, was du in den letzten Wochen erfahren und mitgemacht hast, hättest du einen Tapferkeitsorden verdient. Die Sache mit deinen Eltern? Dieser Unfall, der keiner war? Die geheime Vergangenheit deiner Mutter und dann diese Sache mit Cal. Du bist in eine komplett andere *Dimension* gereist und hast dort so viel erlebt. Du solltest dringend ein Buch darüber schreiben.«

Ich lächelte und winkte ab, während ich den zweiten Becher unter die Maschine schob. »Das klingt so abstrus, das würde niemand lesen wollen.«

»Glaubst du wirklich, dass Melissa dich auf diesem riesengroßen Schmetterling durch die Lüfte getragen hat?«, wollte Jinjin jetzt wissen. Sie nahm einen ersten Schluck aus ihrem Kaffeebecher. »Am helllichten Tag?«

Ich zuckte mit den Schultern und nestelte nervös an dem Henkel der Tasse, die gerade unter der Kaffeemaschine stand. »Sie beherrscht Magie. Vielleicht konnte sie uns tarnen? Ich habe keine Ahnung.« Gerade als der zweite Becher Kaffee fertig war, bemerkte ich, wie ein Paar große Ohren hinter dem Obstkorb auftauchten. Pünktchen war wohl neugierig und wollte gerne hören, was in der Küche vor sich ging. Oder sie war von den anderen zum Spionieren geschickt worden.

»Hi Pünktchen«, sagte ich, obwohl die anderen sie nicht sehen konnten. Ich deutete lächelnd mit dem Kopf in Richtung des Obstkorbs. »Sie sitzt bei den Früchten und will uns vermutlich belauschen.«

Jinjin hatte kein Problem damit, ungeniert in ihre Richtung

zu grinsen und dann den Arm zu heben. »Hallo Pünktchen, alles klar?«

Rhonda fiel es deutlich schwerer, mit einem unsichtbaren Wesen zu kommunizieren. »Hey.« Sie hob nur kurz die Hand und wandte sich dann wieder ab.

»Esss gibt Neuigkeiten?«, zischte Pünktchen.

»Dylan hat geschrieben. Er hat wohl Moms Game Boy geknackt und ein paar krasse Sachen entdeckt. Er ist auf dem Weg von der Uni hierher.«

Pünktchen nickte, wirkte aber nicht besonders beeindruckt. Dann schnüffelte sie in die Luft, als habe sie eine Witterung aufgenommen, rollte sich schließlich zusammen und legte die Schnauze auf ihrem buschigen Schweif ab. Damit war die Unterhaltung für sie beendet.

»Was glauben die eigentlich, wer sie sind?«, sprach Rhonda jetzt weiter und klang immer noch aufgebracht. »Erst bist du ein Geschenk, und jetzt bist du jemand, der permanent bewacht werden muss, bis die *Verlobten* reinen Tisch machen. Das ist eine absolute Frechheit, auf welch unverschämte Art und Weise die beiden dich in diese ganze Situation hineingezogen haben. Und das, ohne dich vorher gefragt zu haben. Du hast dich schon in Gefahr gebracht, um ihnen dabei zu helfen, diesen ganzen Hokuspokus um die Zahnfeen zu klären. Und ganz nebenbei musst du noch deinen Schulabschluss machen. Wieso denkt keiner von denen mal an dich? Wieso nimmt niemand Rücksicht? Das wollen deine Freunde sein?«

Ich gab es nur ungern zu, aber Rhonda hatte natürlich mit allem, was sie sagte, recht. Ich fühlte mich nach wie vor vorgeführt und benutzt. Daran hatte auch Melissas Rede nichts geändert. Der Vertrauensbruch von Cal lastete nach wie vor wie ein düsterer Schleier über all meinen Gedanken, er begleitete mich durch jeden Tag und durch die meisten meiner Nächte. Mein Herz schmerzte jedes Mal, wenn ich mich an den kalten Blick erinnerte, mit dem er mich auf dem Fest bei den Fawn bedacht hatte. Dieser reglose, stoische Gesichtsausdruck, mit dem er zugesehen hatte, wie ich unter Drystans Pfeilen um mein Leben getanzt hatte. Nein, so schnell würde ich ihm nicht verzeihen, wenn ich es jemals tun würde.

»Ich finde es auch echt uncool«, sagte Jinjin. »Ich würde auch …«

Schon wieder meldete sich mein Handy, dessen Klingelton ich mittlerweile auf laut gestellt hatte.

Ich sah entschuldigend zu Jinjin und zog es dann aus meiner Hosentasche.

Bin gleich schon da, lautete die kurze Nachricht von Dylan.

»Dylan ist gleich hier«, sagte ich und legte das Handy neben mir auf die Theke, bevor ich mich an Rhonda wandte. »Vielleicht hast du ja doch noch so lange Zeit?«

Sie nickte entschlossen. »Ich sage die Schach-AG ab.« Mit diesen Worten zog auch sie ihr Handy hervor.

Jinjin nippte derweil an ihrem Kaffee und tippte mit der freien Hand ungeduldig auf der Theke herum. »Ich möchte echt nicht in deiner Haut stecken. Aber ich bin froh, dass all das, was Melissa erzählt hat, sich nicht mehr nach einer geplanten Entführung anhört. Wenn sie sogar einen Bodyguard schickt, scheint es sehr konkrete Pläne zu geben.«

»Den schicken eigentlich ihre Eltern. Zu meiner Sicherheit. Worum es da geht, habe ich auch noch nicht herausgefunden. Schließlich geht die größte Bedrohung von ihnen selbst aus.«

Jinjin nickte langsam und schien nachzudenken. »Vielleicht wollen sie dich auch einfach nur beobachten lassen? Allerdings hätte ich dir jemand anderen gewünscht als diesen Hauptmann, der dich fast mit seinen Pfeilen erschossen hätte.«

Ich nickte düster. »Ich hätte mir definitiv auch jemand anderen gewünscht.« Ich war mir relativ sicher, dass Drystan mir den Angriff sehr übel nahm. Wobei nun eigentlich Gleichstand zwischen uns herrschen müsste. Denn schließlich gab es da noch diese Geschichte mit den Pfeilen. Drystan hatte auf Befehl des Königspaars auf mich geschossen. Er hatte zwar behauptet, ich wäre niemals in Gefahr gewesen, aber das war mir nicht Argument genug.

Rhonda hatte gerade ihre Nachricht beendet und das Telefon zur Seite gelegt, da klingelte ihr Handy.

»Oh nein«, murmelte sie. »Es ist meine Mutter. Manchmal fühle ich mich echt, als wäre ich noch in der Grundschule. Ich werde in einem Vierteljahr volljährig. So langsam sollte sie aufhören, mich wie ein Kleinkind zu behandeln. Wenn ich einmal eine AG aussetze, dann ist das mein gutes Recht. Ich habe in diesem Schuljahr keinen einzigen Tag gefehlt.« Mit diesen Worten nahm sie das Gespräch an. Sie rutschte vom Hocker, ging zu den breiten Schiebetüren, die zur Terrasse führten, und wir hörten sie leise diskutieren.

Jinjin und ich sahen ihr kurz nach und waren uns wortlos einig, dass Rhonda in diesem Punkt nicht zu beneiden war.

»Drystan wird vermutlich auch alles andere als begeistert sein, meinen Babysitter zu spielen«, begann ich gerade, da klopfte es an der Haustür. Ich wusste, dass es Dylan war, denn er war der Einzige, der unsere Klingel ignorierte.

Ich bedeutete Jinjin sitzen zu bleiben und flitzte zur Tür.

»Es geht dir gut.« Dylan zog mich in seine Arme, kaum dass die Tür weit genug offen stand. Mein bester Freund war groß und breitschultrig wie ein Quarterback, und meine Füße hoben tatsächlich ein wenig vom Boden ab, als er mich einmal im Kreis herumwirbelte.

»Ich habe mir Sorgen gemacht.«

Als ich wieder Boden unter den Füßen hatte, zog ich Dylan mit mir. Mittlerweile hatte ich echt ein schlechtes Gewissen, dass ich all meinen Freunden ständig Sorgen machte.

»Schön, dass du da bist. Es tut mir echt leid«, sagte ich. »Aber es war nicht meine Schuld.«

Dylan hob grüßend die Hand, als wir zur Theke gingen.

»Hi Mädels, alles gut?«

Rhonda telefonierte immer noch, Jinjin lächelte. »Ich bin so gespannt auf deine Neuigkeiten.«

»Ich auch«, sagte ich und schob Dylan auf den letzten freien Platz vor der Theke. »Willst du auch noch einen Kaffee?«

Er verzog sein Gesicht. »Bloß nicht. Wenn ich nach 17:00 Uhr Kaffee trinke, stehe ich die ganze Nacht senkrecht im Bett. Ich nehme einfach ein Wasser, aber das kann ich mir selbst holen.« Er wollte schon wieder von seinem Stuhl aufstehen, doch ich hob energisch die Hand.

»Kommt überhaupt nicht infrage. Ich habe euch allen solche Sorgen gemacht, jetzt lasst euch von mir wenigstens bedienen.«

Dylan grinste. »Dann hätte ich auch gerne noch eine Fußmassage. Das Football-Training setzt einem ganz schön zu.«

Jinjin und ich machten zeitgleich leicht angewiderte Geräusche. Was Dylan zu einem Lachen verleitete und Rhonda dazu, ihr Gespräch mit ihrer Mutter endlich zu beenden.

Pünktchen, die ganz in Dylans Nähe saß, schlich näher und schnüffelte an seinem Unterarm. Ich beobachtete das Ganze, sagte aber nichts dazu.

Dylan zog Moms Game Boy aus einer der vielen Taschen

seiner Cargo-Bermudashorts und legte ihn vorsichtig auf die Theke.

»Ich platze vor Neugier.« Rhonda ließ sich auf ihrem Barhocker nieder. »Was hast du entdeckt?«

»Ja, genau«, sagte ich. »Schieß los.« Ich stellte ihm sein Wasserglas vor die Nase.

»Nach Erins Entführung heute brauchen wir gute Neuigkeiten.« Jinjin leerte ihren Kaffeebecher und hielt ihn mir dann erneut bittend hin.

Dylan, der gerade sein Glas zum Mund führen wollte, ließ es abrupt wieder sinken. »Bitte was?«

Mit einem Seufzer berichtete ich erneut.

Dylan war genauso empört wie Rhonda über all das, was Melissa mir offenbart hatte. Doch ich wollte nicht zum zweiten Mal darüber diskutieren, ich wollte endlich erfahren, was er dem Game Boy entlockt hatte.

Dylan nahm noch einen letzten Schluck von seinem Wasser, dann legte er los.

Kapitel 4

Dylan drehte den Game Boy um und zeigte auf das Batteriefach. »Leider scheinen in dem Ding mal die Batterien ausgelaufen zu sein. Das hat einige der Dateien unwiderruflich beschädigt. Da kann man echt gar nichts machen. Ich habe einen Kumpel dazu befragt, der mal in einem Computerladen gejobbt hat. Der war auch der Meinung, dass man auf einer Speicherplatte, die durch Batteriesäure beschädigt wurde, nichts wiederherstellen kann. Das schafft selbst das FBI nicht. Also habe ich mich auf die Sachen konzentriert, die ich retten konnte. Und, meine Güte, da ist echt krasses Zeug dabei. Keine Ahnung, wie deine Mom das geschafft hat, aber das Ding speichert sogar gescannte Dokumente in Form von Bilddateien. Außerdem sind einige Textdateien dabei, die ich aber nicht verstehen kann. Es klingt wie ein seltsamer Singsang, eindeutig eine weibliche Stimme, aber keine Ahnung …« Er drehte den Game Boy vorsichtig in seinen Händen. »Vielleicht ist auch die Tonspur verzerrt, dann kann ich da nichts machen. Aber schon echt krass, wie sie das Ding manipuliert hat. Erst mal war es gesichert wie Fort Knox, und dann hat sie es in einen multimedialen Speicherstick umgebaut.« Er sah mich an, und in seinen Augen blitzte unverkennbare Bewunderung.

Jinjin war wie immer zu ungeduldig, um Dylan ausreichend Beifall zu spenden. »Jetzt spiel das schon ab. Oder zeige uns die Bilddateien.«

»Vielen Dank noch mal, Dylan, dass du dir so eine Mühe damit gemacht hast.« Ich legte meine Hand kurz auf seine. »Das bedeutet mir wirklich sehr viel. Es sind Erinnerungen an meine Mutter, die sonst für immer verloren wären.«

Dylan nickte knapp, aber ich konnte sehen, dass ihm meine Worte nahegingen. »Dann legen wir mal los.« Wir alle beugten uns näher zu ihm, und auch Pünktchen rückte noch etwas enger an ihn heran.

Der Bildschirm des Game Boy war klein und hatte eine schlechte Auflösung. Dennoch waren die Fotos, die darauf erschienen, klar und deutlich zu erkennen. Einige der Bilder hatte ich schon mal gesehen. Es waren Fotos von meinen Eltern. Aber es waren auch Bilder dabei, die ich noch nie gesehen hatte. Ich auf dem Arm meiner Mutter, lachend und mit einem Eis in der Hand. Meine Eltern, deutlich jünger, wie sie sich verliebt ansahen. Bilder von dem Haus, das sie gemeinsam gekauft hatten. Meine Mutter in Latzhosen und mit einem Tuch um die Haare, wie sie die Wand in meinem Kinderzimmer strich. Ihr runder Bauch war nicht zu übersehen. Zuletzt waren da Fotos einer Frau, die meiner Mutter auf frappierende Art und Weise ähnlich sah. Sie wirkten fast gleich alt und sehr miteinander vertraut. Anders als auf anderen Bildern erkannte ich den Hintergrund hier nicht. Manchmal war er einfach nur dunkel, auf anderen erkannte ich ein großes Zimmer. Vergoldeter Stuck zierte die Decke, und die Möbel schienen elegant und teuer.

»Wer ist das?«, wollte Rhonda wissen.

»Ich habe keine Ahnung«, flüsterte ich.

»Sie sieht aus wie deine Mutter«, erklang Jinjins Stimme nah an meinem Ohr. »Siehst du das auch?«

Meine Stimme klang rau vor Aufregung. »Keine Ahnung, wer das ist. Eine Verwandte?«

»Dann gibt es auch noch ein paar Karten.« Dylan rief einen weiteren Unterordner auf, der weitere Dateien enthielt. Es waren Karten des Sonnensystems, Bilder, die irgendwelche physikalischen Vorgänge im Weltall darstellten. Dann ein paar mathematische Formeln, die mir überhaupt nichts sagten. Eine Karte unserer Welt, die seltsam antiquiert wirkte. In den Meeren waren sogar noch Monster eingezeichnet. Dylan vergrößerte die Karte und deutete auf das Datum in der Ecke. »Sie stammt aus dem späten Mittelalter. Keine Ahnung, was deine Mutter daran fand, oder wie sie mit den ganzen Karten des Weltalls zusammenhängen könnte. Finde ich alles sehr mysteriös.«

Dann entdeckte ich plötzlich etwas. Ein Schriftzug, der nicht zu der fein säuberlichen Handschrift passte, die überall auf der Karte zu finden war. Über einem Vulkan auf der hawaiianischen Insel Maui hatte jemand ein kleines Kreuz gemacht. Darüber stand in der Handschrift meiner Mutter: **Nabel der Welt?**

Was hatte das zu bedeuten? Dieses Wort hatte ich auch

schon in ihrem Tagebuch gefunden. Was hatte meine Mutter nur gesucht?

Ich schüttelte den Kopf, verzweifelt, weil ich daraus nicht schlau wurde.

»Ich verstehe das nicht«, murmelte ich. »Sie hat all diese Daten gesammelt, aber wofür? Wir wissen, dass sie verfolgt wurde. Und wir wissen auch, dass jemand gestorben ist. Wie oder warum, keine Ahnung.« Das war nicht die ganze Wahrheit, denn ich wollte mir einfach nicht eingestehen, dass meine Mutter für den Tod der anderen Person verantwortlich und deshalb ihr Leben lang auf der Flucht gewesen war.

»Sollen wir uns erst mal die Sprachdatei anhören?«, meinte Dylan sanft. Er schien genau zu spüren, wie sehr mich das alles aufwühlte. »Oder brauchst du eine Pause?«

Ich schüttelte heftig den Kopf. »Nein, ganz oder gar nicht. Lass uns alles anhören.« Irgendwie hatte ich das Gefühl, ich müsste den Game Boy selbst in der Hand halten. Ich hatte das Gefühl, meiner Mutter so etwas näher zu sein.

Dylan gab ihn mir, und ich öffnete einen weiteren Unterordner. Schon als die ersten Worte erklangen, spitzte Pünktchen die Ohren.

»… war es ein Fehler, die Serpentia zu verlassen. Es hat uns allen nur Unglück gebracht. Vielleicht hätte ich mich niemals einmischen sollen. Aber Feyre und ich konnten nicht wegsehen, die Dimension nicht einfach ihrem Schicksal überlassen. Wir haben uns von ihnen betrogen gefühlt, verraten, denn immerhin waren wir Freunde. Ich hätte niemals damit gerechnet, dass sie zu so etwas fähig sind. Wir haben uns nur gewehrt, und Feyre hat so einen hohen Preis dafür bezahlt. Sie war meine Schwester, und wir hatten eine ganz besondere Verbindung. Ich werde nicht länger ruhen, ehe …«

An diesem Punkt brach die Datei ab.

»Aber man versteht doch alles«, war das Erste, was Jinjin sagte.

Dylan zuckte ratlos die Schultern und wirkte sichtlich irritiert. »Vorhin hat es nicht funktioniert, ich schwör's.«

Ich hingegen war wie erstarrt. Das Schicksal der Dimension? Mom hatte nicht Obskuris gesagt, aber von welcher »Dimension« hätte sie sonst reden sollen?

Pünktchens leicht kratzige Stimme durschnitt meine wirbelnden Gedanken. »Die Ssserpentia issst ein Ssschiff der Emerald.«

*

Nach dieser Offenbarung war nichts mehr wie vorher. Pünktchen jagte nach oben in mein Zimmer, vermutlich, um Herald und Otiz sofort davon zu berichten.

Ich hingegen konnte es immer noch nicht fassen. Meine Mutter hatte von einem Schiff im Kartell der Emerald gesprochen! Hatte sie dort gelebt? Und allem Anschein nach war irgendetwas passiert, das sie zu einer Flucht gezwungen hatte.

Erst als Dylan sich räusperte, sah ich meine Freunde an. Sie alle wirkten etwas ratlos.

Natürlich, sie konnten Pünktchen nicht hören. Sie hatten keine Schlüsse gezogen, so wie ich.

»Die Serpentia ist eins der Schiffe der Emerald, hat Pünktchen gerade gesagt.« Ich legte vorsichtig den Game Boy auf der Theke ab.

»Es klang ein bisschen so, als hätte deine Mutter dort gelebt, oder?« Jinjin stützte den Kopf auf eine Hand. »Und das würde bedeuten, dass sie eine Noctua war.«

Ich nickte und war immer noch überwältigt von Pünktchens Worten.

»Aber sie haben doch alle irgendwelche Attribute«, warf Rhonda ein. »Kiemen, Fangzähne und so. Ich weiß, dass sie die vor den Menschen irgendwie verstecken können, aber das hast du nicht.« Sie musterte mich kritisch. »Oder?«

Ich schüttelte den Kopf. »Ich wüsste nicht mal, welche Attribute die Emerald besitzen.« Und ich war damals noch zu klein gewesen, um mich so genau an Mom zu erinnern. Alles, was mir geblieben war, waren Fotos, und auf ihnen hatte ich nie etwas Ungewöhnliches entdeckt.

»Dann muss doch dein Vater auch ein Noctua gewesen sein«, sprach Rhonda weiter. »Und wenn er das nicht war, dann war er sicher eingeweiht. Oder sie hätte die Attribute vor ihm ein Leben lang verheimlichen müssen.«

»Mal abgesehen davon, dass sie gar nicht dauerhaft auf der Erde leben könnte«, fügte ich noch hinzu. »Sie hätte sich häufiger davonschleichen müssen. Und wenn sie aus ihrem Kartell geflüchtet ist, wohin ist sie dann gegangen? Hatte sie Freunde in einem anderen Kartell? Konnte sie dort unterkommen in der Zeit, die sie in der Dimension zur Regeneration verbringen musste?«

»Vielleicht hat sie dir auch beigebracht, wie du deine Attribute versteckst, und du hast es vergessen, weil du noch zu klein warst.« Dylan zuckte mit den Schultern. »Könnte doch sein.«

»Du meinst, Mom hat es mir irgendwann mal gezeigt, und dann kam der Unfall, und ich habe es nie wieder rückgängig gemacht?«

»Zum Beispiel.« Dylan griff erneut nach dem Game Boy und betrachtete ihn kritisch.

»Oder du hast keine Attribute, weil du nur eine halbe Noctua bist«, sagte Rhonda und schnappte Dylan den Game Boy aus der Hand.

Ich ließ mich nach vorne sinken und legte den Kopf auf den Händen ab. Als wenn all diese Spekulationen nicht schon genug wären, schoss mir plötzlich noch ein anderer Gedanke durch den Kopf: *Warum ausgerechnet die Emerald? Eins der drei Kartelle, deren Anführer das Triumvirat formten und die sich vermutlich unrechtmäßig die Macht in der Dimension aneignen wollten. Sie waren die Feinde von allen, die ich kannte.*

Ich seufzte. Das Triumvirat, ein heimlicher Zusammenschluss von Amethyst, Emerald und Crimson, bedrohte die Freiheit aller Dimensionsbewohner. Warum hätte es nicht alles etwas einfacher sein können? Die Vermutung, dass meine Mutter eine Emerald gewesen war, änderte einiges. Weitere Nachforschungen zum Thema *Zahnfeen* und *Weltuntergangspläne* in der Dimension waren gerade um ein Vielfaches gefährlicher geworden. Mal abgesehen davon, dass Petrovico Kymragh, Cals Vater, bezüglich meines Kartellverbots wenig Fragen offen gelassen hatte – würde er erfahren, dass ich von den Emerald abstammte, dann würde er mich sofort köpfen lassen und vermutlich seinen Sohn gleich mit.

Als wäre das noch nicht genug, trudelte in diesem Moment eine Nachricht von Melissa ein.

Drystan wird seinen Dienst vermutlich heute oder morgen schon antreten. Bleib ruhig und lass dich von ihm nicht provozieren. Und bitte verrate uns nicht.

Ich seufzte und schickte ihr nur einen Daumen hoch. Für meinen neuen Bodyguard hatte ich gerade so gar keinen Kopf.

Als ich mich wieder aufrichtete, betraten meine drei Gamma gerade in die Küche. Durch Heralds gallertartigen Körper jagten Blitze der Nervosität. Otiz hechelte, und seine lange rosa Zunge hing weit aus seinem Maul.

»Was sind das für Neuigkeiten!« Herald leuchtete auf wie ein Feuerwerk. »Du bist eine von uns, ich wusste es schon immer.«

»Habe ich irgendwelche Attribute?« Ich hatte mich auf dem Barhocker zu ihm gedreht und deutete an mir hinunter.

»Wie bitte?«, fragte Dylan hinter mir. Ich hatte wieder nicht bedacht, dass die anderen meine Haustiere nicht sehen konnten.

»Ich spreche mit Herald. Otiz ist auch hier«, erklärte ich. »Sie sollten sich mit den Attributen auskennen. Vielleicht wissen sie etwas darüber.«

Ich wandte mich wieder Herald zu. »Welche Attribute haben die Alpha der Emerald?«

»Sie haben leuchtend grüne Fingernägel.« Er kniff die kleinen Augen zusammen. »Moment, das ist falsch beschrieben. Sie sind nicht einfach nur grün, sie leuchten tatsächlich. Nicht wie Lampen, aber sie haben ein inneres Strahlen, das nicht zu übersehen ist. Die meisten Emerald sind sehr stolz darauf und lassen sie absichtlich etwas länger wachsen. Auch die Fußnägel leuchten grün.«

»Und sssie haben ein Talent für technisssche Dinge«, ergänzte Pünktchen. »Sssie sssind gut im Rechnen und haben einen außergewöhnlich guten Orientierungsssinn. Ihre Ssschiffe sind Irrgärten, in den man sssich alsss Fremder für immer verlaufen würde. Sssie verwalten dasss Bankwesssen der Demensssion und horten die Angssst in ihren Tresssoren.«

Ich erinnerte mich, dass Grandma erzählt hatte, dass meine Mutter sehr gut in Mathematik gewesen war. Und sie hatte sich für einen technischen Beruf entschieden. Von grünen Fingernägeln wusste ich nichts, aber charakterlich würde es auf jeden Fall passen.

»Und?« Rhonda beugte sich neugierig in meine Richtung.

Ich gab alle Informationen weiter.

»Dad war auf jeden Fall ein Mensch«, sagte ich dann. »Das hier war sein Elternhaus, ich habe Dutzende Fotoalben gesehen, ich kenne seine Schulzeugnisse, ich wohne in seinem alten Kinderzimmer. Meine Großeltern sind Menschen, daran besteht gar kein Zweifel. Ich kann also allerhöchstens eine halbe Noctua sein.«

»Die Alpha lassen sich normalerweise nicht mit Menschen ein. Sie halten sie für dumm und unterentwickelt.« Herald musterte mich kritisch. Dann fiel ihm wohl auf, was er da gesagt hatte. »Tut mir leid, ich wollte dich und deine Angehörigen nicht beleidigen.«

»Cal hat sich mit mir eingelassen.«

»Ja, aber vermutlich, weil er instinktiv gespürt hat, dass du zum Teil eine von uns bist.« Herald schien sich in seiner Argumentation sehr sicher.

Ich wusste allerdings auch, wie dickköpfig er sein konnte.

»Was sagen deine Gamma? Und was wirst du jetzt tun?« Jinjin leerte ihren Becher und stellte ihn sanft auf der Theke ab. »Du willst doch sicherlich Antworten.«

Das war noch untertrieben. Ich hatte Millionen von Fragen. Es fühlte sich an, als würden mit jedem Puzzlestück, mit jedem winzigen Fragment, das meine Vergangenheit war, doppelt so viele Fragen dazukommen. Ich berichtete den anderen, was meine drei Rabauken mir offenbart hatten.

Wieder einmal wünschte ich mir aus tiefster Seele, dass meine Eltern noch lebten. Ich hätte mich meiner Mutter anvertrauen können, und sie hätte sicherlich Rat gewusst, wie man dem Geheimnis um die Zahnfeen auf die Spur kommen konnte.

In diesem Moment fasste ich einen Entschluss: Ich musste meine Freunde vollständig einweihen. Ich fand es nicht fair, hier zu sitzen und mich von ihnen trösten zu lassen. Sie verdienten die Wahrheit. Die Gefahr für unsere Welt war real, und vermutlich konnte ich jede Hilfe brauchen, die ich bekommen konnte.

»Ich weiß noch nicht genau, was ich jetzt machen werde.« Ich verknotete meine Hände miteinander und zögerte dann doch. War es richtig, ihnen diese Sorgen aufzuladen? Sie konnten nicht nach Obskuris reisen. Wie sollten sie mich unterstützen? Mein Blick glitt von den Gamma zu Jinjin, Rhonda und Dylan. Nein, es war falsch, sie noch länger anzulügen. Sie alle drei waren starke Persönlichkeiten, ich war mir sicher, dass sie lieber Bescheid wissen wollten, als im Unklaren gelassen zu werden. Es war nur fair.

Also entspannte ich meine Finger wieder und holte ein letztes Mal tief Luft, um Mut zu sammeln.

»Wo wir gerade beim Thema sind, Leute. Es gibt da noch etwas, was die Onyx, Ildy und ich auf der Atlantide entdeckt haben. Darüber muss ich dringend mit euch reden.«

Kapitel 5

Nachdem die drei gegangen waren, brauchte ich dringend ein wenig frische Luft. Zum Glück hatten Rhonda, Jinjin und Dylan einigermaßen gefasst reagiert, als ich ihnen von der Gefahr für die Erde erzählt hatte. Ich hatte nichts ausgelassen. Weder die Zahnfeen und ihre Halsreifen, die Kraft, die wir in den Kinderzähnen vermuteten, noch die Omega, die zu einer realen Bedrohung für die Erde werden konnten.

Sie hatten Fragen gestellt, und ich hatte versucht, alles so detailliert wie möglich zu beantworten.

Jinjin hatte Tränen in den Augen gehabt, sich dann aber rasch wieder gefangen. Ich war stolz auf meine Freunde, und als sie ihre Hilfe angeboten hatten, war ich es, die den Tränen nahe gewesen war. Die Zeit war wie im Flug vergangen, und inzwischen hatte sich die Dunkelheit über Cleveland gesenkt.

Ich schloss die Haustür von innen ab, durchquerte Flur und Wohnzimmer und betrat dann die umlaufende Veranda. Der Garten lag dunkel und friedlich vor mir. Ich steckte die Hände locker in die Hosentaschen, schloss die Augen und atmete einmal tief durch.

Dieser Tag hatte so viele Neuigkeiten gebracht, dass ich normalerweise vor Aufregung ganz aufgekratzt sein sollte. Doch zum ersten Mal seit der Nacht des Herbstballs fühlte ich eine innere Ruhe tief in mir.

Zum ersten Mal machte mir der Gedanke, mich gleich ins Bett zu legen und zu schlafen, keine Angst mehr. Es fühlte sich fast an, als habe jemand einen Schalter in mir umgelegt.

Und jetzt, da ich dank Dylan Beweise dafür hatte, wirkte alles klarer. Ich war vermutlich nicht mal ein Mensch, doch statt dass es mich ängstigte, fühlte ich mich innerlich irgendwie bestätigt. Als hätte ich es schon immer geahnt. Und dieses Vertrauen in meine Instinkte gab mir Kraft.

Der Gedanke an die Zukunft der Erde flößte mir Respekt ein, aber ich war nicht mehr ängstlich oder panisch. Allein der Gedanke an Cal tat immer noch sehr weh, aber ich ließ mich nicht länger davon einschüchtern, dass er mich entführen und in seine Welt verschleppen könnte. Tief in mir wusste ich, dass ich auf meine innere Stärke vertrauen musste. Ich würde nicht zerbrechen. Weder an meinem Schicksal noch an meinen Gefühlen, noch an einer Zukunft, die mir völlig ungewiss war.

Ich ging die drei Stufen hinab in den Garten, und das kühle Gras kitzelte zwischen meinen nackten Zehen. Ich spazierte an den hohen Büschen entlang, die unseren Garten wie einen Sichtschutz umgaben. Wie immer trieb es mich zum Gartenhaus, denn es war ein Teil von Grandpa gewesen, und immer, wenn ich es betrat, fühlte ich mich in die Zeit zurückversetzt, in der er mich noch auf seinen Schultern getragen hatte.

Ein kühler Wind strich durch die Blätter der hohen, alten Bäume, und fast schien es, als würden sie mir etwas zuflüstern. Die Luft war erfrischend, roch nach dem Grün um mich herum, und über mir am Himmel glitzerte der ein oder andere Stern zwischen der dichten Wolkendecke hervor. Dennoch machte ich die Taschenlampe meines Handys an, um mir den Weg zu erleuchten, während ich weiter barfuß über das Gras spazierte.

Ich hatte mich noch nicht entschieden, ob ich Melissa wirklich helfen würde. Einerseits fühlte ich mich fast verpflichtet, es zu tun. Schließlich war ich die Einzige, die die Halsreifen der Zahnfeen sehen konnte. Lag es da nicht in meiner Verantwortung, meine Emotionen, meine verletzten Gefühle und meinen Stolz zum Wohle ihrer Welt und meiner Welt hintenanzustellen? Wollte ich wirklich, dass die Erde von den Omega in Schutt und Asche gelegt wurde, nur weil ich von Cal so verletzt worden war? Ich verantwortete das Schicksal von allen, die ich liebte. Grandma, meine Freunde … Durfte ich so egoistisch sein?

Ein anderer Teil in mir war gekränkt, verletzt und beleidigt. Und dieser Teil glaubte fest daran, dass die Noctua ihre Probleme auch ohne mich lösen würden. Unsere Welt war ihr Wirt. Sie waren die Parasiten hier. Sie lebten von unserer Angst. Ohne die Menschen würden sie alle sterben. Der emotionale Teil in mir wollte nicht glauben, dass die zehn Kartelle nicht alle Macht, die sie besaßen, aufbieten würden, um denjenigen zu stoppen, der diesen schrecklichen Plan gefasst hatte. Der verletzte Teil in mir wollte nie wieder ein Wort mit Cal reden, ihn büßen lassen dafür, dass er mir nicht vertraut hatte, und es ihm am besten noch irgendwie heimzahlen. Ich war nie ein rachsüchtiger Mensch gewesen, und diese Vorstellung beunruhigte mich, dennoch konnte ich sie nicht komplett aus meinem Verstand radieren. Mein Inneres war also so gespalten wie nie zuvor. Was sollte ich …

»Einen wunderschönen guten Abend«, erklang plötzlich eine dunkle Stimme.

Mir blieb zum zweiten Mal an diesem Tag vor Schreck fast das Herz stehen. Ich hob das Handy und leuchtete in die Richtung der Stimme.

»Mir scheint, wir zwei haben noch eine Rechnung offen.«

Drystan lehnte lässig am Gartenhaus, das lange dunkle Haar fiel ihm offen um die Schultern. Ich schluckte kurz, doch fing mich erstaunlich schnell. »Glaube ich kaum, denn du bist jetzt mein Bodyguard.« Ich lächelte süß. »Du musst nett zu mir sein.«

Drystan zuckte verächtlich mit dem linken Mundwinkel. »Ich muss gar nichts. Ich gehöre zur Königsfamilie, und mir wird ziemlich viel verziehen. Ich glaube kaum, dass es der Königin oder dem König auch nur ein Wimpernzucken entlockt, wenn ich dir eine genauso hübsche Beule verpasse wie du mir.«

Seine Worte klangen bedrohlich, dennoch blieb das Gefühl von Angst aus. Stattdessen dachte ich wieder mal daran, dass die Nachbarn nicht das Gefühl haben sollten, dass ich mich mit unsichtbaren Wesen unterhielt.

Ich stieß die Tür des Gartenhäuschens auf und deutete ins Innere.

Drystan sah zur Terrassentür. »Du bittest mich nicht in dein Haus?« Er rührte sich nicht vom Fleck. »Das ist sehr unhöflich.«

Ich zuckte nur mit den Schultern. »Wie gesagt. Du bist mein Bodyguard. Ich wollte dich nicht, und ich muss nicht nett zu dir sein.«

Drystan hob vielsagend die Augenbrauen, dann löste er sich mit betont lässiger Eleganz von dem Türrahmen und stiefelte an mir vorbei ins Innere des Gartenhäuschens. Was dank Grandpas Ambitionen, es zu einem Gästehaus umzubauen, deutlich größer und hübscher war als der gewöhnliche Schuppen im Garten.

Drystan drehte sich einmal um sich selbst. Dank seiner großen Gestalt wirkte der Raum deutlich kleiner. »Ist das die Kammer für die Angestellten? Schlafen sie nachts hier?«

Jetzt war ich es, die vielsagend die Augenbrauen hob. »Wir haben keine Angestellten. Der einzige Angestellte bist jetzt du. Weshalb du dich die meiste Zeit hier aufhalten wirst.«

Drystan drehte sich zu mir und musterte mich unter seinen tiefliegenden Brauen. »Damit bin ich nicht einverstanden.«

»Warum nicht?«, wollte ich wissen und verschränkte die Arme vor der Brust. »Hier kannst du mal ein bisschen ausspannen von deinem anstrengenden Dienst als Hauptmann. Das ist doch wie Urlaub.«

Drystan musterte mich. »Was ist ein *Urlaub?*«

Ernsthaft? Das hatte man davon, wenn man sich als Kartell so verschlossen gab. Erst da fiel mir auf, dass er wieder seine typischen Fawn-Klamotten trug. Ärmellose Weste und eine Reithose. Um seine Handgelenke und Oberarme schmiegten sich breite Reifen aus einem silbernen Metall, die mit kunstvollen Mustern verziert waren.

Ich wedelte genervt mit den Händen. »Ein Urlaub bedeutet freie Zeit, in der man einfach nur faul sein kann. Man hat keine Termine, keine Verpflichtungen und lässt sich einfach durch den Tag treiben.«

Drystans volle Lippen kräuselten sich angewidert. »Klingt ja fürchterlich.«

Ich seufzte. »Dann nenn es, wie du willst. Jedenfalls kannst du hier sitzen und Däumchen drehen.«

»Ich werde hier nicht nur herumsitzen. Ich muss für deine Sicherheit sorgen.« Drystans Blick wurde kalt. »Wie soll das funktionieren mit so vielen Wänden zwischen uns?«

Ich verdrehte die Augen. »Ihr Fawn seid doch alle so magiebegabt. Kannst du da nicht durch Wände sehen?« Mein Einwand kam mir kindisch vor, und meine Stimme klang störrisch, doch in diesem Moment hatte ich einfach Lust dazu, keinen Millimeter zurückzuweichen.

Drystan musterte mich eine ganze Weile lang. »So wird das nicht funktionieren, Mensch.«

»Es läuft genau so, oder gar nicht, Elfe.«

An Drystans Kiefer zuckte ein Muskel. Ich wusste, dass ich einen empfindlichen Nerv getroffen hatte, als ich ihn als *Elfe* bezeichnet hatte. Er machte zwei, drei schnelle Schritte auf mich zu, bis er genau vor mir stand. »Bedenke deinen Platz in der Nahrungskette. Ich bestimme, wie ich für deine Sicherheit sorge. Also spiele dich hier nicht auf, denn du bist nichts als ein kleiner borstiger Kobold, der mich anfaucht.«

Was für eine Unverschämtheit. Ich hätte gerne irgendetwas nach ihm geworfen, aber ich wollte ihm nicht wehtun. Nicht schon wieder. Ich wollte ihm einfach nur zeigen, dass mir seine körperliche Präsenz keinen Respekt einflößte. Auch wenn ich mir damit selbst etwas vormachte, denn er war schon irgendwie bedrohlich.

Also zückte ich mein Klappmesser, das mittlerweile zu meinem besten Freund geworden war. »Du machst mir keine Angst, und wenn ich eins nicht bin, dann borstig.«

»Dann gibst du also zu, dass du ein kleiner Kobold bist?« Drystan schnippte vor mein Messer. In der nächsten Sekunde zerfiel es zu schillerndem Sand, der mir durch die Finger rann.

Noch bevor mein Verstand begriffen hatte, was hier passierte, wollte ich den Sand wie automatisch auffangen. Doch da machte Drystan wieder nur eine kleine Bewegung mit dem Finger. Unter uns knirschte es, und durch den Holzboden des Gartenhauses brach eine dicke grüne Ranke. In Windeseile hatte sie mich komplett umschlungen. Ich war von Kopf bis Fuß gefesselt wie mit einem dicken grünen Tau.

Das alles ging so schnell, dass ich einfach nur mit offenem Mund dastand und Drystan aus weit aufgerissenen Augen ansehen konnte.

»Wenn du mich noch mal bedrohst, lasse ich Blumen aus jeder deiner Körperöffnungen wachsen«, wisperte Drystan, und beugte sich nah zu mir. »Glaub mir, das wird ein Schauspiel.«

Aus jeder meiner Körperöffnungen? Mir wurde heiß und kalt zugleich. Das klang ja sehr …

»Und doch, du bist definitiv borstig.« Jetzt ging Drystan vor mir in die Hocke. Er strich mit dem Daumen über meinen linken großen Zeh. Dort wuchsen genau drei dunkle Haare, die ich mir regelmäßig mit einer Pinzette auszupfte.

»Oh, was für Borsten«, sagte Drystan und kam dann wieder hoch. »Damit kann man ja fast einen Zopf machen.«

Mir schoss das Blut in die Wangen. Drystan war … Er war absolut … Er … »Lass mich sofort frei!« Das war das Einzige, was ich erwidern konnte, als ich meine Sprache wiederfand.

Drystan schüttelte den Kopf. »So weiß ich die ganze Nacht, wo du bist. Wie *praktisch.*«

Es war erbärmlich, aber ich hatte nur noch diese eine Idee. »Das werde ich Melissa und ihrem Verlobten erzählen.«

Wieder kam Drystan näher, legte den Kopf schief und betrachtete mich wie ein Raubvogel. »Du sagst seinen Namen nicht.«

Ich schnaubte. »Und jetzt raten wir mal alle, warum«, erwiderte ich und versuchte gleichzeitig, die dicke Ranke zu dehnen, damit ich die Arme frei bekam. Keine Chance. Das Ding war so straff wie ein Tau und hielt mich so fest umschlossen, dass ich vermutlich sogar aufrecht darin schlafen konnte. »Und jetzt lass mich endlich frei. Du hattest deinen Spaß.«

»Unter zwei Bedingungen.« Auf Drystans Gesicht malte sich ein überhebliches Lächeln. »Erstens, du akzeptierst, dass ich in deiner Nähe bleiben werde. Und zweitens …« Sein Lächeln wurde breiter und wirkte jetzt amüsiert. »Als Vergeltung für deinen Angriff mit dem Messer hätte ich gerne, dass du mir bestätigst, dass du ein borstiger Kobold bist.«

»Das ist doch kindisch«, stieß ich hervor. »Wie alt bist du?«

»Ich passe mich deinem Verhalten lediglich an«, erwiderte er ungerührt. »Du wolltest meinen Auftrag sabotieren, du beleidigst mich, und dann willst du mich bedrohen. Sei froh, dass ich dein Verhalten einfach nur als kindisch ansehe und nicht als eine Beleidigung. Denn dann würde ich ganz andere Dinge mit dir tun.« Er marschierte um mich herum und betrachtete mich von oben bis unten. »Aber ich schiebe dein Verhalten auf deinen etwas zerrütteten Gemütszustand.« Er kam vor mir zum Stehen und musterte mich kritisch. »Und du scheinst zu wenig zu schlafen. Auch das führt zu Aggressionen.« Er hob beide Hände wie in einer übertrieben lässigen Pose. »Ich verstehe also, was in dir vorgeht, und genau deshalb passe ich mich deinem Verhalten an.« Er schnipste mit dem Finger gegen die Ranke, die sich prompt noch etwas enger um mich schnürte. »Also? Sind wir im Geschäft?«

»Pfeif deine Pflanze zurück.« O Gott, hatte ich das gerade wirklich gesagt? Seit Cal wieder in meinem Leben aufgetaucht war, hatte sich meine Realität wirklich um 180 Grad gedreht.

»Sag es.« Drystan grinste, und mir war klar, was er vor allem hören wollte.

Ich gab mich geschlagen, jedenfalls für diesen Moment. »Ich bin ein borstiger Kobold.«

Drystans breites Lächeln konnte vermutlich Steine schmelzen. »Ganz meine Meinung. Ich bin froh, dass du das auch so siehst.«

»Du kannst mich mal.« Ich funkelte ihn an.

»Ich kann dich mal … was?« Drystans Lächeln verrutschte nur leicht. Trotzdem konnte er seine Ratlosigkeit kaum kaschieren.

»Du kannst mich mal gernhaben, heißt es eigentlich.«

»Ich soll dich gernhaben?« Jetzt wirkte er komplett irritiert. Was lustig hätte sein können, wäre ich nicht mit einer überdimensionalen Bohnenranke gefesselt. Mein Blick glitt nach unten. »Und wer repariert eigentlich gleich den Boden?« Die spitzen Enden der aufgeplatzten Bodendielen wirkten wie bedrohliche Speere. Ich wollte mir gar nicht vorstellen, wie sehr Grandma sich verletzen würde, sollte sie durch Zufall im Dunkeln das Gästehaus betreten.

»Das mache ich gleich«, erwiderte Drystan. »Zurück zum Geschäft.«

»Das ist Erpressung.«

Drystan zuckte mit der linken Schulter. »Und es funktioniert immer wieder hervorragend. Also?«

Ich war genervt, ich hatte genug von der Ranke und auch

von Drystan. »Du kannst dich im Haus aufhalten. Aber sollte ich dich nachts in meinem Zimmer erwischen, dann hilft dir auch deine Topfpflanze nicht.«

Drystan kicherte dunkel, und es war ihm deutlich anzusehen, dass ihn meine Drohung lediglich amüsierte. »Ganz wie du wünschst, Kobold«, erwiderte er. Dann schnipste er mit dem Finger. Die Ranke ringelte sich an mir hinab und verschwand mit einem leisen Knirschen im Holzboden. Das alles ging so schnell, dass ich ins Schwanken geriet und Drystan mich tatsächlich stützen musste. Ich machte mich los, kaum dass ich sicher stand.

»Das geht schon«, erwiderte ich unwirsch. So langsam wurde mir von den Füßen aufwärts kalt, und ich wollte zurück ins Haus. Aber wie sollte das jetzt ablaufen? Würde Drystan sich irgendwo bei uns ein Plätzchen suchen zum Schlafen? Wann kehrte er in sein Kartell zurück? Wie sollte das überhaupt alles funktionieren?

Da ich keine Idee hatte, wandte ich mich an ihn. »Ich möchte zurück ins Haus. Aber erkläre mir doch mal kurz, wie ich mir das vorzustellen habe. Wirst du bei uns im Haus schlafen? Muss ich dir Abendessen machen?«

Drystan schüttelte den Kopf. »Du wirst mich kaum bemerken. Ich versorge mich selbst, und in der Zeit, in der ich zurück ins Kartell muss, übernimmt mein zweiter Offizier meinen Platz. Er wird für dich völlig unsichtbar sein, es sei denn, du läufst durch Zufall in ihn hinein. Er wird sich in deiner Nähe aufhalten, aber dein Haus nicht betreten. Genau wie ich wird er dir folgen, solltest du das Grundstück verlassen. In deiner Schule werden wir uns in deiner Nähe aufhalten, aber ich sitze nicht bei dir am Tisch.« Seine Stimme klang so nüchtern und so sachlich, als hätte er sich nicht gerade einen riesengroßen

Scherz mit der Ranke erlaubt. Ich war ungewollt fasziniert, wie schnell er in einen absolut geschäftsmäßigen Modus wechseln konnte.

Er interpretierte meinen Gesichtsausdruck wohl falsch. »Es klingt alles schlimmer, als es ist«, sagte er und seine Stimme wurde weicher. »Ich werde dich nicht belästigen. Wie gesagt, du wirst mich kaum bemerken. Ich bin nur da, sollte deine Sicherheit gefährdet sein.« Jetzt wurde sein Blick ernst. »In diesem Punkt kannst du dich auf mich verlassen. Bei mir bist du sicher.«

Ich wollte ihn fragen, was die Fawn denn annahmen, was mir zustoßen könnte. Denn das Schlimmste, mit dem ich rechnete, war immer noch eine Entführung durch Melissa und Cal in ihr Reich. Von einer anderen Bedrohung wusste ich nichts.

Doch dann hörte ich, wie die Garage aufging. Schnell zog ich mein Handy hervor und sah darauf. Es war kurz vor halb elf. Die Zeit, zu der Grandma für gewöhnlich von ihrer Spätschicht nach Hause kam.

»Ich muss ins Haus«, sagte ich hektisch und steckte das Telefon wieder weg. »Meine Großmutter ist zurück. Sie wird sich wundern, wenn sie mich barfuß im Garten findet.«

Drystan nickte, als würde er das vollkommen verstehen. Gemeinsam wandten wir uns zur Tür. Er öffnete sie und hielt sie für mich auf. Ich wollte gerade einen Dank murmeln, da stand ich Auge in Auge mit einem riesengroßen Tausendfüßler. Das Insekt war das größte Reittier, das ich jemals gesehen hatte. Verschreckt hätte ich fast aufgeschrien, doch ich schaffte es noch, mir geistesgegenwärtig eine Hand über den Mund zu pressen. Der Panzer des Tausendfüßlers schillerte in allen Farben eines düsteren Regenbogens. Seine Beinchen waren schlank und leuchtend gelb. Seine Augen waren groß, strahlend blau und wirkten intelligent. Die großen Fangzähne rechts und links seines Mauls waren allerdings eine ganz andere Sache.

Wie automatisch duckte ich mich nach rechts zur Seite und stand so unfreiwillig halb in einem der großen Rhododendren.

»Das ist Kaya«, stellte Drystan das Ungetüm vor. »Sie ist mein Reittier. Keine Angst, sie ist zahm wie eine Maus.«

Wie zur Bestätigung schüttelte Kaja den großen Kopf. Ihre Fangzähne blitzten auf, als der Mond durch die dichte Wolkendecke brach. Sie besaß nicht nur ein Flügelpaar, sondern gleich zwei.

»Freut mich«, stieß ich hervor, nachdem ich die Hand hastig vom Mund genommen hatte. »Sie ist wirklich … beeindruckend.« Es war das einzig adäquate Adjektiv, das mir für dieses riesige Insekt einfiel. Kaja war bestimmt drei Meter lang. Der Sattel, der zwischen ihren zwei großen Flügelpaaren auf ihrem Panzer geschnallt war, war aufwendig mit Schmucksteinen und Verzierungen geschmückt.

Jetzt gingen im Inneren des Hauses ein paar Lichter an.

»Ich muss wirklich los«, sagte ich hastig. Da ich nicht so recht wusste, wie ich mich von Drystan verabschieden sollte, nickte ich ihm nur kurz zu. »Dann sehen wir uns«, sagte ich knapp.

Drystan nickte ebenso knapp zurück, doch ein kleines Lächeln spielte um seine Mundwinkel. »Pass auf dich auf, Kobold.«

Kapitel 6

Mitten in der Nacht war ich plötzlich wach. Ich richtete mich im Bett auf und rechnete damit, wie üblich einen meiner Gamma im Zimmer zu entdecken. Erst dann fiel mir ein, dass sie heute alle in ihrem Kartell bei den Amber unterwegs waren. Sie wollten für mich Nachforschungen anstellen, und ich hoffte sehr, dass sie etwas über diese Frau namens Feyre herausfinden würden. War sie Moms Schwester gewesen? Eine Cousine? Ich war mir relativ sicher, dass es sich nicht um ihre Mutter oder eine andere ältere Verwandte handelte. Ich hatte das Gefühl, dass sie die junge Frau auf dem Foto war, die meiner Mutter so ähnlich sah.

Ganz in Gedanken versunken griff ich nach meiner Wasserflasche und nahm einen tiefen Schluck, bevor ich sie wieder an die Seite stellte. Noch vor ein paar Tagen hatte ich geglaubt, vielleicht sogar gehofft, dass meine Mutter genau wie ich die Gabe besessen hatte, die Noctua zu sehen. Doch die neuen Erkenntnisse des Abends warfen all das durcheinander. Meine Mutter war allem Anschein nach eine Emerald gewesen. Aber wie hatte sie ein Leben auf der Erde führen können? Dann kam mir Melissa in den Sinn. Auch sie lebte dauerhaft auf der Erde. Ich nahm das Handy vom Nachttisch, löste das Ladekabel und öffnete den Nachrichtenverlauf mit ihr.

Melissa sollte eine Antwort auf diese Frage haben, und ich scheute mich nicht, sie ihr um diese Uhrzeit zu stellen. Mein Blick glitt kurz zu der Zeitanzeige rechts oben im Display. Kurz nach 2:00 Uhr.

Wieso kannst du permanent auf der Erde leben?

Mehr schrieb ich nicht. Sie war eine Fawn, sie konnte nicht lügen. Sie waren vielleicht großartig darin, der Wahrheit auszuweichen, aber bei so einer konkreten Frage würde sie sich nicht herausreden können.

Die Nachricht wurde zugestellt, aber nicht gelesen.

Plötzlich war ich hellwach. Mir ging zu viel im Kopf herum, und an Schlaf war nicht zu denken. Normalerweise hätte ich jetzt mit einem von meinen Gammas geredet, und ihre Abwesenheit zeigte mir erneut, wie sehr wir miteinander verbunden waren. Sie alle drei hatten sich so sehr gefreut, als wir Hinweise gefunden hatten, dass meine Mutter etwas mit dem Kartell der Emerald zu tun haben könnte. Herald war schrecklich abergläubisch und hielt es für einen Wink des Schicksals, dass ausgerechnet die drei mich *gefunden* hatten. Wobei es natürlich reiner Zufall gewesen war, dass sie unter meinem Bett ihren Dienst tun mussten. Aber daran hatten wir in diesem Moment alle nicht denken wollen. Wir hatten uns in einer Gruppenumarmung aneinandergedrückt, und Otiz hatte ganz feuchte Augen gehabt.

Ich schwang die Beine über die Bettkante, und das kühle Holz der Dielen jagte mir einen leichten Schauer den Rücken hinab. Ich griff nach einer dicken Sweatjacke, die über der Lehne meines Schreibtischstuhls hing, und dann führten mich meine Beine wie automatisch zum Fenster.

Ich schob es hoch, und eine kühle Brise strich durch mein Haar. Traurigkeit stieg in mir auf, als ich in den Garten hinabsah, der dunkel und still vor mir lag. Cal und ich hatten es geliebt, einfach nur schweigend auf dem Fensterbrett zu sitzen und in die Nacht hinauszusehen. Zwischen uns waren nie viele Worte nötig gewesen. Diese tiefe Sympathie, die vom ersten Augenblick an zwischen uns geherrscht hatte, war genug gewesen.

Meine Gedanken wanderten zu den Dingen, die wir auf der Atlantide herausgefunden hatten. Irgendjemand hatte Katastrophales mit der Welt vor. Im Moment spekulierten wir nur, was und warum, doch eigentlich durften wir keine Zeit mehr verlieren. Wieder einmal stieg Bitterkeit in mir auf, als mir klar wurde, dass ich mir diesen Stolz gegenüber Cal nicht leisten konnte. Hier ging es um größere Dinge, um Wichtigeres als meine persönlichen Differenzen mit jemandem, den ich nie wiedersehen müsste, wenn ich es nicht wollte. Ich könnte den Kontakt mit Cal für immer aufgeben, und er würde weit entfernt in einer anderen Dimension sein Leben leben.

Aber meine Grandma, meine Freunde und all die vielen unschuldigen Menschen, sie alle würden darauf bauen, dass ich mich meiner Verantwortung stellte. Ich musste die Geheimnisse um Obskuris lösen. Und jetzt war es sogar etwas ganz Persönliches geworden. Meine Mutter war ganz sicher Teil dieser Welt gewesen.

Wieder dachte ich an den einen Moment, an dem Cal mich so kalt angesehen hatte. Ich hatte ihn niemals für so einen guten Schauspieler gehalten. Ich seufzte leise, innerlich immer noch hin- und hergerissen, wie ich mit der Situation umgehen sollte. Ich wollte helfen, und ich würde Verantwortung übernehmen. Aber mein Herz blutete immer noch, und der Gedanke an Cal schmerzte so sehr. Ich wollte es ihm nicht so einfach machen. Ich wollte nicht für ihn die Vernünftige sein, die jetzt einfach so zum Tagesgeschäft überging. Ich konnte ihm nicht so leicht verzeihen.

Ein Rascheln zwischen den Büschen ließ mich den Kopf heben. Im nächsten Moment flog eine große Gestalt lautlos vom Boden in Richtung des Vordaches. Ich zuckte zurück, doch dann erkannte ich Drystan.

»Ist alles in Ordnung, kleiner Kobold?« Er war geschmeidig und mit fliegenden Haaren in einer hockenden Pose auf dem Vordach der Veranda gelandet. Ich wäre schon längst mit lautem Getöse heruntergerutscht und hätte vermutlich noch ein paar der Dachschindeln mitgenommen. Er hingegen wirkte wie mit dem Untergrund verwachsen, und die Schräge schien seinem Gleichgewicht nichts auszumachen. Im Gegenteil, seine Pose wirkte anmutig und mühelos, was ich bei seiner großen Gestalt ehrlich bewunderte.

Ich starrte ihn einen Moment aus zusammengekniffenen Augen an und ignorierte den wenig charmanten Spitznamen. »Hast du mich beobachtet?«

»Ich habe das Haus beobachtet«, erwiderte er ruhig. »Als du am Fenster aufgetaucht bist, nahm ich an, du wolltest nur ein wenig frische Luft schnappen. Aber dann sah ich dein Gesicht, und du wirktest beunruhigt. Also beschloss ich nachzufragen.«

Ich musterte ihn immer noch. »Du kannst wirklich nicht lügen, oder?«

Er schüttelte den Kopf.

Ich schnaubte leise und betrachtete ihn erneut in dem fahlen Mondlicht. Auch Melissas Antworten waren mir am Anfang kühl und manchmal regelrecht unhöflich vorgekommen. Bei Drystan war es genauso. Aber es lag nicht an ihren mangelnden Umgangsformen. Es lag schlicht und einfach daran, dass sie immer die Wahrheit sagten.

Ich reckte den Hals. »Wo ist dein Reittier?«

Er wandte kurz den Kopf in Richtung des Gartens. »Kaya schleicht durch die Nachbarschaft. Wir sind so selten auf der Erde, und sie liebt es, durch die Welt der Menschen zu streifen.«

Ich musste lächeln, als ich mir vorstellte, wie der drei Meter große Tausendfüßler um die Blumenbeete schlich.

Drystan sah zurück zu mir. »Willst du mir sagen, was dich wach hält?«

Ich holte Luft und atmete dann tief aus. Wieder dachte ich daran, wie seltsam mir die Gespräche mit den beiden Fawn vorgekommen waren. Und was das für ein Bild auf uns Menschen warf, wenn die Wahrheit in ganz gewöhnlichen Gesprächen für uns so unvertraut klang. Ich beschloss, es zu versuchen. Ich wollte ehrlicher sein, und Drystan, der das gewohnt sein sollte, war ein guter Anfang.

»Ich kann dir nicht vertrauen«, sagte ich leise, sah ihn aber nicht an. »Du bist dem Königspaar treu ergeben und somit eine permanente Bedrohung für mich.«

»Ich bin keine Bedrohung.« Die Wolken waren vor den

Mond gewandert, und nun war es so dunkel, dass man kaum die Hand vor Augen sah. Drystans Konturen waren kaum mehr als schemenhafte Schatten, und nur seine dunkle Stimme verriet, dass er wirklich dort war.

»Du hättest mich mit den Pfeilen fast getötet.«

Ich hörte ihn in der Schwärze leise seufzen. »Ich töte nicht aus Vergnügen.«

Er wich mir aus, natürlich, was blieb ihm anderes übrig.

»Wenn dein König es befiehlt, würdest du mich töten?«

Wieder hörte ich ihn schwer atmen. »Eine solche Situation wäre …«

Er machte es schon wieder. »Rede nicht drum herum, Fawn. Ich bin nicht dumm.«

Ich sah ihn an, just in dem Moment, als die Wolkendecke aufriss und der Mond sein milchiges Strahlen über die Spitzen der Bäume gleiten ließ. Drystans blauschwarzes Haar glänzte wie ein Spiegel.

»Also, sag es. Würdest du mich auf Befehl töten?«

Die Feuerkränze um seine Iriden blitzten in der Schwärze auf, als Drystan mich ansah. »Ich weiß es nicht.«

Er konnte nicht lügen. Konnte. Nicht. Lügen. Seine Worte verwirrten mich. »Warum nicht?«

Drystans Miene wurde verschlossen. »Darüber kann ich nicht reden. Bitte respektiere das.«

Respekt. War es das? Ging es bei der Wahrheit auch immer um Respekt? Ich nickte, doch dann entschlüpften mir die Worte doch. »Du stehst dem Königspaar nahe. Du bekommst eine Menge mit, und du bist vielleicht sogar in Pläne eingeweiht.«

Drystans Miene wurde noch verschlossener. »Das stimmt.«

»Zweifelst du manchmal an deinen Herrschern?«

»Das wäre Hochverrat.« Drystan hielt meinen Blick, doch wieder flammten seine Feuerkränze gefährlich auf.

Ich war zu weit gegangen. Das hier war schließlich kein Kreuzverhör. »Entschuldige. Das war zu persönlich.«

Drystan rückte etwas näher. Nicht viel, aber gerade nah genug, dass ich sein Gesicht besser erkennen konnte. »Ihr Menschen lügt gerne und viel, und deshalb trauen wir euch nicht.«

Ich nickte, einfach nur, weil er recht hatte.

»Und bei einigen Dingen geht es auch um Vertrauen. Ich weiß, dass die Prinzessin Callahan nicht heiraten will. Und sie ist nicht die Sorte Frau, die sich in eine Verbindung drängen lässt. Du, das Geschenk, warst eine ungewöhnliche Überraschung. Das Königspaar hatte sofort Gefallen an dir, sie sind entzückt von dir. Aber ich sehe in erster Linie eine Fremde, die durch eine plötzliche Verbindung den Zugang zu unserem Kartell bekommt.« Drystan musterte mich mit den Augen eines Raubvogels. »Eine Fremde, die eine seltene Gabe besitzt …« Er ließ seine Augen über mein Gesicht wandern. »… und wer weiß, was für Talente sie noch hat.«

Ich schluckte, sagte aber wieder nichts.

»Als Hauptmann würde ich mir niemals anmaßen, an der Haltung des Königspaars dir gegenüber Kritik zu üben. Oder meine Zweifel an der Verbindung der Prinzessin zu Callahan zu äußern. Ihre Eltern scheinen glücklich darüber, warum sollte ich mich einmischen?«

»Weil es deine Pflicht wäre?« Mein Mund war ganz trocken. Drystan hatte uns alle durchschaut. Er war noch eine größere Gefahr für mich, als ich angenommen hatte.

Drystan sah wieder in den Garten. »Meine Pflicht ist es, reale Gefahren abzuwenden. Ich kämpfe, ich beschütze mit meinem Leben, ich kenne kein anderes Leben als Waffen, Gewalt und Blut. Sollte sich ein Verdacht erhärten, dann beobachte ich, bis ich Beweise habe. Es liegt mir fern, das Königspaar mit Spekulationen und vagen Vermutungen in Angst zu versetzen.« Er schnaubte. »Sie haben schon genug durchgemacht.« Er sah wieder in mein Gesicht. »Und dich behalte ich als dein Leibwächter im Auge.«

Jetzt wurde mir alles klar. »*Du* hast das eingefädelt.« Ich richtete mich ein wenig auf. »Es geht gar nicht um meine Sicherheit. Es geht um die Sicherheit des Königspaars. Du willst mich im Auge behalten, weil du mir …« Ich brach ab und korrigierte mich dann. »… weil du uns nicht traust.«

Drystan nickte knapp. »Gut erkannt, Kobold.«

»Nenn mich nicht so.«

»Ich nenne dich, wie ich will.«

»Du magst ja in deinem Reich einer Menge Leute Befehle erteilen, aber wir sind hier auf der Erde.« Ich funkelte ihn an.

Drystan runzelte die Brauen, wirkte aber amüsiert. »Was für ein böser Blick. Muss ich mir Sorgen machen, dass du jetzt wieder nach einem Ast greifst, um mich zu erschlagen?«

»Ich hatte nicht vor, dich umzubringen.«

»Hört, hört«, murmelte Drystan, klang aber immer noch so, als müsse er sich ein Lachen verkneifen. »Mach dir keine Sorgen«, fügte er dann noch hinzu. »Man hat schon so oft versucht, mich umzubringen, dass ich es schon gar nicht mehr zähle. Dein Versuch war eindeutig einer der angenehmeren.« Er legte den Kopf schief. »Hast du dich danach überzeugt, ob ich noch atme?«

Ich nickte. »Ich konnte nicht einfach so gehen.«

Er lächelte knapp. »Wusste ich es doch, dass ich da etwas gespürt habe.«

»Ich töte nicht aus Vergnügen«, zitierte ich ihn und wartete gespannt auf seine Reaktion.

Er schüttelte leicht den Kopf. »Und da ist er wieder, der borstige, kleine Kobold.«

Ich lachte leise auf, doch dann wurde mein Blick wieder ernst. »Ist dein Beruf wirklich so gefährlich? Auf mich wirkten der König und die Königin als das Gefährlichste in diesem Königreich.«

»Du irrst dich.« Er veränderte kurz seine Position, verlagerte das Gewicht, dann sah er mich wieder an. »Ihre Regentschaft wird regelmäßig bedroht. Von weit entfernten Verwandten, die emporkommen wollen. Von Giftmördern, die irgendeiner fanatischen Gruppe angehören. Von irgendwelchen Gesinnungsgenossen, die die Monarchie abschaffen wollen. Die Königsfamilie ist in den letzten Jahrzehnten Opfer schrecklicher Attentate geworden. Einem von ihnen ist auch mein Vater zum Opfer gefallen, kurz nachdem meine Mutter uns für einen anderen Mann verlassen hatte. Es ist einer der Gründe, warum ich mich entschieden habe, schon als Junge ins harte Kampftraining der Leibgarde zu gehen. Ich wollte nicht nur in der Lage sein, mein Leben zu schützen, ich wollte die verteidigen können, die ich liebe.« Er sah auf die Dachziegel zu seinen Füßen. »Weil ich damals noch zu klein war, als mein Vater einem Attentäter zum Opfer fiel. Schon damals schwor ich mir, ein Beschützer zu werden.«

Ich war ungewollt gerührt von seiner Erzählung.

»Und mit acht Jahren habe ich mich dazu entschlossen, in den Kader der Leibgarde zu gehen. Vermutlich war es sogar mein Glück, dass ich mich ab dann in den Quartieren der Leibgarde befand. Vielleicht bin ich so einem Anschlag entgangen.«

»Meine Eltern sind gestorben, als ich vier Jahre alt war«, sagte ich leise. »Es ist so lange her, und doch habe ich ihren Verlust immer noch nicht überwunden.«

»Sie alle leben weiter, solange sie in unseren Herzen nicht vergessen sind.« Drystan sah mich an. »Daran halte ich mich fest. Daran habe ich mich immer festgehalten, wenn ich mich verloren gefühlt habe, damals in den düsteren Quartieren der Leibgarde, umgeben von Fremden und erschöpft von dem Training, das einem körperlich und geistig alles abverlangte.«

»Bist du stolz auf das, was du erreicht hast? Du bist jung für einen Hauptmann, oder? Ich meine, ich habe keine Ahnung, aber ich habe mir immer vorgestellt, dass der Hauptmann, der alle befehligt, irgendein altgedienter General in seinen Sechzigern ist.«

Drystan lächelte, aber jetzt wirkte es etwas verlegen. »Ich bin der Beste. Und der Beste führt die Truppe an, es ist eine ganz einfache Regel.«

»Du bist also der Beste«, sagte ich und konnte es mir nicht verkneifen, ihn ein klein wenig damit hochzunehmen.

Drystan blieb jedoch ernst. »Normalerweise prahle ich nicht. Aber es gab keine andere Art und Weise, dir meinen schnellen Aufstieg zu erklären.«

Wieder lachte ich leise. »Das war nicht böse gemeint. Ich wollte mir einfach nur einen kleinen Scherz mit dir erlauben.«

Drystan dachte einen Moment über meine Worte nach. »Ich finde es gut, dass wir dieses Gespräch führen, obwohl wir einander nicht vertrauen.«

Und da war sie wieder, die entwaffnende Ehrlichkeit. »Glaubst du, ich bin eine Attentäterin, die König und Königin töten will?«

Jetzt war es Drystan, der lachte. »Oh nein. Ganz gewiss

nicht. Du hast eine besondere Gabe, und Callahan war clever genug, dafür zu sorgen, dass du dich in ihn verliebst, damit du bei jedem seiner noch so perfiden Pläne mitmachst.«

Einen Moment lang war ich zu schockiert, um etwas zu erwidern. Dann schnaubte ich halbherzig. »Du hältst mich also für eine dumme Marionette?«

Wieder legte Drystan den Kopf schief. »Ich weiß noch nicht, für was ich dich halte. Deshalb beobachte ich dich.«

Ich verschränkte die Hände vor der Brust. »Na herzlichen Dank auch.«

»Aber ich habe doch recht.« Wieder setzte sich Drystan auf dem Dach ein wenig zurecht. Ich sah, dass die Position für ihn doch nicht so bequem war wie angenommen, doch ich dachte gar nicht daran, ihn in mein Zimmer zu bitten.

»Du bist in Callahan verliebt. Und für die, die man liebt, nimmt man so einiges an Risiko auf sich.«

Er hatte recht, aber ich wollte es nicht zugeben. »Das mit uns ist vorbei«, erwiderte ich barsch. »Oder würdest du deine Freundin verschenken?«

Mein Blick glitt zu Drystan, und wir sahen uns einen Moment lang schweigend an. »Wenn das Verschenken nur eine List wäre, dann würde ich es auf jeden Fall tun.«

Und schon wieder hatte er recht. Ich schloss einen Moment die Augen, um nichts Unüberlegtes zu sagen.

»Ich wusste nichts von seinem Plan, und er hat mein Vertrauen missbraucht. An diesem Abend hatte ich Todesangst, und das nicht nur in dem Moment, in dem ich vor dem Königspaar tanzen musste.« Ich sah ihn böse an. »Nein, es waren auch die Minuten danach, in denen du mich wie ein Tier durch diesen Wald gejagt hast. Die ganze Zeit während meiner Flucht. Ich bin verfolgt worden, man hat auf mich geschossen … mit Pfeilen, mit Kugeln, man hat Speere nach mir und meinem Reittier geworfen. Ich wäre nicht nur einmal fast gestorben. Und er hat all das billigend in Kauf genommen, um …« Ich brach abrupt ab. Fast hätte ich mich verplappert.

»Um was?«, fragte Drystan leise, aber deutlich angespannt. »Er hat all das in Kauf genommen, um was?«

Jetzt hatte ich meine Sinne wieder beisammen. »Er hat mit mir gebrochen, um für Frieden zu sorgen. Selbst jemandem wie dir, der kaum aus seinem Kartell herauskommt, sollte nicht entgangen sein, wie angespannt die politische Situation in der Dimension ist. Die Kartelle misstrauen sich gegenseitig. Es gibt drei Kartelle, die sich bereits verbündet haben. So wie es aussieht, wollen sie die Kontrolle in der Dimension übernehmen. Es würde zu jahrelangem Krieg kommen, zu jeder Menge Toten und viel unnötigem Leid. Cal und Melissa wollen beide verhindern, dass die Kartelle sich noch mehr gegenseitig misstrauen. Sie sind gegen den Krieg und …« Meine Stimme zitterte. »Mein Herz ist nichts weiter als ein Kollateralschaden auf dem Weg zum Frieden.«

Drystans Augen hatten sich bei meiner wütenden Rede geweitet. Draußen in den Büschen erklang das Zirpen eines Nachtvogels. Irgendwo weit über uns rauschte ein Flugzeug über den Himmel. Irgendwann löste ich meine verkrampften Hände und legte sie locker auf meinem Oberschenkel ab. Plötzlich war ich hundemüde. Ich war emotional erschöpft von all dem, was in meinem Gespräch mit Drystan wieder in mir aufgestiegen war. Aber es war nichts als die Wahrheit. Ich war ein Bauernopfer in einem Kampf, der so viel größer war als ich. Und ein weiterer Kampf stand uns noch bevor. Ich musste mich sammeln, die zerbrochenen Einzelteile meines Herzens mit eisernem Willen kleben und nach vorne blicken. Alles, was geschehen war, hat einen Sinn gehabt. Alles, was noch geschehen würde, war ein Teil meiner Verantwortung. Ich durfte jetzt nicht kneifen. Ich musste mich zusammenreißen und wieder mit den Noctua zusammenarbeiten.

»Ich bin müde«, sagte ich schließlich. »Ich glaube, ich gehe jetzt wieder ins Bett.«

Drystan sah zuerst aus, als wolle er noch etwas auf meine Rede erwidern. Doch dann nickte er nur. »Ich wünsche dir eine angenehme Nachtruhe.«

»Danke, dir auch.« Ich ließ den Oberschenkel vom Fensterbrett rutschen und stand dann wieder auf beiden Füßen. »Wir sehen uns morgen.«

Drystan richtete sich auf und stand nun in voller Größe auf dem Vordach. »Erin.«

Es fühlte sich immer wieder seltsam an, meinen Namen aus seinem Mund zu hören.

»Ja?«

»Ich habe Gerüchte gehört. Sieh dich vor, und pass auf deine Freunde auf. Im Reich der Fawn ist nichts so, wie es scheint.«

Mit diesen Worten sprang er in einem eleganten Satz vom Dach und war im nächsten Moment in der Dunkelheit zwischen den Büschen verschwunden.

Kapitel 7

Am nächsten Morgen hatte ich eine Entscheidung getroffen. Ich würde mich nicht länger hinter meinen verletzten Gefühlen verstecken, und ich würde auch nicht tatenlos dabei zusehen, wie die Welt am Abgrund stand. Die Vergangenheit meiner Mutter hatte bewiesen, dass mein Leben untrennbar mit der Dimension verbunden war. Sie war ein Teil meiner Geschichte. Ich würde sie retten, genauso wie ich helfen würde, die Welt zu retten.

Der Gedanke klang großartig und einfach, und ich war voller Tatendrang, als ich aus dem Fenster in den von Tau glitzernden Garten sah.

Meine drei Gamma schliefen noch selig. Sie waren erst im Morgengrauen aus dem Kartell wiedergekommen, leider ohne

Neuigkeiten. Aber irgendwie hatte ich das auch gar nicht erwartet. Sie standen in der Hierarchie so weit unten, dass man ihnen in irgendeinem Archiv garantiert keinerlei Informationen geben würde.

Ich würde mich einfach selbst darum kümmern. Mit einem Becher dampfenden Kaffees in den Händen ließ ich meinen Blick über die Büsche und Bäume gleiten. Ich hatte eine Entscheidung getroffen. Und jetzt würde ich alles dafür tun, sie auch umzusetzen.

In diesem Moment schwang die Tür des Gartenhauses auf, und ein fast zwei Meter großer Fawn, lediglich bekleidet mit einer dunklen Hose, trat barfuß hinaus auf den Rasen.

Sein langes Haar hatte er lässig oben auf dem Kopf zusammengebunden, und jetzt wackelte er mit den nackten Zehen, als er sich streckte.

Ich starrte ihn volle fünf Sekunden lang an, bevor mein Verstand einsetzte. Drystan. Mein Bodyguard, der Schatten, der mich auf jedem Ausflug begleiten würde. Nicht nur zur Schule, zu den Treffen mit meinen Freunden, sondern vermutlich auch zurück nach Obskuris.

Mein Optimismus bekam einen herben Dämpfer. Drystan war ein Problem. Ich stellte den Kaffeebecher auf dem Fensterbrett ab und runzelte finster die Brauen. Er war ein Problem, weil er nicht eingeweiht war. Wie konnte ich in die Dimension reisen, dort versuchen, etwas über meine Mutter herauszufinden und dann im Kartell der Fawn spionieren, um bestenfalls herauszufinden, wer von ihnen für die Zwischenfälle mit den Zahnfeen verantwortlich war?

Schließlich verdächtigte ich auch das Königspaar. Und ihnen war ihr Hauptmann treu ergeben. Ich kaute grübelnd auf meiner Oberlippe, während Drystan den Kopf hob, als habe er meinen Blick gespürt.

Er winkte lässig, und ich hob kurz die Hand zum Gruß. Wie automatisch ließ ich unsere Gespräche von gestern Revue passieren. Er hatte Andeutungen gemacht. Andeutungen, die noch immer in mir nachhallten. Waren die Hinweise so deutlich gewesen? War er dem Königspaar vielleicht doch gar nicht so treu ergeben? Missbilligte er vielleicht einige ihrer Ansichten? Er war nicht konkret geworden, aber mein Bauchgefühl sagte mir, dass da mehr war, als ich auf den ersten Blick erkennen konnte.

Doch solange ich mir nicht sicher war, durfte ich ihm nicht trauen. Ich nahm meinen Kaffeebecher und wich vom Fenster zurück, um mich für die Schule fertig zu machen. Ich war früh dran und musste mich zum Glück nicht beeilen.

Ich schlich in mein angrenzendes Badezimmer und betrachtete mich dort im Spiegel. Ich sah müde aus, aber der Eindruck täuschte. Ich hatte tief und traumlos geschlafen. Drystan hatte für ein Gefühl der Sicherheit gesorgt, das ich niemals erwartet hätte. Obwohl ich ihm nicht zu 100 Prozent traute, wirkte er aufrecht und verlässlich.

Ich hatte ihm sofort abgenommen, dass sich mir niemand würde nähern können, ohne dass er es bemerkte. Wie automatisch glitten meine Gedanken weiter zu Cal. Wenn ich in das Reich der Fawn wollte, würde ich ihn vermutlich nicht länger ignorieren können. Ich war schließlich sein Geschenk an das Königspaar. Er war der tolle neue Schwiegersohn und ich nur das putzige Accessoire, das er zur Belustigung aller mitgebracht hatte. Ich krallte meine Hände um den kühlen Stein der Armatur und holte tief Luft. Ich wollte ihn nicht sehen. Und erst recht wollte ich ihm nicht so bald verzeihen. Doch für das, was ich vorhatte, würde ich mich mit ihm wohl arrangieren müssen.

Ich ging hinüber zur Dusche und schaltete das Wasser an. Während ich mich aus meinem Schlafanzug schälte und ihn über eine Handtuchstange hängte, dachte ich erneut über meinen Plan nach. Ich hoffte, dass es im Kartell der Emerald Aufzeichnungen über dessen Bewohner gab. Zusammen mit den anderen Alpha würde ich dort eine Anfrage stellen. Die Noctua wirkten schließlich genauso bürokratisch organisiert wie wir Menschen. Ich war mir sicher, es gab eine Anlaufstelle, wenn man jemanden suchte.

Bisher wusste ich jedoch sehr wenig über dieses Kartell, außer dass es sich vor kurzer Zeit mit den Amethyst und den Crimson verbündet hatte.

Ich öffnete die Tür der Dusche und stellte mich dann unter den warmen Strahl. Das Wasser rann angenehm warm über meinen Rücken, und ich schloss die Augen. Ich hatte Großes vor. Und ich würde jetzt nicht mehr kneifen. Ich würde alle meine Freunde zu einem Treffen einladen. Und wenn ich *alle* sagte, dann meinte ich alle.

Die Noctua, aber auch Rhonda, Jinjin und Dylan. Keine Geheimniskrämerei mehr, kein Zurückhalten von Informationen. Alle sollten *alles* wissen, und gemeinsam würden wir es schaffen, unsere Welten zu retten.

*

Als ich aus dem Badezimmer kam, wartete eine Nachricht von Melissa auf mich.

Ich kann dir das alles mal in Ruhe erklären.

Na toll, ich wurde weiter auf die Folter gespannt. Dabei war der Grund, warum sie dauerhaft auf der Erde leben konnte, doch sicherlich in zwei, drei Sätzen erklärbar. Oder sie hätte mir eine Sprachnachricht schicken können. Ich seufzte und legte das Handy zurück auf den Nachttisch.

Mittlerweile waren meine Gamma erwacht. Otiz putzte sein Fell, Pünktchen rollte sich auf dem Bett herum, und Herald war samt Wäschekorb umgefallen und zog sich gerade mit einem Ächzen aus dem engen Raum zwischen den Streben hervor. Ich verstand bis heute nicht, wie er dort drinnen überhaupt atmen konnte.

»Gibt es so was wie ein Einwohnermeldeamt bei den Emerald?«, wollte ich wissen, während ich in meine Jeans schlüpfte. »Verzeichnen sie Geburten und Tode? Oder gibt es eine Liste mit den Einwohnern der Schiffe?«

Herald schüttelte sich kurz, und die Abdrücke auf seinem Körper waren verschwunden. »Man kann sich freiwillig eintragen lassen.« Er kam etwas näher und musterte mich aus seinen kleinen Augen. »Aber es wäre gut, wenn du einen Familiennamen hast. Feyre ist ein nicht gerade seltener Name in der Dimension.«

Ich seufzte. Es wurde mir aber auch rein gar nichts einfach gemacht. »Nehmen wir mal an, Moms Schwester war noch nicht verheiratet. Dann sollte sie doch den gleichen Nachnamen haben wie meine Mutter, bevor sie geheiratet hat.«

Herald nickte zustimmend. »Eine gute Idee.«

Pünktchen wirkte noch aufgeregter und hüpfte jetzt wie ein Flummi auf der Matratze auf und ab. »Weißßßt du ihren Nachnamen? Vielleicht sssstammt ssssie aussss einer Familie, die ich kenne. Oh, dassss issst sssso sssspannend.«

Leider musste ich sie enttäuschen. »Ich habe keine Ahnung. Meine Eltern haben geheiratet, bevor ich zur Welt kam.«

Dann hielt ich inne. »Und das bedeutete auch, dass meine Großeltern Mom bereits gekannt hatten, bevor sie ihren Namen annahm.«

Ich schlüpfte in ein T-Shirt, das über der Stuhllehne hing, und war im nächsten Moment an der Tür. »Ich frage Grandma. Hoffentlich ist sie schon wach.«

Ich durchquerte den Flur bis zu Grandmas Schlafzimmer. Da sie Spätdienst gehabt hatte, schlief sie heute länger. Ich klopfte an und wartete auf ein verschlafenes »Hallo?«, bevor ich eintrat.

»Grandma«, flüsterte ich. »Entschuldige, dass ich dich so früh wecke. Es ist nichts passiert, ich habe einfach nur eine Frage. Weißt du, wie Mom mit Nachnamen hieß?«

»Was?«, murmelte Grandma.

Ich hatte immer noch die warnenden Worte der Ärztin im Ohr, dass ich sie nicht aufregen durfte. Also griff ich mal wieder zu einer Lüge. »Es geht einfach nur um ein Schulprojekt. Wir versuchen, anhand der Nachnamen etwas über unsere Geschichte zu erfahren. Weißt du ihren Mädchennamen? Oder hast du Unterlagen zu ihrer Hochzeit?«

Grandma tauchte zwischen den Bergen aus Kissen und Decken auf. Ihr kurzes graues Haar stand wirr in alle Richtungen ab. »Um diese Uhrzeit?« Ihr Blick glitt zu dem Wecker auf dem Nachttisch. »Es ist halb sieben. Machst du um diese Zeit etwa noch Hausaufgaben?«

Das war eine super Ausrede. Ich nickte und tat etwas betreten. »Tut mir leid. Ich hatte das total verschwitzt.«

Grandma strich sich durchs Haar. »Ich weiß, dass bei ihrem Umzug in das Haus eine Kiste mit Unterlagen verloren gegangen ist. Da waren einige wichtige Dokumente dabei, die deine Eltern immer mal hatten nachmachen lassen wollen, was sie aber nie getan haben. Ich glaube, die Heiratsurkunde war ebenfalls dabei. Aber Ellas Nachnamen habe ich nicht mehr richtig parat. Irgendetwas mit Z. Etwas Kurzes, so was wie Zas? Oder Zys?« Sie kratzte sich am Kinn. »Es war ein ungewöhnlicher Nachname.«

»Kannst du dich wirklich nicht mehr genau erinnern?«

Sie schüttelte den Kopf. »Aber ich lasse es mal im Hinterkopf weiter schweben, und vielleicht fällt mir der Name plötzlich ein.«

»Danke, das ist lieb. Schlaf noch weiter. Ich bin dann gleich weg, zur Schule.«

»Hab einen schönen Tag«, murmelte Grandma noch, bevor sie sich zurück in die Kissen sinken ließ.

Ich schloss geräuschlos die Tür des Schlafzimmers und war mit schnellen Schritten zurück in meinem Zimmer.

»Okay, der Nachname könnte entweder Zas oder Zys sein.« Ich sah in die Runde. »Was meint ihr?«

Pünktchen und Herald sahen sich an. »Keine Ahnung«, sagten sie dann beide im Chor.

»Der Nachnamen issst wirklich sssehr kurz«, ergänzte Pünktchen noch. Was dazu führte, dass ich noch mehr daran zweifelte, dass ich den richtigen Nachnamen erwischt hatte.

Doch dann hatte ich eine Idee. Die Unterlagen und die Tagebücher, die Rhonda und ich in unserem alten Haus gefunden hatten. Vielleicht konnte ich sie noch mal durchsehen und ganz gezielt nach einem Wort mit Z suchen. Einiges in den Tagebüchern hatte ich nicht lesen können, aber vielleicht hatte ich mehr Glück, wenn ich wusste, wonach ich suchte.

Ich hatte alles, was wir dort gefunden hatten, in einer großen Ledermappe in der untersten Schublade meines Schreibtisches versteckt. Grandma wühlte sich zwar nicht durch meine Sachen, aber Vorsicht war besser als Nachsicht.

Jetzt bückte ich mich hastig, riss die Schublade auf und zog die Mappe vorsichtig hervor. Die Karten und Reisedokumente würden vermutlich keine Informationen bringen, deshalb konzentrierte ich mich auf die Tagebücher. Ich klemmte sie mir unter den Arm.

»Ich gehe was frühstücken und schaue mal, ob ich hier drinnen was finde«, sagte ich und griff nach meinem Telefon und dem Kaffeebecher. Otiz gähnte und ließ die Schnauze wieder auf seine Pfoten sinken. Er würde vermutlich noch eine Runde Schlaf nachholen. Herald streckte sich und schielte auf mein Bett. Einzig Pünktchen hoppelte hinter mir her, als ich durch den Flur zur Treppe ging.

In der Küche stellte ich erst mal meinen Becher erneut unter die Kaffeemaschine. Mein Blick glitt hinaus in den Garten. Ob mein Bodyguard Hunger hatte? Und was frühstückte eigentlich ein Fawn? Ich bezweifelte sehr, dass er so wie ich einen Pop-Tart verschlingen würde.

Während der Kaffee in die Tasse life, sah ich erneut auf mein Handy. Ich beantwortete ein paar Kommentare bei Instagram und YouTube, dann landete ich bei WhatsApp. Da ich Cal immer noch blockiert hatte, kamen von ihm keine Nachrichten an. Auch sein bester Freund Horatio hatte es aufgegeben, sich für Cal einzusetzen, nachdem ich mich nicht zurückgemeldet hatte.

Ich schrieb eine Nachricht an Melissa.

Kannst du mich in das Kartell der Emerald begleiten? Ich muss dort etwas überprüfen. Und mein Bodyguard wird jetzt zum Problem werden. Er ist nicht eingeweiht. Wie sollen wir ihm erklären, dass wir in deinem Kartell herum-

schnüffeln wollen? Er wird mich auf Schritt und Tritt verfolgen, das wird in kürzester Zeit zu unserem Verhängnis werden.

Melissa las die Nachricht praktisch sofort. Noch während ich mit meinem Kaffeebecher Richtung Theke spazierte, wurden die zwei Häkchen blau. Ich schob einen Pop-Tart in den Toaster und streichelte dann kurz Pünktchen, während ich auf mein Handy starrte.

Dann war sie plötzlich wieder offline. Genervt ließ ich das Telefon sinken.

Eigentlich wollte ich mich an die Theke setzen, doch irgendwie ließ mich der Gedanke an meinen Gast im Garten nicht in Ruhe. Was würde ein Fawn frühstücken? Vielleicht etwas geschnittenes Obst? Davon hatten wir immer einen ganzen Berg im Kühlschrank, weil Grandma so eine Gesundheitsfanatikerin war. Und dazu vielleicht ein Croissant? Ich hatte einen Beutel davon in einem unserer Vorratsschränke entdeckt. Vielleicht würde er so etwas mögen? Und Honig. Ja, ich war mir relativ sicher, dass er Honig mögen würde.

Noch während ich ein Tablett aus einem der unteren Schränke hervorzog, verdrehte ich die Augen darüber, was für eine Idiotin ich war. Ich wollte ihn nicht hier haben, ich traute ihm nicht und jetzt machte ich ihm ein Frühstück? Aber meine Erziehung war einfach zu gut, um ihn in diesem Punkt zu ignorieren.

Ich bereitete eine Schale mit Obstsalat vor und streute darauf noch ein paar gemahlene Nüsse. Auf einen kleinen Teller drapierte ich zwei der winzigen Croissants und gab einen Klecks Honig an die Seite. In diesem Moment sprang mein Pop-Tart aus dem Toaster. Ob ihm so etwas schmecken würde? Vielleicht würde er es wenigstens probieren. Ich nahm ein Papierküchentuch und wickelte den Pop-Tart darin ein.

Dann balancierte ich das Tablett auf einer Hand, während ich mit der anderen die Terrassentür aufschob.

Im Garten war es deutlich kälter, als ich angenommen hatte. Wie hatte Drystan hier nur mit nackten Füßen im Gras stehen können?

Er hatte meine Schritte gehört, denn er trat aus dem Gästehaus. Ich dachte natürlich wieder an unsere Nachbarn und bedeutete ihm, wieder zurück ins Haus zu gehen. Zum Glück verstand er sofort.

Im Gartenhaus stellte ich das Tablett auf dem schmalen Tisch ab.

»Guten Morgen«, sagte er und betrachtete neugierig das Frühstück. »Ist das dein Platz für eine Mahlzeit am Morgen?«

»Das ist dein Frühstück«, erklärte ich. »Obstsalat, Croissants mit Honig und ein Pop-Tart. Ein Getränk habe ich jetzt vergessen. Aber du kannst gleich zur Terassentür kommen, und ich kann dir einen Kaffee machen oder einen Tee, wenn du magst. Flaschen mit Wasser stehen dort hinten, die hast du ja sicherlich schon entdeckt. Daran kannst du dich bedienen, aber du kannst doch das Wasser aus dem Hahn trinken, es ist völlig in Ordnung.«

Drystan fixierte immer noch das Tablett. »Es ist für mich?« Jetzt sah er mich an und lächelte. Und sein Lächeln war wahrhaftig umwerfend. »Das alles?«

Ich nickte. »Ich dachte, du hattest vielleicht Hunger nach so einer langen Nacht.«

Drystan ließ sich auf dem Stuhl vor dem Tablett nieder. »Vielen Dank.« Er hob ein Croissant hoch und schnüffelte kurz daran. Dann legte er es mit einem anerkennenden Blick zurück. Als Nächstes glitt sein Blick zu der Papierserviette.

»Vorsicht, das könnte noch heiß sein«, sagte ich schnell.

Doch Drystan hob es hoch und klappte die Serviette auf. »Ist es ein Gebäck?«

»Richtig, es ist mit einer Fruchtcreme gefüllt. Man kann es im Toaster aufbacken.«

»Worin?«

»In einem Toaster.«

Drystan nickte, aber ich war mir relativ sicher, dass er keine Ahnung hatte, was ein Toaster war. Jetzt drehte er den Pop-Tart fasziniert in den Fingern. »Wie nennt man es?«

»Pop-Tart.«

Drystan verbog sich die Zunge an der Aussprache, und ich musste lächeln. Vorsichtig nahm er einen Bissen. Dann nickte er anerkennend. »Auch die Menschen scheinen hervorragende Backwaren zu produzieren. Ich bin sehr überrascht.«

»Das freut mich«, lächelte ich. »Ich werde mal wieder reingehen. Es ist etwas kalt.«

»Vielen Dank«, sagte er noch mal. »Deine Gastfreundschaft ehrt mich.«

Ich lächelte, und all meine Zweifel darüber, ob ich den ungewollten Gast ignorieren sollte oder nicht, waren plötzlich verflogen.

Ich huschte durch die kühle Luft zurück ins Haus. Ein Blick auf mein Handy verriet, dass Melissa mir immer noch nicht geantwortet hatte.

Ich legte das Telefon zur Seite, ließ aber den Chat mit ihr geöffnet, um ihre Antwort sofort zu sehen. Schnell warf ich einen weiteren Pop-Tart in den Toaster, denn mittlerweile hatte ich wirklich Hunger. Dann widmete ich mich Moms Tagebüchern.

Pünktchen schleppte einen Pfirsich über die Theke zu mir und ließ sich dann neben den in Leder gebundenen Notizbüchern nieder.

»Glaubssst du, du findessst dort ihren Namen?«

Ich zuckte mit den Schultern. Ich hatte auch mal eine Phase gehabt, in der ich Tagebuch geschrieben hatte. Allerdings konnte ich mich nicht erinnern, dass ich jemals den Nachnamen eines nahen Verwandten dort hineingeschrieben hätte. Meistens unterhielt man sich sogar, ohne dass man den Namen des anderen sagte. Große Hoffnung hatte ich nicht. Aber ich wollte einfach nichts unversucht lassen. Schließlich ging es hier um ein großes Familiengeheimnis, das mit der Welt der Noctua verbunden war.

Ich nahm noch einen großen Schluck von meinem Kaffee, während ich vorsichtig durch die eng beschriebenen Seiten blätterte. Wieder mal bedauerte ich es sehr, dass so viele der Abschnitte unleserlich waren. Ich las mit Argusaugen, doch ich hatte einfach kein Glück. Es wäre auch zu schön gewesen.

Ich klappte das letzte der Tagebücher mit Schwung zu und legte dann meine Hände auf dem ledernen Einband ab. Warum musste es eigentlich immer nur kompliziert sein? Ich hatte so wenig Informationen gefunden. Hätte ich die Bücher nicht im Haus meiner Mutter gefunden, ich wäre mir nicht mal sicher, ob sie wirklich ihr gehörten.

Ich erstarrte.

Ob sie ihr wirklich gehörten, hallte in mir nach. Was tat man bei Tagebüchern? Wie markierte man so etwas Persönliches als sein Eigentum?

Richtig, man schrieb vorne seinen Namen hinein.

Ich hatte mich immer nur auf die eng beschriebenen Blätter konzentriert, aber dem Einband keinen Blick gegönnt.

Hastig klappte ich das erste Buch auf. Der Einband war von innen stark beschädigt und voller Wasserflecken. Auch beim zweiten und dritten Buch hatte ich kein Glück.

Doch dann schlug ich das vierte Buch auf. Und dort, ganz versteckt in blassblauer Tinte oben am Rand, fand ich einen Schriftzug.

Elara Zoas

Mein Herz überschlug sich vor Aufregung. Der Name meiner Mutter war Ella gewesen. So hatte sie sich zumindest hier genannt. Hier auf der Erde. Himmel, es war immer noch alles so surreal. Vielleicht weil Elara zu fremdartig gewesen war. Vielleicht hatte sie nicht auffallen wollen und sich deshalb einen gängigeren Namen gesucht, der ihrem dennoch sehr ähnelte. *Elara Zoas.* Ein kurzer Nachname mit Z.

Ich war mir jetzt zu 100 Prozent sicher. Ich hatte Moms wahren Namen herausgefunden. Damit konnte ich bei den Emerald nach ihr suchen, und vielleicht würde ich so auch ihre Schwester Feyre ausfindig machen.

Nach diesen Erkenntnissen war ich so motiviert und voller Tatendrang, dass ich nicht länger auf eine Nachricht von Melissa warten wollte. Ich griff nach dem Handy und drückte auf den Aufnahmeknopf. Ich würde ihr einfach eine Sprachnachricht schicken.

»Hallo Melissa, ich weiß, es ist noch früh, aber ich wollte dich wissen lassen, dass ich dabei bin. Ich werde euch helfen, das Geheimnis um die Zahnfeen zu lösen. Außerdem muss ich ganz dringend in das Kartell der Emerald. Es ist eine persönliche Sache, aber alleine kann ich da nicht viel ausrichten. Vielleicht könnten wir uns alle treffen und das weitere Vorgehen besprechen. Vielleicht am Freitagabend?

Ich brauche heute und morgen dringend noch Zeit zum Lernen für meine Prüfungen, sonst verhaue ich meine Noten komplett. Und ich brauche gute Noten für das Stipendium. Aber am Freitagabend hätte ich Zeit, und ich würde auch meine Freunde fragen. Ich will einfach, dass ihr euch alle kennenlernt, und dass wir offen miteinander sprechen können. Und wenn wir schon dabei sind, da gibt es ein riesiges Problem.

Drystan soll mir überallhin folgen. In der Schule und so ist das kein Problem. Aber wenn ich nach Obskuris reise, dann kann er nicht dabei sein. Denn sonst müssten wir ihn in unsere Pläne einweihen. Und wir können ja schlecht das Königspaar ausspionieren und uns versichern, dass sie nicht hinter diesen Angriffen durch die Zahnfeen stecken, wenn er uns permanent an den Hacken klebt.

Ich meine, ich finde ihn nett und so, aber das ist echt ein Problem. In unserem Gespräch gestern konnte ich es noch relativ vage halten, aber wenn wir mit ihm am Königshof sind, ist da keine Möglichkeit mehr, irgendetwas zu verstecken und …«

Plötzlich spürte ich einen stechenden Blick in meinem Rücken.

Ich schwang herum.

Dort, in der leicht geöffneten Terrassentür, stand Drystan.

Kapitel 8

Ich ließ das Handy sinken. Natürlich, ich hatte ihm ja auch angeboten, zum Haus zu kommen, sollte er ein Getränk wollen. Das hatte ich nun davon.

Drystan lächelte, aber es wirkte nicht wirklich freundlich.

Wir starrten uns bestimmt noch fünf Sekunden lang unbewegt an, dann betrat Drystan das Haus, ohne dass ich ihn dazu eingeladen hatte.

»Na sieh mal einer an.« Jetzt klang seine Stimme beiläufig, als er den Blick über die Einrichtung schweifen ließ. »Das sind doch interessante Neuigkeiten.«

Was sollte ich jetzt machen? Eine Erklärung stammeln? Mich entschuldigen? Meine Augen wanderten unauffällig zu seiner Hüfte. Er war bewaffnet, so wie es typisch war für die

Alpha. Und das, was ich gerade gesagt hatte, war Hochverrat. Da Cal mich verschenkt hatte, gehörte ich offiziell zu den Fawn. Und als solche konnte ich für einen Hochverrat bestraft werden, oder?

Wie ferngesteuert wich ich mehrere Schritte zurück. War das jetzt der Moment, in dem er mich zurück ins Reich der Fawn verschleppen würde? Und was würde mich dort erwarten?

Ich schrak zusammen, und sogar Drystan zuckte kurz, als mein Telefon klingelte. Es war Melissa. Ganz offenbar hatte sie meine Sprachnachricht erreicht, und jetzt wollte sie sich bei mir melden. Es war ein Video-Call. Ihre liebste Art zu kommunizieren.

Noch während ich das Gespräch annahm, hatte ich eine Idee. »Hallo Melissa, danke, dass du dich meldest. Ich habe hier ein kleines Problem.« Ich drehte mich mit dem Telefon, sodass ich hinter mir auf Drystan deuten konnte. »Und das scheint mir eindeutig eine Familienangelegenheit zu sein.«

Schließlich wollte Melissa genau wie ich Hochverrat begehen. Und das sollten die beiden jetzt schön untereinander ausmachen. Ich war schließlich *nur* das Geschenk.

»Ihr seid doch Cousin und Cousine?« Als sie perplex nickte, sprach ich sofort weiter. »Prima, dann klärt das bitte untereinander.«

Ich stiefelte quer durchs Wohnzimmer zu Drystan, der mich mit gerunzelten Brauen musterte. Nur zögernd nahm er das Telefon.

»Für dich«, sagte ich mit einem mechanischen Lächeln. »Ich esse dann mal meinen Pop-Tart.«

Und damit war die Sache für mich durch. Ich wollte die Welt retten, aber ich konnte mich nicht um jede Kleinigkeit kümmern. Innerlich klopfte ich mir auf die Schulter. Sollten die beiden Königskinder untereinander ausmachen, wer hier wen verriet.

*

Drei Tage später, am Freitagabend, war ich immer noch sehr zufrieden mit mir selbst. Ich hatte die letzten Tage genutzt, um intensiv für eine anstehende Klausur zu lernen. Zum Glück hatte ich es geschafft, alles andere weitestgehend auszublenden, inklusive meiner immer noch ziemlich zerrütteten Gefühlslage.

Drystan hatte ich kaum gesehen. Mir war klar, dass die beiden sich geeinigt hatten, denn sonst wäre sicherlich irgendetwas geschehen. Aber alles war ruhig geblieben. Melissa hatte sich danach ziemlich vage ausgedrückt, und das war noch übertrieben.

Insgeheim ging ich davon aus, dass sie ihn entweder erpresste oder bestochen hatte. Da ich zu beiden Umständen lieber nichts Genaueres wissen wollte, hatte ich keinen von ihnen weiter dazu befragt.

Die letzten Tage hatte ich Drystan jeden Morgen ein Tablett mit Frühstück auf den Tisch auf der Veranda gestellt. Während ich mich duschte und anzog, verschwand das Tablett und stand, kurz bevor ich das Haus verließ, wieder vor der Terrassentür.

Wir hatten ein stilles Arrangement miteinander, und so war es mir ganz recht. Ich wusste, dass Drystan mir zur Schule folgte, denn einmal sah ich Kaya auf dem Sportplatz, wie sie sich voller Begeisterung in dem grobkörnigen Sand wälzte. Doch Drystan hatte ich nie zu Gesicht bekommen.

Meine Grandma wirkte erleichtert, dass es mir besser ging

und löcherte mich nicht mehr mit Fragen. Rhonda und Jinjin waren total begeistert von meiner Idee des Treffens mit den Noctua. Auch Dylan würde dabei sein, und ein Blick auf die Uhr verriet mir, dass er bereits im Auto saß und auf dem Weg hierher sein musste.

Ich sah dem Treffen, das in gut einer halben Stunde beginnen sollte, mit gemischten Gefühlen entgegen, denn auch Cal würde dabei sein. Es würde das erste Mal sein, dass wir uns nach dem Fest bei den Fawn wiedersehen würden.

Zum dritten Mal ertappte ich mich dabei, wie ich mich prüfend in einem Spiegel betrachtete. Gerade zupfte ich an meinen Haaren. Energisch ließ ich die Hand sinken. Was war bloß los mit mir?

Ich wandte mich entschieden ab und flitzte stattdessen runter in die Küche. Dort schnippelte Grandma gerade noch die letzten Zutaten in eine riesige Salatschüssel. Sie würde heute Abend praktischerweise Besuch von ein paar Kolleginnen aus der Klinik bekommen. So würde ich oben weitestgehend ungestört mit meinem Besuch sein.

Da wir deutlich mehr waren, als ich Grandma erzählt hatte, hatte ich bereits gestern damit begonnen, unauffällig ein paar Gläser nach oben zu bringen. Offiziell würden wir zu fünft sein. Inoffiziell zu zehnt.

Ich hatte Minipizzen aufgebacken und auch hier deutlich großzügiger geplant als für fünf Personen. Grandma warf einen kritischen Blick auf den Teller. »Erwartest du eine Fußballmannschaft?«

»Du weißt doch, wie viel Dylan essen kann.« Ich grinste sie unbekümmert an.

Sie lachte. »Das stimmt. Möchtest du auch etwas Salat?«

Ich schüttelte den Kopf. »Nein, danke. Aber ich nehme

noch zwei Tüten Chips mit hoch. Und haben wir noch was von diesem Salsa-Dip?« Ich wühlte mich durch einen der Unterschränke und fand zwar keine Salsa, dafür aber einen Käse-Dip.

Zufrieden huschte ich wieder hoch zu mir. Grandma würde garantiert nicht mehr oben auftauchen, deshalb platzierte ich all meine gebunkerten Gläser auf dem Schreibtisch und stellte das Essen daneben. Wasser und Softdrinks holte ich aus der Garage und kaum, dass ich wieder oben angekommen war, trudelten die ersten Gäste ein.

Rhonda hatte Jinjin mitgenommen, und wir begrüßten uns gerade an der Tür, da rollte Dylan in seinem alten Golf auf den Vorplatz der Garage.

Irgendwie war es mir ganz recht, dass meine Freunde noch vor den Noctua erschienen. Mit ihnen fühlte ich mich stärker, und ich umarmte Dylan ganz fest, als er mit weit ausgestreckten Armen auf uns zukam.

Rhonda hatte ein halbes Bananenbrot dabei, das ihre Mutter ihr überlassen hatte. Kaum waren wir oben, da tauchten auch die ersten Noctua am Fenster auf.

Noch waren sie unsichtbar für die anderen, denn meine Freunde sahen sich nicht nach ihnen um. Zuerst hüpfte Ildy vom Rücken ihres Drachen Sky und schlüpfte dann geschmeidig durchs Fenster. Darauf folgte Horatio, dann Nolan und ganz zum Schluss Cal.

»Hallo zusammen. Herzlich willkommen.« Mein Blick fiel nur ganz kurz auf Cal, und ich sah, wie angespannt auch er war, bevor ich den Kopf schnell wieder abwandte und zu meinen Freunden sah. »Sie sind jetzt da.«

Wie auf Kommando machten sich die Noctua sichtbar.

Jinjin, die noch nie einen von ihnen gesehen hatte, riss die

Augen auf und wich tatsächlich ein Stückchen zurück. Zugegeben, sie sahen bedrohlich aus, auch wenn sie sich Mühe gaben, möglichst freundlich und harmlos zu lächeln. Doch sie waren gut genug bewaffnet, um eine kleine Waffenhandlung auszustatten. Horatio hatte zudem ein blaues Auge und grinste wie ein Wahnsinniger.

Ich stellte alle untereinander vor, und als die Alpha dann auch noch meine Gamma begrüßten, schien es für Jinjin endgültig zu viel zu sein. Sie ließ sich auf das Bett sinken und starrte die anderen immer noch an.

Ich reichte ihr ein Glas Wasser, gerade als noch weitere Noctua ankamen. Um ehrlich zu sein, hatte ich nicht damit gerechnet, dass Melissa Drystan dabeihaben würde. Er war schließlich nicht Teil unseres Teams, oder?

Kaum, dass die beiden das Zimmer betreten hatten, machten sie sich sichtbar. Rhonda und Jinjin starrten Drystan unverhohlen an. Ildy, Nolan und Horatio schenkten Melissa einen nicht allzu freundlichen Blick.

Dann trat Cal vor und hielt mir eine Flasche hin. »Ein Mitbringsel von uns. Es ist Mondbeerensaft.«

Er suchte meinen Blick, doch ich wich ihm erneut aus. »Danke. Das ist nett.« Mein Herz nahm immer gefährlich Fahrt auf, wenn ich nur einen kurzen Blick auf ihn warf. Es ärgerte mich, dass ich die Reaktion meines Körpers nicht kontrollieren konnte. Ich wollte nicht nervös sein in seiner Gegenwart, ich wollte nicht zulassen, dass ich so auf ihn reagierte.

Ich stellte die beiden Neuankömmlinge meinen Freunden vor, und Jinjin wurde tatsächlich ein klein wenig rot, als Drystan ihr würdevoll zunickte.

Danach kam er rüber und blieb nah neben mir stehen. Er beugte sich zu mir und flüsterte: »Wenn du ein Messer brauchst, um es dem elenden Onyx ins Herz zu rammen, dann helfe ich dir gerne aus. So wie du ihn ansiehst, denken wir beide das Gleiche von ihm.«

Obwohl das für mich keine Option war, musste ich lächeln. Und als ich bemerkte, wie Cal uns mit Argusaugen beobachtete, drehte ich mich ihm auch ein wenig zu. »Danke für das Angebot.«

Drystan blieb, wo er war, und ich konnte spüren, wie Cal innerlich kochte. Um ehrlich zu sein, gefiel es mir. Doch jetzt war keine Zeit für so was.

»Sucht euch alle einen Platz, wir sollten es uns gemütlich machen. Wer möchte Mondbeerensaft? Ich habe auch Wasser und Softdrinks.« Da die meisten sich selbst bedienten, hatte ich gar nicht so viel zu tun.

»Folgendes ist noch wichtig«, sagte ich und bemühte mich, trotz des übervollen Zimmers nicht allzu laut zu reden. Schließlich wollte ich nicht, dass meine Stimme bis hinab zu Grandma hallte. Das hier war ein Holzhaus, und die Wände waren dünn.

»Sollte meine Grandma hier oben nach dem Rechten sehen, dann macht euch bitte unsichtbar. Sie weiß, dass es euch gibt, aber sie möchte nichts damit zu tun haben. Das ist nicht persönlich gemeint, es ist nur einfach ihre Einstellung. Die anderen verhalten sich bitte so normal wie möglich.«

Ich ließ meinen Blick über die Gruppe schweifen.

Rhonda hatte sich neben Jinjin auf dem Bett niedergelassen. Dylan saß im Schneidersitz auf dem Teppich vor meinem Schrank, Otiz lag unbemerkt dicht an ihn geschmiegt und hatte seine Schnauze auf seinem Knie abgelegt.

Herald klemmte wie immer im Wäschekorb und warf strenge Blicke in die Runde, als rechnete er damit, dass ihm irgendjemand diesen Platz streitig machen würde.

Melissa hatte auf meinem Schreibtischstuhl Platz genommen, Drystan stand jetzt neben ihr und sah mal wieder mehr aus wie ein Wachmann als ein Gast. Er hatte sich ein Glas Cola genommen, bisher aber nur mit gerümpfter Nase daran geschnüffelt.

Ildy ließ sich jetzt mit einem etwas schüchternen Lächeln neben meinen Freundinnen auf dem Bett nieder. Horatio hatte ein paar der winzigen Pizzen auf seine Hand gestapelt und ließ sich dann mit einem freundlichen Nicken an Dylans freier Seite auf dem Fußboden nieder.

Pünktchen saß auf meinem zum Buffet umorganisierten Schreibtisch und knabberte bereits an einer der Pizzen.

Nolan und Cal hatten sich an die Fensterbank gelehnt.

Während Nolan unbekümmert an einer Handvoll Chips knabberte, war Cals Miene unergründlich. Seine angespannten Schultern verrieten, dass er am liebsten ganz woanders sein wollte.

Melissa hob die Hand, als säße sie im Unterricht. »Ich würde gerne zuerst noch etwas erklären, das sicherlich einige interessiert. Erin, du hattest mir die Frage gestellt, wie ich dauerhaft auf der Erde leben kann. Und warum ich bei einer menschlichen Familie lebe.«

Ich quetschte mich neben Ildy auf das Bett und nickte ihr zu.

Melissa sah in die Runde, während sie sprach. »Ich bin ein sogenanntes Wechselbalg. In unserem Reich herrscht eine große Konkurrenz um den Thron. Familienmitglieder bringen sich gegenseitig um, um an die Spitze der Macht zu gelangen.

Als ich geboren wurde, starben in kurzer Reihenfolge zwei Verwandte meiner Mutter.

Die Spione meines Vaters rechneten mit einem Anschlag auf mich. Und da ich das einzige Kind meiner Eltern war, beschlossen sie, mich in der Menschenwelt in Sicherheit zu bringen. Sie tauschten mich mit einem menschlichen Baby aus und nahmen dieses mit in ihre Welt. Und sie sollten recht behalten.« Melissa krampfte die Finger zusammen. »Mit nur drei Jahren fiel das Mädchen, das meinen Platz eingenommen hatte, einem feigen Giftmord zum Opfer.

Mittlerweile bin ich volljährig und meine Eltern haben öffentlich gemacht, dass ich noch immer lebe. Sie bereiten meine Nachfolge vor.

Es wird nicht mehr viel Zeit vergehen, und ich werde zurück ins Reich der Fawn gehen müssen.« Sie sah kurz zu mir, und in diesem schnellen Augenblick erkannte ich ihre innere Zerrissenheit. Ich verstand sie gut. Schließlich hatte sie hier bereits eine funktionierende Familie.

»Möchtest du denn zurück?«, fragte Rhonda leise.

Melissa zuckte mit den Schultern. »Ich möchte mich der Verantwortung stellen, aber das Reich befindet sich immer noch in einer Krise. Hinzu kommt die Bedrohung von außen, die Situation, dass die Kartelle sich untereinander verbünden. Ich werde mich einer schweren Zukunft stellen müssen. Und ja, ich glaube, das Leben, das ich auf der Erde führen könnte, würde um einiges einfacher verlaufen.«

»Was wirst du deinen Eltern erzählen?«, wollte Jinjin jetzt wissen. »Willst du einfach verschwinden?«

Melissa zuckte mit den Schultern. »Ich habe noch keine Ahnung.« Sie wirkte plötzlich traurig. »Das war es jedenfalls, was ich euch erzählen wollte. Und da auch ich eine Noctua bin, kann ich nicht dauerhaft auf der Erde leben. Ich bin all die Jahre regelmäßig in mein Kartell zurückgekehrt. Wir brauchen unsere Dimension. Umso wichtiger ist es, dass wir sie retten.«

Nolan und Horatio nickten zustimmend.

»Ich kann verstehen, dass ihr eure Welt retten möchtet«, sagte jetzt Dylan. »Aber irgendwie gefällt mir der Gedanke nicht, dass Erin zurück nach Obskuris kehrt. Sie soll für euch die Kohlen aus dem Feuer holen, sie begibt sich in Gefahr für euch, und was wird ihr Lohn sein?«

»Wir retten damit beide Welten«, erwiderte Cal kühl. »Erin hat dir doch gewiss von den Omega erzählt?«

Dylan presste seine Kiefer aufeinander und nickte.

»Aber die Gefahr geht von eurer Welt aus«, beharrte Rhonda. »Irgendein Noctua sammelt Kinderzähne. Irgendjemand will die Erde angreifen. Wir hätten keine Probleme ohne euch.« Sie reckte unversöhnlich das Kinn.

Ich spürte, wie die Stimmung kippte, deshalb warf ich schnell ein: »Eigentlich ist das gar nicht, was ich jetzt besprechen wollte. Ich habe mich dazu entschlossen, zu helfen. Darüber diskutiere ich auch nicht mehr.«

»Wir richten uns nach dir«, sagte Cal nun zu mir. »Wenn du Zeit hast, dann kehren wir zurück ins Reich der Fawn. Wir nutzen den Vorteil, dass du dich dort relativ frei bewegen kannst, und versuchen herauszufinden, ob dort jemand tatsächlich etwas mit den Kinderzähnen zu tun hat. Wie ich hörte, hat der Hauptmann sich dazu entschlossen, uns bis zu einem gewissen Grad behilflich zu sein.«

Drystan nickte. »Ihr könnt nach Antworten suchen, aber das Königspaar ist unantastbar. Sie werden weder verdächtigt noch ausspioniert. Sollte ich das bemerken, lasse ich euch aus dem Kartell werfen und decke euren Schwindel auf.«

Horatio versteckte ein Lachen in einem Hustenanfall. »Oh Mann, da hat aber jemand krasse Prinzipien.«

Cal warf ihm einen warnenden Blick zu. Drystan tat so, als habe er es nicht gehört.

Schnell ergriff ich wieder das Wort. »Ich habe eine Bedingung, die daran geknüpft ist. Wie ich herausgefunden habe, ist meine Mutter vermutlich eine Noctua aus dem Kartell der Emerald. Sie hatte eine Schwester namens Feyre. Vermutlich befanden sich beide, oder nur meine Mutter, auf der Flucht. Sie hat sich hier auf der Erde vor irgendwas versteckt.«

Die, die noch nichts von diesen Neuigkeiten gehört hatten, sahen mich an, als wäre ich das achte Weltwunder. Horatio schüttelte sogar ungläubig den Kopf.

»Du hast keinerlei Attribute«, sagte Nolan nun leise. Und schoss dann direkt hinterher: »Nicht böse gemeint.«

»Ich weiß noch nicht, was es mit alldem auf sich hat. Aber ich muss in das Kartell der Emerald. Dort möchte ich in den Aufzeichnungen nachsehen, ob ich ihren Namen finde. Ihr Nachname war Zoas. Vielleicht finde ich dort etwas über sie heraus.«

»Wenn die Emerald uns dort entdecken, dann verpfeifen sie uns direkt«, sagte Nolan und deutete auf sich und die Jungs. »Was ist mit dir, Ildy? Ich denke, sie halten eher nach Onyx Ausschau.«

Prompt hob Drystan die Hand, bevor Ildy etwas erwidern konnte. »Ich komme mit. Wir Fawn haben keine Differenzen mit den Emerald.«

Es war nicht zu übersehen, dass Cal ihm nicht über den Weg traute. Er musterte ihn aus schmalen Augen und wirkte über dieses Angebot gar nicht erfreut.

»Ich begleite dich«, sagte Ildy und lächelte. »Ich glaube

nicht, dass sie mich erkennen werden. Und ich war schon mal im Kartell der Emerald. Von welchem Schiff stammte deine Mutter?«

»Der Serpentia.«

Horatio schien es immer noch nicht glauben zu können. »Woher hast du den Namen?«

»Aus ihren Aufzeichnungen«, erwiderte ich ruhig. »Woher sonst sollte ich den Namen eines Schiffes aus der Dimension kennen?

»Reicht es nicht, wenn Ildy und Erin zusammen in das Kartell reisen?« Cal schien es einfach nicht lassen zu können. »Je größer die Gruppe, desto mehr Aufmerksamkeit erregt man.«

Drystan lächelte, doch es sah mehr aus wie eine Drohung. »Wenn es um ihre Sicherheit geht, dann sollte sie wohl am besten mit ihrem Bodyguard reisen.«

Cal und Drystan starrten sich an, und die Luft zwischen ihnen war aggressiv aufgeladen.

»Leute!« Melissa sprang auf. »Bleibt bitte alle sachlich. Je mehr wir sind, desto besser können wir uns im Ernstfall verteidigen. Ende der Diskussion. Alle, die keine Onyx sind, kommen mit.« Sie sah mit herausforderndem Blick in die Runde. Nolan senkte den Kopf, Horatio grinste, und Cal starrte einfach nur zurück. Doch keiner von ihnen sagte etwas.

In diesem Moment kaufte ich Melissa ihre Rolle als Königstochter sofort ab. Sie war geboren zum Regieren und Befehle erteilen. Als sie sich wieder setzte, wirkte sie ziemlich zufrieden. »Und Erin braucht ein Reittier«, warf sie noch hinterher. »Alles andere wirft Fragen auf, die wir nicht gebrauchen können.«

»Das übernimmt Nyncis sicherlich gerne«, sagte Horatio und grinste immer noch. »Glaubt man den Geschichten, hat er

Erin zurück auf die Erde gebracht. Und außerdem hat er sich bisher erfolgreich geweigert, Cal zu ihrem Haus zu fliegen. Er hat vorher immer abgedreht.«

Nolan neben ihm kicherte. »Heute ist er nur mitgekommen, weil wir anderen auch alle hierherwollten.«

»Das reicht«, zischte Cal. »Wir haben es verstanden. Erin kann Nyncis haben, wenn sie will.«

»Danke, das ist nett«, erwiderte ich knapp, ohne Cal eines Blickes zu würdigen. »Wir werden nicht lange brauchen, und da es am sichersten ist, nachts zu reisen, was schlagt ihr vor?«

»Wie wäre es direkt mit heute?« Ildy sah fragend in die Runde.

Melissa nickte, und auch Drystan neigte zustimmend sein Haupt.

»Dann ist es beschlossen.« Ich war erleichtert, die erste Hürde war genommen.

»Wir sollten vielleicht noch ein bisschen an deinen Kleidern arbeiten«, meinte Ildy und betrachtete mich kurz. »Natürlich tragen auch wir regelmäßig die Kleidung, die hier auf der Erde bevorzugt wird, aber ich glaube, es wirkt vertrauenswürdiger, wenn du dich unserem Kleidungsstil ein wenig anpasst. Wir haben ungefähr die gleiche Größe. Ich werde dir etwas von meinen Sachen mitbringen.«

»Vielen Dank.« Ich lächelte sie an. »Super, dass du daran gedacht hast.«

»Die Sachen will ich aber auch unbedingt mal sehen«, sagte Rhonda. Jinjin hüpfte neben ihr aufgeregt auf und ab. »Ich auch, ich auch. Wann wollt ihr los? Ich muss erst um 1:00 Uhr Zu Hause sein.«

»Das schaffen wir auf jeden Fall vorher«, lächelte Ildy.

»Dann zum nächsten Punkt«, sagte ich. »Was glaubt ihr,

wie lange brauchen wir, um im Kartell der Fawn nach Antworten zu suchen?«

»Die Zahnfeen, die du auf dem Fest gesehen hast, trugen alle Halsreifen«, begann Cal. »Wir sollten prüfen, ob dies bei allen Zahnfeen der Fall ist. Finden wir keine weiteren Hinweise, sollten wir das direkte Gespräch mit den Zahnfeen suchen. Die Zahnfeen der einzelnen Kartelle kennen sich untereinander, vielleicht haben sie Hinweise für uns.«

»Was ist mit uns?« Horatio deutete auf Nolan und sich. »Willst du auf unsere Kampfkraft verzichten, sollten die anderen in Schwierigkeiten geraten?«

»Ich könnte euch als meine Diener mitnehmen«, meinte Cal grinsend.

»Meine Kampfkraft reicht völlig aus«, sagte Drystan mit regungsloser Miene.

»Schon klar, Elfe«, erwiderte Horatio. »Aber dir traue ich nur so weit, wie ich dich werfen kann.«

Drystan machte plötzlich ein paar wütende Schritte auf ihn zu, und schon war Horatio ebenfalls auf die Füße gesprungen.

Nolan folgt ihm nur ein paar Sekunden später nach. Hastig gezogene Waffen blitzten auf, und Rhonda kreischte leise, als es so aussah, als würden die drei jeden Moment aufeinander losgehen.

»Hey!« Ich sprang ebenfalls auf. »Das ist eine neutrale Zone. Horatio, hier wird niemand beleidigt. Und ihr setzt euch jetzt wieder hin.«

Ich sah auch Drystan an, und er wich zurück an seinen Platz. Mein Blick glitt kurz zu Cal, und ich sah, wie er ein Lächeln verbarg.

»Wir müssen uns über Wichtigeres unterhalten«, sagte ich, kaum dass ich wieder saß. »Die Zeit rennt uns davon. Also, wann reisen wir zu den Fawn? Die heutige Nacht ist verplant. Wenn ich mich morgen tagsüber ausruhen kann, dann bin ich nachts wieder einsatzbereit. Was sagt ihr?«

Die anderen sahen sich an und nickten.

Wir hatten also einen Plan. Heute Nacht würde ich im Kartell der Emerald nach Antworten suchen, und morgen würde ich mich zurück in die gefährliche Welt der Fawn begeben. Hoffentlich hatte ich damit die richtige Entscheidung getroffen.

Kapitel 9

Ich fühlte mich wie eine echte Noctua, als ich auf Nyncis breitem Rücken über den Himmel jagte. Und ich sah dabei sogar wie eine aus.

Ich trug eine enge lederne Reithose, Stiefel, eine weit geschnittene Bluse und darüber eine kleine Weste, die mit Perlen und Nieten verziert war. Ildy hatte wirklich ganze Arbeit geleistet.

Rhonda und Jinjin waren total aus dem Häuschen gewesen, und selbst Dylan hatte anerkennend die Augenbrauen gehoben. Jinjin hatte Ildy außerdem sofort gefragt, ob sie ihr Sachen abkaufen könnte, was Ildy zu einem nervösen Lachen verleitet hatte.

Grandma hatte bereits im Bett gelegen, und im Garten war es stockdunkel gewesen, als wir uns zu den Reittieren begaben.

Es war ein ziemliches Spektakel gewesen, als wir abgereist waren. Rhonda, Jinjin und Dylan waren völlig fassungslos, als ich mich auf ein Wesen gesetzt hatte, das sie nicht sehen konnten.

Auch als die anderen Noctua sich auf Kommando unsichtbar machten, standen ihnen die Münder offen. Die Onyx wirkten immer noch nicht besonders glücklich damit, dass sie nicht dabei sein durften. Kein Wunder, sie waren die geborenen Abenteurer, und so ein Ausflug ins Kartell ihrer Feinde wäre vermutlich ganz nach ihrem Geschmack gewesen.

Horatio hatte Cal auf Hacker mitgenommen, was Cal auch nicht so wirklich gepasst hatte.

Während wir uns hoch in den Himmel erhoben hatten, warf ich einen letzten Blick auf meine Freunde, die immer kleiner wurden.

Mittlerweile hatten wir die Ley-Linie durchquert und befanden uns im Grenzland. Bis hierhin würden uns die Onyx begleiten. Ich war unendlich erleichtert, dass Nyncis mir so brav gehorchte. Die drei Onyx brachten uns noch bis zum Dunkelstrom, und da wir keine Zeit vergeuden wollten, fiel die Verabschiedung relativ kurz aus.

Ich nickte Horatio und Nolan kurz zu, Cal ignorierte mich komplett. Gut, er hatte mir sein Reittier geliehen, aber ich hatte mich dafür bedankt, und das sollte genügen, oder? Wir würden zusammenarbeiten, und das war's. Das sagte zumindest mein Kopf. Durch mein Herz jagte ein schmerzhafter Stich, als ich ihm im letzten Moment doch noch einen Blick zuwarf.

Cal hatte im Dunkelstrom dafür gesorgt, dass meine Angst nicht überhandnahm. Und obwohl ich mich bereits daran gewöhnt hatte, kroch jetzt erneut ein ungutes Gefühl in mir hoch. Die anderen wussten nichts davon und stürzten sich wie alle anderen Mitreisenden furchtlos in den Strom.

Ich flüsterte Nyncis ein kurzes Kommando zu, streichelte ihm über das pelzige Ohr und duckte mich dann. Hoffentlich würde es schnell vorbei sein. Ich presste mich an sein Fell, genau wie ketztes Mal, als ich aus dem Kartell der Fawn zurück in meine Welt geflohen war.

Hoffentlich würde Nyncis den anderen einfach folgen. Ich traute mich nicht, den Kopf zu heben, solange ich immer noch damit kämpfte, nicht in Panik zu verfallen und gleichzeitig genug Luft zu bekommen.

Doch dann hatte ich es geschafft. Die Luft um mich herum änderte sich, nachdem der große Wolf sich scharf nach rechts geworfen hatte. Ich richtete mich vorsichtig auf, öffnete die Augen und sah in der Dämmerung die Lichter dreier Schiffe. Sogar die Fackeln schimmerten grünlich. In ihrem Licht erkannte ich, dass die Segel der drei Schiffe aus Stoffen gefertigt waren, die in der leichten Brise wie Edelsteine in allen Grüntönen changierten. Meine Augen wurden immer größer. Die Schiffe der Emerald wirkten schon aus der Ferne wahrlich beeindruckend.

»Wow«, sagte ich und drehte mich zu Ildy, die gerade neben mir langsamer wurde. »Welches ist die Serpentia? Und wie heißen die anderen?«

Ildy deutete von links nach rechts. »Die Treasurekeeper, die Serpentia und die Eversafe.«

»Danke dir. Sie sind wirklich beeindruckend.«

Melissa und Drystan waren schon vorausgeflogen. Ildy und ich folgten ihnen nun. Und je näher wir den drei Schiffen kamen, desto genauer konnte ich die Farben ihrer Segel erkennen. Das der Treasurekeeper erinnerte mich an Jade, das Segel der Serpentia war seegrün und das der Eversafe olivgrün. Und ihr Schimmern wurde beeindruckender, je näher wir ihnen kamen.

Es war ein überwältigendes Gefühl, an einem Ort zu sein, an dem auch irgendwann mal meine Mutter gewesen war … hier, in einer so fernen Dimension. Ob sie lange bei den Emerald gelebt hatte? War sie hier vielleicht sogar aufgewachsen?

Ildy schien meine aufgewühlten Gefühle zu spüren. Sie kam auf Sky noch etwas näher, und ihr Lächeln war aufmunternd. »Mach dir keine Sorgen. Wir werden das schon alles hinbekommen. Da wir Noctua gerne nachtaktiv sind, bin ich mir sicher, wir werden noch jemanden antreffen, der uns helfen kann. Die meisten unserer Geschäfte und Ämter haben 24 Stunden geöffnet.«

»Was, wenn jemand merkt, dass ich ein Mensch bin?« Plötzlich kamen die Bedenken doch wieder zurück.

»Du bist zwar nicht direkt einem Kartell zuzuordnen, aber wenn ich dich so ansehe, könnte man dich durchaus auch für eine Cobalt halten. Ich habe auch dunkle Haare, und unsere Kleidung ist ähnlich.« Sie beugte sich vor und zog aus einer Satteltasche von Sky noch einen Schal. Sie beugte sich nah zu mir, damit ich ihn aus ihrer Hand nehmen konnte. »Wenn du den umlegst, kann niemand sehen, ob du Kiemen am Hals hast.« Sie deutete auf ihren eigenen Hals. »Zusammen mit einer traditionellen Cobalt-Kleidung sollte es keine Probleme geben. Tu einfach so, als würdest du hierhergehören.«

Sie klang zuversichtlich, und das machte mir Mut. Mittlerweile waren wir dem mittleren Schiff noch näher gekommen. Dann bemerkte ich die Bullaugen und stutzte. Waren das hinter den Fenstern etwa … Spitzengardinen?

Noch bevor ich fragen konnte, flog Drystan zu uns zurück. »Als ranghöchster Alpha wird Melissa das Reden übernehmen, bis wir an unserem Zielort unter Deck sind. Das macht es einfacher. Ich war schon öfter mal bei den Emerald und kenne mich ganz gut aus. Lasst im Zweifelsfalle Melissa oder mich die Verhandlungen führen.«

Ohne eine Antwort abzuwarten, nickte er uns knapp zu und jagte wieder davon.

Ildy neben mir verdrehte die Augen. »So ein Ego hätte ich auch gerne.«

»Deine drei besten Freunde sind Onyx, und sie alle drei haben ein Ego hoch wie ein Wolkenkratzer. Wenn jemand damit umgehen kann, dann du.«

Sie lachte. »Auch wieder wahr. Männliche Onyx sind von Natur aus unheimlich großspurig. Es ist in ihrem Wesen verankert. Obwohl Nolan im Vergleich noch relativ sanft ist. Aber die anderen beiden …« Sie verdrehte erneut die Augen und grinste dabei. »Puh …«

Dann hatten wir die mobilen Landungsbrücken erreicht. Melissa und Drystan erwarteten uns bereits.

Auch Melissa hatte sich umgezogen. Es war immer noch ein ungewohnter Anblick, sie in traditioneller Fawn-Kleidung zu sehen. Eine hautenge Leggings aus Leder, darüber ein längeres Oberteil, das wie eine weite Tunika geschnitten war. Außerdem hatte sie einen Kranz aus Blüten und Edelsteinen auf dem Haar und an den Armen viele kostbar wirkende Armreifen. Ihre Füße steckten in weichen hellbraunen Lederschuhen, deren Sohlen so dünn waren, dass sie fast wie Ballettschuhe aussahen.

Es stand ihr ganz hervorragend, aber vermutlich war Melissa einfach schön genug, dass alles an ihr toll aussah.

Drystan hatte uns wohl angekündigt, denn ein Emerald musterte uns nur grußlos und kritzelte dann etwas auf einen Block.

Selbst wenn man mich etwas gefragt hätte, ich wäre in diesem Moment gar nicht in der Lage gewesen, zu antworten. Das Deck der Serpentia sah aus, als sei ich in einen düsteren Jane-Austen-Film gestolpert. Nicht nur trugen die Alpha und Beta Kleidung, die eindeutig von der Regency-Zeit inspiriert war, auch die verschnörkelten Lampen an Deck und die aufwendig gedrechselte Reiling erinnerten an diesen Stil. An den großen Masten hingen Troddeln, die zum Stoff der Segel passten, und auf einigen der Sitzbänke an Deck lagen aufwendig bestickte Zierkissen. Auf einer kleinen Empore spielte eine weibliche Emerald auf etwas, das aussah wie ein kleines Piano. Die zarte Musik erfüllte die ganze Luft und übertönte so mühelos das Stimmengewirr.

Die dunklen satten Farben, die überall vorzuherrschen schienen, passten nicht recht zu den zarten Tönen, die ich aus den Regency-Filmen kannte. Und auch die Dunkelheit und die unheimlich grünlich leuchtenden Gaslampen trugen zu der düsteren Atmosphäre bei, die nur durch die Bewohner etwas abgemildert wurde. Ganz im Gegensatz zu den Onyx und den Cobalt, die allesamt mehr einem rauen Seefahrervölkchen glichen, schien man hier Wert auf Etikette und Höflichkeit zu legen.

Hinter mir hörte ich Nyncis fiepen, und ich drehte mich zu ihm um. Zusammen mit unseren anderen Delta schoss er im nächsten Moment hinauf in den Himmel.

»Wenn Sie mir bitte folgen mögen, Herrschaften.« Die etwas gestelzt wirkende Stimme des Emerald ließ mich den Kopf wieder drehen.

In seinem weiß gestärkten Hemd und der eng sitzenden Weste mit den vielen Goldknöpfen sah er wirklich beeindruckend aus. Seine leuchtend grünen Fingernägel zogen Lichtfäden durch die Dunkelheit, während er auf den hinteren Teil des Decks deutete. »Dort drüben befindet sich der Zugang.« Er sah uns abwechselnd an. »Wenn es Ihnen recht wäre?«

»Wie reizend«, erwiderte Melissa und imitierte seinen Tonfall. Sie wirkte wie die perfekte Diplomatin. »Die Serpentia ist wirklich ein ausgesprochen schönes Schiff.«

Der Emerald verbeugte sich im Gehen. »Zu gütig, vielen Dank, zu gütig.«

Ich betrachtete weiter die Noctua, die uns passierten. Mittlerweile erkannte ich auch Gäste aus anderen Kartellen. Die anmutigen Amber mit den orangeroten Haaren und den dunkel umrahmten Augen. Die fröhlich bunt gekleideten Xanthic und als Kontrast dazu die ganz in grauen Stoff gehüllten Stone. Die Emerald, die mir entgegenkamen, trugen kräftige Erdtöne verwoben mit Grün und Blau. Viele Frauen trugen bodenlange Kleider mit eng geschnürten Empire-Taillen. Doch bei einigen entdeckte ich, dass es geschickt geschnittene Hosenanzüge waren. So würden sie bequem auf ihren Delta reiten können.

Ein tiefes Blubbern riss mich aus meinen Beobachtungen. Was war das? Es klang, als würden Blasen in einem riesigen Wasserbecken aufsteigen. Beunruhigt sah ich zu Ildy. Doch sie winkte ab und deutete nach vorn. »Es ist ihr Transportsystem, keine Angst.«

Wir umrundeten eine Art Kajüte, die sich über zwei Stockwerke erstreckte und in der noch immer gearbeitet wurde. Ich entdeckte Schreibmaschinen und Wände voller dunkler Aktenordner. Vor der Hütte standen einige Händler aus dem Kartell der Xanthic, und es sah aus, als würden sie hier ihre Waren anmelden.

Dann sah ich es. Es sah aus wie eine Mischung aus Wasserrutsche und riesigem Flaschenpostsystem.

Aus den Tiefen des Schiffsbauchs quollen in einem regelmäßigen Rhythmus große grün-schimmernde Blasen hervor. Sie wurden von Arbeitern mit großen Köchern und Instrumenten, die an übergroße Wattestäbchen erinnerten, eingefangen und in die richtige Position gebracht: direkt vor dem Zugang des großen durchsichtigen Röhrensystems, das ebenfalls ins Innere des Schiffes führte. Die in Reihen wartenden Noctua stupsten vor die Blasen, und sie öffneten sich. Ich sah, wie sie im Inneren der Blase die Wand berührten. Dann glitt die Blase wie von selbst in das durchsichtige Rohr. Im nächsten Moment sank sie nach unten. Auf der gegenüberliegenden Seite kamen die Blasen von unten nach oben. Sobald die Noctua sie verlassen hatten, zerplatzten sie zu einem feinen grünen Nebel, der sich in der Luft verflüchtigte.

Das war ein wirklich beeindruckendes System. Wir reihten uns in die Schlange der Wartenden ein, und ich betrachtete weiterhin die Blasen mit großen Augen.

Melissa beugte sich zu mir. »Sie entstehen im Inneren des Schiffs. Auf der untersten Etage gibt es einen Springbrunnen mit einem Teich drumherum, der gänzlich von Algen durchwachsen ist. Ihr Stoffwechselprodukt sind die Blasen. Sie steigen bis ganz hinauf ans Deck und können dann als Reisemöglichkeit genutzt werden.«

»Faszinierend«, flüsterte ich noch, während wir ein gutes Stück in der Schlange vorrückten. Alles ging wahnsinnig schnell, und deshalb hatten wir schon bald den Zugang zum

Röhrensystem erreicht. Von so nah wirkte alles noch viel größer und beeindruckender.

Ein junger Emerald in Kniebundhosen und Schiebermütze zwinkerte mir zu, als er eine der Blasen gekonnt für uns einfing. »Bitte sehr, die Damen und der Herr.« Er deutete einladend darauf.

»Vielen herzlichen Dank«, sagt Drystan und ließ auf seiner Handinnenfläche eine kleine Blase aus Angst erscheinen. Er schnippte sie dem Emerald zu, der sich erfreut verbeugte. »Vielen Dank, Herrschaften, und eine gute Reise.«

Melissa tippte vor die Blasé, und sie öffnete sich. In ihrem Innern roch es tatsächlich schwach nach Seetang und Algen.

Ich rechnete damit, dass wir niemals zu viert hineinpassen würden. Doch das war nicht der Fall. Die äußere Haut der Blase gab erst nach und bildete dann für jeden ein kleines Plateau, auf dem man sicher stehen konnte. Drystan lehnte sich sogar an die Wand und kreuzte lässig die Arme über der Brust.

Melissa schien sich gut auszukennen, was mich einen Moment lang stutzig machte. Die Onyx strebten eine Verbindung mit den Fawn an. Aber was, wenn die Fawn bereits einen ganz anderen Verbündeten im Sinn hatten? Mit den mächtigen Anführern des Triumvirats würden sie einen starken Gegner der Onyx an ihrer Seite haben.

Doch dann drehte Melissa sich zu mir, und ich schob diesen Gedanken beiseite. »Möchtest du das Kontrollfeld bedienen? Die offiziellen Räume befinden sich immer auf der ersten Etage. Das ist auf allen Schiffen so. Wenn wir also zur Verwaltung wollen, müssen wir nur ein Stockwerk hinab. Siehst du die große Eins?«

Ich nickte schnell.

»Tipp mit dem Finger darauf, und dann suche dir den passenden Unterpunkt raus.« Ich tippte auf die in Dunkelgrün schimmernde Eins. Es erschienen verschiedene Begriffe. *Verwaltung, Zugang Tresore, Ein- und Auszahlungen, Technik, Sicherheit.*

Melissa nickte zustimmend, als ich mit dem Finger auf *Verwaltung* deutete. Schnell tippte ich das Feld an.

Im selben Moment schloss sich die Kugel. Sofort verloren wir jede Bodenhaftung. Wir glitten nach unten und nahmen dabei immer mehr Fahrt auf.

Spätestens jetzt rechnete ich damit, dass ich das Gleichgewicht verlieren würde. Doch ich hatte den Eindruck, dass die Blase jedes Schwanken sofort ausglich.

Wir waren zu schnell, um viel von unserer Umgebung zu sehen. Das Röhrensystem lief an der Decke entlang, und wir sahen auf die Köpfe Dutzender Noctua in den Gängen hinab. Es war wie ein Irrgarten, und jeder Gang sah gleich aus.

Dann endlich hatten wir unser Ziel erreicht. Die Klappe öffnete sich nach unten, und wir sanken hinab in den Gang. Kaum, dass wir den Boden berührten, zerplatzte die Blase mit einem leisen Plop. Zurück blieben nichts als ein leicht grüner Sprühnebel und der Geruch nach Algen.

»Das hat Spaß gemacht.« Ildy strahlte mich an. »Es ist Jahre her, dass ich ihr Kartell besucht habe. Aber es ist immer wieder ein Erlebnis.«

Ich gab ihr sofort recht. Wir sahen uns einer breiten Doppelflügel-Tür gegenüber, an der ein großes Schild hing. *Verwaltung.*

»Na dann mal los.« Drystan straffte die Schultern. »Erin, jetzt bist du dran. Schildere dein Anliegen und halte dich kurz. Wir anderen sind ab jetzt einfach nur noch Begleitschutz.«

Ich nickte ihm knapp zu. »Alles klar. Danke euch.«

Melissa drückte die Klinke herunter, ließ mich aber zuerst eintreten.

Der Raum, oder besser gesagt, der Saal, der sich vor uns erstreckte, wirkte imposant und einschüchternd zugleich. Von dem dunklen Holz, aus dem die Möbel gefertigt waren, ging ebenfalls dieser grüne Schimmer aus. *Unheimlich.*

Der Raum selbst war nur spärlich beleuchtet. Das hätte gruselig wirken können, wäre da nicht die Einrichtung gewesen. Alles war kunstvoll gedrechselt und aufwendig verziert. An jedem der großen Bullaugen hingen drapierte Gardinen, die mit Troddeln zur Seite gehalten wurden.

An den Wänden standen kleine Sitzgruppen, mit niedrigen Tischen und gemütlich wirkenden Sesseln drum herum.

Ich sah sogar eine Chaiselongue, auf der sich gerade eine Beta räkelte und dabei in einen Stapel Papier versunken war.

Als ich die Gemälde entdeckte, die überall an den Wänden hingen, hielt ich in meiner Bewegung inne. Sie zeigten die großen Katastrophen der Menschheit, Momente, in denen Menschen große Angst gehabt hatten. Das große Erdbeben von Haiti 2010, der Ausbruch des Vesuvs in Pompeji noch zu Römerzeiten, die Flutkatastrophe in Thailand. Eine Gänsehaut jagte mir über den Körper.

Waren überall dort Omega entstanden?

Melissa legte mir eine Hand an den Rücken, um mich unauffällig zum Weitergehen zu bewegen.

Die Schalterreihe, auf die wir zugingen, wirkte wie ein 200 Jahre altes Bankhaus.

Hier gab es kein Chrom oder Technik. Alles hier war aus Holz und wirkte unendlich wertvoll. Die Pulte der Schalter waren hoch, sodass man sich automatisch wie ein Bittsteller fühlte.

Der Emerald, auf dessen Schalter ich nun zulief, trug ein weißes Hemd, darüber einen dunkelgrünen Frack und eine farblich passende Halsbinde. In diesen Kleidern sah er wirklich aus wie der perfekte Gentleman. Fehlte nur noch die Taschenuhr. Er beäugte uns mit kritischem Blick. Vermutlich war eine gemischte Truppe aus Fawn und Cobalt kein so häufiger Besuch in diesem Kartell.

»Seid gegrüßt«, sagte er mit dunkler Stimme, kaum dass wir vor ihm haltmachten. »Was ist Euer Anliegen? Dies ist die Verwaltung. Eure Waren hättet Ihr oben an Deck anmelden müssen.«

»Guten Tag. Ich suche jemanden«, sagte ich mit fester Stimme. »Ich habe gehofft, hier Antworten zu bekommen. Diese Person war vermutlich hier auf der Serpentia zu Hause.«

Die linke Braue des Emerald schoss steil nach oben. »Wie war der Name? Das kann ich natürlich überprüfen. Es kostet allerdings.«

Mir lief es kalt den Rücken herunter. Wie um Himmels Willen sollte ich das bezahlen?

Ildy sprang ein, und auf ihrer geöffneten Handfläche erschienen zwei große Kugeln aus schimmernder Angst. »Reicht das?«

Der Beamte schüttelte den Kopf.

Die Kugeln auf ihrer Hand wurden noch etwas größer.

Endlich nickte der Beamte, und die Angst wechselte den Besitzer. Er ließ sie in ein Gefäß auf seinem Schreibtisch rollen, und ich sah sie nicht mehr. Dann blickte er mich wieder an. »Haben Sie den Vor- und Zunamen?«

»Ja. Elara Zoas. Falls Sie nichts über sie finden, ich weiß auch noch, dass sie eine Schwester hatte. Feyre Zoas.«

Entgegen meiner Absicht wiederholte der Beamte den

zweiten Namen, den ich ihm genannt hatte. Er tippte die Buchstaben in etwas, das aussah wie der Vorläufer einer Schreibmaschine. Hinter ihm öffnete sich mit einem mechanischen Rattern eine Wand. Jetzt sah ich, dass dahinter Hunderte Akten in drei Etagen an Stangen hingen. Ich hatte so ein System mal in einer Reinigung gesehen. Und richtig, noch während der Beamte tippte, begannen die vielen Akten sich wie von Zauberhand zu bewegen. Dutzende von ihnen jagten an uns vorbei, bis das ganze System schließlich mit einem leisen Klicken anhielt.

Der Beamte drehte sich um und griff nach der Akte, die wie von Zauberhand ein Stückchen nach vorne geschoben worden war.

»Feyre Zoas«, sagte er. »Das hätten wir. Und der andere Name?«

»Elara Zoas.«

Die ganze Prozedur begann von vorn. Dann musste der Beamte einen verborgenen Knopf gedrückt haben, denn die Wand senkte sich leise wieder nach unten. Doch nun erklang von links ein Rattern. Auch hier holte jemand Informationen ein, denn der Beamte, der dort hinter dem Schalter saß, griff nach einer Akte.

»So, jetzt haben wir beide Akten hier.« Der Beamte strich über den dunklen Einband der obersten Akte. Irgendwie hatte ich gehofft, er würde sie mir zur Ansicht herunterreichen. Doch er ordnete sie ordentlich nebeneinander an und schlug sie dann auf.

»Feyre Zoas«, murmelte er. »Geboren auf der Serpentia, Eltern bei einem Ionensturm getötet. Aufgewachsen in der Abteilung für Waisen. Eine ältere Schwester. Elara Zoas. Gilt als vermisst und wurde offiziell für tot erklärt, allerdings gilt die

Vermutung, dass …« Er brach ab und schlug hektisch die Akte meiner Mutter auf. »Elara Zoas«, murmelte er. »Verdächtigt der … du liebe Zeit.« Er strich sich hektisch eine Strähne aus der Stirn. »Auf der Flucht«, murmelte er weiter. »Bei Hinweisen …« Er stockte. Zuerst versteinerte seine Miene, dann schluckte er deutlich hörbar und hob schließlich den Kopf, nur um uns mit einem mechanischen Lächeln anzusehen. »Wenn Sie bitte einen Moment Geduld haben.« Mit der linken Hand tastete er unbeholfen nach irgendetwas unter seinem Schreibtisch.

Drystan beugte sich von hinten zu meinem Ohr. »Wir sollten verschwinden. Irgendetwas stimmt hier nicht.«

»Aber er hat doch eindeutig Informationen über meine Mutter. Ich werde jetzt nicht verschwinden. Ich will diese Akte lesen.«

»Ich bin dafür ausgebildet, solche Situationen zu durchschauen«, raunte Drystan mir ins Ohr, diesmal eindringlicher. »Und ich sage dir, wir sollten verschwinden. Und zwar jetzt sofort. Dreh dich um und komm mit.«

»Ich glaube wirklich, wir sollten Drystan …«, mischte sich jetzt auch Melissa ein.

»Ich gehe jetzt nicht, wenn ich so kurz vor einer Antwort stehe«, raunte ich stur zurück. Dann drehte ich mich wieder zu dem Beamten. »Könnte ich wohl mal einen Blick in die Akten werfen?« Ich setzte mein nettestes Lächeln auf.

Der Beamte lächelte mindestens genauso nett zurück. »Aber gern. Wenn Sie sich nur noch einen Moment gedulden würden?«

»Gibt es denn ein Problem?«

Er schüttelte den Kopf. »Überhaupt nicht.« Sein Blick glitt zu den Doppeltüren hinter uns.

Nun bekam ich doch ein ungutes Gefühl. Ich drehte mich zu Drystan. »Alles klar, wir verschwinden.«

Doch schon im nächsten Moment flogen die Doppeltüren auf und gut ein Dutzend Soldaten stürmten in den Saal.

Kapitel 10

Die Männer und Frauen waren schwer bewaffnet. Ich sah jede Menge Musketen, aber auch einige Degen und sogar Pfeile, die auf uns gerichtet wurden.

»Na, wunderbar«, flüsterte Drystan und warf mir einen finsteren Blick zu.

»Ist ja schon gut«, zischte ich. »Es tut mir leid.«

»Die Hände nach oben, da wo wir sie sehen können!«, rief eine Frau. Sie hatte ihre beiden Musketen auf uns gerichtet, während sie näher kam. »Ihr werdet uns begleiten. Leistet keinen Widerstand.«

Die anderen Wachen kreisten uns währenddessen langsam ein. Wir drängten uns aneinander, Rücken an Rücken.

»Was geht hier vor?«, fragte Melissa mit ihrer herrischen

Stimme, die im gesamten Saal widerhallte. »Seit wann ist es verboten, nach Personen im Melderegister zu suchen?«

Die Frau mit den Musketen, eine beeindruckend große Blondine mit wettergegerbtem Gesicht und einer Augenklappe, baute sich vor Melissa auf. »Nun, es kommt immer ganz darauf an, nach *wem* man sucht.« Sie musterte Melissa, als überlege sie, ob sie sie kennen sollte. Dann fiel ihr Blick auf Drystan.

»Der Hauptmann der Fawn. Wie passt das zusammen?« Sie schlenderte zu ihm herüber und kam ihm so nah, dass ihre Waffen fast seinen Oberkörper berührten. »Was habt Ihr hier zu schaffen?«

»Das ist eine private Angelegenheit«, antwortete Drystan ganz ruhig.

»Hm.« Die Frau spazierte einmal um unsere Gruppe herum. »Zwei Cobalt und zwei Fawn. Ich gebe zu, das ist interessant. Bis dieser Vorfall und eure Identität lückenlos geklärt sind, kommt ihr in Untersuchungshaft auf die Justicia.«

Ein eisiger Schauer jagte durch meine Glieder. Die Justicia war das Gefängnisschiff von Obskuris, und sie lag im Kartell der Amethyst.

Ildy schluchzte auf und krümmte sich. Die große blonde Emerald quittierte das mit einem genervten Augenrollen. Ich hingegen war misstrauisch. Es passte so gar nicht zu der mutigen Ildy, deshalb sah ich genauer hin. Und richtig. Sie hatte plötzlich ihr Handy in der Hand, und gerade leuchtete das Display auf.

»Was ist das?« Die Emerald schoss vor, die Hand langte ausgestreckt nach dem Telefon. Doch Drystan hatte die Reflexe einer Schlange. Er riss Ildy das Telefon aus der Hand, noch bevor die Anführerin der Wachen es erreichen konnte.

»Das ist gar nichts«, sagte er mit ausdruckslosem Gesicht. Dann drückte er zu und zerbröselte das Telefon, sodass die einzelnen Splitter auf den Boden rieselten.

Die Anführerin der Emerald schnaubte vor Wut. »Bringt sie an Deck und durchsucht sie, sofort!«

Die Wachen stürzten paarweise auf uns zu und hielten uns an den Armen fest.

»Das ist gegen die Gesetze!«, dröhnte Drystans Stimme durch den Saal. »In den Kartellen des Triumvirats darf man nur bei dringendem Tatverdacht durchsucht werden. Das ist bei uns nicht der Fall. Wir wollten lediglich Auskunft zu zwei Personen. Das ist keine Straftat.«

Die Emerald knirschte mit den Zähnen. »Du kennst dich gut aus, Hauptmann.« Sie gab ein kurzes Handzeichen, und die Wachen, die sich vor uns aufgebaut hatten, lösten ihren Griff wieder.

»Das ist Teil meines Berufs«, erwiderte Drystan nüchtern. »Und sobald wir in der Untersuchungshaft angekommen sind, erwarte ich, dass Boten in unsere Kartelle geschickt werden, damit unsere Leute darüber informiert werden, wo wir uns befinden.«

Die Anführerin nickte knapp. »Wir halten uns an das Protokoll.«

Nach einem weiteren Befehl wurden wir unsanft aus dem Saal gezerrt. Meinen rechten und meinen linken Arm hatten je ein weiblicher und ein männlicher Emerald gekrallt, und sie drückten so fest zu, dass es schmerzte. Ihre spitzen grünen Krallen bohrten sich in meine Haut. Die Vorstellung, dass dies mein Kartell sein könnte, gefiel mir so gar nicht. Und was war mit meiner Mutter? Was hatte sie getan, dass sogar jene, die nach ihr fragten, wegen irgendetwas verdächtigt wurden? Und was war mit ihrer Schwester Feyre geschehen?

Ich stolperte, wurde aber unbarmherzig weitergeschleift. Die Wachen waren gut organisiert. Wir wurden einzeln mit unseren Aufpassern zurück in die grünen Blasen verfrachtet, und dann ging die Fahrt los Richtung Deck. Es war absolut sinnlos, zu versuchen zu fliehen.

An Deck angekommen, zerplatzten die Blasen, und wir wurden weitergezerrt. Natürlich erregten wir eine Menge Aufmerksamkeit, und die Besucher und Einwohner stoben auseinander, um uns dann mit erstaunten Mienen nachzusehen.

Die Anführerin, die uns mit einigen ihrer Wachen gefolgt war, setzte sich nun an die Spitze unserer Prozession und ließ ihren Blick über die mobilen Landungsbrücken gleiten. Ein paar ihrer Leute eilten jetzt mit dicken Seilen herbei. Ich schluckte deutlich hörbar. Das war kein gutes Zeichen.

»Wo sind eure Delta?«

An den Landungsbrücken tummelten sich Dutzende Reittiere. Es war absolut unmöglich auszumachen, welche zu uns gehörten, mal abgesehen davon, dass sie sich irgendwo im Luftraum über der Serpentia herumtrieben.

Jetzt wurde mir plötzlich alles klar. Sie wollten unsere Reittiere fesseln und sie dann zusammen mit uns ins Kartell der Amethyst bringen.

»Das geht Euch überhaupt nichts an«, sagte Melissa und klang wieder so furchtlos wie vorhin. Sie sprach, als wäre die Anführerin eine Angestellte von ihr und nicht jemand, der *ihr* etwas zu sagen hatte.

»Los, raus damit. Sie sind garantiert noch hier. Eure Angelegenheit bei uns sollte ja sicher nicht zu lange dauern«, erwiderte die Blondine bissig. »Also, wo sind sie?«

Melissa blieb eiskalt. »Wer sagt Ihnen denn, dass wir nicht noch ein Dutzend Termine haben? Wir könnten unsere Reittiere auch in unsere Kartelle zurückgeschickt haben, weil wir sie nicht zu lange warten lassen wollten. Woher wollen Sie wissen, wie viel Zeit wir auf der Serpentia verbringen wollten?«

Die Emerald wirkte genervt. »Hör zu, Mädchen, du stiehlst meine Zeit. Und rede nicht um den heißen Brei herum, bloß weil du nicht lügen kannst.«

Drystan wollte sich auf die Anführerin stürzen, so empört schien er über die Behandlung, die der Prinzessin zuteilwurde.

»Ist sie Eure Freundin, Hauptmann?« Die Anführerin lächelte böse. »Es ist lieb, dass Ihr sie beschützen wollt.«

Dann ging alles ganz schnell. Melissa hatte es geschafft, einen ihrer Arme zu befreien und von irgendwoher ein Wurfmesser hervorgezaubert. Es sauste auf die Anführerin zu, noch bevor diese reagieren konnte. Sie schrie auf, als die Klinge sich in ihren Fuß bohrte.

»Ich brauche keinen Beschützer.« Melissas Stimme war so kalt wie Schnee.

Mit einem wütenden Aufschrei beugte die Anführerin ein Knie und riss sich dann das Messer aus dem Fuß. Als sie wieder hochkam, schienen ihre Augen Funken zu sprühen. »Bringt sie von meinem Schiff, bevor ich mich vergesse! Und du …« Sie ging mit großen Schritten auf Melissa zu. Sofort hielten die Wachen Melissa wieder in ihrem eisernen Griff.

Die Anführerin beugte sich nah zu ihr. »Ich weiß doch, wie stolz ihr Elfen auf eure Haarpracht seid.« Sie griff Melissa grob ins Haar und schlang es dann um ihre Hand. Melissa keuchte auf, doch ich sah keine Angst, nur Wut in ihren Augen. Drystan schaffte es, seine beiden Wachen abzuschütteln, doch er kam zu spät. Die Emerald hob Melissas Messer und schnitt ihr dann das Haar ab.

Ildy und ich waren völlig schockiert und absolut unfähig zu handeln. Drystan kämpfte mit vier Wachen gleichzeitig, während von irgendwoher das Poltern weiterer schwerer Stiefel erklang. Irgendjemand hatte Verstärkung bestellt.

Melissa wirkte einen Moment wie versteinert, dann stürzte sie sich auf die Anführerin.

Ihre dunklen Haare glitten der Anführerin aus der Hand und segelten zu Boden. Doch anders als Drystan kam Melissa nicht weit.

Die nächsten Wachen hatte uns erreicht. Uns wurden Handschellen angelegt, die aussahen, als wären sie aus verschlungenem Draht hergestellt. Sie schnitten mir in die Haut an den Handgelenken.

Eine der Wachen hob eine Trillerpfeife an den Mund, und ein hohes Kreischen erklang. Über uns schien der Luftraum zu vibrieren. Acht nachtschwarze Hyänen mit grünen Punkten und großen silbernen Flügeln fielen aus dem Himmel und landeten auf dem Deck.

Die Zuschauenden stoben hastig auseinander.

Eine der Wachen hob mich über seine Schulter und ging dann auf einen der Delta zu. Er warf mich über den Sattel, als wäre ich ein eingerollter Teppich, sodass mein Kopf nach unten hing.

Dann setzte er sich hinter mich. An dem Sattel waren Gurte angebracht, die er nun um meine Mitte schlang. Ich war also gleich noch ein zweites Mal gefesselt.

Irgendwo hinter mir hörte ich Drystan aufbrüllen. Ich konnte mir kaum vorstellen, dass irgendeiner der Wachen ihn so einfach hochheben konnte.

Schon erhob sich der Delta meines Wächters in die Luft, und ich konnte einen Blick nach unten auf das Deck werfen. Drystan lag mit dem Gesicht nach unten auf den Planken, während vier Wachen über ihm knieten und ihn an Händen, Füßen und Armen mit langen Tauen fesselten. Diese befestigten sie dann an dem Bauchgurt eines Reittiers.

Ich konnte einen erschrockenen Laut nicht unterdrücken, als ich sah, wie sie ihn transportieren wollten. Er hing in der Luft, nur gehalten von den Seilen, als der Delta zu uns aufschloss.

Mein Wächter drehte ein wenig nach rechts ab, und so konnte ich sehen, dass Melissa und Ildy, genau wie ich, quer über den Sattel gelegt worden waren.

Ich traute mich nicht, mich zu bewegen, denn vor meinem inneren Auge sah ich, wie die Sattelgurte sich lösten und ich ungebremst in die Tiefe fiel.

Vier weitere Wachen begleiteten uns. Zwei setzten sich an die Spitze, zwei blieben hinter unserer Gruppe.

In meinem Kopf drehte sich alles, und mir wurde ein wenig schwindelig und schlecht zugleich.

Mein Wächter stieg noch höher auf, und mir sackte der Magen in die Knie.

Wir jagten über den Horizont, und die drei Schiffe der Emerald wurden immer kleiner, bis sie schließlich ganz aus meinem Sichtfeld verschwanden.

Dann fiel mir ein, was jetzt folgte. Der Dunkelstrom! Hatte ich früher dort immer nur mit Luftnot gekämpft, war ich jetzt auch noch fest verschnürt wie ein Paket und in der Hand des Feindes. Angst und Panik stiegen in mir auf. Das würde ich nicht schaffen. Ich würde vermutlich schreien, bis ich keine Luft mehr in den Lungen hatte.

Und dann spürte ich es. Ich fühlte, wie mir Angst aus jeder Pore quoll.

Und damit hatte ich mich verraten.

Nur menschliche Angst war sichtbar. Nur menschliche Angst konnte gesammelt werden.

Der Wächter gab einen Laut von sich, als er es bemerkte.

Sofort brüllte er irgendetwas zu seinen Kameraden, doch seine Worte gingen im Rauschen des Windes unter. Dann fühlte ich, wie er mit scheinbarem Ekel etwas von mir zurückwich.

Noch mal rief er irgendetwas.

Ich schloss die Augen vor lauter Resignation. Ich würde den Rest meines Lebens in einem Gefängnis der Amethyst versauern, ich wusste es.

Doch plötzlich kam Unruhe auf. Ich spürte es mehr, als dass ich es sah.

Noch mehr Befehle wurden gebrüllt. Mein Wächter ließ sich mit seinem Delta nach hinten fallen, und an uns vorbei schossen die zwei Delta, die zuvor das Schlusslicht unseres Trupps gebildet hatten. Sie hatten ihre Waffen gezückt. Die ersten Schüsse hallten durch die Luft. Noch mehr Geschrei.

Ein goldener Blitz jagte an mir vorbei. Ich sah nur riesige Flügel und eine fliegende Mähne. War das ein Löwe mit golden schimmerndem Fell? Dann war der Delta verschwunden, wie ein Lichtblitz in der Nacht.

Um uns herum brandete der Kampf erst so richtig auf. Eine Hyäne wurde getroffen und fiel samt Reiter hinunter in die Unendlichkeit. Kurz darauf folgte ein weiterer Reiter.

Etwas Rotes schoss ihnen hinterher und verlor sich in der Dunkelheit. Ich wurde unruhig, denn bis jetzt hatte ich keine Ahnung, was hier gerade passierte.

Doch dann erhaschte ich einen Blick auf einen Reiter. Er saß auf einem hellblauen Wesen, das entfernt an einen Bären erinnerte. Seine langen Krallen glitzerten, als wären sie aus Eis.

Ich durchschaute das Manöver, als hätte ich es selbst geplant. Der Reiter lenkte die Aufmerksamkeit der zwei verbliebenen kämpfenden Wachen auf sich.

Und richtig, wie auf Kommando flogen sie auf ihn zu. Der Reiter war maskiert wie die Bankräuber in Filmen. Er warf eine Salve Wurfmesser in die Richtung seiner Angreifer. Einer wurde an den Armen getroffen, der andere bekam gleich mehrere Messer in die rechte Schulter. Jetzt hatten sie ihre Reittiere nicht mehr unter Kontrolle, und einer verlor sogar das Bewusstsein. Als er von seinem Delta fiel, jagte unter uns wieder dieser rote Blitz entlang. Erst als ich genauer hinsah, erkannte ich, dass es sich um einen riesigen Drachen handelte. Er war der größte Delta, den ich jemals gesehen hatte.

Als Nächstes hörte ich meinen Wächter schreien, doch schon im nächsten Moment wich das Geräusch einem erstickten Gurgeln. Und dann fiel er einfach aus seinem Sattel.

Grobe Hände griffen nach mir, lösten die Riemen, und ich schrie auf vor Schreck. Schon wieder sah ich sie, die Angst, die mich umgab wie ein milchiger Schimmer. Dann wurde ich gepackt und auf ein anderes Reittier gezogen. Es war der goldene Löwe, den ich schon zuvor gesehen hatte.

Der Reiter hatte mich vor sich in den Sattel gezogen, eine Hand lag schwer um meine Mitte und hielt mich so an meinem Platz. Ich strampelte und versuchte mich zu drehen, wollte wissen, mit wem ich es zu tun hatte. *Was hatte das zu bedeuten?*

Ich wollte losschreien, da murmelte er ein leises Kommando, und der Löwe jagte im Sturzflug nach unten. Mein Schrei blieb mir förmlich in der Kehle hängen.

Ich spürte, wie der Reiter hinter mir an meinen Handfesseln zog. Erst als sie nachgaben, wurde mir klar, dass er sie aufgeschnitten haben musste.

Ich benutzte meine nun freien Hände, um mich in das helle Fell des Löwen zu krallen. Um mich herum ging alles so schnell, dass ich kaum wusste, wohin ich sehen sollte.

Auch Ildy und Melissa waren befreit worden. Sie saßen im Sattel vor dem Reiter, der den Bären flog.

Schon wieder jagten wir tiefer, und ich musste mich noch stärker festhalten. Weit unter uns schoss der rote Drache durch die Dunkelheit. Auf seinem langen Körper stapelten sich die außer Gefecht gesetzten Wachen. Sie waren sorgsam verschnürt wie ein Paket.

Wenn mich nicht alles täuschte, flog er zurück zur Serpentia.

Dann verlor ich ihn aus den Augen. Vor mir ragte nun der Dunkelstrom auf. Verdammt, das schon wieder.

Ich kniff die Augen fest zusammen und ärgerte mich, dass ich offenbar keine Chance hatte, zu fliehen. Was hatte das alles zu bedeuten? War das ein Überfall?

Ich wollte mich erneut zu dem Reiter hinter mir umdrehen, da warf der große Löwe sich in den Dunkelstrom. Mein Magen machte eine Rolle rückwärts, und die Übelkeit war mit voller Wucht zurück, sodass ich nur noch schlecht Luft bekam.

Ich begann zu japsen, obwohl ich mich selbst energisch dazu zwingen wollte, Ruhe zu bewahren. Ich versuchte verzweifelt, so regelmäßig wie möglich zu atmen.

Die Luft veränderte sich gerade erst, da spürte ich die Hand des Reiters an meiner Schulter. »Alles gut, jetzt ist es vorbei. Du bist in Sicherheit.«

Und jetzt, außerhalb des Stimmengewirrs und des Kampfgetümmels, erkannte ich die Stimme sofort.

Kapitel 11

Noch während ich mich umdrehte, riss der Reiter sich die Maske vom Kopf.

Cal. Ich war trotz all dem, was momentan zwischen uns stand, unendlich erleichtert, ihn zu sehen. Wie hatten sie das gemacht? Und wie hatten sie uns so schnell finden können?

Er lächelte mich schief an, seine Wangen waren gerötet, und das Haar klebte ihm feucht am Kopf. »Alles in Ordnung?«

»Wie habt ihr …?« Ich brach ab. »Danke«, stieß ich dann hervor.

Wieder lächelte er, sagt aber nichts.

Hinter mir hörte ich Horatio johlen. Auch er hatte seine Maske abgenommen, und Ildy hatte sich gerade zu ihm umgedreht, um ihm freundschaftlich gegen den Arm zu boxen. Zuallerletzt folgte Nolan auf dem riesigen roten Drachen, der einen ziemlich wütend aussehenden Drystan in seinen Klauen trug.

»Hier sind wir nicht sicher!«, rief Nolan. »Ab durch die Leylinie.«

»Wir können wieder zurück zu mir«, sagte ich schnell.

Cal nickte. »Wir treffen uns bei Erin!«, rief er den anderen Onyx zu, bevor der goldene Löwe in Richtung Leylinie jagte.

Es folgte das vertraute Szenario aus Wolken, bunter Zuckerwatte, und dann dem Nachthimmel über Cleveland.

»Erin, ich …«, begann Cal gerade, da war Horatio schon wieder da.

»Was für eine Aktion!« Er stieß eine Art Kampfschrei aus, wofür Ildy ihn schon wieder liebevoll boxte.

Melissa lachte und strich dem großen Bären in einer liebevollen Geste über den Kopf. »Ihr wart großartig!«, rief sie.

Irgendwo hinter mir hörte ich Nolan ebenfalls lachen. Die Delta nahmen noch mal Fahrt auf, und wir jagten über den Himmel auf meine Nachbarschaft zu, die sich zum Glück ruhig und verlassen unter uns erstreckte.

Im Garten landeten die Delta lautlos auf dem Gras.

Cal wollte mir von dem Löwen herunterhelfen, doch ich ließ mich schnell nach unten rutschen, noch bevor er seine Hände nach mir ausstrecken konnte.

Der Löwe neigte den Kopf und schob seine Schnauze in Richtung meiner Schulter. Ich kraulte ihn sanft und flüsterte ihm leise Dankesworte ins Ohr.

Als ich den Kopf hob, ertappte ich Cal dabei, wie er mich anstarrte. Und selbst in der schemenhaften Dunkelheit erkannte ich den Hunger in seinen Augen.

Schnell räusperte ich mich und wandte mich an die anderen. Hier war gerade Drystan das Zentrum aller Aufmerksamkeit, der immer noch gut verschnürt auf dem Rasen lag.

Melissa saß auf seinen Beinen und versuchte, seine Fesseln zu lösen, musste sich aber eindeutig ein Lachen verkneifen. Nolan und Ildy gingen ihr zur Hand, während Horatio nur grinsend zusah.

»Ab ins Gartenhaus«, zischte ich, als Drystan endlich wieder auf die Füße sprang. Anstatt sich zu bedanken, warf er jedoch nur böse Blicke in die Runde.

Ich ging voraus und öffnete die Tür. Im Inneren wurde es jetzt ziemlich voll. Dann ging das Stimmengewirr los. Sofort sprachen alle Melissa auf ihre Haare an. Sie gab sich tapfer und erzählte, was geschehen war, doch in ihren Augen glitzerten Tränen.

Horatio versicherte ihr, dass sie mit egal welcher Frisur eine Augenweide war, und das schien sie ein wenig zu trösten.

Während Melissa berichtete, hatte ich schnell die Tür hinter uns geschlossen, und damit Grandma nach Möglichkeit nicht auf irgendwelche Lichter im Garten aufmerksam wurde, zog ich nun auch noch die beiden Vorhänge vor den Fenstern zu, bevor ich schließlich das Licht einschaltete.

Horatio lehnte sich großspurig an die schmale Küchenzeile, bevor er erneut das Wort ergriff. »So, und jetzt könnt ihr euch schon mal überlegen, wie ihr euch bei uns bedanken wollt, dafür, dass wir euren Hintern gerettet haben. Solche Aktionen laufen nun mal nicht ohne uns Onyx, wann kapieren die anderen Kartelle das endlich?«

»Es war dumm und leichtsinnig«, blaffte Drystan, ging wie selbstverständlich zum Tisch und nahm dort eine Schale mit Weintrauben in die Hand. Er warf sich die Beeren in den

Mund, als gehörten sie ihm. Was auch der Fall war, denn schließlich hatte ich sie ihm zum Frühstück mitgebracht.

Das blieb auch bei Cal nicht unbemerkt. Sein Blick wanderte zwischen Drystan und mir hin und her, als versuche er, sich die Art unserer Beziehung zusammenzureimen.

»Dumm und leichtsinnig?« Horatio sah schon wieder aus, als würde er sich jeden Moment auf Drystan stürzen. »Wir haben euren Hintern gerettet.«

Drystan verdrehte die Augen, als widerte ihn solch vulgäre Sprache an. »Es hat uns nur noch mehr Ärger gemacht. Die Wachen, die überlebt haben, werden auf der Serpentia erzählen, was passiert ist, oder habt ihr ihnen vor dem Angriff die Augen entfernt?«

»Drystan!«, murmelte Melissa erschrocken.

Der stellte die Schale wieder auf dem Tisch ab und spazierte dann achselzuckend zu dem schmalen Bett, das in einer Ecke stand. Mit einem Seufzen ließ er sich auf der Matratze nieder und lehnte sich dann zurück an die Wand.

Cal beobachtete jeden seiner Schritte wie ein Raubtier, und seine Miene wurde immer düsterer. Wie zufällig trafen sich ihre Blicke, was Drystan dazu verleitete, sich provokativ die Stiefel von den Füßen zu schieben und die Beine auf der Decke zu überkreuzen. Es war eine deutliche Geste, die allen im Raum zeigte, wie Zu Hause er hier war.

»Die Wachen haben keine Erinnerungen mehr an das, was geschehen ist«, erklang plötzlich Nolans ruhige Stimme von irgendwo her. Dann trat er in den Lichtschein. Er hielt ein durchsichtiges Gefäß hoch, sodass die anderen die kleinen Insekten, die darin herumkrabbelten, gut erkennen konnten.

»Du weißt doch sicherlich, was das ist, Fawn?«

»Tüpfelkriecher«, sagte Melissa sofort, obwohl Nolan garantiert nicht sie mit dieser fast unfreundlich klingenden Frage gemeint hatte. »Was für eine großartige Idee.«

Sofort änderte sich Nolans Miene. Er wirkte verlegen und nickte nur knapp. »Das stimmt. Und im Übrigen töten und verletzen wir nur im äußersten Notfall.

Und das war hier nicht der Fall. Mein Delta und ich haben alle Reiter aufgefangen und sie dann mit dem Sekret benetzt. Wir haben acht Reiter zurück aufs Deck der Serpentia befördert. Vielleicht war der Aufprall auf den Planken aus dieser Höhe nicht ganz angenehm, aber niemand hat Verletzungen davongetragen. Und niemand kann sagen, was geschehen ist. Die meisten Delta waren bereits wieder zu ihrem Schiff zurückgekehrt, und bei den Alpha haben wir die Erinnerungen der letzten paar Minuten gelöscht.«

»Genial«, sagte jetzt Ildy. »Vielen Dank. Woher wusstet ihr, was geschehen würde?«

»Wussten wir nicht«, ergriff Cal das Wort und stieß sich von der Wand ab, an der er bisher gelehnt hatte. Er kam ein Stückchen weiter in den Raum hinein und blieb dicht hinter mir stehen. »Aber ich hatte so ein Gefühl. Wir haben einfach nur auf gut Glück im Luftraum gewartet.«

»Was ist mit euren Delta geschehen?«, wollte ich wissen. »Und wo sind unsere Delta?«

»Euren Delta geht es gut«, erwiderte Horatio knapp. »Auch sie haben euch beobachtet, und wir haben sie hierhergeschickt, kaum dass uns klar wurde, dass ihr in Schwierigkeiten steckt. Sie sind irgendwo in der Umgebung unterwegs, aber sie sind in Sicherheit.«

»Und was ist mit Hacker und Grml?« So ganz erschloss sich mir der Plan noch nicht. »Geht es ihnen gut?«

Nolan winkte ab. »Wir wollten nicht, dass wir erkannt werden. Ich habe den Delta meiner Mutter ausgeliehen, Horatio den eines Cousins und Cal …« Er stockte, als wäre das ein sensibles Thema.

»Aurum, … sie hat meiner Mutter gehört«, sagte Cal, und seine Stimme klang plötzlich belegt.

Die anderen schienen zu spüren, dass dies ein sensibles Thema war, und niemand ging weiter darauf ein. Auch ich wusste, was es damit auf sich hatte.

Cals Mutter war bei einer Meuterei getötet worden. Normalerweise starb ein Delta, wenn er nicht mehr mit seinem Alpha zusammen war. Dass Aurum noch am Leben war, machte ihn zu etwas Besonderem.

»Möchte jemand etwas trinken nach dieser wilden Verfolgungsjagd?«, fragte ich mit leicht belegter Stimme, als ich mir den Weg durch die anderen hindurch bahnte.

Ich war froh, dass ich Cals Nähe etwas entkommen konnte. Ich hasste mich selbst dafür, dass alles in mir immer noch ganz flattrig wurde, wenn er mich nur ansah.

Und der Schmerz in seinen Augen gerade hatte in mir so viele Gefühle geweckt, die ich für ihn eigentlich gar nicht mehr haben sollte. Alles in mir brannte immer noch lichterloh für ihn, aber ich würde es nicht zulassen.

Ich riss einen der schmalen Oberschränke auf und griff nach einigen Gläsern.

Sofort hatte Drystan sich leichtfüßig vom Bett erhoben und stand im nächsten Moment neben mir. Sehr nah neben mir.

»Lass mich dir helfen, kleiner Kobold.« Er griff sogar um mich herum, um noch weitere Gläser aus dem Schrank zu holen. Von hinten musste es so aussehen, als würde er mich umarmen. Und dann auch noch dieser Spitzname!

Schnell schlüpfte ich unter seinem Arm hinweg und drehte mich zu meinen Gästen.

Die anderen musterten uns argwöhnisch, und in Cals Augen loderte so viel Wut, dass sogar ich zurückzuckte, obwohl sie garantiert nicht mir galt.

Nolan hob zögernd die Hand. »Ich hätte gerne einen Schluck … was hast du denn da?«

Jetzt war guter Rat teuer.

Und in ausgerechnet diesem Moment sah ich Dummkopf fragend zu Drystan.

»Es gibt Wasser und irgendwo muss auch noch ein Becher mit Kaffee herumstehen, aber ich glaube kaum, dass der noch genießbar ist«, sagte er prompt, als wäre er hier genau wie ich Gastgeber.

Cal drehte sich um und verließ wortlos das Gartenhaus.

Jetzt sahen die anderen mich an, als wäre ich es, die ihm hinterherlaufen sollte. Ich stellte die Gläser auf den Tisch und schüttelte den Kopf. »Ich mache hier nur mit, weil ich kein verantwortungsloser Blödmann sein will, der tatenlos beim Weltuntergang zusieht. Cal …« Ich deutete auf die Tür. »… kann sich an die eigene Nase fassen.«

Den Noctua schien dieser Ausdruck nicht geläufig. Ildy berührte sogar prüfend ihre Nase.

Doch keiner von ihnen sagte etwas dazu. Nolan seufzte lang gezogen und goss sich dann aus einer der Wasserflaschen, die Drystan mittlerweile auf dem Tisch abgestellt hatte, etwas zu trinken ein. »Was habt ihr auf der Serpentia herausgefunden, das zu dieser Eskalation geführt hat?«

Ich brachte ihn und Horatio auf den neuesten Stand.

Die beiden bekamen große Augen, als ich ihnen erzählte, was uns mit dem Beamten in der Verwaltung passiert war.

»Deine Mutter scheint echt ein schlimmer Finger gewesen zu sein.« Horatio sah aus, als fände er das außerordentlich attraktiv.

Ich verdrehte die Augen. »Ich finde es ganz furchtbar. Sie scheint immer noch gesucht zu werden. Warum sonst hätten sie so einen Aufstand machen sollen? Es war offensichtlich, dass sie uns festnehmen wollten, weil sie der Meinung waren, dass ich Informationen besitze, von denen sie noch nichts wissen.«

»Ich kann es immer noch nicht fassen, dass du eine Emerald sein sollst«, sagte Nolan leise. »Du hast keinerlei Attribute.«

»So weit waren wir auch schon«, sagte Ildy. »Wenn ihr Vater ein Mensch war, dann hat sie vielleicht keine. Na ja, außer dass sie uns sehen kann.«

»Aber ein Mensch und eine Noctua?« Nolan zog ein so angeekeltes Gesicht, dass ich ein empörtes Schnauben von mir gab.

Sein Blick flog hoch zu mir. »Entschuldige, Erin.«

»Egal«, ich winkte ab. »Meine Mutter ist vermutlich eine gesuchte Schwerverbrecherin, und was mit ihrer Schwester Feyre geschehen ist, scheint völlig unklar. Wobei ich mittlerweile davon ausgehe, dass sie denken, dass meine Mutter auch damit etwas zu tun hat.« In diesem Augenblick wünschte ich mir für einen kurzen Moment, ich hätte diese Nachforschungen niemals angefangen.

»Wir werden einfach versuchen, noch mehr herauszufinden«, sagte Melissa in ihrer diplomatischen Art. »Ich bin mir sicher, wir sind noch nicht am Ende angelangt.«

»Ich will eigentlich auch nicht aufgeben«, erwiderte ich. »Wenn Moms Schwester noch am Leben ist, dann hätte ich Verwandtschaft in Obskuris. Das ist so surreal. Und vielleicht hat man Mom auch unrecht getan. Wer weiß, vielleicht kann ich das alles aufklären.« Ich sah in die Runde. »Mit eurer Hilfe.«

Und am besten noch bevor die Welt untergeht.

Ich hatte kaum geendet, da flog die Tür des Gartenhauses wieder auf. Cal stand im Eingang wie ein Racheengel und deutete jetzt mit dem Finger auf Drystan.

»Komm raus, Fawn, wir müssen da was klären.«

Drystan reckte die Schultern, und ich glaubte keine Sekunde, dass er sich dieser Herausforderung entziehen würde. Aber ich hatte keine Lust, dass Cal irgendwelche Besitzansprüche anmeldete, die ihm gar nicht zustanden. Also ging ich dazwischen.

Ich bremste Drystan aus, indem ich meinen Arm gegen seinen Oberkörper presste. »Nichts da.« Ich sah mit wütendem Blick zu Cal. »Was auch immer du vorhattest, lass es. Du bist gar nicht in der Position dazu. Drystan hat das Recht, hier zu sein, aber du hast nicht das Recht, ihn zu bedrohen. Ich verbringe Zeit, mit wem ich will, und ich lasse auch wen ich will in diesem Gartenhaus schlafen. Geht das in deinen Kopf, Onyx?«

Cal wirkte von dieser Ansprache genauso überrascht wie Drystan. Doch der fing sich deutlich schneller als der Onyx. Sanft schob er meinen Arm nach unten, und seine Finger verharrten eindeutig einen Augenblick zu lange auf meiner Haut.

Cal sah aus, als würde er jeden Moment hochgehen wie eine Bombe. Er machte zwei schnelle Schritte in das Gartenhaus hinein. Nolan sprang von seinem Platz am Küchentisch auf, und auch Horatio machte sich bereit.

»Wow.« Noch mal musste ich mir Mühe geben, meine Stimme so kalt wie möglich klingen zu lassen. »Beherrsche dich, Cal. Entweder du kommst mit uns klar oder du machst nen Abflug.«

»Mit uns?«, fragte er argwöhnisch. »Uns wie uns-uns? Er deutete bei den letzten Worten je auf Drystan und mich. »So weit seid ihr also schon?«

Drystan schnaubte, doch er erwiderte nichts. Als ich kurz zu ihm hochsah, bemerkte ich, wie er grinste.

»Raus«, zischte ich. »Verschwinde, Cal, ich will dich nicht sehen. Und solltest du morgen Abend dabei sein, wenn wir in das Reich der Fawn reisen …« Ich funkelte ihn an. »… wo wir übrigens nur *Gäste* sind und mein Leben am seidenen Faden hängt, dann rate ich dir, dich wie eine halbwegs zivilisierte Lebensform zu benehmen.«

Cal sah mich einen Moment lang regungslos an. Sein Blick wanderte über mein Gesicht, als suche er dort nach Spuren der Erin, die er kannte. Die ich vielleicht mal gewesen war.

Doch die letzten Wochen hatten mich verändert, und das fiel ihm jetzt wohl mit aller Macht auf.

Er wandte den Blick von meinem Gesicht ab und sah in die Runde. »Gute Nacht.« Dann drehte er sich um und war verschwunden.

Wieder wusste niemand, was er sagen sollte. Horatio seufzte und rieb sich dann über die Augen. »Sehen wir zu, dass wir zum Ende kommen. Ich glaube, wir sind alle etwas fertig.«

»Klären wir noch, wie und wo wir morgen Nacht in meinem Kartell auftauchen wollen«, schlug Melissa vor.

Die anderen schienen dankbar für den Themenwechsel. Ich nickte, doch mit meinen Gedanken war ich ganz woanders.

Es war offensichtlich, dass Cal rasend eifersüchtig war auf Drystan. Und ich war immer noch so sauer auf Cal.

Dann kam mir ein Gedanke. Ich lächelte, als die Idee in meinem Kopf Gestalt annahm.

Jetzt wusste ich, wie ich meine Rache bekommen würde.

Kapitel 12

Die anderen waren relativ schnell verschwunden, nachdem wir uns auf einen Plan geeinigt hatten.

Wir verabschiedeten uns, und ich sah den Noctua nach, während sie immer höher hinauf in den Nachthimmel stiegen. Ich schlang meine Arme um mich, denn die Temperaturen waren in den letzten Stunden empfindlich gefallen. Drystan stand barfuß neben mir im Gras und sah nicht so aus, als würde er die Kälte überhaupt bemerken.

»Dann schlaf gut, kleiner Kobold«, sagte er, als wir beide unseren Blick vom Horizont lösten. »Und hoffen wir, dass die morgige Nacht weniger Schrecken bringt.«

»Das hoffe ich auch«, erwiderte ich leise. Der Besuch beim Kartell der Fawn kam mir viel gefährlicher vor, und nun war bereits bei den Emerald so viel schiefgegangen. Ich hatte ein ungutes Gefühl im Bauch.

Drystan sah mich fragend an. »Nun dann …«

Ich gab mir einen Ruck. »Hast du noch einen Moment Zeit für mich?«

Er musterte mich, kurz aber intensiv und nickte.

Wir gingen zurück ins Gartenhaus, das dank all der warmen Körper, die bis eben hier gewesen waren, nicht mehr ganz so bitterkalt war.

»Ich wollte mit dir etwas besprechen«, begann ich, kaum dass Drystan die Tür hinter uns geschlossen hatte. »Also eigentlich wollte ich dich etwas fragen.«

»Dann frag mich.«

Etwas unbeholfen stand ich in dem Raum. Sollte ich mich setzen? Einfach stehen bleiben? Nein, ich musste irgendetwas mit meinen Händen machen, entschied ich. Also sammelte ich rasch die leeren Wassergläser ein und stellte sie auf die Arbeitsplatte der Küchenzeile.

Drystan kam mir nach, um zu helfen. Er wollte Wasser einlassen, um die Gläser zu spülen.

»Nein, das ist nicht nötig«, sagte ich schnell. »Die benutzten Gläser nehme ich mit rein.«

»Gut.« Er drehte das Wasser ab und lehnte sich dann an die Arbeitsplatte. »Worüber möchtest du mit mir reden?«

Das hier war nicht einfach, denn ich hatte Angst vor einer Zurückweisung. Ich hatte keine Gefühle für Drystan. Nicht so, wie ich sie für Cal gehabt hatte und immer noch hatte. Aber ein Korb würde trotzdem wehtun.

Ich ließ von den Gläsern ab und drehte mich ihm zu, um ihm ins Gesicht zu sehen. »Ich möchte Cal eifersüchtig machen. Jedenfalls für eine Weile. Und da habe ich an dich gedacht.«

Drystan kniff das linke Auge leicht zu, doch dann nickte er langsam. »In Ordnung. Wie wollen wir vorgehen?«

»Keine Ahnung. Ich habe so was vorher noch nie gemacht.« Ich sah ihn ratlos an.

Drystan seufzte. »Küssen wir uns vor ihm? Schlafen wir miteinander und er muss zusehen?«

»Nein?«, stieß ich völlig entgeistert hervor.

Der Fawn zog fragend die Augenbrauen hoch. »Dann machen wir es ohne, dass er zusieht? Was soll das bringen?«

Ich rang nach Luft. »Wir machen gar nichts davon.«

Jetzt war es Drystan, der ratlos war. »Wie machen wir ihn dann eifersüchtig?«

»Na … anders eben.«

Drystan legte den Kopf schief. »Keine Ahnung, was ihr Menschen für exotische Praktiken …«

»Nein«, unterbrach ich ihn, und Hitze schoss mir ins Gesicht. »Bitte höre auf zu reden. Du verstehst mich völlig falsch.«

»Dann gute Nacht.« Dyston wandte sich genervt ab. »Komm wieder, wenn du weißt, was du willst.«

»Nein, warte.« Ich griff nach seiner Schulter und drehte ihn zurück zu mir.

Drystans Lächeln war argwöhnisch und amüsiert zugleich.

»Ich hab's.« Ich baute mich vor ihm auf. »Wir flirten.«

»Das ist Menschendialekt für ›Ich werbe um dich‹, richtig?«

»Nicht ganz. Flirten ist ein Spiel, eine Art, Zuneigung zu zeigen und sich so besser kennenzulernen. Aber ohne, dass daraus zwingend etwas Ernstes wird.«

»Also schlafen wir doch miteinander, und ich bringe dir bei, was einem Noctua gefällt?«

Himmel. »Nein. Das war nicht das, an was ich gedacht hatte. Es ist alles viel harmloser.«

Drystan legte den Kopf schief. »Definiere *harmlos* in deiner Welt.«

»Wir lachen zusammen. Wir berühren uns an unverfänglichen Stellen, zum Beispiel der Schulter, und lassen es wie einen Zufall aussehen. So was.«

Drystan musterte mich. »Wie alt bist du? Zwölf?«

Ich stöhnte auf, peinlich berührt und verärgert zugleich. »Mal abgesehen davon, dass Sex nicht zur Diskussion steht, wäre Cal danach nicht eifersüchtig, er würde dich umbringen.«

Drystan kicherte dunkel. »Das klingt doch nach Spaß, dann wäre wenigstens was los. Und ich würde es ihm nicht vorwerfen, wenn er es versucht, auch wenn er nicht weit kommen wird.«

Ich ließ die Schultern hängen. Das hier lief wohl doch nicht so einfach, wie ich gedacht hatte. »Nur fürs Protokoll. Niemand bringt irgendjemanden um.«

»Gut.« Drystan strich sich durch das lange Haar. »Dann sollten wir, ebenfalls für Protokoll, klären, wie unsere Ausgangssituation ist. Wenn ich dich berühre, ist dir das unangenehm? Findest du mich abstoßend und machst das nur, weil er gerade mich nicht leiden kann?«

»Äh.« Ich schluckte. »Das ist doch gar nicht so wichtig. Wir sollten …«

»Du lenkst ab.«

»Nein, ich …« *Hilfe.* Was sollte ich darauf erwidern?

Er kam etwas näher.

Nicht so nah, dass ich mich bedrängt fühlte. Aber nah genug, um seine körperliche Präsenz nur allzu deutlich wahrzunehmen. Die Feuerkreise um seine Iriden loderten auf. »Du weißt nicht, wie es ist, mit einem Fawn Sex zu haben«, flüsterte Drystan mit verführerisch dunkler Stimme. »Die Onyx sind Draufgänger und Charmeure, ich hingegen kann jede Veränderung spüren. Ich weiß sofort, ob dir etwas gefällt oder nicht. Einen gewöhnlichen Menschen könnte das um den Verstand bringen. Du aber bist kein Mensch …«

Mein Blick glitt zu seinem Mund, während er sprach. *Wie würde es sein, wenn …?*

Drystan wich zurück und verschränkte die Arme vor der Brust. Er wirkte ziemlich zufrieden. »Anziehung hin oder her. Wir sollten mindestens einmal miteinander schlafen. Glaub mir, von dieser Nacht könnten wir noch unseren Enkeln erzählen.«

Ich starrte ihn eine volle Minute fassungslos an, bevor ich mich fing. »Ehm, nein. Aber vielen Dank für das Angebot.« Ich wand mich. »Dann belassen wir es bei den harmlosen Gesten, ja? Wenn das für dich in Ordnung ist?« Wieder suchte ich seinen Blick. »Oder wie stehst du zu mir?«

Drystan zuckte lässig mit der rechten Schulte. »Ich finde dich ganz niedlich und würde ein paarmal mit dir schlafen wollen. Aber du hast etwas an dir, das mich nach einer Weile gewaltig nerven würde.«

Na wunderbar. Ein Hoch auf die Unfähigkeit zu lügen und mein fragiles Selbstbewusstsein. »Wie *schön.*« Mein Kichern klang leicht hysterisch. »Dann sind wir uns einig?«

»Wir sind uns einig.« Er reichte mir die Hand. »Ich bin angeblich verrückt nach dir, fasse dich aber nicht an, und wenn Cal mich umbringen will, darf ich ihm nicht wehtun.«

Du liebe Zeit. Was hatte ich mir da bloß eingebrockt?

*

Ich lag in meinem Bett und konnte nach all dieser Aufregung natürlich nicht schlafen. Ich hielt Pünktchen umklammert wie ein Kuscheltier, doch es störte sie nicht. Ihr leises Atmen im Schlaf hatte etwas Beruhigendes.

Herald und Otiz hatten sich unter das Bett verzogen, kaum dass ich auch sie auf den neuesten Stand gebracht hatte.

Zu diesem Zeitpunkt waren mir immer wieder die Augen fast zugefallen, während ich mich für die Nacht fertig gemacht hatte.

Doch kaum, dass ich die Bettdecke bis zur Nasenspitze hochgezogen hatte, begannen meine Gedanken zu rasen. Ich wusste, meine Freunde warteten auf Neuigkeiten, doch ich wollte sie nicht mitten in der Nacht wecken. Deshalb hatte ich beschlossen, ihnen erst morgen Früh zu texten. Sie hatten wegen mir in letzter Zeit schon genug durchgemacht.

Ich dachte an Mom und das, was ich über sie erfahren hatte. Ich wollte immer noch nicht glauben, dass sie eine Verbrecherin war. Sie war wahrscheinlich aus der Dimension geflohen, aber der Grund musste ein anderer sein. Und ganz gewiss hatte sie ihrer Schwester kein Leid angetan. Wer wäre zu so etwas fähig?

Ich würde hartnäckig bleiben. Wenn nötig, würde ich mit allen Mitteln dafür kämpfen, den Ruf meiner Mutter zu rehabilitieren.

Draußen im Garten erklang ein Rascheln, und wie automatisch dachte ich an Kaya, Drystans Delta, die sich dort vielleicht in den Büschen herumtrieb.

Ob mein Plan wirklich eine gute Idee gewesen war? Noch konnte ich alles absagen. Mir war klar, dass es kindisch war und egoistisch. Aber noch nie hatte ich mich so hilflos und unterlegen gefühlt, als ich bei den Fawn so vorgeführt worden war.

Es schmerzte immer noch, dass Cal mir so wenig vertraut hatte. Ich war mir sicher, ich hätte eine angemessene Reaktion zustande gebracht, auch wenn er mich eingeweiht hätte. Dieses Vertrauen in mich hätte ich von ihm erwartet, doch er hatte mich zutiefst enttäuscht. Da kam mir seine Antipathie gegen Drystan gerade recht.

Natürlich wollte ich diese Maskerade nicht ewig aufrechterhalten. Aber zumindest so lange, bis ich mir sicher war, dass Cal sich ordentlich geärgert hatte. Allein seine Unterstellung heute war schon wieder eine Unverschämtheit gewesen. Als wenn ich mich umgedreht und direkt einem anderen an den Hals geworfen hätte.

Ich gab einen verächtlichen Laut von mir und zog Pünktchen noch etwas näher an mich.

Cal würde sein blaues Wunder erleben. Schon morgen Nacht würden ihm die Augen aus dem Kopf fallen. Und im Kartell der Fawn würde er sich garantiert nicht erlauben, irgendeinen Aufstand anzuzetteln.

Ich lächelte in die Dunkelheit. Rache war süß, und ich würde sie genießen.

Kapitel 13

»Planänderung«, sagte Drystan, als wir uns am nächsten Abend um 22:00 Uhr im Garten trafen. »Wir treffen deine Onyx-Freunde im Kartell der Xanthic. Offensichtlich möchte der Verlobte nicht ohne Gastgeschenke für seine zukünftigen Schwiegereltern erscheinen.«

Ich war sowieso schon total aufgeregt, und mein Gehirn brauchte einen Moment, bis es die Informationen verarbeitet hatte. Wir würden uns also nicht an der Leylinie im Grenzland treffen, nur weil Cal noch in Ruhe shoppen gehen wollte? »Cal bringt dem Königspaar Geschenke aus dem Kartell der Xanthic mit?«

Um mich herum wuselten meine drei Gamma. Sie wollten

die Nacht in ihrem Kartell verbringen und erst in den Morgenstunden zurückkehren.

Drystan zuckte gleichgültig mit den Schultern. »Das sind meine letzten Informationen. Treffen ist im Luftraum über der Dawnbreaker.«

Ich war ein wenig enttäuscht, dass wir keinem der Schiffe einen Besuch abstatten würden. Im Kartell der Xanthic hatte es mir sehr gut gefallen.

Ich wollte gerade etwas erwidern, da erschien ein Schatten über uns. Aurum, der große goldene Löwe, landete lautlos auf dem Gras des Gartens.

Eigentlich hatte ich angenommen, dass ich wieder auf Nyncis reisen würde. Schließlich kannten wir uns schon ganz gut. Dass Cal mir nun den Delta seiner Mutter schickte, sorgte dafür, dass ich mich noch unwohler fühlte als sowieso schon. Doch davon ließ ich mir nichts anmerken.

Ich ging auf Aurum zu, und als diese zur Begrüßung den Kopf neigte, strich ich ihr durch die Mähne. Erst dann fiel es mir auf. »Sie ist eine Sie, oder?«

Drystan kam zu mir herüber. »So hat es der Onyx gesagt.«

»Aber sie hat eine Mähne.«

»Ja und?«

»Auf der Erde haben nur männliche Löwen so eine beeindruckende Mähne.«

Drystan hatte wohl keine besonders gute Laune, denn ich bekam schon wieder so ein Schulterzucken. »Nun, im schönen Obskuris herrscht da Gleichberechtigung.« Seine Stimme verriet mal wieder deutlich, dass er uns Menschen für eine leicht unterentwickelte Spezies hielt.

»Was ist los?« Ich drehte mich von Aurum weg, stemmte die Hände in die Hüften und sah ihn an. »Wenn du keine Lust hast, dieses kleine Spielchen mit uns zu spielen, dann sag's mir einfach. Ich hatte nie die Absicht, mich aufzudrängen. Wenn ich dir als Mensch so zuwider bin, dann lassen wir das. Ich weiß sowieso nicht, ob es eine gute Idee war. Eigentlich ist es doch nur kindisch und blöd.«

Jetzt sah Drystan aus, als wüsste er nicht, wovon ich sprach. Dann schüttelte er energisch den Kopf. »Was für ein Unsinn. Das ist es gar nicht. Mir gefällt die Vorstellung nicht, dass ich das Königspaar so hinters Licht führe. Wir haben zwar ausgemacht, dass sie nicht direkt verdächtigt werden, aber natürlich werden diese verdammten Onyx nach Hinweisen suchen, die unsere Hoheiten belasten. Und du vermutlich auch.«

Es ging also nicht um diese kleine Abmachung zwischen uns. Ich war einerseits erleichtert, andererseits war ich mir immer noch nicht sicher, ob ich das Ganze nicht einfach abblasen sollte. »Ich werde mich bemühen, so neutral wie möglich zu bleiben. Das verspreche ich dir.«

»In Ordnung.« Er nickte knapp. »Ich nehme dich beim Wort. Dann los.«

*

Wir überwanden die Leylinie, jagten durch die Regenbogen-Zuckerwatte und fanden uns zwischen den hohen Wolkenbergen im Grenzland wieder.

»Wir fliegen auf direktem Wege zum Dunkelstrom!«, rief Drystan mir zu. Er flog voraus, wartete dann aber, bis ich aufgeholt hatte.

Ich konnte den Zugang zum Dunkelstrom schon sehen, und wie immer machte sich ein Gefühl von Beklemmung in mir breit. Warum konnte man die Kartelle nicht einfach so durchqueren? Ich wäre sehr gerne einen Umweg geflogen, nur um dieser unheimlichen, dunklen Materie zu entgehen.

Ich hielt den Blick starr darauf gerichtet.

Und genau deshalb fiel mir erst auf, dass ich beobachtet wurde, als es bereits zu spät war.

Ich drehte den Kopf instinktiv und suchte nach dem Blick, der wie Laserstrahlen auf meiner Haut brannte. Mein Herz setzte vor Schock einen Moment aus.

Lykos, Cals Cousin, saß auf etwas, das aussah wie ein geflügelter Säbelzahntiger, und er sah mir direkt in die Augen. Sein raubtierartiges Lächeln verriet, dass er mich sofort erkannt hatte. Dann glitt sein Blick zu meinem Reittier, und seine Augen weiteten sich.

»Schnell weg hier«, sagte ich durch halb geschlossene Zähne und hoffte, dass Drystan mich hören würde.

»Was ist los?« Zu allem Unglück wurde er langsamer, und Aurum passte sich automatisch dem Tempo von Kaya an.

»Nein, wir müssen schnell weg hier!« Ich versuchte, Aurum dazu zu bewegen, schneller zu fliegen.

Drystan verstand mich immer noch nicht. Er drängte sein Reittier nah an meines. »Du fühlst dich nicht wohl im Dunkelstrom, richtig? Ich habe bemerkt, wie du das letzte Mal reagiert hast. Du brauchst wirklich keine …«

Aus dem Augenwinkel sah ich, wie etwas Dunkles immer näher kam.

»Drystan, bitte. Lass uns schnell …«

»He da!«, rief Lykos. »Auf ein Wort.«

Ich traute ihm keine Sekunde. Von Anfang an war mir klar gewesen, dass Lykos ein verschlagener Charakter war, dem es nur um Macht ging. Cal vor seinem Vater zu denunzieren, würde ihm eine Freude sein. Und vermutlich wollte er mich als Beweismittel vor den Anführer der Onyx schleppen.

»Drystan!« Jetzt klang ich panisch. »Wir müssen sofort …« Zu allem Überfluss quoll milchige Angst aus meinen Poren.

Drystan bemühte sich, sie so schnell wie möglich aufzunehmen, damit niemand um uns herum es bemerkte. Und dann war Lykos auch schon da.

»Hauptmann!« Er tat künstlich überrascht und gab sich keine Mühe, die Falschheit in seiner Stimme zu verbergen. »Wir haben uns ewig nicht gesehen. Wie geht es den Hoheiten? Und was habt Ihr da für eine hübsche kleine Begleitung? Mir kommt das Reittier so bekannt vor …«

Drystan wollte gerade den Mund aufmachen, da konnte ich mich nicht mehr beherrschen. »Du weißt, wer ich bin, Lykos.«

Seine Maske fiel praktisch sofort. »Gut, lassen wir die Spielchen. Du wirst mit mir kommen, Mensch. Petrovico Kymragh wird es sehr interessieren, dass sein Sohn sich nicht an seine Gebote hält.«

»Erin ist in meiner Begleitung, nicht in der des Onyx. Und solange sie in meiner Begleitung ist, geht sie nirgendwo hin, Lykos.« Drystan klang völlig ruhig, so als wäre sein Wort Gesetz. »Und jetzt müssen wir weiter. Auf bald.«

»Das denke ich nicht. Meinem Cousin ist es verboten, Erin mit hierherzubringen. Ich brauche den Menschen als Beweis.«

»Erin ist mein Gast.«

»Na klar doch.« Lykos grinste hämisch. »Und sie sitzt auf dem Reittier von Callahans Mutter. Erzähl mir keine Märchen, Fawn.« Erst dann fiel ihm wohl ein, dass Drystan nicht lügen konnte. Er legte den Kopf schief. »Was ist hier los?«

»Das ist nichts, was dich etwas angeht.« Drystan wollte sich abwenden und gab mir das Signal, dass wir weiterfliegen würden.

Doch Lykos war schnell. Er hatte eine geflochtene Drahtschlinge hervorgezaubert, die er nun wie ein Lasso schwang. Und er zielte damit auf mich.

Doch Drystan war genauso schnell. Er schoss zu mir und zog mich rüber auf seinen Sattel. Dann ließ er einen scharfen Pfiff ertönen, und wir jagten los. Aurum blieb dicht neben uns.

Kaya stürzte sich in den Dunkelstrom. Drystan hielt mich fest, und ich war froh darüber, denn so einen rasanten Ritt hätte ich mir selbst niemals zugetraut. Hinter uns hörte ich einen wütenden Laut. Lykos war uns dicht auf den Fersen! Kaya wurde nochmals schneller, und in völliger Dunkelheit jagten wir voraus. Wenn ich mich richtig erinnerte, hätten wir das Kartell der Xanthic schon längst erreichen müssen.

»Drystan …« Mehr brachte ich nicht heraus. Mir war schwindelig und übel.

Ich spürte seine Lippen nah an meinem Ohr. »Er ist noch zu nah und würde bemerken, in welches Kartell wir reisen. Ich muss ihn erst abhängen, und das bedeutet, wir müssen noch eine Runde drehen.«

Und das hieß, wir würden einmal die komplette Dimension durchqueren? Um Himmels willen, ich sah jetzt schon Sternchen vor Augen …

»Wir müssen ihn loswerden. Kaja hat zwei Flügelpaare. Sie ist unglaublich schnell. Mach dir keine Sorgen, wir schaffen das.«

Ich hörte seine Worte, doch ich konnte nichts erwidern. Ich spürte die Anwesenheit anderer Noctua und wie wir an ihnen vorbeirasten.

Die Reise dauerte gefühlt ewig. Diese völlige Dunkelheit, meine Luftnot und die Übelkeit setzten mir sehr zu.

»Wir sind da.«

Kaya warf sich aus dem Dunkelstrom. Sofort drehte Drystan sich um, um nachzusehen, ob wir immer noch verfolgt wurden. Ich rieb mir über die Augen und holte ein paarmal tief Luft. In der Ferne sah ich die drei Schiffe der Xanthic. Im Moment hatte ich jedoch kaum einen Blick für sie.

»Haben wir ihn abgehängt?« Selbst das Sprechen fiel mir schwer.

Aurum tauchte neben uns auf, und ihre Augen glänzten. Ihr hatte die Verfolgungsjagd ganz offensichtlich Spaß gemacht. Sie kam nah an uns heran, und ich lächelte. Eigentlich hätte ich sofort wieder die Plätze tauschen wollen, doch da mir immer noch so schwindlig war, war ich froh, dass Drystan einen Arm um meine Mitte gelegt hatte.

»Wir haben ihn abgehängt.« Drystan klopfte Kaya anerkennend auf den Panzer. »Gut gemacht, Mädchen.« Kaya schüttelte die Flügel, und ihre langen Fühler wippten.

Ich wollte mich genau wie Drystan darüber freuen, doch ich presste mir eine Hand über den Mund, weil mir immer noch so übel war. Drystan bemerkte es.

»Dir setzt der Dunkelstrom wirklich sehr zu.«

»Mir ist so schlecht«, murmelte ich.

Drystan ließ mich vorsichtig los, dann hörte ich ihn in seinen Taschen wühlen. Schließlich erschien vor meinem Gesicht ein dunkelbraunes verschrumpeltes Etwas, das entfernt wie der Kern einer Nuss aussah.

Drystan hielt es mir vor die Lippen.

Ich wich zurück. »Was ist das?«

»Es ist ein Samen der Nachtpalme. Sie helfen gegen Übelkeit. Wenn es auch bei dir wirkt, kann ich dir noch mehr davon geben.«

Einen Moment lang zögerte ich, ob ich wirklich von einem Fawn etwas annehmen konnte. Andererseits konnte er mich nicht belügen. Und mir war immer noch so schlecht. Also zupfte ich ihm den Samen aus der Hand und steckte ihn in meinen Mund.

»Einfach zerkauen«, sagte Drystan, während er einen Arm wieder um meine Taille legte. »Ich fliege extra langsam, damit es nicht noch schlimmer wird.«

Zugegeben, er war wirklich rücksichtsvoll. Ich kaute auf dem zähen Samen, der leicht nach Torf schmeckte. Ob das wirklich gegen Übelkeit half? Ich bezweifelte es.

Wir segelten gemütlich durch die Luft, während Drystan sich immer wieder prüfend umsah.

Und dann … als habe jemand einen Vorhang aufgezogen … verschwand meine Übelkeit im Bruchteil eines Herzschlags. Ich fühlte mich erfrischt und wacher als vorher. Es war, als würde ich plötzlich nur noch die guten Eigenschaften des Dunkelstroms spüren. Das war unglaublich!

»Es wirkt«, stieß ich hervor. »Danke, Drystan.«

Hinter mir hörte ich den Fawn leise lachen. »Was hast du gedacht? Dass ich dich vergifte?« Er räusperte sich. »Jedenfalls bin ich froh, dass es auch bei dir wirkt. So als Mensch«, fügte er noch hinzu. »Ich konnte ja nicht wissen, ob es bei dir wirkt. Vielleicht hätte es dich auch in einen kleinen Kobold verwandelt.«

»Hey!« Ich boxte halbherzig mit den Ellenbogen nach hinten. Da dieses skrupellose Experiment gut gegangen war, sparte ich es mir, ihm Vorwürfe zu machen. Ich war in letzter Zeit wirklich hart im Nehmen gewesen, wenn es um die Sicherheit meines eigenen Lebens ging. Dann kam mir wieder Lykos in den Sinn. Sofort krampfte sich mir der Magen zusammen. Sein Auftauchen bedeutete, dass Cal in ernsthaften Schwierigkeiten steckte. »Er hat uns erkannt«, begann ich gerade, da tauchte Drystans große Hand wieder vor mir auf. Auf seiner Handinnenfläche lagen sechs von den Samen.

»Dankeschön«, sagte ich und steckte sie in meine Tasche. »Das macht es wirklich so viel leichter.«

»Wo ist eigentlich das Problem? Was hat Lykos mit dir und Callahan zu schaffen?«

Ich erklärte Drystan, um was es ging und was Lykos' Entdeckung für Cal bedeutete.

Drystan schwieg einen Moment. Ich hingegen konnte immer noch nicht fassen, wie mühelos dieser Samen all meine Beschwerden ausradiert hatten. Ich fühlte mich großartig, ja regelrecht aufgeputscht. Wie würde es sein, wenn ich sie vor einer Reise durch den Dunkelstrom nahm? Ob ich überhaupt Symptome haben würde?

»Es wäre nicht gut, wenn der Onyx bei unserem Besuch in meinem Kartell unkonzentriert ist«, begann Drystan dann vorsichtig. »Er darf seine wahren Absichten auf gar keinen Fall aus Versehen verraten. Ich halte auch seine beiden Verwandten für nicht besonders zuverlässig.«

»Nolan und Horatio?«

Hinter mir spürte ich, wie er nickte. »Vielleicht würden sie auch alles abbrechen und zurück in ihr Kartell fliegen. Das würde an unserem Hof keinen sehr guten Eindruck machen und König und Königin beleidigen. Danach wäre ein Besuch mit so einer großen Gruppe praktisch unmöglich.«

»Du meinst also, ich sollte Cal erst nach unserem Besuch erzählen, dass wir auf Lykos getroffen sind?«

»Wäre das für dich annehmbar?«

Ehrlich gesagt, kannte ich das Temperament der Onyx mittlerweile recht gut. Cal und die anderen konnten rational und abgebrüht reagieren, aber sie könnten auch im nächsten Moment durchdrehen, ihre Waffen zücken und zurück in ihr Kartell stürmen. Ich konnte sie absolut nicht einschätzen. Und gerade deshalb fand ich die Idee von Drystan gar nicht so schlecht.

»Abgemacht«, sagte ich. »Erzählen wir den anderen erst nach unserem Besuch von unserer Begegnung mit Lykos.«

Kapitel 14

Als wir uns der Dawnbreaker näherten, ging es mir so gut, als hätte ich den Dunkelstrom nie betreten.

Und deshalb hatte ich auch genug Gelegenheit, mir Sorgen darüber zu machen, was die Begegnung mit Lykos für uns bedeutete. Denn es war klar, dass sie Folgen haben würde. Vermutlich hauptsächlich für Cal, und obwohl mir das egal sein könnte, war es das nicht. Ich kaute auf meiner Unterlippe und dachte an Petrovicos Drohung.

»Wir sind gleich da. Denk an unsere Abmachung.«

Drystans Worte rissen mich aus meinen Gedanken.

Obwohl noch relativ viel los war bei den Xanthic, erkannte ich die Reittiere der anderen über dem Luftraum der Dawnbreaker sofort.

Melissa würde uns in ihrem Kartell erwarten und dafür sorgen, dass wir mit so wenig Bürokratie wie möglich aufgehalten wurden.

Ich erinnerte mich an die etwas unfreundliche Klinng, die uns in dem Ballon bis zum Hof des Königspaares begleitet hatte. Vielleicht würde uns heute diese Einreiseprozedur erspart bleiben.

Einige der Noctua, die uns entgegenkamen, musterten uns interessiert. Doch niemand schien es besonders verdächtig zu finden, dass Drystan und ich auf einem Reittier saßen und uns ein zweiter Delta begleitete.

Mit dem Arm um meine Taille wirkten Drystan und ich vermutlich wie ein verliebtes Paar.

Und genau das würden wahrscheinlich auch die Onyx und Ildy denken. In diesem Moment war es mir ganz recht, dass ich nicht wieder auf Aurums Sattel gewechselt hatte. So würden wir direkt einen passenden Einstand geben.

Und richtig, Horatio und Nolan sahen beide zu Cal, um dessen Reaktion zu beobachten. Nolan schüttelte leicht den Kopf, und sogar seine Fledermaus Grml zuckte nervös mit den Ohren. So lebhaft hatte ich sie noch nie erlebt.

Cals Miene war wie versteinert.

Ildy wirkte überrascht, aber sie fing sich schnell. Sie flog uns auf ihrem silbernen Drachen Sky ein Stückchen entgegen, vermutlich, um sich in die Schussbahn zu werfen.

»Da seid ihr ja endlich. Alles in Ordnung?«

Wir nickten.

Ildy sah kurz auf Drystans Arm, der noch immer um meine Taille lag. »Wir warten noch auf Bane. Cal hatte mit ihm wegen ein paar besonderer Mitbringsel gesprochen. So lenken wir die Aufmerksamkeit auf die Geschenke und weniger auf uns.«

»Eine sehr gute Idee«, erwiderte ich etwas steif. Mein Blick glitt zu Cal. Ich konnte einfach nicht anders.

Er hatte sich für diesen Anlass etwas schicker gekleidet, und es stand ihm ausgezeichnet.

Sein Hemd war eng auf seine sportliche Figur geschnitten. Es betonte seine breiten Schultern und war am Ausschnitt einen Knopf zu viel aufgeknöpft. Um seinen Hals hingen zwei dünne Ketten, die ich vorher noch nie gesehen hatte.

»Ist Aurum verletzt?«, rief Horatio uns entgegen, doch der Sarkasmus in seiner Stimme war nicht zu überhören.

Drystan antwortete irgendetwas, doch ich folgte dem Wortgeplänkel nicht.

Mein Blick war immer noch auf Cal geheftet. Ich hatte ihn seit unserer Trennung nun schon mehrfach gesehen. Er war sogar in meinem Zimmer gewesen, als wir unser Treffen abgehalten hatten.

Aber hier in der Dimension war es immer noch etwas anderes. *Er* war anders.

Seine Konturen schienen schärfer, das Schwarz seiner Augen schimmerte durchdringend und geheimnisvoll zugleich. Wenn er sich unbeobachtet fühlte, spielte er manchmal mit seinen spitzen Eckzähnen, zog die weißen kleinen Dolche über das untere Lippenrot und hatte keine Ahnung, wie verführerisch er dann wirkte.

Ich mochte es, dass man ihm hier so deutlich ansah, dass er kein Mensch war.

Irgendetwas tief in mir fand es nicht nur aufregend, sondern extrem anziehend. Ich ließ meinen Blick an ihm hinauf und hinab wandern und konnte mich einfach nicht von ihm lösen. Es war verrückt, aber ich hatte ihn noch nie so attraktiv gefunden wie in diesem Moment.

Drystan lehnte seinen Brustkorb gegen meinen Rücken, und dann spürte ich, wie er den Kopf neigte. Im nächsten Moment strichen seine Lippen ganz zart meinen Hals hinauf, und sein warmer Atem prickelte wie feurige Funken auf meiner Haut.

Ich, die immer noch Cal ansah, war total überrumpelt, und in diesem Moment konnte mein Gehirn die zwei unterschiedlichen Eindrücke nicht trennen.

Es waren Cals Lippen, die ich spürte. Es war seine Berührung, nach der mein Körper sich sehnte. Jede Zelle in mir schien lichterloh in Flammen zu stehen, und der heisere Laut entkam meinen Lungen, bevor ich mich bremsen konnte.

»Mir gefallen die kleinen Geräusche, die du machst«, wisperte Drystan, bevor er sich wieder von mir löste.

Himmel. Was war da gerade passiert?

Ich schluckte deutlich hörbar.

Alle starrten uns an, und es war klar, dass sie nicht nur alles beobachtet, sondern auch Drystans zärtliche Worte gehört hatten.

Cal sah ihn mit Mordlust in den Augen an. Mich beachtete er gar nicht, was meine Rachegelüste wieder anstachelte. Ich lehnte mich an Drystans breite Brust. »Hach, ich bin noch ein klein wenig müde von gestern Nacht. Wie lange waren wir noch wach?«

Cal sah aus, als würde er gleich explodieren, was ich mit großer Genugtuung aus dem Augenwinkel wahrnahm.

Drystan legte einen zweiten Arm um mich und zog mich noch näher. Wieder neigte er den Kopf zu mir. »Wer würde bei so reizender Gesellschaft auf die Zeit achten?«

Horatio sah aus, als müsste er sich gleich übergeben. Nolan und Ildy bemühten sich um möglichst neutrale Blicke.

Cal bemerkte nichts von den Reaktionen seiner Freunde. Er wirbelte plötzlich ein kleines Messer zwischen den Fingern, und ich wollte mir nicht ausmalen, was er wohl am liebsten damit anstellen würde.

Plötzlich zweifelte ich. Es fühlte sich falsch an, hier so eine Show abzuziehen.

Was hatte ich mir nur gedacht? Cal gehörte mein Herz, es hatte ihm schon immer gehört, und je mehr Zeit verstrich, desto mehr war ich bereit, ihm zu verzeihen, was er getan hatte. Ich *wollte* ihm verzeihen. Sollte ich mir dieses Schauspiel mit Drystan also wirklich antun? War das nötig?

Ich rang immer noch mit mir, da stieß Cal ein spöttisches Lachen aus.

»Das ist Ausnutzen von Schutzbefohlenen, Hauptmann. Ich hoffe, das ist dir klar.«

Drystan schnaubte nur. »Wir sind alle erwachsen.«

»Ich glaube kaum, dass sich das gut in deinem Lebenslauf macht«, redete Cal weiter. »Und was sagen König und Königin dazu? Der geschätzte Neffe und ein Menschenmädchen?« Er schnalzte missbilligend. »Da wird man doch schockiert sein.«

Ich sah ihn fassungslos an, und all meine Gedanken von gerade eben zerplatzten wie eine Seifenblase. *Wie redete er über mich?*

»Lass das mal meine Sorge sein.« Drystan ließ sich nicht provozieren. »Ich regle meine Angelegenheiten mit größter Transparenz.«

Das war ein deutlicher Seitenhieb auf Melissas und Cals Spiel.

Nyncis schoss auf ein lautloses Kommando von Cal vorwärts, und plötzlich waren sie uns ganz nah. Das Messer in seiner Hand war verschwunden, aber er brauchte es auch gar nicht, um bedrohlich zu wirken.

»Treib es nicht zu weit, Hauptmann. Für dich ist sie doch nur ein Spielball.«

Noch mehr Ärger kroch in mir hoch. »*Sie* hat einen Namen.«

Cal ignorierte mich, er sah mich nicht mal an. »Was machst du, wenn du sie rumgekriegt hast? Noch ein gebrochenes Herz, das deinen Weg säumen wird?«

»Da kann ich mir von dir ja dann noch ein bisschen was abgucken«, zischte Drystan.

Cals Augen sprühten Funken. »Im Gegensatz zu dir hat es für mich immer nur die eine gegeben.«

Ich starrte ihn an. Alle starrten ihn an.

Cals Blick glitt zu mir. »Du begehst einen riesigen Fehler, Erin. Er ist die falsche Wahl.«

Ich war sauer, wütend und enttäuscht. »Ach, und du warst der Richtige?«, flüsterte ich mit zitternder Stimme. *Und ich hatte ihm gerade alles verzeihen wollen … wie naiv musste ich sein?*

Cal wollte gerade den Mund aufmachen, da erklang ein fröhliches Rufen. »Kinder! Das ist ja nett, dass ihr alle dabei seid. Ich bin ganz schön schwer beladen.« Es folgte ein dröhnendes Lachen, das unglaublich ansteckend war.

Bane Harlow, seines Zeichens Anführer der Xanthic und Cals Patenonkel, saß auf einem beeindruckend großen Skarabäus, dessen brauner Panzer bei Bewegung in schillernden Farben von golden bis türkisgrün changierte.

Als er uns erreicht hatte, sah er mit breitem Lächeln in die Runde. »Ein neues Gesicht!«, rief er, als sein Blick auf Drystan fiel. Doch dann runzelte er die Brauen. »Nein, Moment. Du bist Drystan von den blauen Monden. Hauptmann der Leibgarde und Neffe des Königs.«

Drystan neigte höflich den Kopf. »Es ist mir eine Ehre, Bane Harlow, Anführer aller Xanthic.«

»Na da habt ihr gleich den richtigen Begleitschutz im Kartell der Fawn«, sagte Bane und klang anerkennend. Als er zu mir sah, zwinkerte er mir zu. »Bei so einem besonderen Gast kann das ja nie schaden.«

Es war offensichtlich, dass er nicht wusste, dass sein Patenkind mich verschenkt hatte, noch schien er die angespannte Stimmung zwischen uns zu spüren.

Jetzt drängten die Onyx und Ildy sich um ihn, um ihn zu begrüßen. Ildy küsste ihn sogar auf die Wange.

Sie alle wirkten so vertraut miteinander, dass es mir einen kleinen Stich versetzte. Ich hatte mich unter ihnen immer so wohlgefühlt. Aber jetzt war alles anders.

Nachdem die Begrüßung vorbei war, drehte Bane sich zu den großen Satteltaschen, die rechts und links von dem schillernden Panzer seines Reittiers hinabhingen.

»Ich habe alles dabei, was das Fawn-Herz begehrt. Ihr werdet einen grandiosen Eindruck machen, das garantiere ich euch.«

Er zog diverse rechteckige Boxen hervor, die aussahen, als wären sie aus schmalen Ästen gefertigt, fast wie geflochtene Körbe. Innen waren sie mit bunt gewebten Tüchern ausgeschlagen. Ich sah diverse Backwaren, kleine Kuchen, Törtchen, die mit Nüssen und rotem Sirup garniert waren, und winzige Pasteten. Dann folgten einige durchsichtige Gläser. In ihnen war mehr von dem roten Sirup abgefüllt, und ich entdeckte einige eingemachte Früchte, die ich noch nie zuvor gesehen hatte. Manche von ihnen hatten lange Stacheln, die vermutlich durch das Einlegen in den Sirup weich und genießbar wurden.

Zum Schluss folgten Dosen, die aussahen, als wären sie aus Stein gefertigt und deren Oberfläche mit Eiskristallen verziert war und glitzerte.

Mit diesen Geschenken würde Cal ganz sicher Eindruck machen.

Bane übergab ihm gerade noch ein paar Flaschen, die mit großen dunklen Korken und Wachs versiegelt waren und deren Etiketten nur Jahreszahlen trugen. Ich vermutete, dass es sich um den in der Dimension so beliebten Mondbeerensaft handelte.

Cal ließ es sich nicht nehmen, Bane zu zeigen, was er für ein Geschenk dabeihatte. Es war ein Amulett, geschliffen aus dem pink leuchtenden Bernstein, der von dem Nachtblütenbaum stammte, der nur im Kartell der Amethyst wuchs.

Ich wollte absichtlich nicht zuhören, denn ich ahnte schon, worum es ging. Doch Cal sprach absichtlich zu laut und schwärmte davon, wie sehr sich die Prinzessin der Fawn über dieses Geschenk freuen würde.

Bane wirkte einen Moment lang irritiert, und sein Blick glitt zu mir. Doch als ich ihn nur betont freundlich anlächelte, schien er an diesem Geschenk nichts weiter zu finden.

Mich hingegen ärgerte es gewaltig, dass sie immer noch diese Täuschung aufrechterhalten mussten. Und so wie Cal gerade guckte, war er auch noch ziemlich stolz auf diesen Schatz. Ich wollte gar nicht wissen, wie er an so ein Schmuckstück gelangt war. Und er schenkte es *ihr*.

Ich hasste Melissa nicht. Nahm man es genau, war sie mir nicht mal besonders unsympathisch. Ich akzeptierte sie, und man konnte ganz gut mit ihr reden. Aber es ging mir gewaltig gegen den Strich, dass Cal einer anderen so etwas Schönes schenkte.

»Er provoziert dich«, flüsterte Drystan an meinem Ohr. »Und es ist nicht zu übersehen, wie sehr es ihm missfällt, wie nah wir beide uns sind. Ist das so in deinem Sinne?«

»Seine Provokation hätte er sich sparen können«, murmelte ich zurück und schmunzelte über Drystans leicht antiquierte Ausdrucksweise. »Aber ja, es scheint ihn gewaltig zu ärgern. Bleiben wir also dabei.«

Drystan nickte knapp, da wandten sich die Onyx an uns.

»Dann brechen wir jetzt auf.« Horatio sah nur mich an, als könne er Drystans Anblick einfach nicht ertragen.

Wir alle überhäuften Bane mit Dank für diese großartigen Mitbringsel. Ich sah, wie Cal ein paar Kugeln Angst auf seiner Handfläche hin und her rollen ließ und sie dann seinem Patenonkel hinstreckte.

Bane machte einen großen Aufstand und lehnte eine Bezahlung rigoros ab.

Als sich dann endlich alle voneinander verabschiedet hatten, verschwand Bane zuerst.

Cal drehte sich erneut zu uns. »Soll ich Aurum nach Hause schicken?«

Ich zuckte mit den Schultern.

Ildy kam etwas näher. »Wir wollen mit diesem Besuch ja auch beweisen, dass Erin akzeptiert hat, dass sie künftig im Kartell der Fawn leben soll. Dass sie der Menschenwelt quasi abgeschworen hat. Denn mit diesem Eindruck wird sie sich am Hof frei bewegen dürfen. Erscheint sie dort bereits auf einem eigenen Reittier, ist es ziemlich offensichtlich, dass sie sich bemüht, sich mit den Regeln unserer Welt vertraut zu machen. Wir sollten Aurum nicht nach Hause schicken.« Wie immer klang sie ruhig und freundlich zugleich. In diesem Moment fand ich es aufrichtig schade, dass ich sie noch nicht besser kennengelernt hatte.

»Du hast absolut recht«, sagte ich schnell. »Ich werde auf Aurum weiterreisen.«

Drystan half mir zwar kommentarlos auf Aurums Rücken, doch er wirkte nicht besonders angetan von der Idee.

Ich streichelte Aurum hinter den großen Ohren und flüsterte ihr zärtliche Worte zu.

Mein Blick glitt zu Cal, und noch bevor er den Kopf drehen konnte, sah ich, wie ein sehr zufriedenes Lächeln um seine Mundwinkel spielte.

Mistkerl.

Kapitel 15

Dieses Mal blieb uns auf der Reise zum Hof von Königin Alizee und König Thiobald jegliche Bürokratie erspart.

Kein Fawn wagte es, den Hauptmann der Leibgarde und seine Mitreisenden aufzuhalten.

Ein weiteres Privileg war, dass unsere Reittiere nicht an den Landungsbrücken warten mussten. Stattdessen nahmen wir den Eingang der Delta, breite Tore am Heck der Foxglow, die weit geöffnet waren. Auch hier waren Wachen postiert, doch sie salutierten nur, als sie Drystan erblickten, der vorausflog.

Das Kartell der Fawn erinnerte mich mit seinen grünen Wiesen zuerst wieder an das Kartell der Xanthic. Doch dann näherten wir uns dem tiefgrünen Wald, durch den ich geflohen war. Der magische Wald, vor dem mich die Fawn eindringlich gewarnt hatten. Mein Magen verkrampfte sich, als ich die Momente meiner Flucht Revue passieren ließ. Die Schlingpflanzen, die mich ins Erdreich hatten ziehen wollen, die kleinen Elfen, die mich mit ihren vergifteten Waffen angegriffen hatten, die Bäume, die ihre Äste wie lebendig nach mir ausgestreckt hatten. Die Schmerzen, die Angst, die Ungewissheit. Ich fragte mich, warum wir einen Bogen flogen, doch vermutlich gab es einen speziellen Landeplatz für die Delta, wo sie sich während unseres Besuchs aufhalten konnten. Drystan glitt tiefer, und wir anderen folgten ihm. Ich war dicht hinter ihm, denn ich wollte auf gar keinen Fall verloren gehen. Ich erkannte die Stelle, an der Klinng den kleinen Ballon gelandet und Drystan Cal und mich erwartet hatte. Das Déjàvu war wie eine mächtige Welle, die mich plötzlich überrollte. Angst stieg in mir auf. Lief ich erneut in eine Falle? War dies ein nur noch größerer, besser geplanter Coup, von dem ich keine Ahnung hatte?

Die Pranken unserer Delta hatten kaum den Boden berührt, da erschienen Dutzende Fawn aus dem Dickicht. Ich war so sehr in meine Schreckensfantasien vertieft, dass ich einen erschrockenen Laut von mir gab und mich mit dem Oberkörper eng an Aurums weiches Fell drückte. Diese knurrte prompt, als wolle sie mich beschützen.

Drystan war total in seiner Rolle. Er war sofort an meiner Seite und legte schützend einen Arm um mich.

»Alles ist gut, das sind nur Diener, die sich um unsere Delta kümmern werden.«

Erst da bemerkte ich, dass die Fawn beladen waren mit großen Holzeimern, in denen Wasser glitzerte, und andere vor ihnen große Schalen trugen mit etwas, das ich für Futter hielt.

»Verstehe«, murmelte ich, doch ich musste mir eingestehen,

dass seine Berührung in diesem Moment einfach nur guttat. Zwar wünschte sich mein dummes Herz, dass es Cal wäre, doch die sanfte Umarmung brachte mich wieder etwas runter.

»Danke.« Zuerst wollte ich zur Seite weichen, seinen Arm wegschieben, doch dann erinnerte auch ich mich an meine Rolle. Ich legte den Kopf an seine Schulter und tat so, als würde ich tief durchatmen.

»Du bist erschöpft«, sagte Drystan leise. »Gehen wir zum Hof, und ich besorge dir etwas zur Erfrischung.« Er ging mit mir voraus, als wären die anderen gar nicht da. Ich wollte eigentlich fragen, ob ich bei den Geschenken von Bane tragen helfen sollte, aber Drystan schien keinen Gedanken daran zu verschwenden.

Hinter mir hörte ich die Onyx leise tuscheln, als wir das Stückchen Wald durchquerten, um zum Festplatz zu gelangen. Ildys Stimme hingegen klang so, als würde sie versuchen, alle drei aufgebrachten Onyx auf einmal zu beruhigen.

Ich fühlte mich schlecht und beneidete sie gerade nicht um ihre Lage.

Schon bald öffnete der Wald sich zu einer weiteren Lichtung, und hier war das Fest bereits in vollem Gange. Die Feuerstellen brannten, und um sie herum saßen Pixies und Kobolde, Elfen und Feen, aber auch Mischwesen. Mottenmänner und Frauen mit den Köpfen von Libellen oder Nagetieren. Geflügelte Wesen, die aussahen wie Menschen, mit riesigen Augen von Schmetterlingen und zarten Vogelkrallen. Winzige Wesen, die abseits der Feuer im Schatten der Bäume kauerten, mit großen leuchtenden Augen und scharfen weißen Zähnen.

Es waren Alpha, Beta und Gamma wild gemischt.

Über einer Feuerstelle sah ich einen großen kupfernen Kessel, aus dem ein blau schimmernder Dampf aufstieg.

Wir wurden ungeniert angestarrt, einige zeigten sogar mit dem Finger auf uns. Doch die meisten wirkten beeindruckt und neigten die Köpfe, als wir sie passierten. Immer wieder hörte ich die geflüsterten Worte *Hauptmann, Menschenmädchen* und *Verlobter der Prinzessin.*

Nochmals stieg kurz Angst in mir hoch, als die Bilder dieses denkwürdigen Abends in meinem Kopf auftauchten. Noch nie hatte ich mich so gefürchtet. Wie sehr hatte ich mich verraten gefühlt.

Drystan hatte immer noch seinen Arm um mich gelegt, dennoch schaffte ich es, mich kurz zu Cal umzudrehen. Ich ertappte ihn dabei, wie er auf meinen Rücken starrte. Oder besser gesagt, auf Drystans Arm, der um meine Schultern lag. Als sich unsere Blicke trafen, spürte ich, dass er wusste, woran ich gerade dachte. Ich wollte etwas in seinem Gesicht lesen, doch es war unmöglich. Irgendwann sah er zur Seite und begann ein Gespräch mit Nolan.

Ich drehte mich wieder um und ignorierte den reißenden Schmerz, der sich in mir breit machen wollte. Ich hatte gedacht, nein gehofft, Eifersucht in seinem Gesicht zu sehen. Doch da war nichts als Kälte und so etwas wie Resignation gewesen. Ich wollte Drystans Arm von meinen Schultern schieben, ich wollte zu ihm gehen, ihn schütteln, ihn anschreien, ich wollte den alten Cal zurück. Den etwas arroganten, großspurigen, liebenswürdigen und lustigen Cal, der so viele Jahre ein so großer Teil meines Lebens gewesen war. Ich wollte …

Überrascht bemerkte ich, dass die Empore, auf der das Königspaar das letzte Mal residiert hatte, leer war. Davor war sogar ein Vorhang aus Blüten gezogen, fast wie in einem Theater, dessen Bühne gerade nicht genutzt wurde.

»Wo ist das Königspaar?«

Natürlich war ich davon ausgegangen, dass wir unseren Besuch mit einem Treffen bei ihnen beginnen würden. Erst die Pflicht, dann das Vergnügen. Wobei ich bezweifelte, dass es ein Vergnügen werden würde, am Hof herumzuschnüffeln, um mehr über das mysteriöse Verhalten der Zahnfeen herauszufinden.

In diesem Moment ärgerte ich mich, dass ich in meiner Angst und meinen Gedanken an Cal ganz vergessen hatte, nach ein paar Zahnfeen Ausschau zu halten. Das letzte Mal hatte ich hier welche gesehen, und sie alle trugen Halsreifen. Doch da die Fawn als clever und gerissen galten und zudem als das Volk in Obskuris, das Magie so gut beherrschte wie kein anderes, wollte ich diesen Verdacht nicht komplett verwerfen. Sie könnten genauso gut zur Tarnung ihre eigenen Zahnfeen mit den Reifen bestückt haben, um jeden Verdacht von sich zu lenken.

Drystans Finger strichen leicht über meine Schulter. »Das Königspaar nimmt heute nicht an diesem Fest teil. Wir werden bei Hofe erwartet.« Immer noch klang seine Stimme so liebenswürdig und verständnisvoll.

»Bei Hofe?«, echote ich. »Aber ich dachte, das hier wäre der Hof.«

»Das ist der Festplatz, kleiner Kobold. Der Hof ist gleich dort drüben.« Er deutete mit der freien Hand hinter das Podest in Richtung des magischen Waldes.

Ich kniff die Augen zusammen. Sie waren freiwillig in diesen gruseligen Wald gezogen? Ich sah weder die hohen Mauern eines Palastes noch sonst irgendwelche beeindruckenden Behausungen. Und dort lebten sie dann in irgendwelchen Hütten im Halbdunkel?

Irgendwie entsprach das so gar nicht meiner Vorstellung des

Königspaars. Ich hatte mir ihren Hof immer üppig, groß und verschwenderisch vorgestellt. Irgendwie beeindruckender und magischer …

Wir umrundeten das Podest, hinter dem sich noch mehr Wald ersteckte.

»Ist es noch weit?«, erklang Horatios Stimme hinter mir. Er klang genervt. »Diese Flaschen können ziemlich schwer werden.«

Ich bezweifelte, dass Horatio mit seinen muskulösen Armen ein paar Flaschen so die Laune verderben konnten. Als ich mich zu ihnen umdrehte, fixierte er gerade Drystan mit seinen Augen. Und in seinem Blick stand geschrieben, dass er den Fawn ebenso wenig leiden konnte wie Cal.

Drystan ließ sich Zeit mit seiner Antwort. Er schaffte es, sich so geschickt zu drehen, dass er mich gleich mit sich drehte, und so sein Arm um meine Schultern blieb, wo er war.

»Ich rate dir dringend, dich mehr in Geduld zu üben, Onyx. So ein Verhalten wird am Hof von meinen Hoheiten nicht geduldet.«

Horatio machte den Mund auf, um zu diskutieren, doch Cal berührte ihn kurz am Arm, und er verstummte. »Mein Freund wird seine Zunge zukünftig im Zaum halten, Hauptmann. Er ist sich seiner Rolle als mein Diener bewusst.«

Dieses Mal sah es so aus, als würde Horatio gleich platzen. Dennoch rang er sich ein Lächeln ab, das irgendwie zugleich auch bedrohlich wirkte.

Drystan drehte uns wieder nach vorne, und gemeinsam betraten wir den Wald. Hier standen die Bäume noch dichter beieinander, und das wenige Licht, das durch die Baumkronen drang, wirkte schemenhaft und gespenstisch wie Irrlichter.

Es war nur ein schmaler Pfad, der durch das dichte Gestrüpp führte. Drystan war gezwungen, mich loszulassen, doch er nahm meine Hand, als er vorausging.

Im Unterholz hörte ich die Geräusche der Waldbewohner. Ein Fiepen, ein Krächzen, ein lautes Zischen. Eine Gänsehaut jagte meine Arme hinab. Die Bäume raschelten, als hätten sie unsere Ankunft bemerkt. Über uns ächzte Gehölz, und ich rechnete damit, dass sich uns jeden Moment ein Ast wie lebendig in den Weg strecken würde.

Nach einigen weiteren Schritten wurde der Weg plötzlich breiter. Moos wuchs an den Rändern, das sich irgendwann über den ganzen Pfad streckte, der kontinuierlich breiter wurde.

Wir erreichten eine Lichtung. Ein Baum stand inmitten des dunkelgrünen Moos-Teppichs.

Drystan führte uns nah an den breiten Stamm und strich mit der freien Hand über die Rinde.

»Dies hier ist das Portal zum Hof.« Er ließ meine Hand los und deutete hinauf in den Baum. »Pflückt eine Nuss und gelangt so direkt zum Hof meiner Hoheiten.« Ich sah hoch. An den Ästen hingen dunkelbraune Früchte, die aussahen wie Walnüsse.

Die anderen musterten den Baum kritisch.

»Gibt es einen Beweis dafür?«, wollte Nolan wissen. »Ich unterstelle dir keinen Hinterhalt, Hauptmann, aber wir müssen schon auf Nummer sicher gehen.«

»Euch wird wohl nichts anderes übrig bleiben, als mir zu vertrauen.« Drystan lächelte knapp.

Das war weder ein Ja noch ein Nein und eine sehr geschickte Antwort für jemanden, der nicht lügen konnte.

»Drystan«, sagte ich leise, aber eindringlich. »Warum kannst du nicht einfach mit Ja oder Nein antworten?«

Sein Blick wurde weicher. »Ich verspreche dir, der Baum führt euch zum Hofe meiner Hoheiten. Euch wird nichts geschehen.«

Ich lächelte. »Danke.«

Ich sah den Kuss nicht kommen, denn sonst wäre ich ihm ausgewichen. Drystan beugte sich zu mir, und alles ging so wahnsinnig schnell. Er hauchte einen zarten Kuss auf meine Lippen, bevor er sich wie selbstverständlich wieder abwandte. Die Berührung seines Mundes prickelte auf meinen Lippen, und ich musste ihn wohl mit großen Augen angesehen haben, denn er lächelte erneut.

Jetzt wirkte sogar Ildy schockiert. Ich war mir relativ sicher, dass sie die Letzte gewesen war, die an unserer frisch entflammten *Liebe* gezweifelt hatte.

Eigentlich hätte ich ihm jetzt gerne ein paar Takte zu den abgemachten Konditionen unserer Vereinbarung gesagt, doch dann wäre unser kleines Schauspiel aufgeflogen. Also schwieg ich und nahm mir vor, ein Gespräch mit ihm zu führen, sobald wir wieder auf der Erde waren. Küsse waren nicht abgemacht.

Ich spürte eine Bewegung aus dem Augenwinkel. Cal schulterte die Satteltasche, ging zu dem Baum und riss so heftig an einer der Nüsse, dass der ganze Ast wackelte.

Im nächsten Moment verschwamm seine Silhouette, als würde man sie ausradieren. Dann war er verschwunden.

Nolan und Horatio wurden unruhig. »Jetzt du, Fawn«, knurrte Horatio.

Drystan hatte wohl keine Lust auf weitere Unterstellungen. Er nahm wieder meine Hand. »Zusammen?«

Ich nickte. Zeitgleich griffen wir nach einer der Nüsse.

Ich spürte ein leichtes Ziehen, als würde jemand an meiner Haut zupfen. Dann wurde alles weiß, dann grau, und schließlich fiel ich in eine allumfassende Dunkelheit. Ich wollte schreien, doch da klarte meine Sicht wieder auf.

Ich fand mich zwischen Bäumen wieder, die Dutzende Meter in den Himmel ragten. Ihre Stämme waren so breit wie Einfamilienhäuser, und in ihre Rinde waren kunstvolle Fenster geschlagen. Dahinter brannte Licht in den unterschiedlichsten Farben. Ich war so überwältigt, dass ich die anderen erst gar nicht bemerkte. Dann war Drystan wieder neben mir, und ich hörte, wie Cal mit Ildy sprach. Dennoch konnte ich den Blick nicht von meiner Umgebung abwenden. In den Stämmen befanden sich große Eingangstore. Ihre goldenen Beschläge blitzten auf im Schein großer Glaskugeln, in denen Hunderte Glühwürmchen schwirrten. Dann glitt mein Blick zu den Wurzeln. Sie bewegten sich, krochen über den Boden wie die Arme eines Tintenfischs. Zuerst wollte ich meinen Augen nicht trauen. Doch ich täuschte mich nicht. Diese riesigen Bäume bewegten sich gemächlich vorwärts.

Drystan beugte sich zu mir. »Willkommen am Hof der wandernden Bäume.«

Kapitel 16

Meine Freunde wirkten von dem Anblick genauso überwältigt wie ich.

Ildy war wie erstarrt, Nolan machte sich Notizen auf einem winzigen, in Leder gebundenen Block, und Horatio hatte die Arme über der Brust überkreuzt und kritisch die Brauen gerunzelt. Cal setzte eine betont unbeeindruckte Miene auf, als er meinen Blick bemerkte.

»Hauptmann!« Von dem Tor aus, das in den größten dieser Mammutbäume führte, erklang eine glockenhelle Stimme. Eine rotblonde Fawn, ungefähr in unserem Alter, hob die Hand und lächelte. Dann sprang sie anmutig über die sich bewegenden Wurzeln und stand schon kurz darauf vor uns. Sie trug die Uniform der Leibgarde, und ihr strahlendes Lächeln war umwerfend.

»Ihr seid zurück«, sagte sie etwas außer Atem. An der Art gemessen, wie sie Drystan anstrahlte, bezweifelte ich, dass ihre Kurzatmigkeit dem Lauf über die Wurzeln geschuldet war.

»Talyna.« Drystan nickte ihr zu, und sein Lächeln war lediglich eine höfliche Geste. »Ist alles in bester Ordnung?«

»Alle Eure Befehle wurden ordnungsgemäß ausgeführt, Hauptmann.« Sie salutierte kurz. Ihr Blick glitt zu mir und dann weiter zu Ildy und den Onyx. »Braucht Ihr Hilfe mit unseren Gästen, Hauptmann? Jemand könnte meine Position am Eingang übernehmen und ich könnte Euch …«

»Das ist nicht nötig, vielen Dank, Talyna.« Jetzt wurde Drystans Stimme eine Nuance tiefer. »Und ich würde es sehr begrüßen, wenn du deinen Posten zukünftig nicht ohne eindeutigen Befehl verlässt.«

Talynas Wangen liefen knallrot an. »Natürlich, Hauptmann. Verzeihung, es kommt nie wieder vor.« Sie salutierte erneut.

Sie tat mir leid. War es wirklich nötig gewesen, dass Drystan sie vor uns allen rügte?

»Es hat mich gefreut, Talyna«, sagte ich deshalb schnell.

Ihr Blick glitt kurz zu Drystan, bevor sie mich anlächelte. »Es hat mich auch gefreut, Menschenmädchen.«

»Mich hat es auch gefreut, Talyna.« Jetzt trat Horatio vor. »Mein Name ist Horatio, und ich würde mich sehr freuen, wenn du nachher-«

»Zügelt Euren Diener, Callahan«, knurrte Drystan und unterbrach damit Horatios Flirten. »Talyna, zurück auf deinen Posten, jetzt.«

Talyna schlug die Hacken zusammen und floh, während Cal

sich mit einer »Hast-du-den-Verstand-verloren-Geste« zu Horatio drehte.

Drystan wirkte so aufgebracht, dass die Flammenkreise um seine Iriden aufloderten. »So wird das nicht funktionieren. Deine Leute müssen ihren Platz kennen, Callahan, oder unser Spiel wird durchschaut. Und das wird dann für uns alle sehr unschön enden.« Sein Blick glitt zu Horatio. »Ein Diener würde sich niemals erlauben, sich einer Soldatin der Leibwache auf so eine Art und Weise zu nähern. Wo hast du nur deinen Verstand gelassen, Onyx? Zwischen den Beinen?«

Horatio grinste. »Wenn du wüsstest, was ich zwischen den Beinen habe, dann …«

»Es reicht.« Cal schnitt Horatio energisch das Wort ab. »Wir sind hier nicht in einer Taverne bei den Amber. Jetzt ist keine Zeit für irgendwelche derben Sprüche, mal abgesehen davon, dass es unhöflich vor Ildy und Erin ist.« Er kam ihm noch etwas näher. »Du hast eingewilligt, meinen Diener zu spielen. Also reiß dich zusammen, und bleib in deiner Rolle, ich bitte dich. Wenn du dir das jetzt doch nicht zutraust, dann brechen wir das hier und jetzt ab.«

»Ich schaffe das schon.« Horatio wandte den Blick ab. »Das war ein einmaliger Ausrutscher.«

»Wir wären besser nur zu dritt hierhergekommen.« Drystan schien immer noch unversöhnlich. Er deutete auf mich, auf Cal und dann auf sich.

»Nein«, erwiderte Cal schroff. »Melissa und du seid in eurem Reich, Hauptmann. Das hier ist dein Spielfeld. Wir beide tolerieren uns vielleicht, aber das bedeutet nicht, dass ich dir vertraue. Es geht hier um die Sicherheit von Erin, und da verlasse ich mich gerne auf den Rückhalt meiner Freunde, die mindestens genauso kampferprobt sind wie deine Leute.«

Drystan wollte weiter diskutieren, doch dann nickte er nur knapp. »Wir sollten die Zeit nutzen.« Er sah mich kurz an. »Wir werden die Prinzessin im Thronsaal treffen. Dort findet eine kurze Audienz statt, danach wird die königliche Hoheit euch unter einem Vorwand herumführen. Im Zuge dessen werden wir versuchen, es bis ins Reich der Zahnfeen zu schaffen, um dort weitere Antworten zu bekommen.« Er lächelte mir zu, dann wandte er den Blick ab und sah zu den anderen. »Es gibt keine Garantie, aber wir werden unser Möglichstes geben, dass ihr Erfolg habt. Die Prinzessin will genau wie ich einen Krieg verhindern.«

»Danke, Drystan.« Cal schien sich eisern an die letzten Reste seiner Höflichkeit zu klammern. »Wir wissen diese Geste des Vertrauens zu schätzen.«

»Müssen wir nun auch diese Wurzeln hinauf?«, wollte Ildy wissen. Wir alle, bis auf Drystan, sahen mit kritischen Blicken zu den breiten Wurzelsträngen, die sich in einem regelmäßigen Rhythmus über die Erde schoben. Dabei wühlten sie das Erdreich auf, wenn sie sich auf ihren tentakelgleichen Wurzeln vorwärtsschoben.

»Das ist kein Problem für jemanden, der auf einem Schiff groß geworden ist.« Drystan wollte vorausgehen, dann fiel ich ihm wohl wieder ein. Er streckte die Hand nach mir aus. »Komm, ich helfe dir.«

Ehrlich gesagt hatte ich es mir komplizierter vorgestellt. Aber so schnell waren die Wurzeln dann doch nicht. Ihre Rinde war rau, und unsere Sohlen fanden leicht Halt. Wir sprangen auf die eine Wurzel, und als sie sich anhob, um nach vorne zu schnellen, sprangen wir auf die nächste Wurzel. Es war ein klein wenig wacklig und einmal kreischte ich auf, weil ich den Halt beinahe verlor, doch dann hatten wir den Eingang erreicht. Zum Glück war ich es durch meine Urban-Explorer-Touren gewohnt, auf unsicheren Untergründen zu klettern.

Die Wachen, unter ihnen auch Talyna, sahen uns nicht direkt an, sondern salutierten nur. Sie drückten die großen Tore für uns auf.

»Der Vorraum des Thronsaals«, sagte Drystan. »Willkommen am Hof von Alizee und Thiobald von den Hügeln.«

Selbst der Vorraum war unglaublich groß und so hoch wie eine Kathedrale. Der Baum war von innen zum größten Teil ausgehöhlt, und das rohe Holz lag frei. Große Tropfen von Bernstein schimmerten in den grob gemaserten Strukturen und schienen von innen heraus zu leuchten.

Im Abstand von drei Metern standen auch hier Wachen der Leibgarde. Ansonsten war der große Raum leer, ich entdeckte keinen anderen Noctua, nicht mal den kleinsten Pixie.

Ein ungutes Gefühl stieg in mir auf, was mir mal wieder bewies, wie wenig ich den Fawn traute. Es beruhigte mich jedoch, dass Ildy und die Jungs genauso angespannt wirkten.

»Eure Waffen, bitte.« Eine Wache streckte auffordernd die Hände nach uns aus.

Ildy sah fragend zu Drystan, Horatio schnaubte, und auch Nolan wirkte nicht gerade begeistert.

»Wir sind Gäste«, sagte Cal, sichtlich um einen ruhigen Tonfall bemüht. »Ist das in dieser besonderen Situation nötig?« Bei den Worten *besondere Situation* sah er eindringlich zu Drystan. Ich wusste, was Cal meinte. Sie würden alle ihre Waffen brauchen, wenn wir aufflögen. Und diese Gefahr bestand zu jeder Zeit unseres Besuchs.

»Das geht so in Ordnung, Maryan«, sagte Drystan knapp. »Danke.«

Die Wache riss die Augen ungläubig auf und erstarrte.

»Danke, Maryan.« Drystans Stimme klang jetzt unverkennbar wie ein Befehl.

Die Wache salutierte und flitzte zurück an ihren Platz an der Wand.

»Folgt mir in den Thronsaal.« Drystan ging voraus, ohne auf uns zu warten. Wieder öffneten Wachen die Tür für uns. Dieser Raum summte vor Stimmengewirr. Der gesamte Hofstaat war anwesend. Ich sah alle Arten von Fawn, sogar ein paar Delta waren darunter. Tausende exotische Gerüche lagen in der Luft. Geflügelte Elfen schwirrten an uns vorbei und trugen winzige Tabletts und Krüge mit Getränken. Riesige Blasen schwebten hoch über unseren Köpfen, in ihnen Hunderte Käfer, die in allen Farben leuchteten wie Glühwürmchen. Von irgendwoher erklang leise Musik. Die Fawn entspannten sich auf Kissen und niedrigen Couchen, gefertigt aus Holz und Moos. Einige Sitzgelegenheiten sahen aus wie überdimensional große Blütenkelche und wirkten unglaublich bequem.

An der gegenüberliegenden Wand hingen übergroße Portraits an den Wänden. Neben Königin Alizee und König Thiobald zeigten sie auch Personen, die ich noch nie gesehen hatte. Eine davon, eine weibliche Fawn mit blauschwarzem Haar, besaß eine deutliche Ähnlichkeit zu Drystan. Sie hatten die gleichen Augen, und auch ihr Mund, wenn auch etwas voller, erinnerte mich an den des Hauptmanns.

Drystan war meinem Blick gefolgt. »Meine Mutter«, sagte er leise. »Ariana von den blauen Monden. Sie starb im Kindbett, nachdem sie meine Halbschwester zur Welt gebracht hatte.«

»Das tut mir so leid, Drystan.« König Thiobald hatte bereits erwähnt, dass Drystans Mutter gestorben war. Doch dann horchte ich auf. »Du hast eine Schwester?«

Drystans Blick war unverwandt auf das Gemälde gerichtet. »Ich *hatte* eine Halbschwester. Sie ist ebenfalls bei der Geburt gestorben.«

»Es tut mir so leid. Und wieso …« Dann fiel mir zum Glück auf, wie unhöflich diese Frage war.

Jetzt wandte er sich zu mir. »Wieso sie meine Halbschwester war?«

Ich nickte.

»Meine Mutter hat meinen Vater kurz nach meiner Geburt für einen Mann aus einem anderen Kartell verlassen. Der Hof war empört über ihr Verschwinden und dass sie irgendwo ein ganz neues Leben angefangen hat. Gerüchten zufolge wurde sie erneut schwanger, doch kurz darauf starb sie. Es brach dem König das Herz. Er spricht so gut wie nie über seine Schwester, vermutlich, weil er genauso wenig weiß wie wir. Mein Vater hat nie überwunden, dass sie uns verlassen und den Kontakt so rigoros abgebrochen hat.« Sein Blick war so ehrlich traurig, dass ich keine Sekunde daran zweifelte, wie sehr ihn diese Situation immer noch beschäftigte.

Ich strich kurz über seinen Arm und sah ihn mitfühlend an. Hinter uns hörte ich, wie die Onyx begannen, die Geschenke aus den Satteltaschen zu holen.

Ich wollte noch etwas zu Drystan sagen, da ging ein leises Raunen durch den Hofstaat.

»Da seid ihr ja!« Melissa kam uns durch die Menge entgegengeeilt. Und sie sah wirklich aus wie eine Prinzessin aus dem Elfenreich. Ihr Gewand war aus fließend-glänzendem Stoff und bodenlang. Das Grün stand ihr ausgezeichnet. Auf ihrem offenen Haar ruhte eine Krone aus Blüten und Edelsteinen.

»Prinzessin Naira.« Drystan neigte respektvoll den Kopf.

»Danke, Drystan, dass du sie wohlbehalten hergebracht

hast.« Sie lächelte ihn an, dann kam sie zu mir und umarmte mich.

»Ich bin froh, dass bis hierher alles gut verlaufen ist, Erin.«

Ildy, Nolan und Horatio schenkte sie nur einen flüchtigen Blick, so wie man es wohl als Prinzessin mit Personal machen würde. Ich fühlte mal wieder alle Blicke auf uns und war in diesem Moment froh, dass Melissa so gelassen wirkte.

Dann stürzte sie zu Cal. Er kam ihr entgegen, als könne er es kaum erwarten, sie wiederzusehen. Ihre Umarmung war filmreif, und der gesamte Hofstaat schien nicht daran zu zweifeln, dass die beiden ziemlich verliebt waren. Und dann nahm Cal ihr Gesicht in beide Hände und küsste sie auf den Mund. Der Kuss dauerte nur den Bruchteil von Sekunden, und noch während ein entzücktes Raunen durch die Menge wogte, sah ich Melissas Gesichtsausdruck. Sie wirkte völlig überrumpelt, ja sogar schockiert. Doch dann fing sie sich blitzschnell. Sie tat so, als habe der Kuss sie verlegen gemacht, kicherte und presste eine Hand vor die Lippen.

Ihr Blick glitt zu mir. Mir war sofort klar, dass dieser Kuss genauso wenig geplant war wie der Kuss von Drystan.

Dieser Mistkerl.

Ich rang mir ein Lächeln für Melissa ab, dann sah ich zu Cal.

Der mich mal wieder ignorierte.

Das nannte man dann wohl eine Retourkutsche.

Es tat weh, aber jetzt war keine Zeit dafür. Ich zwang mich, nicht aus meiner Rolle zu fallen.

»Möchtest du dich bei mir unterhaken, wenn wir zum Königspaar vortreten?«, fragte Drystan leise, dem das ganze Schauspiel natürlich auch nicht entgangen war.

Ich wollte gerade bejahen, da dröhnte eine tiefe Stimme durch den Thronsaal. »Was geht denn dort hinten vor sich?«

Ich erkannte die Stimme sofort wieder. König Thiobald. Ich sah hinauf zu Drystan. Jetzt wurde es ernst. Sein Lächeln war ermutigend. *Du schaffst das*, formte er tonlos mit seinen Lippen.

Die Menge teilte sich für uns.

Wie auch schon auf dem Festplatz saß das Königspaar leicht erhöht. Es war keine Empore, nicht so hoch, dass sie durch den gesamten Thronsaal zu erkennen waren, aber doch bewies diese kleine Stufe sehr deutlich ihren Platz in der Fawn-Gesellschaft.

Königin Alizee war noch prunkvoller gekleidet als beim letzten Mal. Sogar in ihr Haar waren Edelsteine geflochten. Sie musterte mich aus schmalen Augen, und ihr Blick glitt zu der Stelle, an der sie mich verletzt hatte. Doch zum Glück war meine Wange bereits wieder vollständig verheilt. Sie lächelte, doch dieses Mal wusste ich es einzuschätzen. Es war lediglich eine höfliche Floskel, und dahinter lauerte die Schlange, die man nicht reizen sollte.

König Thiobalds Lächeln wurde breiter, als er uns sah. »Unsere lieben Gäste!«

Wir blieben vor dem Podest stehen, und als Drystan eine Verbeugung andeutete, machte ich es ihm nach. Ich schielte zu Cal und Melissa herüber. Er hatte den Arm um sie gelegt, und sie drückte sich eng an ihn. Der Anblick gefiel dem Königspaar sehr. Der König nickte Cal wohlwollend zu. »Willkommen zurück, Schwiegersohn.« Nolan, Horatio und Ildy, die die Geschenke trugen, ignorierte er vollkommen. Dann glitt sein Blick zu mir. In diesem Moment legte Drystan wieder einen Arm um mich. Die Königin zog die Brauen hoch, doch der

König lachte. »Na, sieh mal einer an, mein lieber Drystan. Du hast Gefallen an dem Menschenmädchen gefunden?«

»Ist sie nicht eine Augenweide?«, erwiderte Drystan geschickt.

Um unsere Tarnung nicht auffliegen zu lassen, schmiegte ich mich enger an ihn.

»Du kannst dir sicherlich ein paar schöne Stunden mit ihr machen. Vielleicht wird es ihr das Einleben erleichtern.« Sein Blick glitt zu mir. »Was sagst du dazu?«

Es kostete mich alle Kraft zu ignorieren, dass er über mich gesprochen hatte wie über einen Gegenstand, den Drystan benutzen und danach wegwerfen würde. Ich lächelte breit. »Der Hauptmann ist wunderbar.«

»Ich hörte, du möchtest noch ein paar Angelegenheiten regeln, bevor du deinen Platz hier einnimmst?« Der König beugte sich interessiert vor.

»Das stimmt«, erwiderte ich schnell. »Aber ich kann es kaum erwarten, mein Leben hier zu führen. Diese Welt gefällt mir so viel besser als meine.«

Die Hoheiten wirkten geschmeichelt. Und genau diesen Moment nutzte Cal, um seine drei Diener nach vorne zu winken. »Ich habe mir erlaubt, ein paar Geschenke mitzubringen. Mein Gefolge wird sie euch nun präsentieren.«

Der König reckte neugierig den Hals. »Ich bin sehr gespannt.«

Zuerst trat Ildy vor. Sie hielt dem König eine Flasche des Mondbeerensafts hin. Sie neigte den Kopf, damit sie ihm nicht in die Augen sehen musste.

Der König wollte gerade etwas sagen, da wurde es im Eingangsbereich des Thronsaals laut. Wir alle drehten uns den Geräuschen zu.

Ich hörte das Flattern von Dutzenden kleinen Flügeln. Plötzlich schien der ganze Hof in Aufruhr. Einige pressten sich die Hand vor den Mund, andere wandten sogar das Gesicht ab. Ich war total perplex, als eine Gruppe Zahnfeen in Richtung der Empore geflogen kam. Ich erkannte ihre Halsbänder schon von Weitem. Sie wirkten viel zu groß und schwer für ihre ausgemergelten Körper. Zwei Zahnfeen trugen sogar jeweils einen Artgenossen auf ihren Armen, der zu schwach war zum Fliegen. Die Zahnfee, die vorausflog, war etwas aufwendiger gekleidet als ihre Begleiter.

Die Königin sprang auf. »Ehrenwerte Faunyll, was ist passiert?« Sie wirkte ehrlich besorgt, und ich war überrascht, wie sehr die Zahnfeen ihr am Herzen lagen.

Wir machten ihrer kleinen Gruppe Platz. Drystan beugte sich zu mir. »Die ehrenwerte Faunyll ist die Anführerin der Zahnfeen.«

»Meine Königin, mein König.« Die Stimme von Faunyll war leise und kaum zu verstehen. »Es tut mir aufrichtig leid, dass ich Euch erneut belästigen muss.«

»Wieso erneut?«, fuhr die Königin auf, während sie wieder Platz nahm. »Ich habe in letzter Zeit gar nicht mit dir gesprochen. Ich hatte mir schon Sorgen gemacht.«

Faunyll sah ausweichend zur Seite. »Ich hatte zweimal mit dem König gesprochen.«

König Thiobald wirkte fast verlegen. Er verschränkte die Arme über der Brust, hatte die Lippen zusammengepresst, und in seinen Augen erkannte ich Schuldgefühle.

»Es war nichts«, brummte er. »Sonst hätte ich dir davon berichtet.«

»Wir sind krank, meine Königin«, wandte sich Faunyll jetzt an die Königin. »Ich hatte dem König davon berichtet. Wir können scheinbar keine Zähne mehr aufnehmen. Wir ernähren uns von ihnen, doch sie machen uns nicht mehr satt. Manche von uns scheinen unter Gedächtnisverlust zu leiden. Bei anderen ist es so, dass sie ständig zum Sammeln losfliegen, aber ohne etwas zurückkehren. Es ist alles schrecklich verworren, und wir haben große Angst.« Sie deutete auf ihr Gefolge, besonders auf die zwei Zahnfeen, die schon zu schwach zum Fliegen waren. »Wir verhungern. Wir brauchen dringend Hilfe.«

Die Königin sah völlig schockiert aus. »Bei allen Abgründen«, flüsterte sie. Im Saal war es so still, dass man eine Stecknadel hätte fallen hören können.

Dann glitt ihr Blick zu ihrem König. »Thiobald!« Die Stimme der Königin klang anklagend. »Was hast du dazu zu sagen?«

»Ich habe gedacht, es ist eine Infektion«, erwiderte er ausweichend, doch immer noch sah ich die Schuld in seinen Augen. »Ich habe mir nichts dabei gedacht. Wir haben immer mal wieder mit Krankheiten zu tun. Es sind Epidemien, die vorübergehen. Sie dezimieren mein Volk, aber wir überleben es. Jetzt hat es eben die Zahnfeen getroffen. Ich kann doch nicht aus allem sofort einen Staatsakt machen.«

»Wir sterben, Hoheit«, sagte Faunyll mit zitternder Stimme. »Bereits heute haben wir 13 von meinem Volk verloren.«

Jetzt holten König und Königin gemeinsam erschrocken Luft. Der Hofstaat begann hektisch zu murmeln, und einige wichen sogar zurück. Vermutlich hatten sie Angst, dass es ansteckend war.

Ich beobachtete Thiobald und konnte seinen Sinneswandel genau miterleben. Er sprang auf. »Meine Königin hat recht. Es war fahrlässig von mir. Ehrenwerte Faunyll, ich verspreche dir hier und jetzt, dass ich eine Lösung finden werde. Ich werde all meine Ressourcen aufbieten, um das Mysterium rund um diese Krankheit aufzulösen.« Er deutete auf eine der Wachen. »Schicke einen Boten ins Kartell der Crimson. Wir brauchen den Rat eines versierten Heilers. Und rufe diejenigen meiner Berater zusammen, die beim Thema Magie am meisten begabt sind. Gleich morgen werde ich ein Gremium bilden, das sich ausschließlich mit der Aufklärung und Heilung befasst. Wir werden Licht ins Dunkel bringen.« Er sah Faunyll eindringlich an. »Das verspreche ich deinem Volk und dir.«

»Ich danke euch, Hoheiten.« Faunyll neigte ehrfürchtig den Kopf, dann machte sie sich mit ihrem Gefolge auf den Rückweg. Ich sah noch immer den leidenden Zahnfeen nach, als die Worte des Königs in meinen Verstand rieselten. Er hatte wirklich betroffen geklungen, und er wollte sich mit aller Kraft um die Belange der Zahnfeen kümmern.

Und er war ein Fawn.

Er konnte nicht lügen.

Auch den anderen wurde es in diesem Moment klar. Wir schlossen die Lücke, nachdem Faunyll davongeflogen war, und keiner schien wirklich fassen zu können, was eben passiert war.

König Thiobald konnte nicht lügen. Alles, was er gerade so aufgebracht versprochen hatte, war die Wahrheit gewesen.

Und da standen wir. All unsere Planung, all die Gefahren und sogar die vorgetäuschte Verlobung waren umsonst gewesen. Wir hatten all dies geplant, um uns unbehelligt im Reich der Fawn bewegen und recherchieren zu können. Cal als der Verlobte, ich als das Geschenk. Und nun hatte das Königspaar höchstpersönlich und öffentlich eine umfassende Untersuchung und Aufklärung dieser mysteriösen Krankheit der Zahnfeen befehligt. Einen größeren Beweis für ihre Unschuld gab es nicht.

Unser großartiger Plan war an diesem Punkt völlig überflüssig.

Ich sah zu Melissa, und ihr Blick war immer noch fassungslos. Drystan wirkte wie versteinert. Meine Augen glitten weiter zu Cal. Er hatte die Brauen gerunzelt, als schien er bereits darüber nachzudenken, wie er diesen ganzen Schlamassel wieder auflösen konnte. Mir hingegen war nur eins klar:

All unsere Bemühungen waren umsonst gewesen.

Kapitel 17

Die Stimmung im Café Spitzohr war ausgelassen und fröhlich. Wir waren vermutlich der einzige Tisch, der das köstliche Essen kaum angerührt hatte und nur betrübt Löcher in die Luft starrte.

Nachdem am Hof der Fawn niemand mehr in Feierlaune gewesen war und das Königspaar sich sogar zurückgezogen hatte, hatten wir beschlossen, das Kartell zu verlassen.

Die Rückreise war mittels eines Portals in einem Raum neben der Eingangshalle im Vergleich zu dem Walnussbaum relativ unspektakulär gewesen.

Die Nachrichten über die leidenden Zahnfeen hatten sich bereits bis zu dem Festplatz verbreitet. Als wir diesen passierten, wurden gerade die großen Feuer gelöscht, und die allermeisten der Feiernden waren bereits verschwunden.

Unsere Reittiere hatten uns auf der Lichtung erwartet, und Melissa hatte mit einer kleinen Pfeife, die aus einer Muschel geschnitzt war, nach ihrem Dante gerufen.

Wir saßen schon auf den Rücken der Delta, da hatte Ildy die Idee mit dem Café. Wir hatten alle sofort zugestimmt, denn wir mussten dringend besprechen, wie es weitergehen sollte.

Dass wir jetzt im Café Spitzohr saßen und tatsächlich zwei Noctua mit spitzen Ohren dabeihatten, war amüsant.

Melissa hatte über den Namen des Cafés gelacht, Drystan fand es weniger lustig. Und die Besucher des Cafés hatten die beiden Fawn neugierig gemustert, sich dann aber wieder ihren eigenen Gesprächen zugewandt.

Selbst die Amber, von denen bekannt war, dass sie mit den Fawn nicht gut klarkamen, verhielten sich neutral, und sie wurden freundlich und höflich bedient.

Ich hatte auch einige Zahnfeen entdeckt, die eindeutig zu diesem Kartell gehörten, da sie mit anderen Amber am Tisch saßen. Und sie alle trugen die typischen Halsreifen.

Es schien einfach unmöglich, auf eine vielversprechende Spur zu stoßen.

Melissa trug immer noch ihr aufwendiges Kleid und sah mit den von Edelsteinen und Blüten leuchtenden Haaren nicht so aus, als würde sie in diese eher rustikale Umgebung passen. Jetzt gerade stellte sie ihren Becher mit dem Mondbeerensaft vor sich ab und leckte sich kurz über die Lippen.

»Ich lasse Vater morgen noch sein Gremium zusammenstellen, aber übermorgen werde ich ihm alles erzählen. Dann bist du …« Sie sah kurz zu Cal. »aus jeglichen Verpflichtungen als mein Verlobter entlassen. Und der Hof wird keinen Groll gegen euer Kartell hegen, denn ich werde es sein, die die Verbindung löst.«

Cal nickte knapp und zupfte an einem Gebäckstück, das auf einem Tonteller vor ihm lag.

Melissas Blick glitt weiter zu mir. »Natürlich werde ich auch meine Geschenke zurückgeben.« Sie lächelte. »Und damit bist auch du aus jeglichen Verpflichtungen entlassen. Ich möchte dir erneut dafür danken, dass du das alles mitgemacht hast. Es war meine Idee, das weißt du ja, und sie hat dir einiges abverlangt. Ab heute wird auch niemand mehr in deinem Gartenhaus wohnen. Du brauchst keinen Schutz mehr, denn die Verbindung ist schon bald Geschichte.«

»Das war echt ein Abenteuer«, sagte ich leise. Ich nahm einen Schluck von meinem Mandelbier, und die Flüssigkeit rann herb und süß zugleich meine Kehle hinab.

Ich spürte, wie Drystan sich neben mir etwas gerader hinsetzte. Er hatte einen Arm locker hinter mir abgelegt, doch jetzt schien er sich nicht mehr sicher, wie er sich verhalten sollte.

Horatio hatte lustlos mehrere Gebäckstücke verputzt. Jetzt stellte er seinen Becher mit Mandelbier zurück auf den Tisch und sah in die Runde. »Da es niemand ausspricht, übernehme ich das mal: Wir sind keinen Schritt weiter.«

»Na, herzlichen Dank«, murmelte Nolan, nahm die Brille ab, so wie immer, wenn er nervös war, und begann sie an seinem Hemd zu putzen. »Noch mehr Pessimismus. Genau das brauchen wir jetzt.«

Horatio verdrehte die Augen, dann glitt sein Blick zu den beiden Fawn.

»Und? Was habt ihr noch so für Pläne?«

»Horatio«, zischten Ildy, Cal und ich gleichzeitig. Denn dass das ein Rausschmiss und eine Provokation zugleich war, war keinem von uns entgangen.

Drystan lehnte sich etwas zurück, und sein Arm glitt wieder ein gutes Stück in meine Richtung. Er neigte den Kopf zu mir, sodass es fast aussah, als wolle er ihn auf meiner Schulter ablegen. »Also mir geht es gerade sehr gut hier. Was hast du denn noch vor, Onyx?«

Die beiden duellierten sich mit Blicken, bis Melissa dazwischenging. »Danke für deine Nachfrage, Horatio. Du hast recht, wir gehören nicht zu eurem Freundeskreis. Und wir haben sicherlich keinen Grund, weiterhin mit euch Zeit zu verbringen, nachdem unser Plan so gescheitert ist.«

Beim Stichwort *Zeit verbringen* musterte Cal Drystan und mich erneut. Einerseits hatte ich das Gefühl, dass er uns unser Schauspiel von Anfang an nicht abgenommen hatte, doch in diesen Momenten sah ich Zweifel in seinen Augen aufblitzen. Ich rückte ein kleines Stückchen weg von Drystan.

»Aber mit uns an eurer Seite habt ihr zwei weitere Verbündete. Und soweit ich weiß, steht ihr mit euren Weltuntergangs-Vermutungen ziemlich allein da.« Sie lächelte süffisant.

Horatio gab ein undefinierbares Brummen von sich, was bei ihm so was wie Kapitulation bedeutete.

»Ich gebe der Prinzessin recht«, sagte Nolan. »Je mehr wir sind, desto mehr können wir ausrichten.«

»Absolut richtig.« Cal drehte seinen Becher mit dem Mandelbier in seinen Händen, während er uns alle hintereinander ansah. »Und genau darüber sollten wir jetzt sprechen. Wie wollen wir weiter vorgehen? Das Triumvirat steht mit den Onyx und den Cobalt auf Kriegsfuß. Sich dort unbemerkt zu bewegen, ist für uns kaum möglich. Wir werden immer unter besonderer Beobachtung stehen. Hier brauchen wir die Hilfe der Fawn. Ihr Kartell gilt immer noch als sehr neutral. Melissa und Drystan können in den Kartellen der Amethyst und Crimson für uns spionieren. Das heißt, sie können sich frei bewegen. Uns anderen bleibt keine große Auswahl mehr. Wir haben zwar bei den Stone übernachtet, aber wir haben nicht versucht zu überprüfen, ob ihre Zahnfeen Halsreifen tragen, weil wir zu diesem Zeitpunkt noch nichts davon wussten. Und dann noch die …«

Irgendwo neben uns fiel klappernd etwas um, und einige der Gäste kreischten und lachten auf.

Die Onyx zogen sofort ihre Waffen, es schien wie ein Reflex zu sein.

Als alle sie überrascht anstarrten, verbeugte Horatio sich gespielt in die Runde, während Nolan und Cal ihre Messer schnell wieder verschwinden ließen.

»Ihr seid echt ziemlich nervös«, sagte Drystan und sprach extra gedehnt, vermutlich um zu beweisen, wie entspannt er war.

»Und du bist echt ziemlich …«, begann Horatio, bevor Cal seinen Becher auf den Tisch knallte und ihn so unterbrach.

»Machen wir konkrete Pläne. Uns läuft die Zeit davon«, sagte er dann, und seine Stimme duldete keinen Widerspruch, als er Horatio einen eindeutigen Blick zuwarf. Dann wandte er sich an Drystan und Melissa.

»Wir werden zuerst das Kartell der Stone noch einmal aufsuchen. Das ist für uns am unkompliziertesten. Wenn ihr euch wirklich unserer Sache anschließen möchtet, dann bitte ich euch, dass ihr euch in den Kartellen des Triumvirats umseht. Sprecht, wenn ihr könnt, mit den Zahnfeen dort.«

Die beiden Fawn nickten.

»Dann ist es abgemacht.« Melissa wirkte trotz der Niederlage voller Tatendrang.

Cal war mit dem Thema immer noch nicht durch. »Hört auf euer Bauchgefühl, wenn ihr dort seid. Ihr seid magiebegabt, vielleicht spürt oder seht ihr Dinge, die anderen gar nicht auffallen.«

»Das machen wir«, sagte Melissa leise.

Wie um zu beweisen, wie groß seine Kräfte waren, berührte Drystan seinen Teller, und schon begann das kleine Stückchen Kuchen darauf leicht zu schweben.

Die anderen sahen ihm fasziniert dabei zu. Melissas Blick war fast stolz. »Drystans Mutter war eine der mächtigsten der Fawn.«

Drystan nickte knapp. »Und ihr Sohn hat nicht mal einen Bruchteil ihrer Kräfte geerbt. Aber es reicht.« Er ließ das kleine Stückchen Kuchen ein paarmal um sich selbst drehen, bevor es lautlos wieder auf dem Teller landete.

Dann sah er zu mir und lächelte. »Jetzt, da alle Pläne geschmiedet sind, soll ich dich nach Hause bringen?«

Der Blick, den er mir zuwarf, ließ keine Fragen offen.

Ich erinnerte mich sehr wohl daran, dass er mir gesagt hatte, dass er mich niedlich fand und gerne ein- oder zweimal mit mir schlafen würde.

Hmmmmm …

Und ich hatte das untrügliche Gefühl, dass er diese Nacht für eine sehr gute Gelegenheit dafür hielt.

Ich allerdings hatte keinerlei Absichten, Drystan *besser kennenzulernen.* Doch das wollte ich ihm hier nicht vor allen anderen sagen, zumal dann unser kleiner Schwindel auffliegen würde.

Cal räusperte sich, doch als er sprach, klang seine Stimme

kein bisschen zögernd. »Ich muss dringend mit dir reden, Erin. Ich könnte Aurum zurück auf die Shadowfall schicken, und wir nutzen die Zeit der Rückreise für ein persönliches Gespräch.«

Ich zögerte keine Sekunde. Mit einem entschuldigenden Blick sah ich zu Drystan. Ich hätte unsere Abmachung schon jetzt gerne offiziell beendet, doch das klärte ich mit ihm lieber unter zwei Augen. »Cal hat recht, wir müssen wirklich dringend reden. Und die Rückreise ist eine gute Gelegenheit dazu.«

Drystan war nicht dumm. Es schien, als versuche er in meinem Gesicht zu lesen, ob wir für Cal weiterhin das verliebte Pärchen spielen sollten oder nicht. Schließlich nickte er nur. »In Ordnung.«

*

Kurze Zeit später stand ich vor Nyncis auf den mobilen Landungsbrücken der Euphoria und kraulte ihm durch sein dichtes schwarzes Fell. Er stupste mir mit seiner großen feuchten Nase gegen das Ohr, und ich lachte leise.

Ich hatte mich bereits von den anderen verabschiedet und überlegte nun nervös, wie diese Rückreise mit Cal verlaufen würde. Und sollte ich mich schon mal auf Nyncis' Rücken setzen?

Dann war Cal da. Er schwang sich auf Nyncis Rücken, dann hielt er mir die Hand hin.

Nun hatte ich die Qual der Wahl. Hinter ihm zu sitzen wäre eine neutrale Position und in unserer Situation angebracht. Ich ergriff seine Hand, doch ich stellte mich so, dass klar wurde, wo ich sitzen wollte.

Cal stutzte einen Moment, dann half er mir vor sich in den Sattel. Als er seine Arme locker um meine Taille schlang, überschlug sich mein Herz. Ihm plötzlich wieder so nah zu sein, machte mich nervös.

Drystan war auf Kaya schon verschwunden, und gerade erhob sich auch Melissa mit Dante in die Lüfte. Der große blaue Schmetterling flog einen eleganten Halbkreis, dann drehte er in Richtung des Dunkelstroms ab.

Ildy strich Sky über die Hornplatten an seinem langen Hals, bevor sie ihm ein Signal gab.

Der Drache stieg fast lautlos auf, weswegen ich Nolan und Horatio laut über irgendetwas diskutieren hörte.

Nolans Fledermaus schlief mal wieder seelenruhig, während Hackers Krallen nervös über den Boden kratzten.

»Los geht's.« Cals Stimme klang wie ein raues Flüstern an meinem Ohr. Nyncis' Pfoten hoben vom Boden ab, und schon riss der Wind an meinen Haaren. Unter uns war nichts mehr als Dunkelheit, als wir über den Himmel jagten.

Mein Atem ging schnell, und all meine Sinne waren hellwach. Ganz langsam ließ ich mich etwas nach hinten sinken.

Cal folgte meiner Bewegung und seine Wange schmiegte sich an meine, während Nyncis noch mal schneller wurde.

»Sollen wir jetzt reden?«, flüsterte er.

Ich schüttelte den Kopf. Nur noch einen Moment. Ich wollte nur noch diesen einen ewigen Moment lang so tun, als wäre all das, was zwischen uns stand, nie passiert.

Ich wollte mit Cal über den dunklen Himmel jagen, sein warmer Körper an meinem und den rasenden Takt meines Herzens im Ohr.

Cal schlang seine Arme noch etwas enger um mich, zog mich sanft an sich, und ich spürte an meinem Rücken, wie auch seine Brust sich hastig hob und senkte.

Dann erreichten wir den Dunkelstrom.

»Bleib ganz ruhig«, wisperte Cal. »Der Weg von hier bis zu uns ist nur kurz.«

Ich nickte, obwohl die altbekannte Angst wieder in mir hochkroch. Dummerweise hatte ich die Samen, die Drystan mir geschenkt hatte, Zu Hause vergessen.

»Ich werde das Grenzland schnell durchfliegen, damit wir kein Aufsehen erregen«, sagte Cal.

In diesem Moment fiel mir ein, dass ich ihm noch gar nicht von meiner Begegnung mit Lykos erzählt hatte. Das würde ich tun, sobald wir die Leylinie überwunden hatten.

»Okay«, erwiderte ich also nur. Und dann war der Dunkelstrom da. Ich schloss die Augen und zwang mich zur Ruhe. Wieder hatte ich das Gefühl, zu ersticken. Ich keuchte, als es sich anfühlte, als würde mir jemand alle Luft aus den Lungen saugen.

Ich umgriff reflexartig Cals Arme, die um meine Taille lagen. Er flüsterte mir etwas zu, und obwohl ich die einzelnen Worte nicht verstand, klangen sie beruhigend.

Es war tatsächlich relativ schnell vorbei.

Ich holte Luft, als der Dunkelstrom uns im Kartell der Onyx ausspuckte. Cal zischte einen Befehl und sofort wurde Nyncis wieder schneller.

Die drei Schiffe schwebten heute weit entfernt von dem Zugang, und wir erreichten den Wald aus grauen Wolken, ohne dass wir auf ein bekanntes Gesicht trafen.

Es folgten das regenbogenfarbene Zuckerwatte-Gewusel und die fast elektrische Atmosphäre der Leylinie, dann tauchte der Nachthimmel von Cleveland vor uns auf.

»Und da wären wir …«, erklang Cals leise Stimme. »… sollen wir jetzt reden?«

Ich drehte mein Gesicht etwas zu ihm. »Ja … das sollten wir wohl.«

Cal, dessen Wange immer noch an meine geschmiegt war, wandte sich mir ebenfalls zu. Unsere Lippen kamen einander in Millimeterschritten immer näher.

Nur noch wenige Zentimeter, und wir würden uns küssen. Der schwache Teil in mir, der, der Cal immer noch rettungslos verfallen war, wollte es unbedingt. Doch dann übernahm mein Verstand wieder die Oberhand. *Nein.* Erst würden wir uns aussprechen. Seine Lippen berührten gerade meinen Mundwinkel, da wich ich abrupt zurück.

»Nein, warte.«

Cal lehnte sich etwas nach hinten, und auch seine Arme lagen jetzt nicht mehr so eng um meine Taille.

»Was? Musst du sonst einem gewissen Drystan etwas beichten?«

Er klang nicht wütend, aber der leichte Spott in seiner Stimme ärgerte mich. Ich sah nach unten und erkannte bereits die vertrauten Gärten meiner Nachbarschaft.

Ich schnaubte. »Vielleicht? Und musst du dann wieder eine andere küssen? Was für eine kindische Reaktion. War das nötig? Melissa war total durch den Wind.«

Nyncis wurde langsamer, als wir mein Haus erreichten. Geredet hatten wir auf der Rückreise eher nicht. Dennoch war ich fest entschlossen, das hier und jetzt zu klären.

»Kommst du noch mit rein? Wir müssen das jetzt endlich zu Ende besprechen.«

Hinter mir spürte ich, wie er mit den Schultern zuckte. »Wenn Drystan mir dann keine Schläge androht.«

»Ihr Onyx liebt doch das Risiko«, erwiderte ich genervt, als Nyncis vor meinem Fenster in der Luft schwebte.

Ich hatte es in weiser Voraussicht einen Spalt offen gelassen, sodass ich es jetzt nur nach oben schieben musste.

Elegant wie eine echte Noctua ließ ich mich von seinem Rücken auf das Vordach rutschen.

Dann sah ich Cal herausfordernd an.

»Also? Traust du dich?«

Kapitel 18

»Mir reicht es jetzt«, sagte ich, kaum dass wir im Zimmer waren. »Keine Spielchen mehr.«

Cal schnaubte. »Die Show mit Drystan habe ich dir anfangs vielleicht abgekauft. Aber das ist vorbei. Die Einzige, die also hier ein Spielchen spielt, bist du.«

Ich zeigte mit dem Finger auf ihn. »Und du hast damit angefangen.«

Cal machte ein wütendes Geräusch, drehte sich weg von mir, und sein Blick glitt suchend durch das Zimmer, als würde er gleich irgendetwas aus dem Fenster werfen wollen. Dann hörte ich ihn tief ausatmen. Schon hatte er sich wieder zu mir gedreht.

»Es musste vor dem Herbstball alles wahnsinnig schnell gehen. Es musste alles glaubhaft sein, was diese plötzliche Verlobung betraf. Und es durfte auf gar keinen Fall irgendetwas schiefgehen. Ich wollte Melissas Plan erst nicht zustimmen, aber sie hat mir erklärt, mit was für fürchterlichen Konsequenzen wir rechnen müssen, wenn unser Spiel vorzeitig auffliegt. Ich wollte dich nicht in Gefahr wissen.«

»Du hättest mir vertrauen können.«

Er strich sich mit allen zehn Fingern durch die Haare, bevor er mich wieder ansah. Jetzt war seine Stimme sanft, aber eindringlich.

»Es tut mir wirklich unendlich leid, was passiert ist. Ich wollte nie, dass du das alles aushalten musstest, und wenn du jetzt lieber mit Drystan zusammen sein möchtest, dann werde ich das respektieren. Und ich werde dich nur um deine Freundschaft bitten.«

Alles in mir krampfte sich schmerzhaft zusammen, und ich wollte etwas sagen, da sprach er schon weiter.

»Du hast ja die Geschichte mit Horatio und Tamrina mitbekommen. Er hat diese drei Jahre bei den Amethyst sehr viel angenehmer verbracht als ich. Es mangelte nicht an Gelegenheiten, aber …« Er sah mich an, und wieder mal schien es, als habe er spontan vergessen, was er sagen wollte. Er blinzelte. »Aber für mich hat es immer nur dich gegeben. Ich habe keine andere berührt, geküsst oder auch nur an sie gedacht. Du warst immer die eine für mich. So war es schon, als ich zwölf Jahre alt war, und so ist es immer noch. Du bist die eine für mich, Erin.«

Meine Lippen begannen zu zittern, weil ich den Tränen nahe war. Ich spürte, dass seine Worte aus seinem tiefsten Inneren kamen. Sie waren so roh und so voller Gefühl.

Ich hingegen hatte ihn irgendwann aufgegeben. Ich hatte

zwar regelmäßig an ihn gedacht, aber ich hatte nach vorne gesehen, mich mit Jungs getroffen und war Beziehungen eingegangen. Doch seit er wieder in mein Leben getreten war, war mir eins klar geworden: Alles, was ich für tiefe Gefühle gehalten hatte, war lediglich ein blasser Abklatsch derer gewesen, die ich für Cal empfand. Das, was ich für Cal fühlte, loderte wild und unbezähmbar. Es war wie eine Fackel, die niemals erlöschen würde.

Und sosehr ich auch versucht hatte ihn zu vergessen, so war er doch immer da gewesen. Ich hatte ihm mein Herz geschenkt, und es gehörte bis heute ihm.

»Du bist auch der eine für mich, Cal«, flüsterte ich leise. »Dir gehört mein Herz.«

Und ich meinte es genauso. In diesem Moment hatte ich ihm vollständig verziehen.

Ich wollte ihm nicht mehr böse sein, ich wollte nicht mehr, dass irgendetwas zwischen uns stand.

Ich kam ihm ganz nah. Mit den Fingerspitzen strich ich über seine breite Brust, bevor ich ihn anlächelte.

Cal war erst ein wenig überrascht, doch dann versank er in meinem Blick, und ich konnte sehen, wie das Schwarz seiner Augen samtig wurde.

»Ich kenne dich, seit wir beide 12 Jahre alt sind«, wisperte er mit rauer Stimme. »… und jedes verdammte Mal, wenn ich dich ansehe, bleibt mir die Luft weg, weil du so schön bist.« Er lachte leise auf. »Jedes verdammte Mal.«

Ich hörte auf mein Herz.

Jetzt war keine Zeit für Kopfentscheidungen oder endloses Abwägen und Zögern. Wortlos zog ich ihn zu mir. Mit den Lippen strich ich zart über die seinen. Mit einem Laut, in dem

Erlösung mitschwang, zog Cal mich an sich und schlang seine Arme um meine Mitte.

Ich küsste ihn, und jede Zelle in mir schien lichterloh in Flammen zu stehen. Wir lösten uns kurz voneinander, um uns anzusehen. Doch schon verschmolzen unsere Lippen wieder zu einem Kuss, der nicht enden wollte.

Als wir uns irgendwann voneinander lösten, wich ich erneut ein Stück zurück.

Mein Blick glitt über sein Gesicht, die harte Linie seines Kiefers, die messerscharf konturierten Wangenknochen, das dunkle Feuer in seinen Augen.

Wir waren keine Kinder mehr. Ich war hungrig. Und Cal war hungrig. Sehr hungrig.

Er zog mich wieder an sich, seine Lippen trafen auf meine. Cal wühlte eine Hand in mein offenes Haar, und seine Zunge drang in meinen Mund. Ich krallte meine Hände in sein Shirt. Die Wucht seiner Leidenschaft prallte auf meine, und fast hatte ich das Gefühl, dass tanzende Funken um uns herum in die Dunkelheit aufstiegen.

Genau wie vor vier Jahren wusste ich genau, was ich wollte. Damals war es nur ein Kuss gewesen.

Aber jetzt wollte ich mehr. Nein, nicht *mehr*. Ich wollte *alles* von ihm. Jeden Zentimeter seiner Haut, jedes leise, intime Geräusch, jeden Blick, der bis in meine Seele drang.

In diesem Moment war ich mehr als froh, dass meine Gamma die Nacht in ihrem Kartell verbrachten.

Ich zerrte am Saum seines Shirts, und er wich noch etwas weiter zurück, damit ich es ihm über den Kopf ziehen konnte.

Sein Oberkörper war das Spiegelbild seines gefährlichen Lebens. Narben, verheilte Schusswunden, die Spuren von Feuer und ätzenden Substanzen.

Wie oft er wohl schon fast gestorben war?

Eine Narbe fesselte meinen Blick. Sie war lang und tief, begann knapp unter seinem Herzen und zog sich seine Seite hinab bis zum Beckenkamm.

»Ein Zeremoniendolch bei den Amethyst. Ich wäre durch den Blutverlust fast ohnmächtig geworden und …« Cal verstummte, und es wirkte, als würde er an den ungesagten Worten ersticken. Er erschauerte, als ich eine andere lange Narbe mit dem Zeigefinger berührte.

Schnell zog ich mich zurück. »Tut mir leid.«

»Nein«, erwiderte er leise und legte meine Hand zurück an die Narbe. »Die Wunden sind verheilt, es tut nicht weh.« Er verstummte für einen ewigen Moment. »Es fühlt sich gut an.« Sein Blick ruhte auf mir, doch seine schnelle Atmung verriet, wie aufgewühlt er war.

Noch mal berührte ich seine Haut, strich über silbriges Narbengewebe an seiner Seite, das älter wirkte als die anderen. Wieder lief ein Zittern durch Cals Körper.

»Nyncis, als ich gerade fünf geworden war.« Er zog den linken Mundwinkel nach hinten. »Aller Anfang ist schwer, so sagt man doch.« Als er meinen erschrockenen Blick bemerkte, fügte er schnell hinzu: »Er war als Welpe ziemlich wild und ich nicht gerade geduldig. Ich hatte es verdient.« Sein verschmitztes Lächeln verschwand. »Ich sehe aus wie ein Flickenteppich. Findest du es …« Er stockte, dann räusperte er sich. »Das letzte Mal war es dunkel, aber jetzt …« Er sah mich forschend an. »Findest du es abstoßend?«

Ich schüttelte den Kopf und hielt seinen Blick. Erinnerungen an die Nacht auf der Duster im Kartell der Stone jagten vor meinem inneren Auge vorbei. »Es ist deine Geschichte, dein Leben, das du auf deiner Haut trägst. Wie könnte so etwas hässlich sein?«

Cals Augen flammten auf, und schon hatte er mich wieder an sich gezogen. Sein Kuss war leidenschaftlich und ungestüm. Ich ließ mich einen Moment davontragen und genoss es, wie er meinen Hintern mit seinen Händen umfasste und mich noch enger an sich presste.

Ich strich mit den Fingern die nackte Haut seines Rückens entlang, doch dann schob ich ihn ein Stückchen von mir.

Cal atmete schwer, und seine Wangen waren leicht gerötet.

Ich sah ihn unverwandt an, während ich meine Finger über den Bund seiner Jeans gleiten ließ.

Dann griff ich nach dem ersten Knopf und öffnete ihn. Cals Blick wurde noch eine Nuance dunkler – falls das überhaupt möglich war – als er realisierte, worauf das hier hinauslaufen würde. Seine Brust hob sich, als er tief Luft holte.

Noch ein Knopf, noch ein Knopf und noch ein Knopf.

Ich sah ihn immer noch unverwandt an. Cals Blick wurde rastlos, glitt hinab zu meinem Mund und dann wieder hinauf zu meinen Augen.

Er stöhnte leise auf, als meine Finger den Stoff seiner Boxershorts streiften, während ich den letzten Knopf öffnete.

Die Hose rutschte ihm lautlos auf die Knöchel hinab.

Noch mal streichelte ich ihn ganz sanft. Cal schloss die Augen, seine Atmung wurde immer schneller.

Dann schob er sich die Schuhe samt Socken von den Füßen. Ich beugte mich zu ihm, bedeckte seine Brust mit sanften Küssen.

Ich spürte seine Lust, ich hörte sie in jedem rauen Seufzen, und es gefiel mir, es war aufregend, es war … anders. Mit Cal war einfach alles anders.

Ich hob den Kopf, und wieder fanden sich unsere Lippen wie von selbst. Wir küssten uns, und vorsichtig knabberte ich ein wenig an seiner Unterlippe.

Als wir uns kurz voneinander lösten, hob ich die Arme, damit er mir das Shirt auszog.

Er ließ es zu Boden gleiten, und dann strichen Cals Finger über meine nackte Haut. Er streichelte meinen Bauch, und dann ließ er seine Finger höher wandern.

Es war so vertraut zwischen uns, dass ich seine Berührung kaum erwarten konnte. Dann berührten seine Finger den Bund meines BHs. Er wartete kurz, wollte wohl sichergehen, dass ich damit einverstanden war, dann legte er beide Hände um die Cups.

Der zarte Stoff ließ mich jede Berührung spüren, und wieder lehnte ich mich an Cal und schloss die Augen. Ein Lächeln stahl sich auf meine Lippen, als mich das Gefühl von purem Glück durchströmte.

Cal seufzte wohlig auf.

Das Gefühl seiner Hände auf meiner Haut machte mich ganz wirr im Kopf. Er war vorsichtig und zärtlich mit mir, als er seine Hände wandern ließ. Ein kleiner Laut der Lust entkam mir. Mehr … ich wollte mehr. Entschlossen löste ich den Verschluss meines BHs, der mit einem Rascheln zu Boden glitt. Wir küssten uns erneut, während wir uns auf mein Bett sinken ließen. Auch die letzten Kleidungsstücke landeten auf dem Fußboden, während Cal seine Lippen wandern ließ. Ich keuchte auf. Ich hatte bereits Erfahrung, denn ich hatte mit meinen letzten zwei Freunden schon geschlafen, doch das hier … es war *anders.* Es war noch nie so leidenschaftlich gewesen.

»Bist du dir …« Seine Stimme war kaum ein Flüstern.

»Ich will es …«, wisperte ich. »Sofort.«

Unsere Körper passten perfekt zueinander. Genau *so* … so hatte ich es mir mit ihm vorgestellt. Vertraut und aufregend zugleich.

Ich ließ mich fallen in diesen Strudel, in diesen Wirbel aus Emotionen zwischen uns.

Ich schmiegte mich an seinen harten Körper, dessen Ecken und Kanten doch so perfekt zu meinen weichen Kurven passten.

Cals Mund strich über meinen, seine Worte waren nur ein hitziges Flüstern.

»Mein Herz …«

Er küsste mich, entflammte mich, und gemeinsam fielen wir in die Nacht, als habe sie auf uns gewartet.

Kapitel 19

Wir lagen in meinem Bett, und mein Kopf ruhte an Cals Schulter. Keiner von uns beiden sagte etwas, stattdessen fixierten wir beide irgendeinen Punkt an der leicht vergilbten Decke. So langsam beruhigte sich meine Atmung, und es fühlte sich an, als würde ich aus einem Traum erwachen.

Diese neue Intimität zwischen uns war aufregend, aber irgendwie konnte ich es noch nicht so ganz glauben. Es war wunderschön gewesen. So, wie ich es mir mit ihm erträumt hatte. Ich drehte mich auf die Seite, streckte meinen Arm lang über Cals Brust aus und streichelte seine Schulter.

Cal zog mich noch etwas näher zu sich und küsste mich dann sanft auf den Haaransatz. »Alles okay?«

Ich nickte, immer noch mit der Wange an seiner Brust liegend. »Alles okay.«

Noch mal küsste er mich auf den Scheitel und ließ dann seine Lippen über meinem Haar schweben. Zuerst dachte ich, er würde etwas sagen. Doch dann spürte ich nur, wie er ausatmete und seine Finger federleicht über meine nackte Haut strichen.

»Glaubst du, dass ich eine halbe Noctua bin?« Es war vielleicht nicht die perfekte Zeit, um darüber zu sprechen, aber es brannte mir auf der Seele, und ich wollte endlich Antworten.

Wieder hörte ich Cal ausatmen. »Du hast keine Attribute.« Ich spürte, dass er sich absichtlich Mühe gab, vage zu bleiben, um mich nicht zu verletzen.

»Dylan sagt, es könnte sein, dass meine Mutter mir beigebracht hat, sie zu verstecken. Und nachdem sie starb, habe ich es einfach vergessen, weil ich noch so jung war.«

»Der Gedanke an sich ist gar nicht schlecht.« Noch mal strichen seine Fingerspitzen sanft über meine Haut. »Ich könnte dir zeigen, wie du deine Attribute versteckst oder zum Vorschein kommen lässt.«

Jetzt war ich so aufgeregt, dass ich mich abrupt im Bett aufrichtete. »Ja, zeig es mir.«

Erst dann fiel mir auf, dass wir immer noch komplett nackt waren – und auch ein bisschen verschwitzt. Mein Blick glitt zu dem angrenzenden Badezimmer. Grandma hat einen tiefen Schlaf, und wenn wir es kurz halten würden …

»Vielleicht sollten wir vorher duschen?«

Cals Blick wechselte von überrascht zu verschmitzt. Mittlerweile wusste ich, dass es in Obskuris keine Duschen gab. Nur Badewannen. Das hier würde definitiv eine Premiere für ihn sein, und ich konnte schon sehen, wie sein Kopfkino ansprang.

Er nickte und stand ebenfalls auf. »Duschen wir.«

»Du könntest es mir währenddessen erklären, und ich könnte danach ein bisschen üben.«

Er nahm meine Hand und hauchte einen Kuss darauf. »Es wäre mir eine Freude, kleine Emerald.«

Plötzlich sah ich ihn ernst an. »Findest du es schlimm, dass ich zu deinen Feinden gehören könnte?«

Cal schüttelte den Kopf. »Was für ein Unsinn. Du bist du, und es ist mir völlig egal, aus welchem Kartell du kommen könntest. Wenn du allerdings eine Amethyst wärst …« Er beendete den Satz nicht, sondern wackelte nur vielsagend mit den Augenbrauen.

Ich kniff ihm in die Seite und lachte auf. Im nächsten Moment presste ich mir die freie Hand vor den Mund. *Verdammt, wir sollten auf gar keinen Fall Grandma wecken.* Also legte ich einen Finger auf die Lippen und deutete zum Badezimmer.

Ich versorgte uns mit genügend Handtüchern und stellte dann die Dusche an.

Cal war ehrlich fasziniert.

Er hatte so viele Fragen, und ich war so aufgeregt, ob tatsächlich irgendwo in mir Attribute steckten, dass die Zeit unter dem Wasserstrahl etwas weniger romantisch ausfiel, als Cal es sich vermutlich ausgemalt hatte.

Nur wenige Minuten später hatten wir beide dicke Badetücher umgeschlungen und gingen zurück in mein Zimmer.

»Jetzt hast du mir immer noch nicht erklärt, wie das mit den Attributen funktioniert«, sagte ich.

Ich versteckte mich ein wenig hinter meiner halb geöffneten Schranktür, um vor seinen Blicken verborgen in frische Unterwäsche zu schlüpfen.

Zwischen uns war es vertraut, und ich hatte kein Problem damit, vor ihm nackt zu sein.

Cal war bis auf sein Hemd schon wieder komplett angezogen, als ich die Schranktür zumachte, und auch ich hatte mir eine Jogginghose und ein weites Shirt übergeworfen.

Cal sah aus, als würde er nach den richtigen Worten suchen. Er schloss kurz die Augen und strich dann über seine Brust. »Also, deine Attribute. Es fühlt sich ein bisschen so an, als würdest du den Bauch einziehen. Wenn du eine Katze wärst, würdest das Gefühl kennen. Sie können ihre Krallen einziehen, und genauso fühlte es sich an.«

Ich grinste. »Woher weißt du, wie Katzen sich fühlen?«

Er machte die Augen wieder auf, beugte sich zu mir und hauchte mir einen Kuss auf den Mund. »Das hat mir der Mond verraten.«

Es war einer seiner Lieblingssprüche, wenn er besonders großspurig tun wollte. *Egal.* Ich seufzte. »Ich muss also den Bauch einziehen, um sie zu verstecken und wenn sie sich zeigen sollen?«

»Dann entspannst du den Bauch wieder.«

Ich sah ihn verwirrt an. »Ich muss die ganze Zeit den Bauch einziehen? Das schaffe ich nicht.«

Cal schnaubte, dann lächelte er. »Da deine Attribute versteckt sind, machst du das ja bereits die ganze Zeit. Und zwar so ziemlich dein ganzes Leben lang schon. Da sollte das Ausatmen doch eigentlich leichter sein.«

Er hatte recht. Ich schloss die Augen und atmete aus.

Es passierte nichts.

»Muss ich dabei irgendetwas denken? Gibt es irgendeine Formel, die ich murmeln muss?«

»Es ist ein Gefühl wie ein Knoten im Bauch«, sagte Cal und

klang jetzt so, als wüsste er schon nicht mehr weiter. »Da ist dieser Knoten, und dann atmest du aus, und er löst sich.« Er atmete ein und lächelte mich dann breit an. Mit einem Finger deutete er auf seine Schneidezähne. »Siehst du, keine Fangzähne.« Dann atmete er aus, tief in den Bauch hinein, und als er jetzt wieder die Lippen öffnete, sah ich, wie die Fangzähne hervorschossen.

Ich versuchte es ihm nachzumachen. Atmete tief in den Bauch aus, machte mich regelrecht krumm und dachte so sehr an meine Fingernägel, dass sie regelrecht zu pulsieren begannen. *Jetzt gleich klappt es. Jetzt gleich. Ich war eine Noctua, ich würde das schaffen.*

Nichts.

Genervt ließ ich die Schultern hängen. »Vielleicht bin ich noch nicht alt genug dafür.«

Cal lachte. »Wir lernen es, wenn wir unser Reittier bekommen. Da sind wir so ungefähr vier Jahre alt.«

»Und vorher?«

»So richtig manifestieren sich die Attribute erst in der Pubertät. Es ist genau wie bei menschlichen Kindern. Attribute gehören zu uns erwachsenen Noctua dazu. Bei Kindern sind sie noch nicht so präsent.«

Ich versuchte es ein letztes Mal.

Augen schließen, tief in den Bauch ausatmen und an meine Attribute denken.

Grüne Fingernägel. Grüne Fußnägel. Ich bin eine Noctua. Ich habe verdammt noch mal grüne Fingernägel. Sie leuchten von innen heraus. Ich habe …

Ich öffne die Augen erneut. Nichts.

Cal lächelte mich an, doch es wirkte nicht mitleidig, eher zuversichtlich. »Du musst einfach ein bisschen üben. Hab Geduld. Wenn du wirklich zur Hälfte eine Noctua bist, dann werden sich Attribute zeigen, da bin ich mir ziemlich sicher. Ich kenne zwar keinen Fall wie deinen, aber grüne Fingernägel sind schon echt starke Gene. Da wird man auf jeden Fall etwas sehen.«

Ich ließ meine Hände in den Schoß sinken und sah auf meine ineinander verknoteten Finger. Als ich an die Dimension dachte, kam mir plötzlich ein ganz anderer Gedanke.

»Es ist was Dummes passiert, als ich mit Drystan unterwegs war, und ich habe ganz vergessen, dir davon zu erzählen.«

Cal hob die linke Augenbraue und sah plötzlich gar nicht mehr so freundlich aus. »Du hast etwas Dummes mit Drystan gemacht? Und das wäre jetzt was genau?«

Er war natürlich völlig auf dem falschen Dampfer. »Nein, es ist etwas Dummes *passiert*, während ich mit ihm unterwegs war.« Ich rieb mir ausweichend übers Kinn. Hoffentlich würden das keine allzu schlechten Nachrichten für Cal sein. »Lykos hat uns gesehen.«

»Aus der Ferne? Wenn du mit einem Fawn unterwegs warst, dann wird er denken, dass seine Augen ihm einen Streich gespielt haben.«

»Nein, er hat uns angesprochen und dann durch den gesamten Dunkelstrom verfolgt.«

Jetzt war Cals Blick ungläubig. »Ihr habt euch eine Verfolgungsjagd mit ihm geliefert?«

Ich nickte schnell. »Auf dem Weg zum Kartell der Emerald.«

Cal wirkte jetzt völlig perplex. »Okay …«

»Hat er dir gegenüber schon etwas davon erwähnt?« Im nächsten Moment kam mir meine Frage überflüssig vor. Denn dann hätte Cal Drystan und mich garantiert darauf angesprochen. »Entschuldige«, sagte ich ausweichend und fuhr mit den Fingern durch meine Haare. »Dann wüsstest du ja schon Bescheid.«

»Nein, er hat nichts erwähnt.« Cal runzelte die Brauen. »Das ist ungewöhnlich. Normalerweise kann er es gar nicht erwarten, mit schlechten Neuigkeiten zu mir zu kommen.«

»Was wird jetzt geschehen?«

Cal war ganz in Gedanken versunken. »Du warst nicht mit mir unterwegs«, sagte er dann irgendwann. »Vater hat mir verboten, dich in die Dimension zu bringen. Wenn das aber der Hauptmann der Fawn macht, dann ist es eine andere Geschichte.« Er sah mich an. »Vielleicht war es Glück im Unglück.« Dann wurde sein Blick grimmig. »Obwohl ich mir relativ sicher bin, dass Lykos es schaffen wird, diesen Umstand zu meinem Nachteil vor Vater auszubreiten. Dieser Blödmann.«

Ein schwaches Lächeln malte sich auf meine Züge. »Dann wirst du keine Schwierigkeiten bekommen?«

»Oh doch, mit Lykos bekommt man immer Schwierigkeiten.« Er guckte immer noch so grimmig. »Verdammt, ich hätte ihn damals schon von der Planke schubsen sollen. Schon als wir klein waren, hat er ständig Streit mit mir angefangen. Wollte sich prügeln und solche Sachen. Unsere Väter waren total entzückt, dass sie zwei solch wilde Raufbolde als Söhne hatten. Ich hingegen fand es einfach nur nervig.« Er brummte irgendeinen Fluch, doch als er meinen Blick bemerkte, wurde seine Miene wieder etwas weicher. Er nahm meine Hand und drückte sie leicht. »Ich werde mal auf der Nightcrawler bei meinem Onkel vorbeischauen. Dort treffe ich bestimmt auch auf Lykos. Vielleicht ergibt sich ein *unverbindliches Gespräch.*« Ich hörte den Sarkasmus in seiner Stimme.

»Ich hoffe wirklich, du gerätst deswegen nicht in Schwierigkeiten.«

Cal beugte sich vor zu mir und wir küssten uns erneut, lange und innig. Als er dann zurückwich, wollte ich dringend noch etwas klarstellen.

»Zwischen mir und Drystan war übrigens nie etwas. Ich wollte dich eifersüchtig machen. Er hat mitgemacht, weil er dich nicht leiden kann.«

Cal grinste. »Zeitweise habe ich es euch echt abgekauft. Ich hatte hin und wieder meine Zweifel, aber er war unglaublich überzeugend. Er sollte zum Theater gehen. Und das für jemanden, der nicht lügen kann …« Er nickte anerkennend. »Würde ich ihn nur nicht genauso wenig leiden können, würde ich ihm ein Kompliment dazu machen.«

Ich lachte leise und zupfte an der Bettdecke. »Er war wirklich lieb. Aber diese Ehrlichkeit ist manchmal echt erschreckend. Was er teilweise gesagt hat …« Ich lachte erneut leise. »Nichts für schwache Nerven.«

Cal nickte zustimmend. »Das kann echt nervig sein.«

»Ja, aber ansonsten möchte ich eigentlich nicht schlecht über ihn reden. Er war immer lieb und freundlich.«

»Und wie war das im Dunkelstrom für dich? Als ihr vor Lykos geflohen seid?« Jetzt zeigte sein Blick ehrliche Sorge.

»Drystan hatte schon gesehen, dass ich Angst davor habe. Er hat mir diese Samen gegeben, und sich wirklich die Mühe gemacht, mich zu beruhigen, was ich ihm hoch anrechne.« Ich seufzte und sah erneut ausweichend zur Seite. Es war mir immer noch peinlich, wie extrem ich dort immer reagierte. »Also gegen den Dunkelstrom ist dieser ganze Flug durch die Leylinie und diese ganze Regenbogen-Zuckerwattesache ein Kinderspiel.«

Cal stutzte. »Sag das noch mal.«

»Gegen den Dunkelstrom ist diese Reise durch die Leylinie und die Regenbogen-Zuckerwatte echt ein Kinderspiel.«

Cal legte den Kopf schief. »Regenbogen-Zuckerwatte?«

»Ja.« Ich wedelte ungeduldig mit den Händen. »Wie nennt ihr es denn?«

Cal sah mich an, als wäre ich gerade verrückt geworden. »Wir haben keinen Namen dafür, denn das gibt es nicht.«

»Ich weiß, dass es in echt keine Regenbogen-Zuckerwatte ist. Ihr habt doch bestimmt einen eigenen Begriff dafür. *Buntes Flauschzeugs?* Oder *Wirbelstrom*, falls es etwas dramatischer sein soll?«

Cal musterte mich, als wäre er sich nicht ganz sicher, ob ich mir einen Scherz mit ihm erlaubte. »Wo … was genau meinst du?«

»Na ja … wenn man die Leylinie durchquert und bevor man dann im Grenzland auftaucht?«

»Da ist nichts«, sagte Cal und wirkte völlig davon überzeugt, dass er recht hatte. »Erst die Leylinie, dann das Grenzland.« Er legte den Kopf schief und musterte mich. »Hast du vielleicht Halluzinationen währenddessen? Liegt es vielleicht daran, dass du ein Mensch bist?«

»Ein halber Mensch«, insistierte ich.

»Was auch immer«, gab er zurück. Noch mal betrachtete er mich kritisch. »Und es ist bunt?«

»Ja, es fühlt sich an, als würde man durch Watte gleiten. Ein bisschen weich, ein bisschen kratzig und bunt, wie ein Strudel aus Regenbogenfarben. Also quasi alle bunten Farben durcheinandergemischt.«

»Und das ist jetzt kein Scherz?«

»Nein.« Ich klang empört. »Wieso?«

Cal richtete sich etwas mehr auf. »Was auch immer du dort siehst oder fühlst, ich verspreche dir hiermit feierlich, es gibt keinen weiteren Bereich zwischen Leylinie und Grenzland.« Er schüttelte den Kopf. »Es gibt dort weder Regenbogen-Zuckerwatte noch buntes Flauschzeugs oder einen Wirbelstrom.«

Kapitel 20

Das konnte ich natürlich nicht auf mir sitzen lassen.

Kurze Zeit später saßen wir auf Nyncis und jagten über den Nachthimmel. Als wir uns der Leylinie näherten, wurden wir wieder langsamer.

»Hier?«, wollte Cal wissen.

Ich drehte mich ein bisschen zu ihm um. »Nein, eher danach.«

Dann kam die Leylinie immer näher. Nyncis flog hinein, und schon war da der Wirbel aus Regenbogen.

»Jetzt!«, rief ich, als bereits das Grenzland vor uns auftauchte.

»Aber hier ist das Grenzland.« Cal klang nicht gerade begeistert. »Und hier sind definitiv keine Regenbogen.«

»Es war vor zwei Sekunden.«

»Da war absolut gar nichts.«

»Doch. Ich schwöre es dir.«

Jetzt hatte ich mich so weit zu ihm umgedreht, dass ich ihn ansehen konnte.

Er sah immer noch ungläubig aus. »Ich will dir wirklich glauben. Aber ich sehe hier nichts.«

»Hier ist es ja auch nicht, weil wir jetzt bereits im Grenzland sind. Wir müssen wieder zurück.«

Cal seufzte und wendete Nyncis.

Und da war sie wieder. Die weiche Zuckerwatte aus den Regenbogenfarben.

»Jetzt«, sagte ich, und schon war da der Himmel über Cleveland.

»Das ist nicht lustig«, brummte Cal hinter mir. »Zu mir oder zu dir? Es ist schon spät, du musst völlig erschöpft sein.« Seine Arme schlangen sich noch etwas enger um meine Taille. Er legt das Kinn auf meiner Schulter ab und seine Lippen berührten sanft meinen Hals.

Ich schob ihn unsanft von mir, so gut es ging, wenn man zu zweit auf einem riesigen Wolf saß. »Wir geben jetzt nicht auf.«

Cal seufzte und wendete Nyncis erneut. Nur Sekunden später waren da wieder die großen Wälder aus grauen Wolken, die das Grenzland charakterisierten. Es schien einfach unmöglich, die genaue Sekunde zu treffen. Jetzt war ich es, die kurz davor war zu resignieren. Ich atmete tief aus, und plötzlich war da dieses komische Gefühl in meinem Bauch.

»Hier ist nichts«, brummte Cal erneut. »Vielleicht hat es wirklich damit zu tun, dass du ein Mensch bist. Irgendwas mit deinem Stoffwechsel. Andere bekommen von Drogen Halluzinationen, du bekommst sie, wenn du über die Leylinie fliegst.

Da ist doch nichts dabei, und es ist sicher nichts, wofür man sich schämen muss. Aber ich versichere dir, es gibt hier keine Zwischenebene, in der man durch eine Art Regenbogen-Zuckerwatte fliegt. Das wäre mir und Hunderten anderer garantiert schon mal aufgefallen.«

Ich hörte ihm nur mit halbem Ohr zu. Ob es leichter war, seine Attribute hervorzulocken, wenn man sich in Obskuris befand? Ich ließ erneut Luft aus meinen Lungen entweichen, und es war, als könnte ich den Knoten in meinem Bauch fühlen. Ich müsste nur dagegen stupsen, und er würde sich von ganz allein lösen, so gespannt wirkte er.

Mittlerweile hatte ich keine Luft mehr in meinen Lungen, ich hielt sie einfach nur an, doch nichts geschah. Noch mal versuchte ich es. Luft holen und dann ausatmen, ganz langsam und tief ausatmen … keine Chance. Offensichtlich war ich einfach zu dumm dazu oder ich hatte tatsächlich keine Attribute, und mein Körper spielte mir mittlerweile einen Streich.

Dann hatte ich eine Idee. »Lass mich Nyncis sagen, wann er halten soll. Es ist wirklich nur der Bruchteil von Sekunden, um den es geht. Man muss den genauen Zeitpunkt abpassen.«

Ich spürte, wie Cal hinter mir mit den Schultern zuckte. »Na klar. Jetzt sind wir eh schon mal hier.« Er klang nicht besonders optimistisch.

Neben uns passierte eine Gruppe Beta die Leylinie, und sie musterten uns neugierig. Ich konnte nicht erkennen, zu welchem Kartell sie gehörten, doch ihre Blicke sagten mir, dass wir ungewolltes Aufsehen erregten.

Nyncis fiepte zustimmend. Er war einfach so unglaublich schlau. Ich kraulte ihm hinter einem seiner großen Ohren.

Ich ließ mich nach vorn sinken, um dem großen Wolf möglichst nah zu kommen.

»Hör zu, mein Hübscher. Du bist unglaublich schlau, das weiß ich. Tu mir den Gefallen, und halte in deinem Flug sofort an, wenn ich *Stopp* rufe.«

Nyncis gab eine Art Bellen von sich, das ich als Zustimmung wertete. Er wendete, um sich wieder der Leylinie zuzudrehen.

»Los geht's«, flüsterte ich, und Nyncis schlug mit den breiten Flügeln. *Noch einen Moment, nur noch einen Moment, gleich ist es so weit.* Ich konzentrierte mich, hielt sogar die Luft an. Und da war sie. Die flauschige Zuckerwatte aus Regenbogenfarben.

»Stopp!«, rief ich, kaum dass sich diese farbenfrohe Umgebung um uns manifestierte.

Nyncis reagierte sofort und blieb in der Luft stehen.

Ich gab einen kleinen Laut des Triumphes von mir, als ich mich umsah. Es war unglaublich schön, wenn man genug Zeit hatte, es zu betrachten. Es schienen zarte Fäden zu sein, noch dünner als Spinnennetze, die sich um uns wanden, als wären sie lebendig. Sie bildeten eine Art faseriges Gewebe, dessen leicht klebrige Textur ich jetzt an meinen Händen und im Gesicht spüren konnte.

»Es ist unglaublich!«, rief ich. Dann drehte ich mich zu Cal um. Sein Gesicht war völlig ausdruckslos. Er sah sich nicht mal um. Wie konnte er all das so hinnehmen? Ich kam mir vor wie in einem psychedelischen Wunderland.

»Ist es nicht großartig?«, sagte ich noch mal.

Er sah mich ratlos an. »Hier ist nichts. Das ist die Leylinie. Hier ist es einfach nur dunkel, und die Luft ist so komisch elektrisch aufgeladen. Es ist nicht gerade nett hier.«

Ich starrte ihn fassungslos an. »Du kannst es nicht sehen.«

Er schüttelte den Kopf.

Ich wandte mich wieder um, um mich noch mehr umzuschauen.

Ich entdeckte andere Noctua, die die Leylinie gerade passierten. Alpha auf ihren Reittieren, Beta, und sogar ein paar kleine Gamma waren dabei. Sie alle schienen nichts von dieser seltsamen Umgebung wahrzunehmen.

Irgendetwas stimmte hier nicht. Es war nur ein Gefühl, und wieder spürte ich diesen Knoten im Bauch. Dann fiel mein Blick auf eine Zahnfee. Ihr dicker Halsreif wirkte zu schwer für ihren schmalen Hals. Ihr Körper war ausgemergelt, doch ihr Bauch war dick geschwollen. Sie hatte in dieser Nacht schon eine Menge Zähne gesammelt. Weil sie mir leidtat, verfolgte ich ihren Flug kurz.

Und während sie mühsam mit den Flügeln schlug, wurde ihr Bauch immer flacher. Und hinter ihr, in der regenbogenfarbenen Zuckerwatte, hingen plötzlich Zähne. Die Zahnfee hinterließ einen Schweif aus Milchzähnen, die in dem fasrigen Gewebe der Watte hängen blieben. Als sie aus meinem Blickfeld verschwand, war ihr Bauch ganz flach.

»Um Himmels willen«, flüsterte ich und wandte mich mit entsetztem Gesicht zu Cal um. »Es sammelt die Kinderzähne.«

Er sah mich an, als hätte ich nun endgültig den Verstand verloren.

»Die Zähne bleiben an den Fasern hängen. Dort drüben.« Ich deutete auf den Schweif Kinderzähne, die immer noch in dem Gewebe schwebten und jetzt leicht zitterten.

Cal hatte die Stirn gerunzelt. »Die Zahnfeen lassen sie hier? Sie geben sie freiwillig wieder her?«

»Nein, sie ist an uns vorbeigeflogen und währenddessen hat diese Watte die Zähne aus ihr herausgezogen. Oder so …«, fügte ich hinzu, als er die Augen aufriss.

»Ist sie tot?«

»Nein«, erwiderte ich schnell. »Sie ist einfach weitergeflogen und hat überhaupt nichts bemerkt. Aber ihr Bauch war danach ganz flach. Und dort drüben …« Ich deutete erneut auf die Stelle. »Da hängen ihre gesammelten Zähne.«

Mittlerweile war ich echt frustriert. Ich hatte eine Entdeckung gemacht, und Cal tat weiterhin so, als wäre ich irgendwie bescheuert. »Jetzt wissen wir, wo die Zahnfeen ihre Zähne verlieren. Es passiert genau hier. Diese Watte oder was auch immer sie ist, sie raubt ihnen die Beute. Keine Ahnung, wie das funktioniert, vermutlich ist es Magie, aber es ist mir auch egal, denn wir sind eindeutig einen Schritt weiter. Wir wissen, dass die Zahnfeen vergessen, dass sie die Zähne gesammelt haben. Und jetzt wissen wir auch, wo sie sie verlieren. Es geschieht genau hier in dieser einen Sekunde.«

Cal sah mich immer noch so ungläubig an.

Mir platzte endgültig der Kragen. »Und bloß, weil du es nicht sehen kannst, kannst du es mir auch einfach mal glauben.«

Mir platzte anscheinend nicht nur der Kragen, sondern auch der Knoten im Bauch. Es fühlte sich an, als würde ein Gummiband in mir reißen. Es machte leise *Zinnng*, und die Welt um mich herum war plötzlich noch bunter. Ich kniff die Augen zusammen, weil ich völlig geblendet war.

»Autsch, Himmel, was ist passiert? Hat jemand das Licht angemacht? Das war doch schon grell genug.« Ich presste eine Hand über beide Augen, weil sie schmerzten.

»Hast du das wieder nicht gemerkt?« Ich drehte mich zu Cal um.

Er starrte mich an, und seine Lippen öffneten sich wie in einem stummen Schrei. »Bei allen Heiligen«, flüsterte er schließlich erstickt. »Das kann nicht sein. Kann einfach nicht sein.«

»Was ist denn?«

Ich nahm die Hand von den Augen und sah ihn an.

Cal zuckte zurück, als habe ich ihm mitten ins Gesicht geschlagen.

»Was ist?« Jetzt wurde ich unruhig, ja regelrecht panisch. »Was ist denn los?«

Cal sah sich hektisch um. »Wir müssen weg von hier, schnell. Zurück zu dir nach Hause. Beuge dich über Nyncis' Rücken und … hast du eine Kapuze an dem Hoodie?«

Er wartete meine Antwort gar nicht ab. Er drückte meinen Rücken nach vorne und zog gleichzeitig an der Kapuze, die er entdeckt hatte. »Wir müssen deine Haare bedecken.«

»Meine … hey, ich bin doch kein Spielzeug.« Jetzt hatte er mich mit mehr Kraft nach vorne gebeugt. Sollte ich zwischen dem dunklen Fell des Wolfs verschwinden, oder was?

Cal schnalzte mit der Zunge, und schon schoss Nyncis vorwärts.

Wir überwanden die Leylinie, und ich hörte nur durch den dicken Stoff meines Hoodies, wie Cal ein paar andere Noctua grüßte. Dann ließ er Nyncis in extraschnellem Tempo fliegen.

»Was ist denn los?«

»Gleich«, erwiderte Cal und klang abgehackt und immer noch ziemlich beunruhigt. »Wir müssen in dein Zimmer, wo uns niemand sehen kann.«

»Ich verstehe das nicht. So verhasst sind die Emerald doch nun auch nicht, dass sie mich in Begleitung von dir angreifen werden.«

Hinter mir machte Cal ein deutlich hörbares *Pscht*.

»Sag mal, geht's noch?«, rief ich, durch Nyncis' dickes Fell, und rasch schob ich mit der Zunge ein paar der Haare von meinen Lippen. »Willst du mich entführen, oder was?«

»In dein eigenes Zimmer?«, erwiderte er. »Das wäre ein toller Plan.«

»Dann erklär mir wenigstens …«

»Wir sind da«, unterbrach er mich und nahm seine Hand von meinem Rücken.

Ich kam hoch. *Was für eine Frechheit, was erlaubte er sich eigentlich?* Ich drehte mich um und stieß ihn fest vor die Brust.

»Geht's dir eigentlich noch gut? Warum behandelst du mich so grob?« Ich strich mir die Kapuze vom Kopf.

Cal, der gerade etwas erwidern wollte, starrte mich jetzt einfach nur an. »Bei allen Heiligen«, murmelte er erneut.

Dann sah er sich um, als erwarte er, dass wir beobachtet würden. »Schnell, in dein Zimmer.«

Ich verdrehte die Augen, aber mittlerweile beunruhigte mich sein Blick dann doch. Ich ließ mich von Nyncis' Rücken gleiten, sprang auf das Vordach und schob dann das Fenster hoch, um in mein Zimmer zu klettern.

Sofort war Cal hinter mir. Er schloss das Fenster, als wolle er verhindern, dass wir belauscht wurden.

Ich sah auf meine Finger. Keine grünen Nägel. *Was war also los?*

Cal musterte mich erneut verstohlen, doch als er es bemerkte, machte er einen Schritt auf mich zu und nahm meine beiden Hände. »Du solltest dich setzen.«

Mittlerweile war ich der Verzweiflung nah. »Cal, was ist denn los? Dein Verhalten macht mir Angst.«

»Es tut mir leid, dass ich gerade etwas grob war. Aber ich musste dich in Sicherheit bringen. Du hättest Aufsehen erregt, und das wäre …« Er brach ab. »Setz dich, bitte.«

Während wir uns auf die Bettkante sinken ließen, wurde mir ein klein wenig schlecht. Cal sah mich an, als müsste er mir gleich mitteilen, dass ich an einer unheilbaren Krankheit litt.

»Wir haben jetzt den Beweis, dass du Noctua-Gene hast«, begann Cal vorsichtig.

»Aber ich habe doch keine Attribute«, erwiderte ich sofort und betrachtete meine Fingernägel. Eindeutig nichts zu sehen. Ob es meine Fußnägel waren? Aber wie konnte Cal davon wissen? Ich schob mir die Schuhe von den Füßen und nestelte dann an meinen Socken herum.

Cal legte die Hand an meinen Rücken. »Nein, komm wieder hoch, Erin.«

»Ich will doch nachsehen, ob ich grüne Fußnägel habe.« Ich ließ mich nicht bremsen. Ich schob mir die Socken von den Füßen. Doch da war nichts. Meine Zehennägel sahen aus wie immer. Fragend sah ich Cal an.

»Wie kommst du darauf, dass ich Noctua-Gene habe? Ich sehe weit und breit keine Attribute.«

Cal nahm auch meine zweite Hand und wandte sich mir noch mehr zu. »Du bist sehr vermutlich eine halbe Noctua. Aber du bist keine Emerald.«

»Aber meine Mutter war eine Emerald. Ich bin mir ganz sicher. War mein Vater etwa auch ein Noctua?«

Cal schüttelte den Kopf. »Nein, das denke ich nicht. Du hast nur die Hälfte der Attribute, soweit ich das beurteilen kann.«

»Ich habe gar keine Attribute.«

»Doch«, sagte er leise, löste eine Hand und zog dann das Haargummi sanft aus meinem Pferdeschwanz. Er legte eine

Strähne nach vorn über meine Schulter, und als ich den Blick senkte, stockte mir der Atem.

Meine ehemals fast schwarzen Haare waren weiß.

Um Himmels willen.

Ich sprang auf, obwohl Cal versuchte, mich festzuhalten.

»Erin«, bat er. »Lass mich doch erst weiter erklären ...«

Doch ich hörte ihm nicht zu. Ich stürzte in mein kleines angrenzendes Badezimmer und hämmerte mit der Faust auf den Lichtschalter.

Ich musste eine Hand auf den Mund pressen, um nicht zu schreien. Es war nicht mein Haar, das mich so erschrocken hatte, es war meine Augen. Die Pupillen, ehemals schwarz, so wie bei allen Menschen, waren strahlend weiß.

Mir knickten die Beine weg, und ich krallte mich mit aller Kraft an der Armatur fest. Der nächste Schrei blieb mir in der Kehle stecken.

Cal stürzte hinter mir ins Zimmer, legte mir einen Arm um die Schultern und führte mich dann langsam aus dem Badezimmer heraus. Er flüsterte mir beruhigende Worte zu, doch ich hörte gar nicht richtig zu. Ich wollte weinen, doch es kam keine Träne.

»Was bin ich?«, stieß ich schließlich hervor.

Wieder schaffte Cal es, dass wir uns gemeinsam auf die Bettkante setzten. Er nahm meine Hand in seine, und mit der anderen streichelte er beruhigend über meinen Rücken.

»Du bist eine Ivory.« Seine Worte klangen, als könne er sie selbst nicht glauben.

»Eine Ivory?«, wiederholte ich. »Wie kann das sein? Mein Vater war ein Mensch, und meine Mutter war eine Emerald. Es kann also gar nicht sein, dass ich bin, was ich bin.« Erst dann merkte ich, wie unsinnig das klang. Die weißen Haare und meine schneeweißen Pupillen waren ja definitiv nicht zu leugnen.

»Du hast einen Teil der Attribute der Ivory«, sagte Cal ruhig. »Es besteht also kein Zweifel. Sie alle haben diese weißen Haare. Außerdem sind ihre Iriden und die Pupillen komplett weiß, und das, was bei Menschen im Auge weiß ist, also der Augapfel, ist pechschwarz. Du hast nur die abgeschwächte Version geerbt. All ihre Körperhaare werden normalerweise weiß. Die Augenbrauen, die Wimpern, aber das ist bei dir nicht der Fall. Dennoch ist deine Haarfarbe so einzigartig und charakteristisch, dass es unverkennbar ist.« Er ließ die Hand, mit der er vorher mein Rücken gestreichelt hatte, sanft durch meine langen Strähnen gleiten. »Es ist kein richtiges Weiß. Es ist ein sehr helles Blond mit einem silbrigen Schimmer. Es ist eine außergewöhnliche Haarfarbe.«

In jeder anderen Situation wäre ich erleichtert gewesen, dass Cal mich nicht plötzlich abstoßend fand, aber diese Offenbarung hatte mich völlig kalt erwischt. »Aber wie kann ich eine Ivory sein? Kannst du mir das bitte mal erklären?«

Cal seufzte leise. Er schien sich vor der Antwort tatsächlich zu drücken. Was mich nur noch wütender machte. Ich saß hier auf meinem Bett, sah plötzlich aus wie die Eiskönigin und hätte jetzt wirklich gerne Antworten.

»Cal.«

Er nickte und sah mich entschuldigend an. »Das ist jetzt nicht leicht«, sagte er schließlich. »Bitte lass das alles in Ruhe sacken, okay?«

Mein Magen krampfte sich schmerzhaft. »Ich verspreche es.«

Schon wieder wirkte er, als müsse er Mut sammeln. »Ich habe dir noch nicht viel über die Ivory erzählt, was aber einzig und allein daran liegt, dass wir anderen Kartelle nicht so viel über sie wissen. Doch eines wissen wir ganz sicher, denn es ist seit Jahrhunderten in der Dimension überliefert worden: Die Ivory sind das Totenreich von Obskuris. Sie sind so was wie die Unterwelt, und doch sind ihre Bewohner nicht tot. Sie vergessen zwar ihr Leben zuvor, aber ihnen wurde ein zweites Leben, eine zweite Chance geschenkt.«

Konnte mich mal jemand kneifen?

»Meine Mutter ist gestorben«, sagte ich atemlos. »Heißt das, sie lebt jetzt dort? Im Kartell der Ivory?«

Cal schüttelte den Kopf. »Wenn ich das richtig verstanden habe, dann ist deine Mutter hier obduziert worden und auch begraben. Richtig?«

Ich nickte.

»Wird ein Noctua zu einem Ivory, dann ist er wieder lebendig. Deine Mutter wäre irgendwann in der Leichenhalle aufgewacht und davonspaziert. Sie finden den Weg in das Kartell der Ivory, wo sie fortan leben.«

»Das verstehe ich nicht«, flüsterte ich.

Cal strich mir sanft über die Wange. »Nicht jeder Noctua bekommt diese zweite Chance. Es gibt Familien, in denen es weitervererbt zu werden scheint. Von ihnen werden viele Familienmitglieder zu Ivory. Aber nicht alle Noctua werden zu Ivory. Die allermeisten von uns sterben und sind dann tot.«

Ich strich mir durch die hellen Haarspitzen. »Aber wenn ich eine Ivory bin, dann …«

Cals Blick war voller Mitgefühl. Er ahnte schon, dass ich auf der richtigen Fährte war.

»Genau«, sagte er leise. »Du warst eine Emerald, aber du wurdest zu einer Ivory.«

Ich schluchzte auf, und meine Augen liefen über, als die Erkenntnis wie eine riesige Welle über mir zusammenbrach. Denn dass ich jetzt eine Ivory war, also ein zweites Leben bekommen hatte, konnte nur eines bedeuten.

Ich war damals zusammen mit meinen Eltern in unserem Auto ertrunken.

Kapitel 21

»Das ist so was von krass.«

»Absolut.«

Rhonda und Jinjin sahen mich an, und ihre Blicke schwankten zwischen Bewunderung und Neugier.

Mittlerweile waren etwas über zwölf Stunden vergangen, seit ich meine wahren Attribute entdeckt hatte. Cal war den Rest der Nacht bei mir geblieben. Er hatte mich im Arm gehalten und versucht mich zu beruhigen, während wir auf dem Bett gelegen hatten. Irgendwann war ich für ein paar Stunden lang in einen unruhigen Schlaf gefallen.

Ich erinnerte mich, dass ich von meinen Eltern geträumt hatte, von der Nacht des Unfalls und was geschehen war. Nur zu gut hatte ich die Bilder vor Augen, die mir die Atlantide zurückgegeben hatte. Den Anblick, wie meine Eltern reglos im Wasser trieben, würde ich niemals vergessen.

Im Morgengrauen waren meine Gamma aus ihrem Kartell zurückgekehrt. Für sie war es genauso ein Schock gewesen wie für mich. Irgendwann hatte Cal sich verabschiedet, weil die Pflicht ihn rief, jedoch nicht ohne mir zu versprechen, so bald wie möglich zurückzukommen.

Inzwischen war schon früher Nachmittag, und ich hatte nichts mehr von ihm gehört.

»Lasst sie mal in Ruhe«, erklang Dylans Stimme von der Seite. Er hatte wie immer auf dem Flickenteppich vor meinem Kleiderschrank Platz genommen. Und wie so oft lag Otiz neben ihm und hatte seine Schnauze unbemerkt auf seinem Knie abgelegt.

»Schon okay«, erwiderte ich. »Ich muss ja üben.« Ich spannte meinen Bauch an und ließ die Attribute wieder verschwinden.

Jinjin klatschte begeistert in die Hände. »Ich liebe es. Du bist wie eine dieser Puppen, deren Haare man mit warmem Wasser übergießt, und dann ändern sie die Farbe.«

Dylan sah sie an, als habe sie den Verstand verloren. »Ernsthaft?«

Herald, der zur Abwechslung mal nicht im Wäschekorb klemmte, gab ein amüsiertes Schnauben von sich.

»Was denn?«, erwiderte Jinjin leicht gereizt. »Für diese Haarfarbe geben Influencer eine Menge Geld beim Frisör aus. Es ist ja kein Oma-Weiß. Es ist das hellste, reinste Silberblond, mit einem leichten Schimmer von Gold, wenn das Licht darauf fällt.«

Dylan schüttelte den Kopf. »Jetzt weiß ich, warum du in Bildbeschreibungen und Aufsätzen immer eine Eins hast. Stell dir diese Beschreibung mal im Personalausweis unter dem Reiter *Haarfarbe* vor.«

Rhonda stellte sich auf Jinjins Seite. »Aber sie hat recht. Ihre Beschreibung trifft die Haarfarbe perfekt.« Sie lächelte mich an. »Und sie steht dir wirklich gut.«

»Danke.« Ich lächelte sie an. »Danke euch beiden.«

Doch ich konnte in ihrem Blick lesen, was sie dachte.

Nur deine Augen sind echt gruselig.

Wie auf Kommando sah Jinjin genau dorthin.

Ich neigte den Kopf und sah auf meine ineinander verknoteten Beine. Mittlerweile war der Schneidersitz unbequem geworden, also löste ich sie. Pünktchen war so erschöpft von diesen Neuigkeiten gewesen, dass sie neben mir auf dem Bett lag und schlief. Vorsichtig schob ich sie ein Stückchen zur Seite.

»Ich glaube, ich habe genug geübt.«

»Genau«, sagte Dylan. »Mach mal eine Pause.«

Jinjin erhob sich von ihrem Platz am Schreibtisch und setzte sich zu Rhonda und mir aufs Bett. Sie nahm meine Hand und sah mich forschend an. »Entschuldige, dass ich jetzt noch mal so konkret nachfrage. Aber du bist keine lebende Leiche, oder?«

Dylan warf den Kopf in den Nacken, sodass sein Hinterkopf gegen das Holz des Schranks stieß. »Ich fasse es nicht, Jin.« Otiz begann zu hecheln, und sein Blick glitt zwischen Dylan und mir hin und her.

Herald schien über die Frage so empört, dass Blitze durch seinen durchsichtigen Körper schossen. Er verschränkte gleich mehrere Armpaare vor der Brust. »Das soll wohl ein Witz sein«, brummte er. »Und wer hat dem Mädchen eigentlich Manieren beigebracht?«

Herald war in seiner Empörung fast niedlich, musste ich mir eingestehen.

Ich rang mir trotzdem ein Lächeln ab, weil ich wusste, dass Jinjin es nicht böse meinte. »Nein, ich bin garantiert keine lebende Leiche. Das mit den Ivory ist etwa so zu verstehen: Hin und wieder bekommt ein Noctua die Chance, trotz eines frühen Todes sein Leben weiterzuleben. Die Veränderung, die der Tod mit sich bringt, sorgt auch für äußere Veränderungen. Er verliert seine Attribute und ist nicht mehr seinem ursprünglichen Kartell zugehörig, sondern dem der Ivory und trägt deren Attribute. Dort führen sie ein relativ normales Leben. Laut Cal haben die Ivory ganz gewöhnliche soziale Strukturen. Sie leben in Wohngemeinschaften zusammen und haben es sich zur Aufgabe gemacht, die Geschichte von Obskuris zu dokumentieren. Bei ihnen soll es riesengroße Archive geben, und man kann eine schriftliche Anfrage stellen, wenn man Auskunft zu einem bestimmten Ereignis haben möchte. Dann bekommt man Post aus dem Kartell mit der Antwort, falls sie sie haben. Aber sie leben eben auch sehr zurückgezogen und haben mit den anderen Kartellen nichts zu tun. Die meisten Bewohner verlassen das Kartell nie, denn wenn sie sterben und zu einem Ivory werden, vergessen sie ihr altes Leben. Sie würden in der Dimension verloren gehen.«

»So wie alte Leute, die aus dem Pflegeheim ausbüxen?«

Das war ein etwas derber Vergleich, aber er traf es ganz gut. Ich nickte zu Dylan herüber. »So ähnlich. Sie vergessen, wer sie waren und wer ihre Verwandten sind. Aber sie müssen sich an ihr neues Leben gewöhnen, und das ist wohl ein längerer Prozess. Wenn sie dann in die Gemeinschaft integriert sind, leben sie ihr Leben zu Ende, so wie es vor dem verfrühten Tod hätte sein sollen.«

»Aber wenn sie alles vergessen, warum weißt du denn noch alles?«

Ich zuckte die Schultern. »Ich nehme mal an, es hat damit zu tun, dass ich nur eine halbe Noctua bin. Außerdem kann ich gar nicht mehr sagen, wie viel ich vergessen habe, denn ich war einfach noch zu klein. Ich habe keinen Schimmer, was ich mit vier Jahren gewusst habe und dann vielleicht vergessen habe.«

Jinjin nickte. »Das leuchtet ein.«

»Und warum hat Cal eigentlich so einen Aufstand gemacht bei eurer Flucht?«, wollte Rhonda jetzt wissen. »Er hätte dir doch gleich vor Ort erklären können, was Sache ist. Und dann hättet ihr beobachten können, wer diese Zähne einsammelt.«

»Die Ivory verlassen ihr Kartell eigentlich nie. Nur ausgewählte Ivory dürfen das, und sie tragen eine spezielle Uniform, die ich eindeutig nicht anhatte«, erklärte ich. »Vermutlich geht es hier um Sicherheit, weil es bei vielen einige Zeit braucht, bis sie sich in ihrem neuen Leben zurechtfinden. Und vermutlich dient es dazu, den anderen Verwandten Schmerz zu ersparen. Die Ivory sind ja nicht mehr dieselben. Sie sind nicht mehr die, die sie waren, als sie in ihrem ursprünglichen Kartell gelebt haben.« Ich versuchte mich an alles zu erinnern, was Cal mir gestern Nacht noch erzählt hatte.

»Es gibt eine Art Armee, die das Kartell schützt. Es sind Ivory, die speziell dafür ausgebildet werden. Sie werden die Weiße Garde genannt. Sie bestehen aus ausgewählten Noctua aller Kategorien, die die Angst für das Kartell sammeln. Außerdem schützen sie die Grenzen und kontrollieren auch den Zugang zum Kartell am Dunkelstrom. Dort gibt es wohl einen Extrabereich, in den man automatisch gelangt und wo Waren angenommen werden und so was. Cal kennt keinen Noctua, der jemals ein Schiff der Ivory betreten hat, so sehr schirmen sie sich ab. Er hat mal Wachen der Weißen Garde gesehen, aber auch nur aus der Ferne.«

»Wie krass«, murmelte Jinjin erneut.

»Und was wird jetzt aus den Zähnen?« Rhonda musterte mich kritisch. »Ihr habt schließlich nur gesehen, wie die Zahnfeen sie in dieser Watte verloren haben. Aber das ist doch kein endgültiger Beweis.«

»Beweis für was denn?«, wollte Dylan jetzt wissen. »Dass jemand die Zahnfeen schuften lässt, bis sie sterben? Das wussten wir doch schon.«

»Da ich eine Ivory bin und scheinbar als Einzige diese seltsame Zwischenebene sehen kann, geht Cal jetzt davon aus, dass sie etwas damit zu tun haben. Während er heute Nacht hier war, hat er auch seinen Freunden getextet. Keiner hat jemals so etwas gesehen, während er die Leylinie durchquert hat.«

»Das heißt, es sind die Ivory, die für alles verantwortlich sind?« Jinjin wirkte skeptisch. »Und jetzt wollt ihr dort Nachforschungen anstellen?«

»Wie soll das funktionieren, wenn sie absolut niemanden zu ihren Schiffen lassen?« Rhonda schüttelte den Kopf. »Das ist doch unmöglich, und so langsam mache ich mir wirklich Sorgen. Jeder deiner Ausflüge nach Obskuris scheint gefährlicher als der davor. Und jetzt wollt ihr in ein Kartell hineinkommen, das seit Hunderten von Jahren niemand mehr von innen gesehen hat. Willst du eigentlich unbedingt sterben?« Sie räusperte sich. »Ich meine, noch mal sterben?«

Oh Mann, das war immer noch alles so surreal. Ich wühlte nach dem kleinen Taschenspiegel, der unter meiner Tagesdecke vergraben war, und betrachtete mich darin.

Dann entspannte ich mich und atmete erneut tief durch den Bauch aus.

Wie auf Kommando wurden meine Haare und meine Pupillen schneeweiß. Schnell spannte ich den Bauch wieder an.

»Mittlerweile hast du's echt gut drauf«, sagte Dylan und zeigte mir einen Daumen hoch.

Ich lächelte ihn an, dann wandte ich mich an Rhonda. »Natürlich will ich nicht noch mal sterben. Aber wir müssen denjenigen aufhalten, der die Kinderzähne sammelt. Wenn es tatsächlich stimmt und etwas darin den Erwachsenen die Fähigkeit wiedergibt, die Noctua zu sehen, dann bekommen wir alle bald ein Problem. Wenn die Omega erwachen und sich sogar noch weitere bilden, dann werden sie die Erde zerstören, und wir können sie nicht aufhalten. Das ist der Weltuntergang, und es ist kein Witz.«

Betretenes Schweigen legte sich über uns.

»Und außerdem ist es zu auffällig, wenn ich mich mit Cal in dem Bereich aufhalte, der eigentlich niemandem auffallen soll. Diese Zwischenebene in der Leylinie. Natürlich werden die Zähne von irgendjemandem eingesammelt, aber was, wenn derjenige uns sieht? Er wird sicher Bericht erstatten, und wer weiß, wie die Drahtzieher des Ganzen dann reagieren. Wir wollen jetzt auf keinen Fall unüberlegt handeln.«

»Aber dadurch weißt du nicht, ob es wirklich die Ivory sind.«

»Nein, das weiß ich nicht. Aber ich weiß so vieles nicht. Ich komme auch bei Mom nicht weiter. Sie wird gesucht, ihre Schwester gilt als vermisst, und niemand gibt mir Antworten.« Ich zuckte mit den Schultern. »Und auch mit dem, was Rhonda und ich im Haus gefunden haben, kommen wir nicht weiter. Beziehungsweise hat dieses Material schon all seine Geheimnisse preisgegeben.« Ich beugte mich an Rhonda vorbei zum Nachttisch, wo der Game Boy meiner Mutter lag. Ich schaltete ihn an und sah aufs Display.

Hier erschienen wieder nur die Unterordner, die wir uns bereits alle angesehen hatten.

Vor was war sie davongelaufen? Was hatte sie Schlimmes getan? Und was meinte sie mit dem Nabel der Welt?

Eine Nachricht von Cal trudelte ein, und ich schnappte mir mein Handy. **Wie geht's dir? Die anderen sind übrigens auch der Meinung, dass wir bei den Ivory spionieren sollten. Es wird echt eine Herausforderung, bis auf eins der Schiffe zu gelangen. Wir spielen hier gerade mehrere Optionen durch. Melde mich, wenn ich mehr weiß. <3.**

Ich lächelte unwillkürlich.

»Ist das Cal?«, wollte Rhonda wissen.

Ich nickte und war sofort etwas verlegen.

»So wie du guckst, ist mit dem Hauptmann Schluss?«

»Mit Drystan war nie etwas«, sagte ich leise. »Ich wollte einfach nur Cal eifersüchtig machen.«

»Du willst ihn zurück?« Rhonda war absolut kein Fan von ihm und hielt damit auch nicht hinter dem Berg.

Aber ich hatte jetzt keine Lust, auch das noch zu diskutieren. Mein Herz gehörte Cal, und daran würde auch ihre schlechte Meinung von ihm nichts ändern.

Ich antwortete Cal schnell. **Mir geht es gut. Rhonda, Jinjin und Dylan sind da. Bis später!**

Und dazu ebenfalls ein Herzchen.

»Also Cal war definitiv sehr eifersüchtig«, sagte Jinjin mit einem Grinsen. »Er guckt den Hauptmann jedes Mal an, als wolle er ihn umbringen.«

»Das beruht auf Gegenseitigkeit«, erwiderte ich. »Die beiden können sich nicht ausstehen.«

»Warum denn?«

Ich schaute sie nur ratlos an.

»Weil sie sich beide für Anführer halten und keiner dem anderen eine größere oder wichtigere Position zugestehen will«, erwiderte Dylan nüchtern. »Das sieht man doch sofort. Solche Typen kenne ich vom Football.«

»Also wenn es um die Position geht, dann hat aber der Hauptmann die Nase eindeutig vorn«, sagte Rhonda und wirkte ziemlich zufrieden. »Er ist nur wenig älter als Cal und hat bereits eine wichtige Position inne. Cal ist von Beruf hauptsächlich Sohn.«

»Du kannst ihn echt so was von nicht leiden«, lachte Jinjin.

Jetzt war es Rhonda, die mit den Schultern zuckte. »Er hat Erin einfach schon zu oft wehgetan.«

Einen Moment lang überlegte ich, mich in die Diskussion einzubringen. Aber wir hatten jetzt wahrlich andere Sorgen als meinen Beziehungsstatus.

Ich ließ die anderen diskutieren und sah mir noch mal die Dateien auf dem Game Boy an. Gerade im letzten Ordner hatte die Batteriesäure enormen Schaden angerichtet. Wie nebenbei verwandelte ich mich in meine Ivory-Gestalt. Das Bild, das ich jetzt öffnete, war verpixelt, und der Ordner ließ sich nicht öffnen. Ich wartete einen Moment, dann legte ich erneut sanft meinen Daumen darauf und drückte die Taste herunter. Ich wusste, dass es nicht unbedingt gut war, wenn man Knöpfe zu lange drückte. Ich wollte gerade loslassen, da war der Bildschirm plötzlich ganz klar und ein Schriftzug erschien.

Ähnlichkeit Fingerabdruck ausreichend erkannt.

Genehmigung erteilt.

Dann erschien ein Symbol, das verriet, dass der Game Boy gerade eine Datei lud.

»Der Game Boy hat gerade meinen Fingerabdruck erkannt.« Atemlos sah ich darauf. Sofort stoppten die anderen ihre Diskussion und beugten sich näher zu mir. Dylan sprang auf und gesellte sich zu uns auf die Tagesdecke.

»Deinen Fingerabdruck?«, wollte er wissen. »Wie kann das sein?«

»Das ist Genetik«, erklärte Jinjin. »Fingerabdruckprofile können bis zu einem gewissen Grad vererbt werden.« Sie sah auf das Display. »Offenbar hat deine Mutter einen Fingerabdruckscanner eingebaut, der gewisse Abweichungen toleriert. Es muss ein bestimmter Prozentsatz an Ähnlichkeit da sein, damit der Ordner geöffnet wird. Aber eben keine 100-prozentige Übereinstimmung, denn sonst würde er sich nur bei ihr öffnen.«

»Deine Mutter war so unglaublich clever«, flüsterte Dylan, während wir immer noch alle atemlos auf das Display schauten und warteten, dass sich dort etwas zeigte.

Dann endlich schien die Datei vollständig geladen zu sein. »Meine liebe Tochter«, erklang plötzlich die Stimme meiner Mutter. Sie hörte sich kratzig an und sehr weit entfernt, was vermutlich an der alten Technik lag. Oder daran, dass die Datei Schaden genommen hatte. Dennoch erkannte ich ihre Stimme sofort, und Tränen schossen mir in die Augen. Ich ließ meine Ivory-Gestalt wieder verschwinden.

»Wenn du diese Datei geöffnet hast, dann bist du auf der richtigen Fährte. Ich habe dir Hinweise hinterlassen, Spuren, die mein Schicksal erklären können. Denn dass du nun diesen Game Boy in den Händen hältst, bedeutet, dass sie mich gefunden haben und ich tot bin. Ich bin zusammen mit meiner

Schwester Feyre im Kartell der Emerald aufgewachsen, aber ich musste aus Obskuris fliehen. Feyre und ich haben eine schreckliche Entdeckung gemacht. Sie ist umso schmerzlicher, als dass sie unsere Welt und die Erde betrifft und …« Sie brach kurz ab. »… und wir mit denen, die diese Pläne geschmiedet haben, befreundet waren. Wir lernten uns in einer Taverne kennen und waren uns sofort sympathisch. Feyre und ich feierten meinen Abschluss als Feinmechanikerin, und das Stellenangebot, bei den Emerald in die Tresor-Entwicklung einzutreten, und die beiden waren frisch verliebt und so ein hübsches junges Paar. Wir alle waren Anfang zwanzig, und wir hatten das Gefühl, die Welt stünde uns offen. Aber dann kam alles ganz anders …« Ihre Stimme wurde leiser. »Feyre und ich durchschauten ihre Pläne. Es kam zu einem Kampf auf Leben und Tod. Feyre war eine so viel bessere Kämpferin als ich, und ihre Dolche wurden ihr zum Verhängnis. Sie floh und man klagte mich an ihrer Stelle des Mordes an. Also musste auch ich Obskuris verlassen. Ich wusste, dass Feyre auf der Erde war, und als ich erfuhr, dass auch sie angeblich den Tod gefunden hatte, blieb ich hier. Ich war mir sicher, sie war nicht tot. Ich bildete mir ein, sie immer noch spüren zu können. Ich lernte hier auf der Erde deinen Vater kennen, einen lieben Mann, der mir die Welt bedeutete. Aber ich gab die Suche nach Feyre nie auf. Ich war mir sicher, unsere Verfolger würden sie als ein Druckmittel einsetzen. Das klingt verrückt, aber ich war mir sicher, dass Feyre immer noch Teil ihres Plans war. Mein liebes Kind, wenn du ihren Plan vereiteln willst, dann finde den Nabel der Welt. Er ist das letzte Ass im Ärmel der Menschheit. Er kann uns alle retten, denn der Nabel der Welt-«

Ihre Stimme brach ab, und stattdessen erklang nur noch ein hoher Pfeifton.

Dann wurde das Display schwarz. Ich ließ mit einem Zischen alle Luft aus meinen Lungen entweichen.

Was für ungeheuerliche Neuigkeiten.

»O mein Gott«, flüsterte Rhonda plötzlich. Sie sah mich an.

Jinjin hatte die Augen aufgerissen, Dylan musterte mich ungläubig.

»Was ist denn?«

Wortlos beugte Rhonda sich zu meinem Taschenspiegel und hielt ihn mir vor die Nase.

Ich sah in die Reflexion und schreckte zurück.

Was zur Hölle?

Das Weiß meines Augapfels war schwarz geworden. Meine Iris schimmerte silbern, und die Pupille war strahlend weiß.

Jetzt sah ich wirklich aus wie ein Ivory.

»Hast du etwas bemerkt?«, fragte Rhonda vorsichtig. »Hat es sich anders angefühlt?«

Ich schüttelte den Kopf. Ich erinnerte mich nur daran, immer noch den Finger am Game Boy gehabt zu haben, ganz in Gedanken an meine Mutter.

Ich spannte den Bauch an und die Attribute verschwanden.

»Ich werde Cal dazu befragen«, sagte ich ausweichend. Dann hielt ich den Game Boy hoch. »Und das hier ist ziemlich offensichtlich, oder?«

Wir alle sahen uns an und nickten. Jetzt *war* es offensichtlich.

Meine Mutter war eine Noctua aus dem Kartell der Emerald gewesen. Feyre Zoas war ihre Schwester. Der Unfall war kein Unfall. Und sie hatte eine Verschwörung aufdecken wollen und dafür mit dem Leben bezahlt.

Dylan war der Erste, der sich wieder fing. »Aber das mit den Zahnfeen hat doch erst vor Kurzem begonnen? Glaubst du, dass es dieselben Leute sind?«

Ich nickte. »Sie haben es damals versucht und sind gescheitert.« Ich sah meine Freunde ernst an, »Und jetzt versuchen sie es erneut.«

Kapitel 22

Es war Mittwochabend, und ich erwartete den Besuch der Noctua. Obwohl so viel geschehen war, obwohl wir so viel zu bereden hatten, war ich mit meinen Gedanken gerade ganz woanders. Nach der Schule hatte Grandma mir erzählt, dass mein Exfreund Greg hier gewesen war. Er hatte ein paar Sachen von mir zurückgebracht, und meine Grandma hatte ihm erlaubt, sie direkt in mein Zimmer zu bringen. Meine drei Gamma hatten ihn dabei beobachtet, wie er durch meine Skizzenbücher geblättert hatte, bevor er zwei davon einsteckte. Seitdem versuchte ich erfolglos, ihn zu erreichen. Ich hatte keine Ahnung, was er mit meinen Zeichnungen anstellen wollte, doch ich hatte ein ganz ungutes Gefühl im Bauch. Greg hatte mal durch Zufall eins meiner Bilder gesehen. Er hatte sich nie direkt dafür interessiert, das Skizzenbuch hatte noch offen dagelegen, nachdem ich einen Beta gemalt hatte. Greg hatte mich angesehen, als würde ich noch an den Weihnachtsmann glauben. Ich hatte es als ein Fantasiewesen abgetan, doch von Anfang an das Gefühl gehabt, dass er mehr hineininterpretierte. Und jetzt hatte er gleich mehrere Dutzend Zeichnungen mitgenommen.

Ich murmelte einen leisen Fluch, als ich das Telefon erneut sinken ließ. Greg ging schon wieder nicht dran.

Entnervt legte ich das Handy auf den Schreibtisch. Vermutlich wollte er mich einfach nur damit erpressen, damit wir uns noch mal trafen. Ich hatte jetzt wirklich andere Probleme als seine kindischen Spielchen. Das zwischen uns war vorbei, und daran würde sich nie wieder etwas ändern.

Mein Blick glitt weiter zu dem Spiegel an meinem Kleiderschrank. Drei Tage waren vergangen, und zum Glück waren keine weiteren Attribute bei mir hinzugekommen. Ich war ehrlich erleichtert.

Anders als bei echten Ivory war meine Iris silberfarben. Eine Mischung aus schwarz und weiß, und das war vermutlich meinem menschlichen Erbe geschuldet.

Ich war ganz froh darüber, denn die Vorstellung, komplett weiße Augen und schwarze Augäpfel zu haben, fand ich ziemlich gruselig. Wobei das Schwarz immer noch ziemlich Furcht einflößend aussah.

Der Game Boy meiner Mutter hatte keine weiteren Geheimnisse preisgegeben. Die Sprachdatei blieb beschädigt, obwohl ich es immer und immer wieder versucht hatte.

Auch aus der Nachricht selbst wurde ich nicht recht schlau. Was war nun der Nabel der Welt? Und wer waren unsere Gegner? Wie viele waren sie mittlerweile?

Und wieso hatten meine Mutter und ihre Schwester mit ihnen Kontakt gehabt, wenn es doch jetzt die Ivory waren, die den Weltuntergang planten? Jenes Kartell, das so verschlossen war wie kaum ein anderes.

Oder hatte es sich um Mitglieder der Weißen Garde gehandelt?

Auch von Cal und den anderen hatte ich wenig gehört.

Melissa hatte mir geschrieben und sich nach meinem Befinden erkundigt. Irgendjemand hatte sie wohl in die neusten Erkenntnisse meiner Herkunft eingeweiht.

Drystan war sogar kurz vorbeigekommen, aber nur um darüber zu sprechen, dass wir unser kleines Spiel nun beendet hatten. Er hatte so getan, als wäre absolut nichts gewesen.

Aber er wirkte erleichtert, dass sein Volk nichts mit alldem zu tun haben schien. Da er immer noch kein Telefon besaß und es sogar strikt ablehnte, versprachen wir uns, über Melissa in Kontakt zu bleiben.

Ich war nicht auf dem Laufenden, was die gelöste Verlobung anging, aber ehrlich gesagt, interessierte es mich auch nicht. Das sollten die beiden schön alleine klären.

Solange ich nicht mehr entführt wurde und Cal nicht mehr *verlobt* war, war mir alles recht.

Ildy war die Erste, die an mein Fenster klopfte.

»Danke«, sagte sie, als ich das Fenster hochschob und sie ins Zimmer schlüpfte. »Wie geht's dir?«

Wir umarmten uns kurz, und ich drückte sie an mich. »Danke, es geht mir gut. Und wie geht es dir?«

Sie nickte, während wir uns voneinander lösten. »Ganz gut. Meine Mutter wollte mich nicht gehen lassen. Sie hatte sich irgendeinen Vorwand ausgedacht, warum ich heute auf dem Schiff bleiben soll. Keine Ahnung. Ob sie etwas bemerkt hat?«

»Was soll sie denn bemerkt haben?«

»Dass wir irgendetwas planen oder so? Vielleicht möchte sie auch einfach nicht, dass wir in Schwierigkeiten geraten, um das Triumvirat nicht weiter zu reizen.« Sie zuckte mit den Schultern. »Obwohl, das passt auch nicht zu ihr. Sie geht eigentlich keinem Streit aus dem Weg.«

Ildy ließ sich auf meiner Tagesdecke nieder und nahm den Riegel ihrer Tasche ab, die sie quer umgehängt hatte. »Ich habe dir wieder ein paar Kleider mitgebracht.«

»Oh, vielen Dank.«

Ildy begrüßte meine Gamma, und Pünktchen sprang begeistert auf ihren Schoß. Ildy lachte und kraulte sie.

Dann waren auch die drei Onyx da. Ich hatte das Fenster aufgelassen, und so klopfte Cal nur kurz auf die Fensterbank, bevor er seinen Kopf durchs Fenster streckte.

»Hallo Mädels. Da sind wir.«

Nolan und Horatio folgten ihm in mein Zimmer.

Herald musterte alle mit strengem Blick und wirkte mal wieder nicht begeistert von ihrer Anwesenheit. Er hielt die Onyx nach wie vor für einen schlechten Umgang für mich.

»Ich bleibe dabei«, sagte Nolan, nachdem wir uns begrüßt hatten. »Der Plan ist zu riskant, und einen Weg nach draußen haben wir dann auch nicht.«

»Aber wir haben nicht die Zeit, um alles ewig lang vorzubereiten. Wir können nicht auf irgendeine Gelegenheit warten, die sich vielleicht irgendwann mal bietet. So was wie *Tag der offenen Tür* im Kartell der Ivory«, erwiderte Horatio patzig.

»Könnt ihr bitte realistisch bleiben?«, unterbrach sie Cal und lächelte mir zu. »Solche Spinnereien wie ein *Tag der offenen Tür* helfen uns echt nicht weiter. Wir gehen das jetzt gleich noch mal durch und lassen die Mädels was dazu sagen.«

»Würdet ihr uns endlich erklären, was ihr vorhabt?«, wollte ich wissen und nahm neben Ildy auf dem Bett Platz.

Horatio setzte sich auf meinen Schreibtischstuhl, Nolan lehnte sich an die Tischplatte, und Cal setzte sich kurzerhand direkt darauf und ließ die Beine baumeln.

»Die Ivory importieren den Mondbeerensaft genau wie alle anderen Kartelle. Es gibt die Abfüllung in Flaschen, aber auch in Fässern. Sie bekommen einmal pro Woche diese Fässer geliefert und-«

»Nein«, unterbrach Ildy ihn hastig. »Sag mir bitte nicht, dass wir uns in diesen Fässern verstecken sollen.« Sie setzte sich kerzengerade auf. »Da bin ich raus. Ich helfe euch, so gut ich kann, aber ich habe Platzangst.«

»Das ist keine Zwangsveranstaltung, Ildy«, sagte Cal sanft. »Jeder der mitkommt, macht das freiwillig und nach seinen besten Kräften.«

»Tut mir leid«, sagte Ildy. »Das kann ich nicht.«

»Wir müssen ja kein Dutzend Leute sein, um bei den Ivory nach Hinweisen zu suchen«, sagte Nolan. »Je weniger wir sind, desto weniger fallen wir vermutlich auch auf. Eine kleine Gruppe, die sich dann auch möglichst ungesehen wieder aus dem Kartell schleichen kann.« Er sah zu mir. »Auf dich können wir allerdings nicht verzichten. Du kannst die Halsreifen sehen.«

Obwohl ich die Vorstellung etwas gewöhnungsbedürftig fand, mich in einem Fass transportieren zu lassen, so hatte ich doch nicht mit den gleichen Ängsten zu kämpfen wie Ildy. Und ich war wild entschlossen, mir das Kartell, zu dem ich nun eigentlich gehörte, mal anzusehen.

Ich nickte. »Bin dabei.«

»Außerdem ist es ein Riesenvorteil, dass du aussiehst wie

eine von ihnen«, fügte Horatio noch hinzu. »Na ja, bis auf die Nägel.«

Mittlerweile wusste ich, dass ich trotz meiner beunruhigenden Augen und der anderen Haarfarbe nicht alle Attribute besaß. Hände und Fußnägel der Ivory waren weiß wie Kreide. Ich fand es erstaunlich, dass gerade dieses Kartell so viele Attribute besaß. Die Onyx hatten ihre Fangzähne und die schwarzen Augen. Die Cobalt ihre Kiemen am Hals. Oder besaß Ildy noch mehr Attribute, von denen ich einfach nur nichts wusste?

»Warum haben sie überhaupt so viele Attribute?«, fragte ich also nach.

»Wir anderen haben auch noch mehr, aber sie sind nicht so auffällig«, sagte Ildy. Sie hielt mir ihre Hand hin und spreizte die Finger. Zum ersten Mal bemerkte ich, dass sie winzige Schwimmhäute besaß. »Und die Haare der älteren Cobalt werden nicht grau, sie werden blau«, ergänzte sie. »Das sind auch drei Attribute.«

»Und ihr?« Fragend sah ich zu Cal.

»Bei uns ist es auch die Haarfarbe. In den meisten anderen Kartellen werden die älteren Leute grau. Bei uns behalten alle ihre schwarzen Haare.«

»Interessant.« Doch dann besann ich mich auf das Wesentliche. »Wir sollen uns also ins Kartell der Ivory schleichen, indem wir uns in Fässern verstecken. Aber wie soll das funktionieren? Die Onyx liefern keinen Mondbeerensaft, oder?«

Horatio schüttelte den Kopf. »Wir werden die Lieferanten aufhalten und uns dann noch mal der Kraft der Tüpfelkriecher bedienen.«

Das waren die Käfer, die einem das Kurzzeitgedächtnis löschen. Das klang immerhin nach einem Plan.

»Und dann? Ihr anderen seht nicht mal ansatzweise aus wie

Ivory. Und da sie keinen Besuch aus anderen Kartellen bekommen, würdet ihr sofort entdeckt.«

»Wir wollen ja auch nicht über das Schiff schlendern«, erwiderte Horatio. »Wir werden uns im Verborgenen halten und hoffen, dass wir Hinweise finden. Aber das müssen wir der Situation entsprechend anpassen. Wenn man zu viel vorausplant, kann das nur schiefgehen. Das ist meine Erfahrung. Erst mal rein da, und dann sehen wir weiter.«

»Und wie kommen wir dann da wieder raus?«, wollte ich jetzt wissen. So schnell würde ich mich nicht mit einem vagen Plan abspeisen lassen.

»Die leeren Fässer werden einmal pro Woche zum Ausgang des Dunkelstroms transportiert, wo die Lieferanten sie wieder mitnehmen.«

»Aber das geschieht doch sicherlich, wenn die Fässer ausgetauscht werden?« Ich sah ungläubig in die Runde. »Wir können unmöglich eine ganze Woche dort verbringen.«

Morgen und übermorgen war in meiner Schule Elternsprechtag. Das betraf zum Glück die Abschlussklasse nicht mehr, weshalb Grandma nicht zur Schule musste. Aber dennoch. Es waren nur zwei Tage. Ich hatte natürlich schon vorausgeplant, und Grandma erzählt, dass wir ganz viel lernen wollten und ich viel Zeit bei meinen Freunden verbringen würde. Aber das waren nur zwei Tage und keine Woche.

»Aber der Müll wird jeden Tag abgeholt«, sagte Nolan jetzt mit seiner gewohnt ruhigen Art. »Er wird in große Container verpackt, und die Stone sind so freundlich und holen ihn am Ausgang des Dunkelstroms ab. Wenn die Fässer keine Option sind, dann werden wir den Müll nehmen.«

»Na super«, murmelte Horatio.

Wir alle schraken zusammen, als plötzlich eine Stimme erklang. »Hallo zusammen. Tut mir leid, ich habe mich etwas verspätet.«

Melissa kam durchs Fenster. Sie trug moderne Klamotten, dennoch war sie auf ihrem Blaufalter gekommen. Ein Windstoß stieß durchs Fenster, als er sich wieder entfernte.

Wir begrüßten uns und brachten sie auf den neuesten Stand. Melissa schien von der Idee mit dem Müll ebenso wenig begeistert.

»Sie exportieren nichts«, sagte Nolan. »Und dadurch verlassen auch keine Waren ihr Kartell. Unsere einzige Chance ist der Müll.«

»Und wie gesagt«, sagte Cal. »Das ist eine freiwillige Aktion. Wer warum auch immer Bedenken hat, muss nicht mitkommen. Niemand wird irgendjemanden hier verurteilen. Ist die Sache für dich wirklich okay?« Er sah mich an.

»Für mich passt das«, erwiderte ich also. Wir begaben uns bei den Ivory zwar auf dünnes Eis, aber ich würde jetzt nicht kneifen.

»Wer ist noch dabei?« Cal sah in die Runde. Seine Entschlossenheit machte deutlich, dass er mich begleiten würde.

»Außerdem brauchen wir jemanden, der die Lieferanten im Dunkelstrom ablenkt. Nolan, du hast doch schon Übung mit den Tüpfelkriechern. Willst du das übernehmen?«

Melissa hob die Hand. »Ich kann dir helfen.«

Ich stutzte. *Moment mal. Im Dunkelstrom?* »Ihr wollt diese ganze Aktion im Dunkelstrom abziehen?«, fragte ich nach.

»Im leeren Luftraum hat man eine zu gute Sicht. Die Lieferanten würden sofort merken, was wir vorhaben. Wir können es nur dort machen.« Cal klang endgültig. »Wir haben keine andere Chance.«

Mir wurde schon wieder automatisch etwas schwindelig.

Ich hasste den Dunkelstrom. Und jetzt würden wir so eine Aktion dort starten. Das war doch praktisch zum Scheitern verurteilt.

»Packst du das nicht?« Cals Stimme klang sanft. »Wir könnten es auch im offenen Raum versuchen, aber dort gibt es jede Menge Zeugen. Es wäre sehr riskant.«

»Und in dem Dunkelstrom ist es nicht riskant?«

»Doch, natürlich, aber ich helfe dir. Mach dir keine Sorgen.«

Ich machte mir trotzdem Sorgen. Das hier sollte eine Lagebesprechung sein, und Ildy hatte mir Kleidung mitgebracht, damit wir, wenn möglich, sofort loslegen konnten. Aber jetzt überkamen mich Zweifel.

»Und das soll heute sein? Heute wird der Mondbeerensaft geliefert?«

Cal schüttelte den Kopf. »Eigentlich nicht. Aber wir haben die Lieferung am Montag bereits aufgemischt und dafür gesorgt, dass sie ihren Mondbeerensaft loswerden.« Er grinste, und seine spitzen Eckzähne traten hervor.

Ich wusste, was er damit meinte. Sie hatten die Lieferanten überfallen.

»Den Dienstag haben sie gebraucht, um das alles logistisch zu klären und sich mit den Ivory darüber auszutauschen und einen neuen Termin zu vereinbaren. Deshalb gibt es heute ausnahmsweise eine außerplanmäßige Lieferung.«

Ich konnte also unmöglich absagen. Sie hatten es tatsächlich schon vorbereitet. »Und wann müssen wir los?«

»Ungefähr in einer Stunde«, sagte Cal. »Genau wie die meisten anderen Kartelle lassen sie die Waren erst nach Sonnenuntergang anliefern. Wir beobachten den Luftraum bei den

Xanthic, und sobald die Lieferanten aufbrechen, verfolgen wir sie.«

Das war nicht mehr viel Zeit. Ich griff nach den Sachen, die Ildy mir mitgebracht hatte, und hielt sie hoch. Es war wieder die typische Kleidung der Cobalt. Ich lächelte ihr noch mal dankend zu und wollte gerade etwas dazu sagen, da sprach Nolan.

»Könnten wir mal die Nachricht deiner Mutter hören? Wir haben uns ziemlich den Kopf zerbrochen, welche Verschwörung sie gemeint haben könnte. Darüber ist in unseren Archiven einfach nichts bekannt.«

»Natürlich«, sagte ich schnell und griff nach dem Game Boy. Ich wartete, bis er den Fingerabdruck erkannt hatte, dann begann die Nachricht meiner Mutter.

Alle hörten ehrfürchtig schweigend zu.

Als die Nachricht abbrach, hob Nolan die Augenbrauen. »Okay … das klingt alles sehr klar. Es scheint alles Hand und Fuß zu haben. Was könnte deine Mutter gemeint haben?«

»Und sind wir nicht vielleicht doch auf dem falschen Dampfer?«, gab Horatio zu bedenken. »Wir wollen jetzt bei den Ivory spionieren, und ich glaube kaum, dass man welche von ihnen in einer Taverne irgendwo in der Dimension kennenlernt. Da stimmt doch was nicht.«

»Oder sie gehörten zur Weißen Garde«, warf ich ein.

Nolan schüttelte den Kopf. »Die Garde sammelt die Angst, und sie kontrollieren den Zugangsbereich des Kartells direkt am Ausgang des Dunkelstroms. Ihre Freizeit verbringen sie nicht außerhalb ihres Kartells. Wir alle«, er machte eine Bewegung, die die übrigen Noctua mit einschloss, »sind in der Dimension aufgewachsen, und keiner von uns hat jemals ein Mitglied der Weißen Garde außerhalb des Kartells gesehen, außer zur Erfüllung seiner Pflicht.« Er schüttelte leicht den Kopf und wirkte genauso ungläubig wie Horatio. »Vielleicht liegen wir tatsächlich falsch.«

»Uns läuft die Zeit davon«, sagte Cal nun. »Können wir wirklich wählerisch sein?«

Nolan verschränkte grübelnd die Arme vor der Brust. »Das können wir nicht, aber wir können die Zeit maximal gut nutzen.« Er schien zu überlegen. »Wir haben noch nicht mit den Zahnfeen im Kartell der Amber gesprochen und auch nicht mit denen im Kartell der Stone. Das sind die übrigen Kartelle, die nicht zum Triumvirat gehören. Warum teilen wir uns nicht auf? Wir könnten in dieser Nacht so viele Antworten bekommen. Wenn zum Beispiel nur ihr beide euch ins Kartell der Ivory schleicht«, er deutete auf Cal und mich, »dann sind wir immer noch zu viert. Horatio und ich könnten uns erneut im Kartell der Stone umhören und versuchen, mit den Zahnfeen zu sprechen. Dasselbe könnten die Mädels im Kartell der Amber versuchen. Wir wollen ja keinen Streit anfangen, wir bitten nur einfach höflich, uns mit den Zahnfeen unterhalten zu dürfen. In den Cafés der Amber sind zum Beispiel häufig welche anzutreffen. Dort ins Gespräch zu kommen, sollte gar nicht schwer sein. Und bei den Stone …«

Nolan sah kurz zu Horatio. »Wir knüpfen bei den Leuten an, die wir bereits kennen. Und das sind die zwei Damen, die die Gästezimmer betrieben haben, und die kleine Effie. Wir könnten sie um weitere Informationen bitten. Sie helfen uns bestimmt weiter.«

Das klang nach einem guten Plan. Nolan war echt gut in so was.

Auch die anderen wirkten überzeugt.

»Ein Hoch auf deinen scharfen Verstand, Nolan«, sagte Cal und tat so, als würde er ihm zuprosten.

Auch die anderen pflichteten Cal bei, und Nolan schien etwas verlegen. »Ich gebe einfach nur mein Bestes«, murmelte er dann, und seine Wangen schimmerten rot.

»Finde ich großartig«, sagte Horatio und klatschte in die Hände, als könne er es gar nicht erwarten loszulegen. »Und wenn wir in diesen drei Kartellen keine Antworten kriegen, dann fallen wir im Triumvirat ein und zerlegen alles, bis wir eine Antwort aus ihnen herausschütteln können.« Er zog ein grimmiges Gesicht und schien sich schon darauf zu freuen.

»Dann ist es abgemacht?«, fragte Ildy. »Ihr helft zuerst Erin und Cal, sich ins Kartell der Ivory einzuschmuggeln, und dann begeben wir uns auf unsere eigenen Missionen?«

»Das ist der Plan«, sagte Nolan. »Wäre doch gelacht, wenn wir den Kartellen in dieser Nacht nicht ihre Geheimnisse entlocken könnten.«

Kapitel 23

Das hier wird niemals, niemals, niemals funktionieren. Das hier wird niemals …

»Seid ihr bereit?«

Von irgendwoher hörte ich Horatios Stimme. Wir jagten durch den Dunkelstrom, und dieses Mal hatte ich mich an die Samen erinnert, die Drystan mir gegeben hatte. Mir war zwar nicht mehr schlecht oder ich hatte nicht das Gefühl zu ersticken, doch meine Angst war immer noch sehr groß. Zumal dieses gewagte Manöver wenig Erfolg versprach.

Ich hatte keine Ahnung, wie die anderen sich im Dunkelstrom zurechtfanden. Ich traute mich kaum, die Augen zu öffnen.

Ich hörte Melissa und Nolan ein paar Worte wechseln, doch ich bekam nicht viel mit.

Irgendwo vor uns erklangen plötzlich fremde Stimmen. Jemand rief etwas, und es klang empört. Dann war da Horatios Stimme. Er klang, als würde er sich entschuldigen, doch ich hörte unterschwellig seine Freude.

Noch mehr Gerangel, noch mehr wütende Stimmen. Etwas Feuchtes schwappte an uns vorbei. Ich duckte mich, um nichts davon abzubekommen.

»Die Fässer sind jetzt leer«, raunte Cal mit zu. »Horatio lenkt sie weiter ab, während Melissa uns beim Einsteigen hilft. Nolan folgt dann zuletzt mit den Käfern, damit die Lieferanten sich an nichts erinnern.«

»Okay«, flüsterte ich, doch innerlich war ich völlig aufgelöst. *Was, wenn ich das Fass verfehlte, wenn ich einfach so in den Dunkelstrom trieb ...* Himmel, ich wollte mir das gar nicht vorstellen.

Dann erkannte ich schemenhaft den Umriss eines altmodischen Holzfasses. Seine Öffnung war mit Gummi ausgeschlagen, wo dann wohl der Deckel sitzen sollte. Ob das funktionieren würde?

Cal half mir von Nyncis und in das Fass, während ich Horatio vorne immer noch mit den zwei Männern diskutieren hörte. Er schien sie wirklich gut abzulenken.

Das Fass war von innen feucht, und es roch intensiv nach Mondbeerensaft. Ich machte mich so klein, wie ich nur konnte und zeigte dann einen Daumen hoch.

Hoffentlich würde ich das nicht hinterher bereuen.

»Du schaffst das«, flüsterte Cal noch ein letztes Mal, dann schloss sich der Deckel über mir, und ich spürte, wie der Gummirand das Fass abdichtete.

Jetzt hieß es ruhig bleiben und warten. Ich krümmte mich zusammen, machte mich ganz klein und schloss die Augen.

Nicht durchdrehen, jetzt nicht durchdrehen. Es ist einfach nur ein Fass, und du wartest einfach nur ab.

Hoffentlich würden wir nicht in irgendeiner Küche landen, wo ein Koch den Mondbeerensaft für irgendwelche Gerichte brauchte. Ob wir direkt in einem riesigen Kessel landen würden? Ernsthaft, ich sollte meinem Kopfkino wirklich Einhalt gebieten.

Um mich herum wurde es nun leiser, noch ein paar Entschuldigungen wurden gerufen, die dumpf durch das Holz drangen, dann war es still. Irgendwann spürte ich, wie wir langsamer wurden. Stimmengewirr erklang.

Wir wurden angehalten. Das mussten die Grenzkontrollen am Ausgang des Dunkelstroms sein. Der Ort, an dem die Händler die Ware an die Wachen der Weißen Garde übergaben.

Und jetzt hoffen wir mal, dass die Ivory nicht jedes einzelne Fass kontrollieren …

*

Der Deckel meines Fasses hob sich. Erschrocken sah ich hoch. Über mir erschien Cals Gesicht.

»Alles in Ordnung?«

Ich nickte schnell, während er mir schon die Arme entgegenstreckte, um mir aufzuhelfen. Er hob mich aus dem Fass und zog mich dann einen kurzen Moment lang an sich. »Die erste Hürde ist geschafft«, flüsterte er und hauchte mir einen zarten Kuss auf die Wange. »Von hier aus sehen wir weiter.«

Ich war froh, meine Attribute auf Kommando verschwinden

und hervorholen zu können. Jetzt ließ ich meine Noctua-Gestalt an die Oberfläche.

»Wo sind wir?«, fragte ich und sah mich in der schemenhaften Dunkelheit um.

»Ich vermute in einer Art Vorratskeller«, wisperte Cal. »Glaub mir, ich habe drei Kreuze gemacht, als sie die Fässer nicht gerollt haben.«

»Vermutlich hatten sie Angst, dass der Deckel abgeht und alles ausläuft«, erwiderte ich leise. Doch ich war mindestens genauso froh, dass uns diese Qual erspart geblieben war.

Vorsichtig sahen wir uns um. Es schien sich tatsächlich um eine Art Vorratskammer zu handeln. Wobei das Wort *Keller* besser zutraf, denn das Gewölbe war kühl und wirkte leicht feucht.

Cal bedeutete mir, ihm zu folgen. Wir schlichen durch den Raum und dann zu einer Tür, die nur angelehnt war.

Cal drückte sie langsam auf und spähte hinaus. Die Luft war wohl rein, denn er nahm meine Hand und wir betraten einen Gang.

»Ich bin gespannt, auf welchem Schiff wir gelandet sind.« Cal drehte sich einmal um sich selbst und ließ seinen Blick über den Gang wandern, der schemenhaft beleuchtet war. Einige Fackeln säumten unseren Weg, und auch zwischen den Bodenplatten aus Stein schien Licht hervorzudringen.

Ich fand es ziemlich unheimlich hier.

Möglichst leise schlichen wir an einigen offen stehenden Türen entlang, hinter denen wir überall nur Vorräte fanden. »Wir brauchen ein Fenster, aber hier scheint es keins zu geben.« Cal schlich weiter. Ich blieb wachsam und lauschte, denn ich rechnete immer damit, auf andere Noctua zu treffen.

Wir kamen zu einer weiteren Tür, die in eine Art Treppenhaus führte. Eine Treppe, schmal und gewunden wie im Inneren eines Schneckenhauses, führte nach oben.

Cal zögerte sichtlich, und mir war klar, warum. Hier würden wir sehr angreifbar sein. Jederzeit konnte jemand aus einer anderen Etage ins Treppenhaus treten und uns entdecken. Würden wir verfolgt werden, könnte man uns problemlos von oben und unten einkreisen.

Doch dann entschied er wohl, dass wir es wagen mussten. Wir betraten das Treppenhaus, und Cal deutete wortlos nach oben. Ich nickte knapp.

Vermutlich befanden wir uns auf der untersten Etage des Schiffsbauchs und würden schon bald das Deck finden, auf dem die Zahnfeen lebten.

Ich warf einen Blick auf die Treppenstufen, und Zweifel kamen in mir auf, als wir hinaufstiegen. Es waren nur 14 Stufen bis zur nächsten Etage. War das nicht etwas wenig?

Doch um kein Geräusch zu machen, fragte ich Cal nicht. Wir stiegen immer höher. Eine der Türen, die wir passierten, war nur angelehnt und weckte sofort meine Neugier, doch ich traute mich nicht stehen zu bleiben.

In der Ferne hörte man eine Art Singsang, den ich aber noch nicht ganz einordnen konnte. Es hörte sich an wie gesungene Gebete, aber sicher war ich mir nicht.

Cal beachtete die Zugänge zu den Etagen nicht, bis wir ganz oben angekommen waren und vor einer Tür aus weißem Metall anhielten. Sie war aufwendig mit goldfarbenen Ornamenten verziert.

Leider war die Tür verschlossen. Cal drückte die Klinke erneut sanft nach unten, doch sie bewegte sich nicht. Er fluchte leise, dann zog er etwas aus seiner Hosentasche. Es war ein schmales Etui, in dem ich kleine Werkzeuge entdeckte, als er es aufschnappen ließ. Er zwinkerte mir kurz zu, dann ging er auf die Knie und bearbeitete das Schloss mit den Werkzeugen. Als er wieder hochkam, wirkte er sehr zufrieden. Das Etui verschwand in der Tasche, und Cal legte erneut eine Hand an die Klinke.

Vorsichtig öffnete er die Tür einen Spalt breit. Dann drehte er sich zu mir und nickte. Wir traten hinaus ins Freie, wo der Gesang immer lauter wurde.

Der Anblick, der sich uns bot, ließ uns beide ehrfürchtig verstummen.

Vor uns erstreckte sich das Kartell der Ivory. Sie hatten ihre Schiffe in einer Art Dreieck angeordnet. Es waren weiße Segelschiffe, und auch die Segel erstrahlten weiß.

Doch das Erstaunlichste war, dass sich zwischen den Schiffen jeweils ein breiter Weg aus schneeweißem Stein befand. So formte die Anlage ein Dreieck, das wie eine schneeweiße geometrische Figur in der Luft schwebte.

In der Mitte dieses Dreiecks aus Schiffen schienen sich alle Bewohner des Kartells versammelt zu haben. Über ihnen schwebte eine Frau und hatte die Hände gen Himmel erhoben. Ihr Volk schien sie anzubeten.

Die Beta, die alle fliegen konnten, schwebten regungslos in der Luft. Die Alpha saßen auf ihren Reittieren. Und dazwischen sah ich jede Menge Gamma. Allerdings waren sie alle so weit entfernt, dass sie nur wie Spielzeugfiguren wirkten.

Einzig und allein die Frau, die hinauf ins Nichts zu beten schien, war etwas besser zu erkennen.

Sie trug ein weißes Gewand, einen breiten goldenen Gürtel und darüber einen weißen Mantel mit einer großen Kapuze, deren Rand ebenfalls in Gold eingefasst war. Ihre Füße waren nackt, ihre Hände und die Unterarme schienen mit goldener Farbe verziert.

Ich konnte meinen Blick kaum von ihr abwenden, dennoch drehte ich den Kopf, um noch mehr Eindrücke in mich aufzunehmen.

Auf jedem breiten Weg, der von einem Schiff zum anderen führte, war beeindruckende Architektur zu sehen. Ihre Silhouette sah aus, als wäre ich in ein Märchen aus 1001 Nacht gestolpert.

Dutzende Türme, kleine Bauten, die mit ihren Kuppeldächern fast aussahen wie Moscheen. Goldverzierte Zinnen und breite Balkone, die zum Verweilen einluden. Das hier waren nicht nur einfach drei Schiffe. Das hier schien wie eine riesige Stadt.

Die Wege zwischen den Schiffen besaßen keinerlei stützende Balken. Die Steine schienen wie von Zauberhand einfach aneinandergereiht zum anderen Schiff zu führen. Die Wege waren vielleicht breit, aber besonders dick waren sie nicht. Und trotzdem trugen sie diese beeindruckenden Türme, deren vergoldete Spitzen weit hinauf in den Himmel ragten.

Und auf genau so einem Turm befanden wir uns. Oder besser gesagt, auf dem größten Turm, den ich entdecken konnte.

Eine Bewegung ließ mich den Kopf zurück zu der Frau drehen.

Eine Gruppe geflügelter Wesen war aufgetaucht. Sie schienen die Betenden zu umkreisen, weshalb ich sie zuerst nicht gesehen hatte.

Ich hielt sie für Beta, doch neben mir hörte ich, wie Cal erschrocken Luft holte.

Er nahm meine Hand und zog mich hinab auf den Boden,

sodass wir durch die Balustrade des Balkons vor den Kartellbewohnern verborgen sein würden.

»Was ist?«, wisperte ich.

Cals Augen waren vor Schreck immer noch ganz geweitet. »Sie sind ausgestorben«, flüsterte er. »Es gibt sie nicht mehr. Sie waren eine der Ersten, eine der ganz Alten, jene, von denen wir vermuten, dass sie die Atlantide gebaut haben.«

»Wer denn? Diese Beta?«

»Das sind keine Beta«, erwiderte Cal. »Es sind Alpha, so wie ich und du. Typisch für sie sind diese schneeweißen riesengroßen Flügel.« Er schien immer noch nicht glauben zu können, was er gesehen hatte. »Hier in diesem Kartell leben Weißschwingen.«

»Gehören sie zur Weißen Garde?«

Cal schüttelte den Kopf. »Dagegen ist die Weiße Garde eine Kindergartengruppe. Die Weißschwingen sind Attentäter, sie sind Assassinen, Auftragsmörder und Söldner. Sie sind das Härteste, was Obskuris zu bieten hat. Und sie sind völlig skrupellos, denn sie haben kein Gewissen. Sie sind die Generation, die es vor uns Noctua gegeben hat. Sie sind uralt, sie sind noch viel mehr Dämon, als wir jemals waren. Und sie unterwerfen sich niemandem.« Schon wieder klang er, als könne er seinen eigenen Worten nicht trauen. »Niemandem«, flüsterte er erneut.

»Vielleicht haben sie die Führung bei den Ivory übernommen, und niemand hat es gemerkt?«

Cal schüttelte den Kopf. »Dann wären sie es, die dort angebetet würden. Es sieht viel mehr so aus, als würden sie diese Veranstaltung sichern. Und das bedeutet, sie arbeiten für jemanden.«

Ich zuckte die Schultern. »Wenn es Söldner sind? Söldner arbeiten für Geld.«

Cal schüttelte den Kopf. »Das glaube ich in diesem Falle nicht.«

»Kann uns das nicht gerade egal sein? Im Moment scheinen alle um diese Frau versammelt zu sein. Dieser Turm scheint verlassen. Nutzen wir die Zeit und suchen wir, wofür wir hergekommen sind, nämlich nach den Zahnfeen.«

Cal lächelte mich an. »Du hast absolut recht.« Er kam etwas hoch und spähte über die Balustrade. »Jetzt sind sie gerade wieder auf der anderen Seite der Menge. Lass uns wieder reingehen.«

Vorsichtig schlichen wir halb geduckt zurück durch die Tür.

»Vielleicht finden wir über eine der mittleren Etagen ein Weg ins Freie. Wir müssen eins der Schiffe erreichen«, sagte Cal.

Sofort dachte ich an die Tür im Treppenhaus, die nur angelehnt gewesen war.

Auf dem Weg nach unten ging ich voraus und deutete dann triumphierend auf die angelehnte Tür. Cal zog anerkennend die Brauen hoch und nickte dann. Er schob mich sanft hinter sich und spähte ins Innere. Dann griff er nach meiner Hand, und gemeinsam betraten wir ein kleines Zimmer. An der gegenüberliegenden Wand befand sich ein Rundbogen, vor dem ein Vorhang aus dunklem Stoff hing.

Ich sah mich genauer um.

Der Raum war leer, bis auf eine Garderobe, an der weiße Mäntel hingen, und eine Ecke, in der eine aus weißem Stein gehauene große Statue stand. Warum kam sie mir so bekannt vor? Ich grübelte noch, doch da zog Cal mich schon sanft weiter. Wir gingen zu dem Vorhang und lauschten. Kein Geräusch. Vorsichtig griff ich nach dem Stoff und schob ihn ein Stückchen zur Seite.

Dieser Raum war bestimmt zwei Stockwerke hoch. Und an den Wänden reihten sich Hunderte von Tränken in schmalen Fächern an den Wänden.

In der Mitte des Raumes standen mehrere große Kessel auf Feuerstellen, die jedoch nicht entzündet waren. Daneben befanden sich Tische mit Hunderten von Zutaten darauf. Einige große Bücher waren seitlich gestapelt und wirkten wie Nachschlagewerke.

Ich sah diverse Werkzeuge, Scheren, Messer, Mörser und auch leere Ampullen, Gläschen und Fläschchen nebst Etiketten, die noch beschriftet werden wollten.

»Was bei allen Heiligen …«, murmelte Cal, und jeder Gedanke, so schnell wie möglich die Zahnfeen aufzuspüren, schien vergessen. »… ist das hier?«

In diesem Raum gab es zwar keine Fenster, doch der Singsang der Ivory tönte nach wie vor wie ein dumpfes Brummen durch den Stein.

»Sieht aus, als wären das Medikamente«, erwiderte ich ebenso fasziniert. »Vielleicht ist das hier eine Apotheke.«

Cal nickte, dennoch schien er nicht ganz überzeugt. Er ging zu einem Fach und nahm eine bauchige Flasche heraus, die mit einem Korken verschlossen war. Eine schwarz-blaue Flüssigkeit schwappte darin träge hin und her. Er las das Etikett laut vor. »Nachtstille.« Er nahm eine weitere Flasche. Dieses Mal war der Inhalt grün und wirkte leicht zäh und schleimig.

Luftnehmer stand dort drauf. Er schüttelte den Kopf und stellte die Flasche weg. Dann ging er auf die Zehenspitzen und nahm hoch über unseren Köpfen eine eckige Flasche heraus, deren Korken leuchtend rot war.

Eifersüchtige Raserei stand auf dem Etikett. Er schüttelte das Pulver hin und her. Dann sah er mich mit einem Blick an, der Erkenntnis und Unglauben vereinte. »Das hier sind keine Medikamente«, flüsterte er und schüttelte das Pulver erneut. »Das hier ist Magie.«

Kapitel 24

»Magie wie bei den Fawn?«, fragte ich.

»Nein, erwiderte Cal und stellte das Pulver zurück. »Die Fawn brauchen keine Tränke oder Ähnliches. Ihre Magie ist intuitiv, sie ist erdgebunden. Und wenn sie doch mal Hilfsmittel brauchen, dann kommen diese direkt aus der Natur. Es sind Pulver, die sich aus Pflanzen gewinnen lassen. Diese Art von Magie hier ist alt.«

Er ging zu den Büchern herüber und schlug sie vorsichtig auf. Er sah sich ein paar Seiten an, während ich mich neben ihn stellte. »Es ist schwarze Magie, böse Magie. Wir waren uns sicher, dass diese Art in der Dimension ausgerottet ist.«

Immer noch hallte der Singsang durch den Stein.

Ich fand die Bücher nicht so interessant, deshalb ging ich

noch mal an den Hunderten von Flaschen entlang, die bis zur Decke hinaufreichten.

Jeder einzelne Flakon, jede Flasche, jedes Glasgefäß besaß eine eigene kleine Nische.

Faszinierend.

An einer Stelle fand ich sogar eine Leiter, an der unten Rollen befestigt waren. So konnte man problemlos auch die höher stehenden Flaschen erreichen. An einer ihrer Streben hing locker eine bauchige Ledertasche.

Vorsichtig betrat ich die Leiter.

Ich ging ein paar Stufen hinauf und betrachtete die Tränke dort.

Ziehen im Hirn, Todesschlaf, Du sollst leiden, Heer der Albträume, Pickel und Pusteln, Zungenbrecher, Schwarm von Ungemach, Ich verbrenne dich, Knochenbrecher, Von innen nach außen.

Ich hoffte inständig, dass bei Letzterem lediglich gemeint war, dass man sich davon heftig übergeben musste.

Aber Cal hatte recht. Keins dieser Etiketten verhieß, dass es sich hierbei um etwas handelte, was heilen würde. Alles schien auf Zerstörung und Tod aus.

Ein Trank war türkisblau und glitzerte. Neugierig beugte ich mich näher. ***Wie ein Fisch.*** Was mochte das bedeuten? Ich nahm ihn in die Hand und schüttelte ihn leicht. Das Glitzern wurde noch stärker.

Irgendwie war meine Neugier geweckt, und ich konnte dem Drang nicht widerstehen.

Ich griff nach der Ledertasche und hängte sie mir um. Dann legte ich den Trank vorsichtig hinein.

Ich ließ meinen Blick weiter über die Fläschchen und Phiolen gleiten.

Ich schüttelte mich. Je mehr Etiketten ich las, desto schlimmer wurde es. Ich machte wieder einen Schritt nach unten und griff nach ***Todesschlaf*** und ***Heer der Albträume.*** Dann fiel mein Blick auf eine winzige Phiole, deren Inhalt eine grell pinkfarbene Masse war. Sie sah fast aus wie Kaugummi. ***Sag die Wahrheit*** stand auf dem Etikett. Nun, so etwas konnte man immer gebrauchen. Ich legte die Phiole noch auf meine anderen drei Tränke und kletterte die Leiter dann wieder hinab.

Weiter unten fiel mein Blick auf ***Luftkuss.*** In der Flasche schien eine helle Wolke zu wirbeln. Den musste ich natürlich auch haben. Im Vorbeigehen sammelte ich dann noch ***Ich verbrenne dich*** und ***Tunichtgut*** ein, die jeweils grellrot und strahlend violett leuchteten.

Cal las immer noch ganz fasziniert in den Büchern. Als er meinen Blick einfing, deutete er mit dem Zeigefinger auf eine der Seiten. »Das hier sollte in einem Archiv gut versteckt sein. Ich habe selten so viel Wut und Hass zwischen den Zeilen gelesen.«

»Willst du es mitnehmen?«, fragte ich.

Er schüttelte den Kopf, doch er nahm den Finger nur zögerlich von der Seite. »Vielleicht komme ich noch mal wieder und sorge dafür, dass diese magischen Hassschriften gut verborgen bei denjenigen landen, die damit umgehen können.«

Er sah neugierig auf meine Umhängetasche. »Was ist das?«

»Die Tasche hing dort, und ich konnte nicht widerstehen. Ich habe ein paar der Tränke eingepackt. Das fällt bei dieser Menge garantiert nicht auf, und wer weiß, wofür wir sie mal brauchen können.«

»Du willst etwas stehlen? Einfach so?«

Ich zuckte mit den Schultern. »Extreme Situationen erfordern extreme Maßnahmen.«

»Du bist doch eine Onyx«, grinste er. »Attribute hin oder her. Du gehörst definitiv zu uns.«

Ich lächelte. »Ganz wie du meinst.« Ich atmete aus und konnte regelrecht spüren, wie meine Augen die Farbe änderten, bevor ich meine Attribute wieder erscheinen ließ.

Cal sah mich einen Moment lang an. »Ob als Mensch oder als Ivory, du bist das schönste Mädchen, das ich kenne.«

Er machte zwei schnelle Schritte auf mich zu und küsste mich sanft auf die Lippen.

Ich war versucht, den Kuss zu erwidern, doch dann drang wieder dieses diffuse Brummen in meinen Kopf.

Wer weiß, wie lange diese Anbetung noch dauern würde.

»Verschwinden wir von hier«, flüsterte ich nah an seinen Lippen, und die Fläschchen in meiner Tasche klirrten leise aneinander. Das war eindeutig zu auffällig.

Schnell ging ich zu einem der Tische und nahm ein großes weißes Leinentuch hoch.

Cal hielt die Tasche auf, und ich wickelte die Tränke nacheinander darin ein, sodass sie kein Geräusch machen würden.

Doch dann war da plötzlich ein Geräusch. Cal und ich schafften es noch bis in den Vorraum, da öffnete sich die Tür. Wir wichen in die Garderobe zurück und verbargen uns hinter den Mänteln. Mit wild klopfendem Herzen sah ich zwischen einem Spalt aus Stoff in das Zimmer. Zwei Wachen der Weißen Garde betraten den Raum und sahen sich neugierig um. Dann gingen sie in den Saal mit den Zaubertränken. Als der Vorhang leise raschelnd hinter ihnen zufiel, sah ich erst zu Cal, dann betrachtete ich den Stoff, der uns verborgen hatte.

Auf den Bügeln an der Stange hingen bestimmt zehn schneeweiße Mäntel, deren große Kapuzen mit Goldfäden verziert waren.

Ich deutete mit dem Kopf darauf. »Unsere Tarnung«, wisperte ich. »Wenn wir die über unsere Kleider und Haare ziehen, fallen wir hoffentlich nicht auf.«

Cal nickte anerkennend. »Sehr gute Idee«, flüsterte er.

Schnell schlüpften wir in die Umhänge, die schwach nach einem süßen Duft rochen.

Im Raum nebenan hörte ich die Wachen sprechen. »Schnell, bevor sie zurückkommen.« Cal nahm meine Hand, horchte noch einmal, und dann verließen wir unser Versteck. Ich betete, dass die Wachen nicht genau in diesem Moment den Vorhang beiseiteschieben würden.

Zwei Etagen unter uns würde jetzt nur noch der Keller liegen, also mussten wir auf der nächstgelegenen Etage nach einem Ausgang suchen.

Hier war alles prachtvoll eingerichtet, weiße Säulen trugen die Wände, und zarte Vorhänge wehten vor den Fenstern. Es schien sich um einen offiziellen Empfangsraum zu handeln. Cal deutete auf eine Tür.

»Wünsch uns Glück«, sagte er und zog die Kapuze des Umhangs noch tiefer in die Stirn.

Wir sahen gemeinsam durch die Tür, und als die Luft rein war, traten wir hinaus auf den breiten weißen Steinweg, den wir schon vom Turm aus hatten sehen können. Immer noch hatten sich die Ivory um die Frau versammelt. Sie schwebte jetzt mit dem Rücken zu uns, und ich hörte ihre Stimme.

In ihren Worten lag eine Kraft, die etwas tief in mir anzusprechen schien. Einen Moment lang starrte ich sie wie gebannt an und konnte mich nicht rühren.

Dann berührte Cal meine Hand. »Komm mit«, flüsterte er. »Wir versuchen es dort drüben.«

Das dem Schiff nächstgelegene Gebäude besaß eine gewölbte Kuppel und war zwei Stockwerke hoch.

Das nächste Schiff schien noch einige Meter entfernt. Wie bewegten sich die Ivory zwischen den Schiffen fort? Von einem zum anderen zu gelangen musste ewig dauern. Als hätte Cal meine Fragen gespürt, deutete er plötzlich auf einige kleine Schiffsfiguren, die an einem Haus angelehnt waren. Sie sahen aus wie winzige Schiffe, jedoch ohne Masten und Segel. Unter ihnen befanden sich Rollen, so wie bei einem Skateboard.

»Benutzen wir die«, sagte er leise. Als er aufgestiegen war, deutete er auf ein Pedal in der Mitte. »So rollt es vorwärts.«

Ich nickte und versuchte, nicht das Gleichgewicht zu verlieren, als ich selbst aufstieg.

»Sehen wir zu, dass wir zu einem der Schiffe gelangen und dann auf das Deck der Gammas. Wir müssen ein paar Zahnfeen finden.«

Ich nickte nur schnell, und schon im nächsten Moment jagten wir auf den Schiffsskateboards los. Wir wurden ordentlich durchgeschüttelt wegen der groben Steine, aus denen der Weg bestand, doch zum Glück verloren wir nicht das Gleichgewicht.

Die allermeisten Gebäude, die wir passierten, besaßen auf der Rückseite schmale Fenster, durch die wir einen Blick werfen konnten.

Manche waren Wohnräume, andere sahen aus wie Werkstätten. Alles wirkte relativ normal und ziemlich unspektakulär im Vergleich zu dem, was wir in dem Turm und dem großen Gebäude gefunden hatten.

Die allermeisten Noctua schienen dieser Art Messe beizuwohnen und der Frau zu lauschen. Dann kamen die berüchtigten Weißschwingen wieder in Sicht.

»Wir sollten uns verstecken, nur zur Sicherheit.« Cal sah kurz zu mir, und gemeinsam glitten wir hinter eins der Gebäude, wo wir die Roller abbremsten. Einen Moment lang hielt ich die Luft an. Hoffentlich hatten sie uns nicht gesehen.

Dann gab Cal mir ein Zeichen, und wir setzten unsere Reise fort. Zweimal kamen uns Alpha entgegen, die nicht an dieser Versammlung in der Luft teilnahmen. Doch sie warfen nur einen kurzen Blick auf die weißen Umhänge und grüßten dann kurz, ohne uns weiter Beachtung zu schenken.

Als wir ein Gebäude passierten, das an einen Tempel erinnerte, spürte ich auf einmal ein Ziehen in der Brust. Es fühlte sich an, als habe eine Hand nach meinem Herzen gegriffen und zöge mich unaufhaltsam in eine bestimmte Richtung. Ich stoppte.

»Was ist?« Cal rollte zu mir zurück.

Ich sah wie gebannt auf ein Objekt, das in der Mitte des offenen Tempels auf einem Altar thronte.

Es schien nach mir zu rufen. Es zog mich magisch an. Ich lehnte den Roller gegen eine der Säulen.

»Erin!«, zischte Cal. »Was machst du da?«

Ich ignorierte ihn, ging weiter auf das durchsichtige Gebilde zu.

Erst bei genauerem Hinsehen erkannte ich, dass es gebogenes schillerndes Glas war.

Es wirkte fast so, als wären die Glaskristalle gar nicht erstarrt, sondern immer noch wie lebendig in Bewegung.

Cal hatte zu mir aufgeholt. Seine Stimme klang tonlos. »Bei allen Heiligen. Das ist ein Dimensionskrümmer.«

Ich starrte die hübsche kleine Vase an. Noch immer schien diese Anziehungskraft von ihr auszugehen. »Ein bitte was?«

»Es ist ein uraltes Artefakt, das ebenfalls als verloren gilt.

Viele haben auf der Atlantide danach gesucht, aber nie einen gefunden. Früher gab es mehrere davon, das sagen zumindest die Aufzeichnungen. Doch sie scheinen alle zerstört worden oder verloren gegangen zu sein.«

»Na ja, bis auf diesen hier«, sagte ich und kam noch etwas näher, um die Vase zu betrachten. Sie bewegte sich wie eine Pflanze unter Wasser.

»Genau«, erwiderte Cal. »Alle bis auf diesen.«

»Und er wird nicht bewacht?«

Cal grinste. »Sie fühlten sich hier wohl sehr sicher.«

Den Eindruck hatte ich auch. »Und was kann so ein Ding?«

»Es ist ein Transportmittel«, sagte Cal leise und beugte sich neben mir noch etwas näher zu der Vase. »Sie bringt dich von einem Ort in der Dimension blitzschnell zu einem anderen. Sie krümmt den Raum und führt so Start und Ziel so nah nebeneinander wie nur möglich. Und das für den Bruchteil von Sekunden, während man reist. Man macht also quasi nur einen halben Schritt zur Seite für einen Weg, der normalerweise Dutzende Kilometer lang ist.«

»Es ist ziemlich klein«, erwiderte ich. »Wie soll das funktionieren? Da passt kaum eine Hand rein.«

Er lachte leise. »Das hier ist kein Dekorationsgegenstand. Es ist ein lebendiges Wesen. Du sprichst mit ihr, und dann trägt sie dich, wohin du willst.«

»Du musst keine Voraussetzungen erfüllen?«

Cal zuckte mit den Schultern. »Ich habe mal gehört, dass sie etwas für ihren Dienst wollen. Diese Option ist für unsere Rückreise definitiv nicht zu verachten.«

Plötzlich wirkte er um einiges entspannter. »Ein Dimensionskrümmer …«. Er schüttelte den Kopf. »Ich kann es immer noch nicht glauben.«

Ich verstand seine Faszination für diese kleine Vase, doch so langsam wurde ich unruhig. Uns lief die Zeit davon, denn diese Art Gottesdienst oder Anbetung da draußen würde sicher nicht ewig dauern.

»Sollen wir es mitnehmen?« Es juckte mir sehr in den Fingern, dieses hübsche Ding zu besitzen.

Erst das schien Cal aus seiner Faszination zu reißen. »Nein, das würde auffallen. Und wir wollen ja nach Möglichkeit keine Spuren hinterlassen. Wir benutzen sie, wenn wir von hier verschwinden, und ansonsten rühren wir es nicht an.«

Wir umrundeten den Altar, um nach den Weißschwingen zu spähen. Als diese erneut hinter der Menge verschwunden waren, schlichen wir wieder zu unseren Skateboards.

Da wir zu einem der Schiffe wollten, sollten wir uns jetzt endlich mal beeilen, bevor diese Zeremonie zu Ende war.

Ein Alpha kam uns entgegen, als wir weiterrollten. Er musterte uns neugierig.

Ich neigte den Kopf, als würde ich ihn grüßen. Er grüßte zurück, doch als ich mich umwandte, sah ich, wie er uns nachblickte.

Uns lief die Zeit davon. Die Noctua wurden auf uns aufmerksam.

Doch kaum hatten wir weitere Gebäude passiert, spürte ich schon wieder etwas. Es wirkte, als habe dieses Kartell einen ganz besonderen Einfluss auf mich. Ich wollte schon den Kopf schütteln und den Blick geradeaus halten, da sah ich etwas aus dem Augenwinkel. Wir waren gerade an etwas vorbeigerollt, das aussah wie eine Lagerhalle. Sie hatte ein außergewöhnlich spitzes Dach, und auf ihrer Spitze thronte eine goldene Kugel und darüber ein kleines geflügeltes Wesen.

Ich machte eine Vollbremsung. *Moment mal. Hatte ich da gerade Flügel gesehen?*

Cal ging ebenfalls in die Eisen und sah sich mit ungeduldigem Blick zu mir um. »Wir sollten uns jetzt wirklich beeilen.«

»Ich glaube, ich habe da drinnen eine Zahnfee gesehen.«

Sofort hatte ich seine volle Aufmerksamkeit.

Langsam näherten wir uns einem der Fenster. Und richtig. Ungefähr zehn oder zwölf Zahnfeen saßen zwischen Bergen aus winzigen weißen Steinen.

Sie alle hatten kleine Hammer in der Hand und schlugen auf die Steine ein, bevor sie das Innere mit einer Art Spatel herauslösten.

Keine der Zahnfeen trug einen Halsreif oder war auffallend dünn. Im Gegenteil, sie wirkten sehr gut genährt, und ihre schwarzen Augen schimmerten wach und aufmerksam. Außerdem verriet ihr Gehämmer, dass sie über ziemlich viel Kraft verfügten.

»Keine Halsreifen«, wisperte ich aufgeregt zu Cal.

»Ich wusste es«, zischte er nah meinem Ohr. »Diese verdammten Mistkerle.«

»Wer wird dafür zur Rechenschaft gezogen?«, wisperte ich. »Wer führt dieses Kartell an?«

Cal zuckte mit den Schultern. »Es gibt schon seit Jahren keine Informationen mehr dazu.«

Er deutete mit dem Kopf diffus in Richtung der anderen Ivory. »Vermutlich ist es diese Frau, die sie dort anbeten. Früher hatten sie einen Anführer und dann jeweils jemanden, der das Oberhaupt über eins der Schiffe war. Genau wie bei uns und wie in eigentlich allen Kartellen, mal ausgenommen von denen, die in einer Monarchie leben. Aber das hier wirkt eher wie eine religiöse Sekte.«

»Verstehe. Komm mit.« Ich schlich noch ein Fenster weiter. »Vielleicht können wir noch mehr sehen.« Jetzt lagen einige der schmalen weißen Steine in meinem Blickfeld.

Und dann erkannte ich voller Schrecken, um was es sich handelte: Es waren keine Steine, es waren Kinderzähne!

Und noch ein Beweis. Ich deutete darauf, und Cal riss die Augen auf. »Milchzähne. Dort befinden sich Milchzähne, und die Zahnfeen brechen sie auf. Bestimmt lösen sie dieses schimmernde Pulver heraus.« So etwas Ähnliches hatte mir nämlich die Atlantide gezeigt. Hatte sie dieses Szenario vorausgesehen? Hatte das Schiff mir die Zukunft gezeigt?

Dann war es also wahr? Befand sich in den Zähnen tatsächlich die Substanz, mit der erwachsene Menschen wieder die Noctua sehen konnten?

Ich konnte es immer noch nicht fassen, dass wir sehr wahrscheinlich am Ziel unserer Suche angekommen waren. Wir schlichen noch ein Fenster weiter und beobachteten, wie das leicht schimmernde Pulver in einen großen durchsichtigen Tank geschaufelt wurde, wo es vermutlich gesammelt wurde. Mein Blick glitt weiter zu einer anderen Gruppe Zahnfeen. Sie befüllten seltsam aussehende Rucksäcke mit dem Pulver. Diese hatten einen Schlauch an der Seite und daran eine breite Öffnung, sodass sie ein wenig an Staubsauger erinnerten. Wenn das Pulver für die Menschen gedacht war, dann …

Und plötzlich wurde mir klar, wofür diese Rucksäcke waren. Sie machten es möglich, das Pulver großflächig zu verstreuen, und sie waren eindeutig für Wesen entworfen worden, die ein Flügelpaar auf dem Rücken hatten. *So wie die Weißschwingen.*

Damit könnten sie in kürzester Zeit das Gemisch überall in der Luft der Menschenwelt verteilen. Die bereits existierenden Omega würden erwachen, und zusätzlich würden sich noch neue bilden. Wir hätten keine Chance, sie dann noch aufzuhalten. Und dann bemerkte ich, dass die Zeremonie beendet war.

»Wir haben genug gesehen. Jetzt müssen wir zurück zu dem Dimensionskrümmer«, sagte Cal in diesem Moment. »Sofort.«

»Was ist mit den Rollern?«

»Zu unsicher, wenn wir schnell fahren. Es ist ja nicht weit.«

Wir begannen zu rennen.

»Schneller!«, rief Cal atemlos. »Es sind nur noch ein paar Häuser.« Von irgendwo über uns in der Luft erklang ein Rauschen.

»Was ist das?«, rief ich.

Dann landete jemand vor uns auf den Steinen. Der.Mann war riesig. Alles an ihm war weiß, bis auf seine Augäpfel. Die riesigen Schwingen hinter seinem Rücken bewegten sich leicht.

Er trug eine Art gepanzerte Kampfmontur und war bis unter die Zähne bewaffnet, doch er wirkte so bedrohlich, als könne er uns mit seinen bloßen Händen erwürgen.

»Ihr wart nicht bei der täglichen Andacht«, sagte er leise, doch ich hörte das feine Grollen in seiner Stimme.

Cal hatte den Kopf gesenkt und sah ihn absichtlich nicht an, ich hingegen hatte meinen Blick immer noch direkt auf ihn gerichtet.

Ich wusste, dass die Strähnen meines weißen Haares unter der Kapuze hervorquollen.

»Wir waren beschäftigt«, erwiderte ich. »Natürlich sind wir morgen wieder anwesend. Bitte entschuldigt uns jetzt.«

Zuerst sah es aus, als würde der Mann uns gehen lassen. Er neigte den Kopf und musterte mich.

»Eure Augen«, sagte er dann leise. Er beugte sich noch näher, und ich tat so, als wäre ich etwas schüchtern, und senkte den Blick. »Nur eine Krankheit«, erwiderte ich leise. »Schon in wenigen Stunden wird alles wieder in Ordnung sein, hoffe ich.«

»Hm. Dann wünsche ich euch eine baldige Genesung, Schwester.«

»Vielen Dank«, erwiderte ich hastig. »… Bruder«, fügte ich dann schnell noch hinzu. »Ich wünsche euch einen schönen Abend.«

Er ließ uns passieren, und ich atmete auf.

»Euer Umhang«, erklang seine Stimme plötzlich. Die Geräusche der anderen Ivory kamen immer näher. Ich konnte sogar schon Flügelschlagen hören.

Ich drehte mich um. »Was ist damit?«

Er lächelte böse.

»Nur der Hohepriesterin ist es gestattet, die Kapuze ihres Umhangs mit Gold zu verzieren. Ihr seid vermutlich nicht mal eine Priesterin …« Er machte zwei schnelle Schritte auf mich zu. »Wer seid ihr?« Und dann riss er Cal die Kapuze vom Kopf.

Der reagierte blitzschnell und griff den Weißschwingen an. Er rammte ihm die geballte Faust in den Magen, und der Mann keuchte auf.

Doch er fing sich schnell. Er griff hinter sich an seinen Gürtel und zog eine Waffe hervor.

Sie erinnerte an einen Morgenstern, nur dass das Metall strahlend weiß war. Die Stacheln, mit der die Kugel bestückt war, waren so spitz wie Messer.

Dann holte er aus und zielte damit auf meinen Kopf. Cal warf sich dazwischen. Er streckte die Hand aus, wollte nach der Kette greifen, die die Kugel führte, doch der Umhang behinderte ihn.

Es waren nur Sekunden, die ihm fehlten, und es war genau die Zeit, die ihm zum Verhängnis wurde.

Die Kugel traf seine Hand, und drei der Spitzen glitten mitten durch seine Handfläche.

Cal schrie auf vor Schmerz und dann noch einmal, als der Weißschwingen seine Waffe wieder zurück – und damit aus Cals Haut – riss.

Für einen kurzen Moment fühlte ich mich machtlos. Sollte das unser Ende sein? Doch dann hatte ich einen Geistesblitz: *Die Tränke in meiner Tasche!*

Erneut holte der Ivory mit dem Morgenstern aus. Aus dem Augenwinkel griff ich nach einem feuerroten Flakon. Der ***Ich verbrenne dich***-Trank!

Ohne groß nachzudenken, schleuderte ich ihn direkt auf unseren Gegner, und kaum, dass das zarte Glas an seiner Brust zerbrach und die Flüssigkeit ihn berührte, erstarrte er in seiner Bewegung.

Der Morgenstern, bereits auf halbem Wege zu uns, blieb regungslos in der Luft stehen.

Er gab ein leises Keuchen von sich, dann schien er sich von innen nach außen zu verfärben. Erst orange, dann dunkelrot. Seine Augäpfel dampften und schmolzen. Blut quoll ihm aus Nase und Ohren.

Er hustete, und Rauch stieg aus seinem Mund. Dann zuckte er ein letztes Mal, während sein Körper sich von Rot zu Kohlenschwarz verfärbte.

Innerhalb von Bruchteilen von Sekunden zerfiel er samt seinen Waffen zu einem winzigen Häufchen Asche.

Überall um uns herum hörte ich andere Noctua, die das Spektakel mit angesehen hatten.

»He, ihr da!«, rief jemand.

»Verdammt, man hat uns entdeckt. Wir müssen den Dimensionskrümmer erreichen, jetzt sofort«, knurrte Cal, der Teile seines Umhangs um seine Hand wickelte, um die Blutung zu stoppen.

»Moment mal!«, rief eine andere Stimme. »Ihr da!« Die Stimme klang entschlossen. Ich zog Cal in Richtung des Tempels.

»Was war das denn gerade?«, raunte er mir zu.

»Der **Ich-verbrenne-dich**-Trank«, sagte ich. »Es war ein Glücksgriff.«

»Gut gemacht«, flüsterte Cal und griff mit der unverletzten Hand nach meiner.

Dann erklang ein Alarm. Vermutlich sollte er noch mehr Weißschwingen rufen.

Niemand, der gesehen hatte, wie ich die Wache besiegt hatte, traute sich, uns aufzuhalten.

Cal schien innerhalb von kurzer Zeit eine große Menge Blut zu verlieren.

»Irgendein größeres Gefäß ist getroffen«, wisperte er. »Wir müssen uns beeilen …« Seine Stimme klang abgehackt und gepresst. »Ich spüre die Hand schon nicht mehr.«

»Halt durch«, flüsterte ich und drängte mich durch eine Gruppe von Gamma.

Dann endlich hatten wir den Tempel erreicht. Mit Entsetzen sah ich, dass Cals Umhang sich mehr und mehr rot verfärbte.

Schnell zog ich ihn in das Gebäude.

Cal war noch blasser als sonst. Er sah mich an, doch es schien ihm schwerzufallen, meinen Blick zu halten.

»Kann nicht mehr«, flüsterte er leise. »Zu viel Blut.«

Ich schrie auf vor Wut, und Verzweiflung machte sich in mir breit. Was sollten wir nur tun?

Und dann kam mir die Erkenntnis. Ohne professionelle Hilfe würde Cal vor meinen Augen verbluten. Wir mussten hier weg.

Er hing schwer an meinem Arm, als ich ihn bis fast direkt vor den Altar schleifte. Dann sah ich den Dimensionskrümmer an.

»Wir brauchen Hilfe«, sagte ich. »Bitte hilf uns. Mein Freund verblutet.« Ich wusste nicht, was ich sonst noch sagen sollte. Ich wusste nicht mal, wohin ich Cal bringen wollte. Mein Blick fiel auf den Umhang, der immer noch halb über seiner Schulter hing. Das Blut schimmerte hellrot hindurch.

Moment mal. *Rot.* Die Crimson! Sie waren die besten Ärzte der Dimension. Egal, ob sie zum Triumvirat gehörten, egal was für eine Fehde sie mit den Onyx hatten, wenn sie genau wie unsere menschlichen Ärzte an einen Eid gebunden waren, dann würden sie ihm helfen. Sie waren vermutlich die Einzigen, die ihn noch retten konnten.

Cal verdrehte die Augen, und ich konnte ihn nicht mehr halten. Er sank neben mir auf den Boden. Ich hielt seine unverletzte Hand, weil ich ihn auf gar keinen Fall loslassen wollte.

»Bitte«, flehte ich die kleine Vase an. »Bring uns ins Kartell der Crimson!«

Kapitel 25

Ewige Sekunden lang passierte rein gar nichts.

»Bitte«, flehte ich noch mal, »… bitte hilf uns. Wir müssen in das Kartell der Crimson. Sonst stirbt er.«

Wieder nichts.

Draußen wurden Stimmen laut. Wir hatten keine Zeit mehr. Nicht mehr lang und uns würde jemand entdecken.

»Bitte!«

»Was bist du?«, erscholl plötzlich eine Stimme in meinem Kopf.

»Was?«, stieß ich hervor.

»Was bist du?« Die Stimme war jetzt klar und deutlich und absolut nicht zu überhören. »Was bist du, was bist du, was bist du …«

Sollte ich die Wahrheit sagen? Oder würde es uns in noch größere Schwierigkeiten bringen?

»Was bist du?«

Ich kapitulierte, denn ich konnte in diesem Moment nicht wählerisch sein. »Ich bin halb Mensch und halb Emerald. Dann bin ich bei einem Unfall gestorben und wurde zu einer Ivory. Zu einer halben Ivory.«

Es klang, als ob diese körperlose Stimme zufrieden grunzte. »Ich kann dir helfen.«

Mir fiel ein Stein vom Herzen. Cals Hand fühlte sich bereits ganz kühl an. »Vielen Dank, das wäre großartig. Ich muss meinen Freund in das Kartell der Crimson bringen. Er hat sehr viel Blut verloren.«

»Ich will etwas von dir.«

»Wie … wie bitte?« Sofort dachte ich an die Tränke, die ich mitgenommen hatte. »Entschuldigung, ich stehle eigentlich nicht. Aber es war so verführerisch und …«

»Ich will sie nicht.«

»Was willst du dann?«

Die Vase begann sich zu bewegen. Sie streckte sich, und ihr Glas wurde zu fünf langen Tentakeln, die sich auf mich zu bewegen.

»Ich will etwas anderes. Etwas anderes … etwas … etwas … etwas …«

Ich wollte zurückweichen, doch dann zwang ich mich stehen zu bleiben. Die Tentakel berührten mich. Sie fühlten sich warm an.

Die fünf Arme drückten sich mit ihren spitzen Enden gegen meinen Schädel. Es fühlte sich fast an, als würde jemand Elektroden an meiner Haut festkleben.

»Etwas … etwas … etwas …« Die Stimme klang suchend.

Dann plötzlich überkam mich das Gefühl, das ich immer empfand, wenn ich ohne Trauer und Wut an meine Eltern dachte.

Es war warm und angenehm und so voller Liebe. Es war ein gutes Gefühl, und es hatte mich schon aus so vielen Tiefs wieder rausgezogen. Meine Eltern hatten mich geliebt, und ich hatte sie geliebt.

»Das will ich.«

Zuerst verstand ich nicht.

»Gib es mir, und ich helfe dir.«

Dann wurde mir alles klar.

Das war unmöglich, es war zu viel, es war …

»Nein«, stieß ich hervor. Ich sollte *dieses* Gefühl abgeben? Das einzig positive Gefühl, das ich bisher so wehrhaft gegen all die schrecklichen Erinnerungen gestellt hatte?

»In Ordnung.« Die Tentakel zogen sich blitzschnell zurück. Jetzt stand vor mir wieder nur eine Vase, deren Glas sich leicht zu bewegen schien.

Hinter uns hörte ich erneut Schritte lauter werden. Nicht mehr lange, und Ivory würden durch die Tür stürzen.

Ich sah zu Cal hinunter, und in diesem Moment traf ich eine Entscheidung. Er hatte mir mein Leben gerettet, vorhin, als der Morgenstern fast meinen Schädel zertrümmert hätte.

Jetzt würde ich sein Leben retten, und ich würde jeden Preis dafür zahlen.

»Du bekommst es!«, rief ich. »Nimm es dir. Und bring uns dafür in das Kartell der Crimson.«

Die Stimme antwortete nicht mehr. Ewige Sekunden vergingen.

Ob es zu spät war?

Plötzlich lief ein Zittern durch die Vase. Dann schoss sie

nach oben, wurde immer größer und stieß schließlich auf uns hinunter.

Ihr Inneres war so schwarz wie der Dunkelstrom. Sie brach über uns zusammen wie eine Welle, und dann war da nichts als ein hohes Kreischen in meinem Ohr, als meine Sicht verschwamm.

*

Ich kam auf einem Schiffsdeck zu mir. Die Planken waren cremeweiß gestrichen und wirkten sehr sauber. Ich schluckte, und mein Mund war ganz trocken.

Mein Blick glitt weiter, weiter zu meiner Hand, deren Finger immer noch mit denen von Cal verschlungen waren.

Gott sei Dank, wir waren beide transportiert worden!

»Wie sind sie hergekommen?«

»Sie tauchten plötzlich auf dem Deck auf.«

»Haben sie keine Reittiere dabei?«

»Sie tauchten plötzlich auf, das sagte ich doch. Als hätten sie sich aus dem Nichts manifestiert.«

»Der Alpha braucht Hilfe, seht seine Hand an.«

»Ich habe schon jemanden gerufen …«

Ich sah hoch, als die verschiedenen Stimmen an mein Ohr drangen. Wir waren umringt von Alpha, die sich neugierig zu uns heruntergebeugt hatten.

Es waren Crimson, dem strahlend roten Wimpernkranz zu urteilen, der ihre Augen umgab.

»Ich brauche Hilfe«, stieß ich hervor. »Mein Freund braucht Hilfe«, verbesserte ich mich. »Seine Hand ist schwer verletzt, und er hat viel Blut verloren.«

Ein älterer Crimson schob die anderen zur Seite und baute sich vor uns auf. »Von wo kommt ihr?«

Ich war einfach zu fertig, um mir Lügen auszudenken. »Aus dem Kartell der Ivory. Wir haben einen Dimensionskrümmer benutzt.«

Beide Sätze sorgten dafür, dass die Crimson, die um mich herumstanden, erschrocken aufkeuchten. Einige schüttelten sogar ungläubig mit den Köpfen.

»Mein Freund braucht Hilfe!«, rief ich erneut. »Bitte helfen Sie ihm.«

Der ältere Crimson musterte uns. Er war ganz in Weiß gekleidet, und der Stil erinnerte mich an die Krankenhauskleidung der Fünfzigerjahre. Alles wirkte sehr formell und adrett zugleich. »Welchem Kartell gehört ihr an?«

Ich starrte ihn einen Moment lang an, weil ich unfähig war zu überlegen, wie viel ich verraten durfte.

Eine junge Frau, ebenso adrett gekleidet wie er, stieß dem Mann den Ellenbogen in die Seite. »Das ist doch klar, Vater. Ein Onyx und eine Cobalt.«

Sie lächelte mir zu, und ich nickte schnell. In diesem Moment war ich mal wieder unendlich dankbar, dass Ildy mir ihre Klamotten geliehen hatte und ich wieder mehr aussah wie eine Cobalt. Erleichtert bemerkte ich, dass ich meine Attribute wohl unbewusst wieder verborgen hatte.

Der ältere Mann schnaufte und ging neben uns in die Hocke. Ein paar andere taten es ihm gleich.

Cal war immer noch bewusstlos.

Der Mann runzelte die Brauen. »Ein Onyx und eine Cobalt, so, so. Zwei kleine Unruhestifter.« Er schüttelte den Kopf.

»Bitte, Sie müssen uns helfen.« Ich war bereit, alles zu tun.

Ich berührte sanft den Unterarm des Crimson. »Bitte, er verblutet sonst.«

Der Mann schüttelte meine Hand ab, als wäre sie schmutzig. »Wir retten jedes Leben, egal aus welchem Kartell.« Er sprach das Wort *Kartell* so abfällig aus, dass klar war, dass er von den Onyx sprach. Dann schnippte er mit den Fingern, und ein paar der Alpha, die uns bis jetzt neugierig angestarrt hatten, rannten davon.

Der Mann griff nach Cals Unterarm. Dieser ächzte leise.

»Was für eine Waffe hat diese Wunde verursacht?« Cals Blut rann ihm über die Hand, doch das schien ihm nichts auszumachen. »Oder ist er in eine Art Maschine geraten?«

Die Waffe hatte ausgesehen wie ein Morgenstern, aber ich war mir nicht sicher, ob dieser Begriff in der Welt der Noctua bekannt war.

Also beschrieb ich die Waffe, so gut wie möglich. »Es war eine Waffe, die ich noch nie zuvor gesehen habe. Sie bestand aus einem Haltegriff, und daran war eine dicke Kette angebracht. An ihrem Ende hing eine Kugel, die mit gefährlichen Spitzen bestückt war. Unser Angreifer hat damit auf meinen Kopf gezielt, und mein Freund hat sich dazwischengeworfen. Ich glaube, er hat die Kraft der Waffe ebenfalls unterschätzt. Er hat seine Hand gehoben und mindestens drei der Spitzen sind durch die Haut gedrungen und an der anderen Seite wieder ausgetreten.«

Der Mann sah mich an, als würde er mir nicht hundertprozentig glauben. Gerade wichen ein paar Alpha zur Seite, als eine Trage gebracht wurde. Nur sehr widerwillig ließ ich Cals Hand los, damit man ihn darauflegen konnte.

Der Mann und ich kamen hoch, als auch die Trage angehoben wurde.

»Verstehe.« Er sah mich nüchtern an, während wir im Laufschritt der Trage folgten. »Es sind ein paar Sehnen durchtrennt, und wir werden nun überprüfen, welche Adern in seiner Hand verletzt wurden. Je näher eine Verletzung Richtung Handgelenk liegt, desto kritischer ist es.« Er presste die Lippen zusammen. »Wenn wir die Blutung stoppen können, können wir ihn retten.«

»Vielen Dank!«, rief ich. Zarte Erleichterung durchflutete mich. Ich hatte die richtige Entscheidung getroffen. Hier würde Cal die beste Versorgung bekommen, die möglich war.

Wir hatten den Zugang zum Schiffsbauch erreicht. Wind kam auf, und ich sah kurz nach oben. Ein hellrotes Segel bewegte sich träge.

Der Zugang schien so nüchtern und funktionell wie alles hier auf diesem Schiff. Ich hatte keine überflüssige Dekoration entdeckt, keine Schnörkel oder aufwendige Architektur. Alles wirkte fast steril.

Es wunderte mich nicht, dass wir nun einem schlichten Paternoster entgegentraten, also jenen Aufzügen, die nicht an Etagen hielten, sondern wie ein unendlicher Kreislauf immer von oben nach unten ratterten.

Auch hier war das Holz schneeweiß gestrichen. Die Fläche war breit genug, dass zehn von uns Platz hatten.

Die zwei Alpha, die Cal auf der Trage trugen, hatten genug Platz, ebenso wie ich, der ältere Mann und die junge Frau, die augenscheinlich seine Tochter war.

Während wir hinabfuhren, spähte ich auf das, was in Rot auf die Kitteltasche des älteren Mannes gestickt war. *Gawain Amaury, Heiler und Apotheker, Leitung der Asklepios.*

Das war ein beeindruckender Titel.

Schon hatten wir das erste Deck erreicht und traten hinaus.

Ich wusste mittlerweile, dass sich dort immer die offiziellen Räume eines Schiffes befanden.

Jede Menge Schilder waren an einer Wand angebracht. Aufnahme, Ambulanz, Operationssaal 1–10, Stationen 1–15. Einige Pfeile deuteten auch auf das Deck darunter, sodass man sich von hier aus weiter orientieren konnte.

Wieder ging es im Laufschritt weiter, bis wir vor einer großen Tür anhielten. Auch hier, im Inneren des Schiffsbauchs, war alles in diesem Cremeweiß gestrichen, was zugleich steril, aber auch irgendwie beruhigend wirkte. Kein Vergleich zu dem aggressiven Weiß im Kartell der Ivory.

Ich wollte gerade mit der Gruppe durch eine weitere Tür gehen, da hielt mich die junge Frau auf.

»Wie ist dein Name?«

»Ich bin Erin …« Erst zu spät fiel mir auf, dass dieser Name für Obskuris vielleicht zu gewöhnlich klang. Ich verbesserte mich schnell und benutzte den Namen, mit dem ich mich auch bei den Cobalt Ildys Mutter vorgestellt hatte. »Erinnya«, fügte ich hastig hinzu.

Sie schob es eindeutig auf meine Nervosität. »Bitte warte hier, Erinnya«, sagte sie und führte mich zu einigen Sitzplätzen, die am Rand standen. »Wir kümmern uns gut um deinen Freund. Sobald es Neuigkeiten gibt, werde ich sie dir mitteilen.« Sie strich kurz über meine Schulter, nachdem ich mich gesetzt hatte, und mit einem letzten Lächeln verschwand sie durch die Tür.

Schnell sah ich mich im Flur um. Es war ziemlich ruhig, nur ganz weit hinten spazierten zwei Alpha und waren über eine Akte gebeugt. Sie würden mich garantiert nicht bemerken.

Ich nahm die Tasche mit den Tränken ab und stellte sie unter mich zwischen meine Beine. Dann ließ ich mich in dem

Sitz nach hinten rutschen, um aus den Tiefen meiner weiten Hosen mein Handy hervorzuziehen.

Ich musste den anderen Bescheid sagen, ich musste sie warnen, ich musste sie über all die Neuigkeiten unterrichten …

Mein Handy hatte keinen Empfang. »Verdammt«, fluchte ich leise. Die anderen würden nicht wissen, wo wir waren. Noch hatte ich keine Ahnung, wie lange das hier mit Cal dauern würde. Und außerdem hatten wir kein Reittier, um von hier zu verschwinden.

Ich hielt das Handy hoch in die Luft, und für einen winzigen Moment erschien ein kleiner Balken, bevor er direkt wieder verschwand. Das Spiel wiederholte sich noch ein paarmal, als könne sich der Balken einfach nicht entscheiden.

Ich war verzweifelt, also schrieb ich trotzdem Nachrichten an alle, deren Nummern ich hatte, Ildy, Melissa und Horatio. Wie erwartet wurden die Nachrichten nicht zugestellt.

Ich sprang auf und lief ein gutes Stück den Gang hinunter, zurück Richtung Paternoster.

Doch auch hier brach der Empfang immer wieder ab. Resigniert ging ich schließlich zurück zu meinem Platz, ließ mich darauf sinken und verknotete die Hände ineinander. Hoffentlich konnten die Crimson Cal helfen.

Hoffentlich würde er bald wieder ganz gesund sein.

*

Ich wusste nicht mehr, wie lange ich schon mit ausdruckslosem Gesicht geradeaus an die Wand gegenüber gestarrt hatte. Hin und wieder passierten mich ein paar Crimson. Manche musterten mich neugierig, andere grüßten sogar, doch die meisten ignorierten mich. Einmal führte man einen schwer verletzten

Xanthic vorbei, dessen Schulter blutüberströmt war und in einem ziemlich ungesunden Winkel vom Körper abstand. Ich wandte den Blick ab. Zu frisch waren die Erinnerungen an Cals Verletzungen.

Doch dann öffnete sich plötzlich die Tür, und die junge Alpha erschien. Sie lächelte mich milde an und nahm dann neben mir Platz.

»Wie geht es ihm?«, fragte ich hektisch. »Ist er in Lebensgefahr?«

»Wir konnten seine Wunde versorgen und auch die Sehnen zusammennähen. Aber da ist noch ein großes Gefäß, das noch nicht so recht will, wie wir wollen. Er hat jetzt einige Medikamente und Transfusionen bekommen, und weil er noch so jung ist, hat er den Blutverlust gut verkraftet. Sein Kreislauf ist stabil. Wenn wir es schaffen, das Gefäß wieder zusammenzunähen, dann wird er wieder vollständig gesund.«

Einerseits wollte ich erleichtert sein, andererseits war ich sehr beunruhigt. »Und wenn nicht?«

Sie lächelte, doch jetzt wirkte es professionell und aufgesetzt. »Mach dir keine Sorgen. Noch sind wir sehr optimistisch gestimmt.«

Ich sank in mich zusammen. Das klang aber nicht so. Die junge Alpha berührte sanft meine Schulter. »Mein Name ist Nouel Amaury. Mein Vater leitet die Operation, und er ist einer der besten Heiler dieser Dimension. Ich selbst bin noch in der Ausbildung, aber ich kann durchaus schon beurteilen, wie aussichtsreich so ein Eingriff ist. Dein Freund ist in einer guten Verfassung. Ich bin mir sicher, mein Vater und seine Helfer können diese Blutung stillen.«

Meine Schultern begannen zu beben, weil ich mir einfach nicht vorstellen konnte, was passieren würde, wenn sie die Blutung nicht stillen konnten. Ich durfte Cal nicht verlieren. Und dann brach alles aus mir heraus. Tränen liefen über meine Wange. »Ich darf ihn nicht verlieren«, wisperte ich. »Es darf einfach nicht sein.«

Nouel strich mir sanft über den Rücken. »Wie seid ihr in das Kartell gelangt? Und was hattet ihr bei den Ivory zu suchen?«

Ich hob den Kopf und sah sie an. »Eure Zahnfeen. Wie geht es ihnen?«

Nouel sah mich an, als wolle sie im nächsten Moment eine Hand an meine Stirn legen, um zu prüfen, ob ich Fieber hatte. »Unseren Zahnfeen?«

»Sind sie krank? Schwach? Unterernährt, obwohl sie regelmäßig Kinderzähne sammeln?«

Nouel schluckte, dann nickte sie langsam. »Wir wissen nicht, was es ist. Ich habe gehört, dass es bei den Amethyst und Emerald ähnlich ist.«

Richtig, ich befand mich in einem Kartell des Triumvirats. Ich war so durcheinander gewesen, dass ich dieses Detail total vergessen hatte. Sie hatten uns bisher so freundlich behandelt. In diesem Moment zweifelte ich an der Darstellung der Onyx. Waren diese drei Kartelle wirklich so böse, wie alle glaubten? Sie hatten Cal eindeutig als einen Onyx identifiziert und ihm trotzdem sofort geholfen.

Oder …

Ich sprang auf. »Wo ist Cal? Was habt ihr mit ihm gemacht?«

Nouel folgte mir und drückte mich dann sanft zurück auf meinen Platz. »Was ist denn plötzlich los mit dir?«

»Ihr seid Feinde«, flüsterte ich. »Wir sind Feinde.«

»Wir«, erwiderte Nouel, und sah mich eindringlich an, »…

haben in erster Linie einen Eid geschworen. Wir retten und heilen, unabhängig davon, wer die Macht in der Dimension hat. Und jetzt erzähle mir von den Zahnfeen. Entstammt die Krankheit aus dem Kartell der Ivory? Wart ihr deshalb dort?«

»Das kann ich dir nicht sagen«, flüsterte ich. »Ihr gehört zum Triumvirat. Ihr bedroht die freie Dimension.«

Nouels Mundwinkel sanken nach unten. »Wir retten und …«

Schon klar …

»… ja ich weiß, und ihr heilt. Aber die Zahnfeen könnt ihr nicht heilen, beziehungsweise, ihr braucht sie nicht zu heilen.«

»Was hat das zu bedeuten?«

Ich drehte den Kopf zur Seite. »Tut mir leid, Nouel. Du scheinst wirklich nett zu sein, und ich bin euch allen sehr dankbar, dass ihr Cal rettet. Aber ich kann dir nicht vertrauen, euch allen nicht.«

Nouel nickte knapp, dann stand sie auf. »In Ordnung. Ich komme wieder, wenn ich Neuigkeiten habe.«

Sie nickte mir ein letztes Mal zu, dann verschwand sie wieder durch die Tür.

Ich zweifelte nicht an meiner Entscheidung. Ich wollte Cals Leben retten und hatte mich dafür in Gefahr begeben. Das hier war Feindesland.

Ich musste vorsichtig bleiben.

Kapitel 26

Wieder schien eine Ewigkeit zu vergehen.

Irgendwann war ein freundlicher Alpha erschienen und hatte mir gezeigt, wo auf dieser Etage sich die Waschräume befanden und in welchem Raum es kleine Erfrischungen für die Wartenden gab. Doch auch der Mondbeerensaft konnte meine Laune nicht heben.

Mein Kopf war voll mit der Sorge um Cal, und dieses Gefühl wurde nur unterbrochen durch die Erinnerungen an das Kartell der Ivory und die Bilder des Kampfes mit dem Weißschwingen.

Irgendwann brummte mein Handy gleich dreimal. Ich stellte rasch den Becher auf den Sitz neben mir und griff danach. Sie mussten sich mit ihren Nachrichten abgesprochen haben, denn ich bekam von Melissa, Ildy und Horatio den gleichen Text:

Sind erleichtert, dass es euch gut geht. Was für Neuigkeiten! Ildy kommt ins Kartell und bringt Nyncis mit. Auf welchem Schiff seid ihr? Asklepios, Snowbird oder Lifesaver?

Die Nachrichten waren zwar über zwei Stunden verzögert zugestellt worden, aber mir fiel trotzdem ein Stein vom Herzen.

Ich wollte gerade allen antworten, da erklang eine Stimme den Gang herunter.

»Erin!« Ildy kam mir entgegengerannt.

Ich sprang auf. »Ildy!«

Offenbar waren die Nachrichten so verzögert, dass Ildy bereits ihren Weg hierher gefunden hatte. Noch mal durchflutete mich Erleichterung.

Und da in diesem Moment irgendwie alles gleichzeitig passierte, ging auch hinter mir noch die Tür auf, und Cal trat in den Gang. Hinter ihm zwei kräftige Alpha und Nouel.

Ich wusste gar nicht, wen ich zuerst begrüßen sollte.

Ildy hatte uns erreicht und umarmte jeden von uns stürmisch, wobei sie natürlich Rücksicht nahm auf Cals Hand, die mitsamt seinem Unterarm verbunden war.

Irgendwie redeten alle durcheinander, doch die Stimmung war positiv.

Nouel reichte Cal schließlich einen gefalteten Bogen Papier und brachte so etwas Ordnung ins Chaos. »Das wäre dann die Rechnung. Informationen zu dem Medikament finden sich ebenfalls dort. Bitte sorg dafür, dass die Wunde in den nächsten drei Tagen nicht nass wird.«

Sie holte ein paar Rollen Verbandszeug aus ihrer Kitteltasche und legte sie auf die Rechnung. »Der Verband muss täglich gewechselt werden, dann sollte es zu keiner Entzündung kommen.«

»Vielen Dank«, sagte Cal. Ich nahm ihm das Verbandszeug ab und steckte es in meine bei den Ivory gestohlene Umhängetasche.

Er warf einen Blick auf die Rechnung und ließ dann aus seiner unverletzten Hand vier große Kugeln schimmernde Angst hervorquellen. »Bitte bestelle auch deinem Vater meinen verbindlichen Dank, Nouel«, sagte er.

»Sehr gerne«, erwiderte sie. »Ich erwarte dich dann in einer Woche zum Fädenziehen.« Sie lächelte mir zu. »Euch beide, denn ich nehme an, du wirst ihn begleiten, Erinnya.«

Ich nickte und erwiderte ihr Lächeln. »Vielen Dank noch mal.«

Nouel nickte in die Runde, dann verschwand sie wieder durch die Tür.

»Bei allen Heiligen, was sind das für Neuigkeiten!«, platzte es aus Ildy hervor. »Und was soll der Unsinn mit deiner Hand?« Sie stupste Cal vor den unverletzten Arm. »Musstest du wieder eine große Show abziehen?«

»Er hat mein Leben gerettet«, erwiderte ich schnell. Ich hatte zwar ausführlich geschrieben, was im Kartell der Ivory

geschehen war, dennoch wollte Ildy es wohl noch mal mit eigenen Ohren hören.

Auf dem Weg hinauf zum Hauptdeck berichtete Cal Ildy von unseren Erlebnissen, während ich ihn unauffällig beobachtete.

Ich hoffte wirklich, dass er bald wieder ganz gesund werden würde. Die Wunde hatte schlimm ausgesehen.

Und dass sie ihn jetzt gehen ließen, sprach hoffentlich dafür, dass sich die Verletzung als nicht allzu gravierend herausstellen würde.

Vorne am Bug befanden sich die mobilen Landungsbrücken. Dort entdeckte ich Sky und Nyncis.

»Die anderen erwarten uns am Ausgang des Dunkelstroms hier im Kartell«, erklärte Ildy. »Kannst du fliegen?«

Cal nickte. »Ich spüre zwar nichts von den Fingern bis zum Oberarm, aber ich denke, ich werde nicht von Nyncis herunterfallen.« Er zwinkerte mir zu, und seine großspurige Art war zurück. »Ansonsten habe ich vielleicht Glück, und Erin rettet mich noch mal.«

Ildy seufzte. »Ich sehe schon, es geht dir wieder gut.«

Ich lächelte, obwohl ich mir relativ sicher war, dass Cal seine Verletzung herunterspielte.

Er verzog das Gesicht, als er sich auf den Rücken des schwarzen Wolfs setzte. Er bedeutete mir, vor ihm Platz zu nehmen.

Im nächsten Moment stiegen wir hoch hinauf in den Himmel. In der Ferne sah ich bereits das nachtblaue Band des Dunkelstroms. Ildy flog auf ihrem Drachen voraus, und wir folgten ihr. Schon bald sahen wir in der Ferne die anderen. Horatio winkte uns aufgeregt, und Melissas Dante flog einen kleinen Looping. Zu meiner Überraschung war auch Drystan auf seinem Tausendfüßler dabei.

Die anderen machten viel Aufhebens um Cal, und er musste sich so einige Sprüche gefallen lassen, doch dann wurden die Mienen von allen wieder ernst.

Das, was wir bei den Ivory entdeckt hatten, ließ wenig Raum für Spekulation. Sie benutzten die Substanz, die sie aus den Kinderzähnen entfernt hatten, und es schien der Plan zu sein, dass die Weißschwingen sie mit den extra für sie angefertigten Rucksäcken großflächig verteilen würden.

Die Produktion schien zwar immer noch zu laufen, aber es zählte jetzt jede Stunde, um die Ivory in ihrem Plan aufzuhalten.

»Wir haben in alle Kartelle Boten geschickt, die nicht zum Triumvirat gehören«, erklärte Drystan. »Wir werden uns gemeinsam gegen die Ivory stellen. Es dauert ein wenig, die Truppen zusammenzuziehen, aber ich denke mal, in den frühen Morgenstunden können sich alle Kartelle außer dem Triumvirat geschlossen den Ivory entgegenstellen.«

Ich betrachtete meine Freunde, und so was wie Hoffnung keimte in mir auf.

Wenn die Kartelle uns wegen der gerade aufgedeckten Fakten über die Machenschaften der Ivory unterstützen würden, dann hatten wir eine gute Chance, sie zu stoppen.

Wir würden sie aufhalten, und all die Gefahren, in die wir uns begeben hatten, waren nicht umsonst gewesen. Wir würden siegen.

Und das war ein verdammt gutes Gefühl.

Cal musste die Waffe erklären, mit der er die Verletzung erlitten hatte, und dann sollten wir noch mal genau erzählen, was wir über die Zahnfeen herausgefunden hatten.

»Apropos entgegenstellen«, sagte Horatio plötzlich und deutete in Richtung der drei Schiffe. »Mir scheint, wir bekommen Besuch.«

Wir alle drehten uns zu einer Gruppe Noctua um, die auf uns zuflogen. Beim Näherkommen erkannte ich ein paar Amethyst, einige Emerald in ihren typischen Regency-Outfits und ein paar Crimson.

Verdammt. So wie es aussah, hatte Nouel uns verraten.

»Weg hier!«, rief Cal, und wir schwangen auf Nyncis herum Richtung Dunkelstrom.

»Schneller!«, rief Melissa. »Wir sind verraten worden. Sie dürfen uns nicht fassen.«

Wir stürzten uns in den Dunkelstrom. Unsere Verfolger waren uns dicht auf den Fersen.

»Mehr Tempo!«, hörte ich Horatios Stimme vor uns. »Sie kommen näher!«

»Treffen im Grenzland!«, rief Cal. »Und los!«

Wir jagten weiter durch den Dunkelstrom, doch plötzlich wirkte es, als habe jemand ein überdimensionales Netz über uns gestülpt. Die anderen bemerkten es ebenfalls, denn ich hörte ihre wütenden Schreie.

Nyncis warf sich nach links, genau wie von Cal befohlen. Wir hätten uns jetzt eigentlich im Kartell der Xanthic befinden müssen. Hier würden wir sicher Hilfe bekommen. Sie würden es garantiert nicht zulassen, dass wir vom Triumvirat gefangen genommen wurden.

Die elektrisch aufgeladene Luft im Dunkelstrom verschwand und wich einer sanften kühlen Brise. Erst als ich die Kordel vor meinem Gesicht sah, wurde mir bewusst, dass man uns tatsächlich mit einem Netz gefangen hatte.

Unsere Reittiere konnten nicht mehr mit ihren Flügeln schlagen, und wir purzelten alle übereinander auf den Boden des Netzes.

Über uns hatten große Drachen das Netz gepackt und hielten es in der Luft.

Ich starrte sie an, und einen Moment lang war ich mir sicher, dass ich halluzinierte.

Passierte das hier wirklich? Und was hatten diese Delta mit uns vor? Sie trugen keine Reiter. Wer befehligte sie?

Irgendwo über uns erklang ein Schnalzen. Es klang missbilligend und spöttisch zugleich.

»Kinder, Kinder, Kinder … was macht ihr nur für Sachen?«

Im ersten Moment glaubte ich meinen Augen nicht.

Es war Bane Harlow, Anführer der Xanthic und Patenonkel von Cal, der sich uns auf seinem Reittier näherte.

Cal hinter mir schien es auch nicht fassen zu können. »Onkel?«, stieß er hervor.

Bane grinste gut gelaunt. »Ach, was reden wir denn hier? Hier ist es doch so ungemütlich. Kommt mit zu mir, dort sehen wir weiter.«

Als wenn wir eine Wahl hätten. Schließlich waren wir in einem überdimensional großen Netz gefangen.

In diesem Moment erinnerte ich mich an die Tränke in meiner Tasche. Schnell überprüfte ich, ob etwas zu Bruch gegangen war.

Doch ich hatte Glück. Alle Gläser schienen unversehrt.

»Was soll das?«, hörte ich von irgendwoher Drystans Stimme. »Was erlaubt Ihr Euch, Bane Harlow?«

Nolan, der gerade unter Grml hervorkletterte, musste sich an den Streben des Netzes festhalten, als wir plötzlich Fahrt aufnahmen. »Kann mich mal jemand einweihen? Ist das hier Teil des Plans?«

»Also wenn Bane uns so vor dem Triumvirat retten will, finde ich das wenig elegant gelöst.« Auch Horatio wirkte eher genervt als besorgt. »Ich komme mir vor wie in einem Bällebad der Menschen, nur mit Delta statt Kugeln.«

Er schob seine Schulter an Hackers Flügel vorbei. Dem schien das gar nicht zu gefallen, und er pickte ihm zum Dank auf den Kopf.

»Autsch. Geht's noch?« Horatio sah mit wütendem Blick zu Hacker.

»Onkel!«, rief Cal, doch dieser reagierte nicht. Er drehte sich zu mir. »Bleiben wir erst mal ruhig. Kann sein, dass das eine verrückte Rettungsaktion von ihm ist. Er ist bekannt für seine außergewöhnlichen Ideen.«

Obwohl Cal sich alle Mühe gab, positiv zu klingen, hörte ich den Zweifel in seiner Stimme.

Ich nickte knapp. »Wie geht es deiner Hand?« Im Hintergrund entbrannte zwischen Horatio, Melissa und Drystan eine heiße Diskussion, ob man versuchen sollte, aus diesem Netz zu entkommen oder stillzuhalten.

Cal hielt seine Hand hoch, er musste sie bei dem Fall ins Netz erfolgreich geschützt haben. »Noch ist alles betäubt. Aber ich denke mal, sie wird noch ordentlich wehtun, wenn das nachlässt. Sie haben mir ein Pulver gegeben, sollten die Schmerzen zu schlimm werden.«

»Du hattest großes Glück«, sagte ich und strich ihm über die Wange. »Du hast so viel Blut verloren.«

»Ich hatte großes Glück, weil du dabei warst«, erwiderte er leise. Er nahm meine Hand und küsste die Innenfläche. »Was hast du dem Dimensionskrümmer gegeben?« Sein Blick verriet, dass er wusste, dass es etwas Wertvolles gewesen war.

»Das gute Gefühl, das ich hatte, wenn ich an meine Eltern denke.« Genau jetzt, in diesem Augenblick, versuchte ich es heraufzubeschwören.

Ich erinnerte mich an die Fotos, die ich mir von damals angesehen hatte. An die Videos, die Dad zu besonderen Gelegenheiten aufgenommen hatte. Zu meinen Geburtstagen, im Freizeitpark und in unserem neuen Haus.

Und ich fühlte rein gar nichts.

Nichts.

Ich versuchte es erneut.

Gar nichts. Dieser Teil in mir schien völlig leer.

Da war keine Freude mehr, nicht das wohlige Gefühl von Geborgenheit. Da war einfach gar nichts. Das Gefühl war tatsächlich für immer verschwunden.

»Bei allen Heiligen …«, flüsterte Cal. »Was für ein Preis.«

»Ich hätte dich nicht sterben lassen«, erwiderte ich mit fester Stimme. »Niemals. Dieses Ding hätte alles von mir haben können.«

Neben uns stritten sich die anderen immer noch, doch Cal zog mich an sich und legte seine Hand an meinen Hinterkopf. »Vielen Dank«, flüsterte er. »Vielen Dank, dass du dieses große Opfer für mich gebracht hast.«

Ich lächelte, als wir uns voneinander lösten. »Gerne.«

Neben uns wurde der Streit noch lauter. Cal wandte sich an Horatio. »Niemand durchschneidet hier das Seil. Das ist viel zu gefährlich.«

In diesem Moment hatte Horatio ein Messer hervorgezaubert und säbelte an einem der Taue. »Das wäre doch gelacht …«, murmelte er. »Ich betrete ein Kartell doch nicht verschnürt wie ein Sack Fracht. Ich bin ein Kopfgeldjäger, ich bin die Gefahr, die im Dunkeln lauert, ich bin …«

»… derjenige, der jetzt sein Messer wieder wegpackt«, ergänzte Cal und deutete mit dem Finger auf Horatio. »Du kannst es nicht durchschneiden. Hast du das noch nicht gemerkt?«

Horatio ließ das Messer sinken und funkelte uns böse an. »Versuchen kommt vor Aufgeben, oder wie war das?«

»Es ist Bane!«, rief Nolan und zeigte in Richtung des Xanthic, der nun ein gutes Stück vorausgeflogen war. »Wegen ihm sind wir dem Triumvirat entkommen. Also komm mal wieder runter.«

Horatio wirkte immer noch unversöhnlich, aber er diskutierte nicht weiter. Dann tauchten vor uns die Schiffe der Xanthic auf.

Ganz vorn lag die Firesong, dahinter die Sunflower und dann die Dawnbreaker.

Wir umrundeten die Firesong und nahmen den großen Eingang der Delta am Heck. Hier waren einige Alpha postiert, die dort Wache hielten, doch natürlich winkten sie ihren Anführer nur durch und grüßten höflich.

Dieses Mal näherten wir uns dem Haus von Bane aus der anderen Richtung. Und erneut musste ich feststellen, wie schön das Kartell der Xanthic war. Grüne Wiesen reihten sich an Äcker, auf denen buntes Getreide wuchs. Baumgruppen schmiegten sich an Hügelketten, kleine Seen glitzerten wie türkisfarbene Edelsteine zwischen dunklen Wäldern.

Wir flogen etwas tiefer, und ich sah Plantagen, in denen Obst angebaut wurde, lichtdurchflutete Haine, in denen Nussbäume wuchsen, deren dunkle Früchte überall um sie herum verstreut auf der Wiese lagen. Auf einem der Seen war eine Plattform angebracht, von der aus Pflanzen geerntet wurden, die auf dem Grund des Wassers wuchsen.

Ich war immer noch ganz gebannt von diesem Anblick, sodass ich das doppelstöckige Bauernhaus des Kartellanführers erst gar nicht bemerkte. Die Drachen ließen das Netz immer tiefer sinken und setzten uns dann sanft im Garten ab. Wir warfen das Netz zur Seite und rappelten uns gemeinsam mit unseren Delta auf.

Bane war schon von seinem Reittier gesprungen und kam auf uns zu. Er breitete weit die Arme aus und lächelte.

»Hinein in die gute Stube, Kinder. Ihr müsst ja ganz erschöpft sein. Cal, ich will sofort hören, was mit deiner Hand passiert ist.«

»Verehrter Anführer«, begann Drystan. »Ich bin erfreut über diese Gastfreundschaft, trotzdem möchte ich über die Wahl des Transportmittels protestieren.«

»Nicht doch, nicht doch«, schnitt Bane ihm das Wort ab. »Erst mal hinein ins Haus, und dann sehen wir weiter.« Er schnalzte mit der Zunge, und die Drachen, zwei waren golden, einer tiefrot, stupsten unsere Delta freundschaftlich an, damit sie ihnen zum Vorplatz folgten.

Ich erinnerte mich, dass dort das letzte Mal auch einige Delta auf ihre Reiter gewartet hatten. Dort gab es sogar Schalen mit Wasser und Futter. Für sie würde also gesorgt sein.

Im Haus des Anführers war schon wieder eine Menge los. Aus dem Festsaal erklangen buntes Stimmengewirr und Musik.

Doch dieses Mal gingen wir nicht in das Büro, in dem Bane uns das letzte Mal empfangen hatte, als wir mit ihm und den Zahnfeen gesprochen hatten. Er führte uns an dem Festsaal vorbei und einen langen Gang hinab. Es war erstaunlich, wie groß dieses Haus war, denn von außen wirkte es eher kompakt und gemütlich.

Doch Cal schien nicht beunruhigt, im Gegenteil. Es wirkte, als würde er sich hier gut auskennen. Also bestürmte ich ihn nicht weiter mit Fragen, denn er kannte seinen Onkel eindeutig besser als ich. Und wer wusste schon, wie viele offizielle Räume es in diesem Gebäude gab?

Hinter mir hörte ich Drystan mit Melissa tuscheln. Er wirkte immer noch aufgebracht.

Bane führte uns in einen Raum, der groß genug war, um

Konferenzen abzuhalten. Zuerst fielen mir die großen bodentiefen Fenster auf. Dann, dass der Raum keine Ecken hatte. Er war oval geformt, und vor dem großen Panoramafenster stand ein gedrechselter Schreibtisch. Eine massive Tischplatte ruhte rechts und links auf zwei Kästen, in denen ich Schubladen vermutete. Dahinter, rechts und links neben dem Fenster, hingen gemalte Bilder von Bane und einer Frau. Ich ließ den Blick weiter schweifen, und insgesamt erinnerte mich die Architektur stark an das Oval Office des Präsidenten im Weißen Haus.

An der runden Wand gegenüber dem Schreibtisch waren Bücherregale vom Boden bis zur Decke direkt in die Wand eingelassen. Sie waren bis zum letzten Zentimeter vollgestellt mit allerlei Literatur und diversen Stapeln von Papieren.

Es gab jede Menge Sitzgelegenheiten, auf die Bane nun einladend deutete. »Nehmt Platz.«

Drystan hatte keinen Blick für dieses schöne Zimmer, stattdessen drängte er sich nach vorn. »Bane Harlow, ich glaube nicht, dass Ihr wisst, wer sich in dieser Gruppe befindet.« Er deutete auf Melissa. »Melissa Naira von den Hügeln, Prinzessin und Thronfolgerin der Fawn. Ich, als Hauptmann der Leibwache, kann nicht akzeptieren, auf welche Art Ihr uns gefangen genommen und transportiert …« Weiter kam er nicht.

»Mein lieber Drystan von den blauen Monden.« Bane spazierte auf ihn zu, immer noch lächelnd und jetzt mit einer fast entschuldigenden Geste. Was dann folgte, sah niemand von uns kommen. Als er nah genug war, holte Bane schwungvoll aus, ballte die Finger zur Faust und schlug Drystan so hart vor die Schläfe, dass dieser wortlos in sich zusammenbrach.

Bane schüttelte seine schmerzende Faust und bewegte die Finger, während wir alle ihn fassungslos anstarrten.

»Onkel!«, stieß Cal dann aus, eher überrascht als schockiert.

Horatio zuckte mit den Schultern. »Gut gemacht. Die Elfe nervt sowieso die ganze Zeit schon.« Er ließ sich in einen der Sessel fallen und verschränkte die Arme über der Brust.

Melissa ging in die Hocke, um nach Drystan zu sehen. Sie legte sogar eine Hand an seinen Hals, um seinen Puls zu fühlen.

Ich drängte mich an Cal und Ildy vorbei, um an seiner anderen Seite in die Hocke zu gehen. Zum Glück sah ich, wie sein Brustkorb sich hob und senkte. An seiner Schläfe konnte ich ein bisschen Blut sehen, so heftig hatte Bane ihn getroffen.

Natürlich, er war ein kräftiger Mann, er wog bestimmt über 100 Kilo, und so wie alle Landwirte schien er körperliche Arbeit gewöhnt. Aber diese Brutalität schockierte mich dann doch.

»War das nötig?« Anklagend sah Melissa hoch zu Bane. Er hielt ihr galant die Hand hin, um ihr aufzuhelfen. »Meine liebe Prinzessin. Ich höre es nicht gern, wenn mir Vorwürfe gemacht werden. Und ich stehe in der Hierarchie über Eurem Hauptmann. Er hat jetzt dreimal versucht, mich verbal zu beschimpfen. Zweimal höre ich zu und behalte meine gute Laune. Das dritte Mal wehre ich mich auf andere Art.« Er geleitete sie mit einem charmanten Lächeln zu einem kleinen Sessel, während ich mich ebenfalls wieder erhob. »Nehmt Platz, ich lasse bereits ein paar Kleinigkeiten und Erfrischungen in den Küchen für uns zubereiten. Währenddessen könnt ihr mir ein wenig erzählen.« Er drehte sich nun zu uns allen. »Nun nehmt schon Platz, Kinder. Ich bin neugierig. Warum seid ihr vor dem Triumvirat geflohen?« Dann glitt sein Blick zu Cal. »Und was ist mit deiner Hand geschehen?«

Bane ließ sich hinter dem ausladenden Schreibtisch nieder.

Während Horatio sofort zu erzählen begann, wo wir herkamen und warum wir auf der Flucht waren, sprang Cal plötzlich auf.

»Entschuldige Horatio, dass ich dich unterbreche.« Er sah zu Bane. »Tut mir leid, Onkel, ich möchte wirklich nicht unhöflich sein. Aber wir müssen dringend weiter.« Banes Frage nach seiner Hand ignorierte er einfach. »Wir kommen ein anderes Mal gerne wieder und verbringen Zeit mit dir und den Deinen. Und gerne bleiben wir dann auch auf ein Getränk oder die leckeren Spezialitäten, für die die Xanthic in der ganzen Dimension bekannt sind.«

Während Cal sprach, hatte ich die Möglichkeit, mir weitere Details des Zimmers genauer anzusehen.

Die Schreibgeräte, die auf dem Schreibtisch lagen, wirkten sehr teuer. Waren sie nicht vielleicht sogar aus purem Gold? Ein ziemlicher Luxus für jemanden, der mit Obst, Getreide und Nüssen handelte. Oder war es für den Anführer des Kartells völlig normal?

Ich fand noch mehr Gold in diesem Zimmer, so dezent angebracht, dass es den rustikalen Charme nicht beeinträchtigte.

»Ich möchte mich im Namen von uns allen dafür bedanken, dass du uns gerettet hast.«

Mein Blick glitt zu den Gemälden, denen ich vorher kaum Beachtung geschenkt hatte. Ich betrachtete sie etwas genauer. Beide zeigten Bane und eine Frau, mit der er sehr vertraut zu sein schien. Und in der nächsten Sekunde erkannte ich sie. Mir wurde eiskalt.

»Aber bitte, habe Verständnis, wenn wir jetzt weitermüssen. Nochmals vielen Dank, dass du uns gerettet hast.«

Bane legte den Kopf schief, und plötzlich war da ein gefährliches Glitzern in seinen Augen. Er sprang von seinem Stuhl auf und sah uns triumphierend an. »Aber wer sagt denn, dass ich euch gerettet habe?«

Ich hörte seine Worte, doch mein Blick glitt immer noch zwischen den beiden Gemälden hin und her. Ich stupste Cal an und deutete unauffällig auf die Gemälde.

Ich *kannte* die Frau. Im Kartell der Ivory hatte ich sie nur im Profil gesehen, aber hier und jetzt konnte ich sie mit dem Bild vergleichen, das ich im Kartell der Fawn im Thronsaal gesehen hatte. Und damit waren alle Zweifel wie weggewischt.

Ariana von den blauen Monden. Geächtete Schwester von König Thiobald und Mutter von Drystan, totgeglaubt und nun offenbar Sammlerin von Kinderzähnen und Anführerin der Ivory.

Die Puzzlestücke in meinem Kopf fügten sich zu einem erschreckend klaren Bild zusammen.

Im nächsten Moment brach um uns herum Chaos aus.

Kapitel 27

Drystan war gerade wieder zu sich gekommen und rappelte sich auf, da schienen Banes Worte bei den anderen angekommen zu sein.

Gleichzeitig glitten hinter uns die Bücherregale lautlos zur Seite, und Dutzende schwer bewaffnete Wachen der Xanthic stürzten in das Zimmer.

Wir alle sprangen auf und drehten uns den Angreifern zu. Die, die Waffen hatten, zückten sie.

Cal griff mit der verletzten Hand nach einem Dolch mit langer Klinge, während er mich mit der gesunden Hand am Arm packte und mich dann mehr oder weniger unsanft unter den Schreibtisch stieß.

»He!«, protestierte ich, doch er achtete schon nicht mehr auf mich. Zusammen mit den anderen kämpfte er erbittert, und zum Glück war es seine linke Hand, die so schwer verletzt war.

Sogar Melissa hatte jetzt eine Art silberne Peitsche hervorgezaubert, mit der sie eine Wache im Gesicht schwer verletzte.

Drystan hatte sich in Sekundenschnelle wieder gesammelt und wollte sich auf Bane stürzen, doch hinter uns quollen immer mehr Wachen in den Raum.

Über mir hörte ich, wie Bane die Füße vom Tisch nahm. Ich hatte vielleicht keine Waffe, aber jetzt fiel mein Blick auf die Umhängetasche.

»Na, wen haben wir denn da?« Grobe Hände griffen nach mir. Die eine Hand schlang sich um meinen Pferdeschwanz, die andere um meinen Hals. Mir blieben nur Sekunden. Ich riss die Tasche auf und wollte nach dem Trank mit dem allerschlimmsten Titel suchen. Ich würde Bane wehtun, und ich hatte keinerlei Skrupel mehr übrig.

Dann verstärkte sich der Griff um meinen Kehlkopf, und ich spürte den Druck. Nur noch Sekunden, und er würde mich unter dem Schreibtisch hervorziehen. Ich hatte keine Zeit mehr. Ich griff wahllos nach einem Trank.

Im nächsten Moment wurde ich brutal nach oben gezogen. Ich hustete, weil seine groben Hände auf meinen Hals drückten. Die Tränke in der Tasche, die ich immer noch quer umgehängt hatte, klirrten laut.

Banes Blick fiel darauf. »Und was ist das? Hast du für alle Getränke dabei?«

»Nicht ganz«, stieß ich keuchend hervor, riss den Stopfen herunter und bewegte die Phiole schwungvoll in seine Richtung.

Erst jetzt sah ich, welchen Trank ich erwischt hatte. Banes halbes Gesicht und sein Haar waren verklebt von einer quietschrosafarbenen Masse, die aussah, als wäre er auf einem überdimensional großen Klumpen Kaugummi eingeschlafen.

Ich starrte Bane mit großen Augen an.

Er schien einen Moment lang genauso ungläubig wie ich. In der nächsten Sekunde war das zähe, hellrosafarbene Zeug komplett in seine Haut eingesunken. Das Weiß seiner Augen leuchtete pink auf und verschwand dann wieder.

Er ließ mich nicht los, während ich die Flasche wieder schloss und schnell wegpackte. Im Gegenteil. Er stieß mich grob gegen den Schreibtisch und wollte dann mit der flachen Hand ausholen, um mir mitten ins Gesicht zu schlagen.

Hinter uns tobte immer noch der Kampf, doch jetzt standen plötzlich zwei der Wachen neben dem Schreibtisch.

Eine war eine kräftige Frau, die die Hand von Bane auffing. »Sie wird sich kaum wehren, mein Anführer. Sie hat keine Waffe. Ich bin mir sicher, wir können sie festnehmen, ohne dass weitere Gewalt nötig ist.«

Sie sah eindringlich zu mir.

Trotz ihrer bunten Kleidung wirkte sie bedrohlich. Sie sah so aus, wie ich mir eine Amazone vorstellte. Ihr Haar war streng zurückfrisiert, und die ärmellose Tunika zeigte ihre muskulösen Oberarme, um die Lederbänder geschlungen waren. Ihr Griff war nicht weniger fest als der von Bane, als sie mich mit sich zog.

Trotzdem, sie hatte mich vor einem Schlag bewahrt, der mir ganz sicher eine aufgeplatzte Wange oder Schlimmeres zugefügt hätte.

Ich wehrte mich nicht mehr, stattdessen nickte ich knapp. Möglichst unauffällig drehte ich die Tasche mit den Tränken nach hinten auf meinen Rücken, in der Hoffnung, sie würde mir nicht abgenommen werden.

Wir wandten uns um, und ich sah das ganze Ausmaß dieses Hinterhalts.

Auf jeden meiner Freunde kamen mittlerweile drei Wachen.

Man hatte ihnen die Hände auf den Rücken gefesselt, und sie standen nun nebeneinander aufgereiht vor den umgefallenen Sesseln, als wären sie in das Zimmer des Direktors gerufen worden.

»Was hat das zu bedeuten, Bane?«, rief Horatio. »Warum werden wir gefangen genommen?«

»Ihr seid im Kartell der Ivory gesehen worden.« Jetzt glitt Banes Blick zu Cal und mir. »Man hat euch erkannt, trotz der gestohlenen Umhänge. Wenn Callahan Kymragh und das Menschenmädchen in der Dimension herumschleichen, dann fallen sie auf. Ihr habt es vielleicht versucht zu vertuschen, indem ihr die Weißschwinge getötet habt. Doch in diesem Kartell haben die Wände Augen. Es lebt von seinen Geheimnissen. Es existiert durch seine Geheimnisse.«

Das war eine erstaunlich offene Antwort. Cal runzelte ungläubig die Brauen.

Plötzlich klopfte es an der Tür.

Ich erkannte den Mann wieder, der nun eintrat. Er hatte auch das letzte Mal mit uns gesprochen und musste wohl einer von Banes Assistenten sein.

»Edler Anführer, hier war gerade ein Bote aus dem Kartell der Fawn, er berichtete, dass-« Seine Augen glitten beim Sprechen über die ganze Szene, und er hielt abrupt inne. »Ich meine, es sind vertrauliche Informationen, die ich-« Er brach ab und sah wieder zu Bane. »Sollten wir dieses Gespräch unter vier Augen führen?«

Bane ließ sich wieder lässig auf seinen Schreibtischstuhl fallen und lehnte sich so stark zurück, dass das Holz der Lehne quietschte. »Es ist nicht nötig«, erwiderte er. »Das sind mein Patenkind und seine Freunde.«

Der Assistent betrachtete Bane, als wolle er sichergehen, dass dieser nicht betrunken war. »Edler Anführer, seid ihr sicher, dass-«

»Sag du mir nicht, wie ich mich zu verhalten habe«, blaffte Bane. »Und jetzt erzähl schon.«

Der Assistent rappelte sich auf und blinzelte ein paarmal hektisch. »Hier war ein Bote aus dem Kartell der Fawn. Er berichtete, dass eine kleine Allianz verschiedener Kartelle die Entdeckung gemacht hat, dass die Ivory sehr wahrscheinlich versuchen werden, die Menschheit auszurotten. Offenbar gibt es im Inneren von Milchzähnen eine Substanz, die dafür sorgen kann, dass auch erwachsene Menschen uns Noctua wieder sehen können. Sie wollen diese Substanz großflächig auf der Erde verteilen. Und das würde bedeuten, dass sich in kurzer Zeit ein großes Übermaß an Angst auf der Erde bilden wird. Zu viel für uns, um es einzudämmen. Die Omega würden unweigerlich erwachen, und im schlimmsten Falle würden sich noch neue bilden. Die Erde würde zerstört werden. Man bittet um Mithilfe, um sich gemeinsam im Verbund gegen die Ivory zu stellen und um eine schnelle Antwort, denn der Gegenschlag ist in bereits drei Stunden geplant.«

Bane brach in ein schallendes Gelächter aus. »Du liebe Zeit«, sagte er und lachte dann erneut, als könne er sich einfach nicht beherrschen. »Was stiftet ihr nur für eine Unruhe?« Er ließ seinen Blick über uns schweifen. »Dabei hatten wir alles so gut geplant. Es hätte eine saubere Aktion werden können, ohne unnötiges Chaos.«

»Mein Anführer?«, flüsterte der Assistent. Er ließ seinen

Blick über uns gleiten und betrachtete dann stirnrunzelnd die schwer bewaffneten Wachen.

Offenbar hatte Bane seine kleine Privatarmee selbst vor seinen engsten Vertrauten gut versteckt.

»Ihr sorgt ehrlich für ziemlich viel Unruhe.« Bane beachtete seinen Assistenten gar nicht, riss eine der Schreibtischschubladen auf und griff dann nach einem Kästchen. Es war komplett aus weißem Holz gefertigt.

Daraus entnahm er einen schneeweißen Bogen Papier und einen weißen Stift, der aussah, als bestünde er einfach nur aus Kreide. Er strich den Bogen glatt und schrieb dann mit der Kreide darauf.

Natürlich war rein gar nichts zu sehen. Es waren ein paar schnelle Zeilen, die er dann kurz unterschrieb. Das vermutete ich zumindest. Dann faltete er den Bogen zusammen. Wir alle sahen ihm dabei zu, denn es wirkte, als würde er eine Figur falten.

Und richtig. Nach ein paar schnellen geübten Handgriffen besaß das Papier plötzlich die Form eines kleinen geflügelten Wesens.

Bane lächelte zufrieden, dann schnippte er davor, und das Papier löste sich in Luft auf.

Wir alle starrten ihn an, und auch dem Assistenten fiel das Kinn auf die Brust. »Das ist Magie«, wisperte er. »Wie könnt Ihr …?«

Bane lächelte. »Meine Frau ist die mächtigste Schwarzmagierin der Dimension. Dank ihr habe ich ein bisschen was gelernt.«

»Eure Frau ist schon viele Jahre tot«, flüsterte der Assistent. »Bitte, mein Anführer, was passiert hier? Geht es euch gut?« Erneut ließ er seinen Blick über die schwer bewaffneten Wachen gleiten. Ich glaubte ihm gerne, was für einen verstörenden Anblick sie für die friedliebenden Xanthic boten.

»Verschwinde«, knurrte Bane und machte eine wedelnde Geste mit der Hand, als wolle er eine Fliege verscheuchen. »Und solltest du über das reden, was du hier gesehen hast, werde ich dir persönlich die Zunge herausschneiden und sie dir dann in den Hals stopfen.«

Der Assistent wurde kreidebleich, verbeugte sich ein letztes Mal und schloss die Tür mit einem fast lautlosen Klicken hinter sich.

»Was guckst du so, Hauptmann?«, fragte Bane mit süßer Stimme.

Drystan schienen erst jetzt die großen Gemälde an der Wand aufgefallen zu sein. Vermutlich war er wegen des Schlags gegen seinen Kopf immer noch etwas benommen, denn er flüsterte nur. »Was habt ihr mit meiner Mutter zu schaffen?«

Schon wieder lachte Bane wie ein Wahnsinniger. »Da habe ich dich wohl etwas fest an deinem hübschen Gesicht erwischt. Das tut mir leid.« Seine Stimme verriet, dass eher das genaue Gegenteil der Fall war. »Aber da wir quasi verwandt miteinander sind, will ich mal nicht so sein.« Er deutete im Sitzen eine spöttische Verbeugung an. »Gestatten, ich bin die schändliche Verbindung, für die deine Mutter deinen Vater verlassen hat.« Er schnaubte. »Ihr Bruder, der König, hat diese Ehe arrangiert. Hat sie mit irgendeinem seiner Lords verheiratet und auf ein anderes Schiff verbannt. Er wusste schon immer, dass sie eine Bedrohung für ihn war. Sie war nicht nur von Anfang an viel schlauer als er, sie gilt nach wie vor als magiebegabteste Fawn der Geschichte ihres Kartells. Und dieser Dummkopf schickt sie auf die Honeydream, wo sie fortan nichts tun soll, als auf ihrem Hintern zu sitzen und Kinder zu bekommen.«

Aus Drystans Gesicht war jede Farbe gewichen.

Auch Melissa wirkte völlig fassungslos. Ich konnte beobachten, wie auch die anderen das Gemälde immer wieder ansahen. Sie alle waren so eingenommen von diesem seltsamen Überfall mit dem Netz gewesen, dass keiner der Inneneinrichtung des Raums eine größere Beachtung geschenkt hatte.

»Das kann nicht sein.« Drystan schüttelte den Kopf. »Meine Mutter ist im Kindbett gestorben. Sie starb, nachdem sie Euer Baby zur Welt bringen wollte. Und Ihr erzählt mir irgendetwas vom Kinderkriegen?« Er riss einen Arm los und deutete anklagend auf Bane. »Sie starb nicht bei meinem Vater, sie starb in Eurer Gesellschaft.«

»Oh nein«, wisperte Bane. »Sie starb nicht im Kindbett. Das erzählt man sich vielleicht, weil niemand etwas weiß und alle ihren Teil der Geschichte dazu erfinden.« Er schüttelte den Kopf und verzog den Mund zu einem hämischen Grinsen. »Sie hat nach einem Mittel gesucht, den Thron für sich zu gewinnen. Sie war die fähigere der beiden Geschwister. Ihr Bruder Thiobald ist ein einfältiger Idiot, der in der Vergangenheit gefangen ist. Die Fawn mit ihrer Magiebegabung haben die Kraft, die gesamte Dimension anzuführen. Und er ist zufrieden mit seinem kleinen Königreich. Ariana hat größer gedacht. Und sie hatte die Kraft dazu. Sie wusste, dass auf der Atlantide Bücher von großer Macht versteckt sind. Und sie hat diesem verdammten Schiff einen großen Preis geboten.« Er sah jedem Einzelnen von uns in die Augen, bis er bei Drystan ankam. »Sie wollte dem Schiff ihren Sohn schenken. Ihren Erstgeborenen.« Er lachte trocken auf, als Drystan zusammenzuckte.

»Was?«, flüsterte er tonlos. »Ich war nie auf der Atlantide.«

»Oh, das Schiff hätte sich geholt, was ihm zusteht, das glaub mir mal«, flüsterte Bane. »Aber nein, dieses bösartige alte Ding wollte etwas anderes.« Seine Stimme wurde rau. »Es wollte ihre ungeborene Tochter. Ein Kind der Liebe und nicht ein Kind, das einer Zweckgemeinschaft entsprungen war so wie du. Eine Tochter, die all ihre Gaben geerbt hatte.«

Mir jagte eine Gänsehaut die Arme hinab.

Cal und ich wechselten einen schnellen Blick. Warum nahm Bane uns gefangen, nur um uns dann seine gesamten Pläne offenzulegen? Eigentlich hätte er uns jetzt sofort in irgendeinen Kerker werfen und verrotten lassen können.

Dann fiel mir ***Erzähl die Wahrheit*** wieder ein. Könnte es daran liegen? War der pinkfarbene Trank daran schuld? Wenn ja, dann müssten wir die Situation unbedingt ausnutzen, solange er noch wirkte.

Ich hätte Cal gerne davon erzählt, doch die Wachen hielten uns immer noch fest, und ganz sicher würden sie uns nicht miteinander reden lassen. Ich war also auf mich allein gestellt.

Bane sprach in der Zwischenzeit schon weiter. »Ariana hat dem Schiff gegeben, was es wollte. Das Schiff nahm sich die ungeborene Tochter, und Ariana bekam die Bücher über die längst verloren geglaubte schwarze Magie in der Dimension. Da sie ein Talent dafür besaß, war sie sich sicher, dass die Bücher ihre Macht nur vergrößern würden. Doch Ariana konnte nicht widerstehen und nahm sich mehr, als ausgehandelt war. Sie stahl ein Buch über Totenbeschwörung. Ein Werk, dessen Magie so schwarz und böse ist, dass es für immer hätte unter Verschluss bleiben sollen. Und das Schiff rächte sich dafür. Sie war gerade eine Woche lang Zu Hause angekommen und studierte die Bücher, da traf sie die Macht des Schiffes. Es sorgte dafür, dass die Blutungen, die nach dem Verlust eines Kindes folgen, so stark waren, dass Ariana daran starb.«

Drystan brüllte auf und warf sich dann nach vorne. Noch mehr Wachen stürzten sich auf ihn und konnten ihn nur mit Mühe bändigen.

»Ihr seid schuld an allem, ich weiß es. Meiner Mutter hätte ein ruhiges und angenehmes Leben beschieden sein können, und Ihr habt ihr den Kopf verdreht, ihr dumme Ideen eingepflanzt und dafür gesorgt, dass sie unglücklich ist mit meinem Vater. Er war vielleicht nur ein einfacher Adliger, aber er hat sie aufrichtig geliebt, genau wie ich.«

»Oh nein«, lachte Bane. »Deine Mutter brachte diese Ideen in unsere Beziehung. Ich habe mich in sie verliebt, ohne zu wissen, was für Kräfte sie hat. Aber als sie davon erzählte und von der Ungerechtigkeit, die ihr widerfahren war, da wollte ich ihr helfen. Ich wollte dafür sorgen, dass sie bekam, was ihr zustand. Aber dann erfuhr sie von der Möglichkeit, noch mehr Macht zu bekommen, und auch mir gefiel dieser Gedanke. Die Dimension wird von so vielen Schwachköpfen regiert, die alle ihr eigenes kleines unbedeutendes Süppchen kochen. Ariana und ich werden zukünftig über Obskuris herrschen.«

»Wieso glaubst du daran, dass euer Plan funktionieren wird, wenn bereits so viel daran gescheitert ist?«, fragte Cal mit kühler Stimme. »Ihr habt die Macht der Atlantide unterschätzt. Sie hat Ariana getötet. Schon an diesem Punkt hätte euer Plan scheitern können.«

Bane grinste. »Aber das Schicksal ist mit denen, die es herausfordern. Ariana wurde zu einer Ivory. Doch anders als all die anderen Schwachköpfe in diesem Kartell vergaß sie nicht, wer sie war. Die große Magie in ihr verhinderte es. Im Gegenteil, ihre neue Existenz stärkte sie noch weiter. Sie ließ die

Weißschwingen wieder auferstehen, jene uralten Krieger, die vor uns die Dimension bevölkerten und die die Atlantide bauten. Sie sind ihr treu ergeben und eine weitaus mächtigere Leibwache als die, die du befehligst, Hauptmann.« Sein Blick glitt zu Drystan, und er lächelte. »Und gerade eben habe ich Ariana eine Nachricht geschickt, dass sie genau diese Krieger losschicken soll, um das Extrakt aus den Kinderzähnen überall auf der Welt zu verteilen. Wir werden euch zuvorkommen. Die Weißschwingen werden die Erde erreichen, noch bevor die Kartelle sich versammelt haben. Meine Nachricht ist schon längst eingetroffen, und gerade jetzt gibt Ariana den Befehl.« Er zuckte gleichgültig mit den Schultern. »Alles, was ihr riskiert habt, alles, was ihr verloren habt, es war vollkommen umsonst. Wir haben gesiegt.«

Kapitel 28

In der Stille, die nun herrschte, konnte man eine Stecknadel fallen hören.

Ich beschloss, die Probe aufs Exempel zu stellen. Wenn ***Sag die Wahrheit*** wirklich funktionierte, dann sollte Bane jetzt alle seine Pläne offenlegen.

Also reckte ich die Schultern und gab mir Mühe, so wenig eingeschüchtert wie möglich zu klingen. Ich wollte einfach nicht daran glauben, dass wir zu spät kamen.

Ich hoffte, dass die Kartelle auf das Heer von Weißschwingen aufmerksam wurden und sie irgendwie aufhalten konnten.

Denn dass wir hier schnell wieder rauskommen würden, daran glaubte ich keinesfalls. Die Sorge um die Erde und all die, die ich liebte, wollte in mir überhandnehmen, und kurz überkam mich Panik. *Ich muss hier weg, ich muss sie alle warnen, ich muss sie in Sicherheit bringen.*

Doch dann atmete ich tief aus und sah Bane an. Erst als seine Augen sich weiteten, fiel mir auf, dass ich wohl aus Versehen meine Barrieren hatte sinken lassen. Der Knoten in meinem Bauch hatte sich gelöst, und vermutlich konnte ich jetzt nichts mehr verheimlichen.

»Du bist eine …«, stieß er hervor. »Du bist …«

»Richtig«, sagte ich schnell. »Ich gehöre zum Kartell deiner Frau. Allerdings nur zur Hälfte. Vermutlich habe ich deshalb noch meine Erinnerungen. Und glaub mir, ich bin nicht stolz, jetzt Teil ihrer Welt zu sein. Aber lass mich dir eine Frage stellen: Wie lautet dein Plan? Erkläre ihn uns in allen Details.«

Die anderen drehten die Köpfe zu mir, als habe ich den Verstand verloren.

»Als wenn er darauf antwortet«, knurrte Nolan durch geschlossene Zähne.

Aber Bane fing sofort an zu erzählen, als wäre gar nichts dabei, seine Weltuntergangspläne mit allen zu teilen.

»Dieser Plan ist so simpel wie genial.« Er hob die Hände in einer triumphierenden Geste. »Wir lassen die Erde untergehen. Ariana hat auf der Atlantide Aufzeichnungen gefunden, die beweisen, dass das Universum leichter zu berechnen ist, als wir bisher geglaubt haben. Seine Energie, seine Kreisläufe können wir für uns nutzbar machen.

Die Erde wird unter der Angst der Menschen erbeben und das im wörtlichen Sinne. Die Omega werden erwachen und werden sie einfach zerstören.

Doch nicht nur die Oberfläche. Auf ihrem Weg nach oben zerstören sie auch die vielen Schichten. Die Erde kollabiert in sich, und zusammen mit dem Übermaß an Angst der Menschen während des Weltuntergangs komprimiert sie sich zu einem schwarzen Loch, einem Strudel von unendlicher Energie, die sich immer wieder reproduziert, die niemals aufgebraucht oder erschöpft ist. Angst ist genauso eine Energie. Sie treibt unsere Dimension an, sie hält uns am Leben.

Und genau diese Energie wird fortan in dem schwarzen Loch unendlich reproduziert: Angst!

Wir haben schon vor Jahren damit angefangen, die Architektur im Reich der Ivory diesen Bedürfnissen anzupassen. Das Dreieck ist ein mächtiges geometrisches Werkzeug, und es wird den Nabel der Dimension bilden. Die Wege zwischen der Spellcaster, der Cursegiver und der Stargazer sind mit magischen Steinen erschaffen worden, die-«

»Die Wege zwischen wem?«, fiel Cal ihm ins Wort.

»Der Spellcaster, der Cursegiver und der Stargazer«, erwiderte Bane ungerührt. »Den drei Schiffen der Ivory.«

»Ihr habt die Pearl, die Silencium und die Alba in Spellcaster, Cursegiver und Stargazer umbenannt?«, fragte Horatio und klang so, als müsse er einen Lachanfall unterdrücken. »Die Namen klingen ja wie der naive Traum eines jeden Zauberlehrlings.«

Bane gab einer der Wachen, die Horatio festhielten, einen kurzen Wink, und der Mann schlug ihm heftig gegen den Kopf.

Obwohl die Brutalität mich anwiderte, bemühte ich mich, ein Lächeln aufzusetzen. »Bitte erzählt weiter.«

Schon wieder wechselten die anderen ungläubige Blicke. Und wieder erzählte Bane fröhlich weiter.

»Die Anordnung der Schiffe ist kein Zufall, sondern geplant. In diesem Dreieck wird sich das Zentrum des Bösen befinden, das Zentrum der dunklen Macht. In ihrer Mitte können wir die hundertfach konzentrierte Angst beherrschen.

Und genau deshalb werden es die Ivory sein, die diese Dimension künftig anführen werden. Ihr alle werdet mit der Zuteilung von Angst auf uns angewiesen sein. Niemand von euch kann sie so verarbeiten, so kontrollieren wie wir. In unserer Mitte wird die dunkelste Energie kontrolliert, was uns unendliche Macht gibt.« Er schnalzte mit der Zunge und schien ziemlich zufrieden.

»So einfach ist das. Natürlich ist dies ein Plan, den wir nicht erst gestern geschmiedet haben.

Um ehrlich zu sein haben wir es schon vor langer Zeit versucht und sind beim ersten Mal leider-« Er stoppte und blinzelte. Vorsichtig betastete er sein Gesicht.

»Was geht hier vor sich?«, fragte er hektisch. Er sah uns an, als könne er nicht fassen, was er gerade getan hatte. »Was passiert hier? Warum?«

Sein Blick glitt zu mir. »Du …« Er machte ein paar schnelle Schritte auf mich zu. Er wirkte immer noch ein wenig verwirrt, so als habe er Gedächtnislücken und könne sich nicht an alles erinnern. »Du bist eine von ihnen, du hast mich verzaubert.«

»Nein«, erwiderte ich und tat besonders unbedarft. »Ich habe überhaupt keine Magie.«

»Alle Ivory haben Magie«, zischte Bane. »Doch sie wissen nicht, was es ist, und niemand erklärt es ihnen, dafür hat Ariana gesorgt. Sie wird-«

Er gab einen wütenden Laut von sich und presste seine Hand auf den Mund. »Verdammt noch mal! Was ist das?«

Er hatte ganz offensichtlich vergessen, dass ich ihn mit dem Trank übergossen hatte.

Wieder schoss sein Blick zu mir. »Egal. Ihr werdet nie wieder das Tageslicht sehen.« Er sah zu seinen Wachen. »Hinab in die Kerker mit ihnen. Geht mir aus den Augen. Ich muss mich vorbereiten, mir steht Großes bevor.«

Wir wehrten uns aus Leibeskräften, doch die Wachen zerrten uns durch die Tür, die zwischen den Bücherregalen entstanden war.

Von da aus ging es einige gemauerte Stufen hinab in den Untergrund.

Bane schien für genauso einen Fall gut vorbereitet zu sein. Es gab ein paar kleine Einzelzellen, aber auch eine große Gemeinschaftszelle. Die Wachen waren sich ihrer Sache so sicher, dass sie es nicht mal für nötig hielten, uns zu entwaffnen.

Sie nahmen den Onyx halbherzig jene Waffen ab, die allzu sichtbar waren. Doch wir wurden nicht durchsucht, und ich versuchte, mich inmitten der anderen dicht an die Wand gepresst in die Zelle zu drängen, damit man den Riegel über meiner Brust bestenfalls für einen leeren Waffengurt hielt.

Die Wachen schlossen hinter uns ab und ließen uns in völliger Dunkelheit zurück.

»Drystan«, flüsterte Melissa irgendwo links von mir. Ich hörte, wie sie nach etwas in ihrem Kleid raschelte. Dann klickte es, und es klang, als würde Metall brechen.

»Nimm die Steine, ich weiß, du kannst sie leuchten lassen.«

Ich hörte das Klirren von Steinen.

Im nächsten Moment erglommen sanfte bunte Lichter auf Drystans Handfläche. Melissa hatte offenbar die Edelsteine aus ihrem Haarschmuck und von der Kleidung gelöst und sie Drystan gegeben.

Wenigstens hatten wir so genug Licht, um einander anzusehen.

»Kann mir mal gerade irgendjemand erklären, was hier passiert ist?«, flüsterte Ildy mit tonloser Stimme. »Wieso war Bane uns immer einen Schritt voraus? Wieso haben wir die ganze Zeit nicht gemerkt, was er geplant hat?«

»Und wieso hat er uns dann einfach alles erzählt?«, fragte Nolan. Es war offensichtlich, dass er es für eine weitere Finte hielt.

»Ich habe bei den Ivory ein paar Zaubertränke mitgehen lassen«, gestand ich. »Ich habe ihn mit ***Sag die Wahrheit*** übergossen, als er mich unterm Schreibtisch hervorgezogen hat.«

Um mich herum erklang verhaltenes Lachen.

»Ich fass es nicht«, murmelte Horatio. »Der einzige Mensch in unserer Gruppe deckt die fiesen Weltuntergangspläne mit einem Zaubertrank auf.«

»Der einzige halbe Mensch«, korrigierte ich ihn.

Er brummte eine Entschuldigung, die jedoch in Melissas Frage unterging. »Wie geht es jetzt weiter? Wir müssen hier irgendwie raus.«

»Drystan könnte alle Wachen mit irgendwelchen Ranken knebeln«, schlug ich vor. »Das kann er echt gut. So schalten wir sie alle hintereinander aus, wenn sie nach uns sehen.«

Danach folgte eine irritierte Stille.

Drystan räusperte sich irgendwann und hielt es wohl für nötig, sich zu rechtfertigen. »Wenn du jetzt darauf anspielst, dass ich uns alle so hätte befreien können, dann muss ich dir sagen, dass das nicht funktioniert. Schon eine einzige Ranke kostet mich unendlich viel Kraft. Und sie ist keine Waffe, sondern nur eine Pflanze, wie du bereits weißt.«

Zwei der Onyx sprachen gleichzeitig los.

»Kannst du es trotzdem mal versuchen?«, bat Nolan.

»Wieso weiß Erin das?«, fragte Cal mit Misstrauen in der Stimme.

»Er hat mich mal mit einer gefesselt«, erwiderte ich. »Um seinen Standpunkt deutlich zu machen.«

Horatio gab ein leises Glucksen von sich. »Unsere Lage ist zwar echt mies, aber das ist lustig. Könnt ihr das noch mal vorführen, wenn die Welt gerettet ist?«

»Genug davon«, unterbrach Cal ihn energisch. »Wir dürfen auf gar keinen Fall zulassen, dass die Weißschwingen die Erde erreichen. Dafür brauchen wir jetzt einen Plan – und zwar einen guten. Und dieser sollte als Erstes beinhalten, wie wir hier rauskommen. Ich weiß nicht, ob wir uns unseren Weg bis aus dem Kartell herauskämpfen können, aber bis zu unseren Delta kommen wir auf jeden Fall irgendwie. Und dann brauchen wir eine große Portion Glück.«

»Das klappt schon«, murmelte Horatio.

»Okay, dann mal los. Hat irgendjemand eine Idee?«, fragte Ildy in die Runde.

»Hast du irgendwelche Zaubertränke mitgenommen, die uns hier rausbringen könnten?«, richtete sich Cal jetzt an mich. Ich rückte etwas näher zu Drystan, um im Schein der Edelsteine meinen Bestand zu checken. Von ***Sag die Wahrheit*** war kaum noch etwas übrig, und die anderen erschienen auch nicht gerade passend.

Wie ein Fisch klang, als könne man unter Wasser atmen. Aber jetzt hätte ich wohl eher ***Wie ein Maulwurf*** gebraucht.

Also zuckte ich nur ratlos mit den Schultern.

»Sie scheinen eher darauf angelegt, einem lebenden Wesen Schaden zuzufügen. Aber dem hier …« Ich deutete auf unsere Zelle, auf den nur fahrlässig plattgestampften Erdboden und die Gitterstäbe, die uns umgaben. »… werden sie, glaube ich, nichts anhaben.«

»Was habt ihr zu bieten?« Cal sah zu den Fawn.

Melissa wirkte zerknirscht. »Ich bin so magisch unbegabt, wie man nur sein kann. Meine Mutter besitzt ebenfalls keine magischen Fähigkeiten, und das hat sie mir vererbt.« Jetzt glitten alle Blicke zu Drystan.

»Ich kann es versuchen«, murmelte er, »doch dafür muss ich die Edelsteine abgeben.«

Ich wusste, was das bedeutete: Er würde in völliger Dunkelheit arbeiten.

»Weißt du schon, was du vorhast?«, flüsterte ich, während er die Edelsteine in meine Handfläche gleiten ließ.

»Ich werde im Boden fühlen, ob ich Wurzeln spüre. Vielleicht kann ich sie benutzen, um die Verankerung der Gitterstäbe im Boden zu lösen. Oder sie sogar nach oben schieben.«

Das klang definitiv vielversprechend.

Wir anderen wichen so weit zurück, wie es die kleine Zelle zuließ.

In der Dunkelheit wirkte jedes Geräusch plötzlich überlaut. Ich hörte, wie Drystan Luft holte. Schon im nächsten Moment begann der Boden unter uns zu beben. Dann knirschte es, und irgendwo lief ein Riss durch eine Wand. Der feuchte Geruch von Erde drang in den Raum.

Das Beben wurde noch etwas stärker. Nicht mehr lange, und das Kellergewölbe würde uns unter sich begraben.

»Stopp!«, schrie ich.

»Aufhören!«, hörte ich Melissas Stimme. »Sofort.«

Und auch die anderen schienen zu realisieren, was geschah. Dann stoppte das Beben, und ich hörte Drystan schwer atmen. Ich tastete in der völligen Dunkelheit nach ihm und fand seinen Unterarm. Ich drehte seine Hand, damit ich die Edelsteine wieder hineingleiten lassen konnte. Das Licht in ihnen glomm auf, wenn auch schwächer als zuvor.

Auf seiner Stirn standen Schweißperlen, und in seinen Augen leuchtete ein fiebriger Glanz.

»Tut mir leid«, flüsterte er dann völlig außer Atem. »Die Wurzeln hier sind zu tief, und das ganze Konstrukt ist leider nicht sehr stabil. Hier ist nichts gemauert, lediglich in den Boden gegraben.«

Er hielt die Hand etwas tiefer, und wir konnten sehen, dass der Untergrund bereits aufgebrochen war und schwarze feuchte Erde hervorquoll.

»Hat noch jemand eine Idee?«, wollte Horatio wissen.

Wir alle sahen betreten zu Boden. Cal rüttelte probeweise an einigen Gitterstäben, doch sie bewegten sich keinen Zentimeter.

Resigniert kam er zu mir zurück und legte dann einen Arm um mich. »Wir finden schon einen Weg heraus.«

Wir sahen uns alle an, doch niemand wirkte noch optimistisch. So wie es aussah, waren wir hier gefangen.

*

Das Gefühl, so endgültig eingesperrt zu sein, lähmte und reizte mich gleichzeitig.

Wir hatten uns mittlerweile auf den Boden sinken lassen, und Drystan saß in der Mitte der Zelle, damit das Licht den Raum möglichst gleichmäßig erhellte.

Ich hatte Ildy eng an mich gedrückt und strich ihr beruhigend über den Rücken. Zwar war unsere Zelle recht groß, dennoch hatte sie irgendwann das Gefühl der Platzangst überfallen. Wir hatten uns die größte Mühe gegeben, sie abzulenken, trotzdem hatte sie angefangen zu weinen.

Irgendwann waren die Tränen versiegt, und ich hatte mich

mit ihr auf dem Boden niedergelassen und sie an mich gedrückt, während Ildy zitterte.

Die Feuchtigkeit des Erdreichs drang durch meine Hose, und Kälte stieg meinen Rücken hinauf. Doch das war mir egal. Ich wollte Ildy eine Stütze sein, mental wie auch physisch. Sie hatte so viel für mich getan, mich von Anfang an akzeptiert und unterstützt, und wenn ich jetzt davon etwas zurückgeben konnte, dann tat ich es gern.

»Tief einatmen, halten und dann langsam ausatmen«, wisperte ich nun, damit sie sich weiter beruhigte.

»Einatmen … 1,2,3,4. Und halten … 1,2,3,4,5,6. Und ausatmen … 1,2,3,4,5,6,7,8 …«

Ildy machte tapfer mit, obwohl sie leicht zitterte.

Zu meiner anderen Seite spürte ich, wie Melissa sich automatisch diesem Takt anpasste.

Cal und Horatio versuchten währenddessen, aus den wenigen Dingen, die uns geblieben waren, eine Art Hebel zu bauen. Sie hofften, so einen der Gitterstäbe aus dem Boden zu bekommen.

Nolan arbeitete an einer Konstruktion, mit der er mithilfe seines Gewichts hoffte, die Streben aus der Decke zu reißen. Es waren eher weniger erfolgversprechende Pläne, und ich war mir sicher, sie dienten eher zur Beschäftigung, damit die Verzweiflung nicht überhandnahm.

Ich wusste nicht mehr, wie viel Zeit vergangen war.

Eine Stunde? Zwei Stunden?

War vielleicht schon die Morgendämmerung hereingebrochen und die Kartelle hatten sich versammelt?

Hatten sie die Weißschwingen aufhalten können oder war es bereits zu spät gewesen?

Wie stand es um die Erde?

Innerlich seufzte ich, während ich mit Ildy weiter Atemübungen machte.

Es fühlte sich nicht richtig an, hier so untätig herumzusitzen, während die Erde in so großer Gefahr schwebte. Aber ich war völlig machtlos.

Nolan brachte nun seine Konstruktion aus Lederbändern und Stoffresten an einer der Stangen an. Er legte sie um seinen Brustkorb und ließ sich dann mit aller Kraft nach vorn fallen. Und landete mit seinem Gesicht direkt im Dreck. Das Leder war gerissen.

Niemand lachte, denn uns allen war klar, dass jede Idee und jeder Versuch zählte.

Horatio und Cal bohrten gerade mit einem Messer nahe einer Strebe im Erdreich herum, als auf den Stufen plötzlich das Geräusch schwerer Stiefel erklang.

Im nächsten Moment ertönte eine Explosion, und plötzlich waren wir alle geblendet von Helligkeit. Als ich wieder sehen konnte, traute ich meinen Augen kaum: Das Verlies war plötzlich voller Alpha. Doch es waren keine Xanthic.

Ich entdeckte elegant gekleidete Emerald, finster dreinblickende Amethyst und ganz in Weiß gekleidete Crimson. Wir sprangen auf, und wie automatisch drückten wir uns eng an die Seite der Wand, die am weitesten von dem Eingang unserer Zelle entfernt war. Sie hatten uns gefunden.

Mir sank das Herz noch tiefer. Schnell ließ ich meine Attribute verschwinden.

Das durfte nicht sein.

Wir hatten so sehr gekämpft. Und nun?

Nun war alles umsonst gewesen.

Ich starrte die Alpha wütend an.

Wir waren vom Regen in die Traufe gekommen.

Kapitel 29

Eine besonders streng guckende Amethyst trat auf unsere Zelle zu. »Euch zu erwischen ist ja schwieriger, als einen Sack Flöhe einzufangen.«

»Wir haben gerade wichtigere Probleme als Fangen zu spielen«, erwiderte Cal. »Das Leben der Menschheit und von uns allen steht auf dem Spiel. Dieser Wahnsinnige da oben will die Erde in ein schwarzes Loch verwandeln. Und da die Dimension über die Leylinien mit ihr verbunden ist, wird sie wahrscheinlich genauso untergehen. Wir haben jetzt keine Zeit für irgendwelche Rivalitäten.« Er trat nah an die Gitterstäbe heran und legte trotz seiner Verletzung seine Finger darum. »Wir müssen hier raus.«

Die Frau zuckte mit den Schultern. »Ist doch alles gar kein Problem.«

Sie gab einen leisen Pfiff von sich, und zwei Amethyst traten aus der Gruppe hervor. Mit einem riesigen Stein schlugen sie jetzt voller Kraft gegen das massive Schloss, sodass es schließlich zerbrach. Die Frau riss die Tür auf, obwohl Cal immer noch seine Hände um die Streben gelegt hatte.

»Ist es so genehm, Callahan von der Shadowfall?«

Mich überraschte es nicht, dass sie wusste, wer er war. Schließlich hatten Cal und seine Freunde drei Jahre als Geiseln in diesem Kartell verbracht.

Cal gab den Gitterstäben noch einen Schubs, bevor er sich vor der Frau aufbaute. »Wenn ihr uns wieder einsperren wollt, dann rate ich euch, uns lieber jetzt und hier zu töten. Wir verbringen keine weiteren drei Jahre bei euch.«

Die Frau schnalzte mit der Zunge, und nun trat ein Emerald vor. »Wir erfuhren durch eine Quelle bei den Crimson, dass Ihnen genauere Erkenntnisse über die Krankheit unserer Zahnfeen vorliegen. Die Informantin vermutete außerdem, dass mehr dahintersteckt. Genau das vermuten unsere Geheimdienste auch.«

Geheimdienste? Jetzt war meine Neugier geweckt. Sie hatten einen Geheimdienst?

Die anderen wirkten genauso überrascht wie ich.

»Warum seid ihr dann hier?«, blaffte Horatio. »Buchtet mal lieber diesen Wahnsinnigen dort oben ein.«

»Bane Harlow ist in Gewahrsam genommen«, erwiderte eine Crimson ruhig. »Wir haben den Überfall auf euch im Dunkelstrom beobachten können und sind euch gefolgt.«

»Aber warum?«, wollte Ildy jetzt wissen. Sie machte sich

sanft von mir los und trat neben Cal. »Warum wollt ihr uns gefangen nehmen?«

»Niemand will irgendjemanden gefangen nehmen«, erwiderte die Amethyst barsch. »Wir erfuhren von den Neuigkeiten, die eure Mitstreiterin …«, sie deutete mit dem Finger auf mich, »… während des Aufenthalts auf der Asklepios erzählt hat. Also bildeten wir eine Delegation und wollten mehr darüber wissen. Wir wollten nur mit euch reden.«

Skeptisch sahen wir uns an. Sagten sie wirklich die Wahrheit?

»Aber ihr seid ja immer davongerannt«, fügte ein Crimson noch hinzu, und ein paar aus der Gruppe lachten leise.

»Dann sind wir frei?« Cal tat so, als wolle er an der Alpha vorbeigehen.

»Bitte.« Sie neigte den Kopf und deutete Richtung Ausgang. »Aber wenn wir für unseren Gefallen eine kleine Gegenleistung erwarten dürften?«

»Natürlich«, brummte Nolan. »Wäre ja auch zu schön gewesen.«

»Wir wollen lediglich ein paar Informationen.« Jetzt klang die Amethyst noch unfreundlicher als zuvor. »Wir dringen in ein eigentlich als friedlich geltendes Kartell ein und finden einen Bauern, der eine Privatarmee beschäftigt. In einem Nebenzimmer haben wir Dutzende Waffen entdeckt, die aus allen Kartellen dieser Dimension zusammengesammelt scheinen. Bane Harlow redet wirres Zeug, und wir hofften, ihr könnt vielleicht etwas Licht ins Dunkel bringen.«

»Dürften wir dann ebenfalls noch mal um eine Gegenleistung bitten?« Cal sah sie eisig an.

»Das überlegen wir dann. Was wäre es denn?« Cal und die Frau standen sich jetzt so nah gegenüber, dass sich ihre Nasenspitzen beinahe berührten. Zwischen ihnen lud sich die Spannung gefährlich auf. Cal war vielleicht ein gutes Stückchen größer als sie, aber dafür wirkte sie um einiges aggressiver. Und dass sie kämpfen konnte, daran hatte ich keinerlei Zweifel.

»Ihr könntet euch den übrigen Kartellen anschließen. Wir brauchen jede Hilfe, die wir bekommen können. Wir müssen die Weißschwingen stoppen.«

Aus dem Gesicht der Frau wich jegliche Farbe. Sie sah Cal einen Moment lang regungslos an und schien in seinem Gesicht nach Anzeichen dafür zu suchen, dass er sie belogen hatte. Als sie nichts fand, wandte sie sich entschlossen ab. »Mir scheint, wir sollten uns dringend unterhalten. Begeben wir uns in einen etwas angenehmeren Raum. Dieses Haus hat schließlich genug Zimmer.« Sie drehte sich um und ging voraus. Ihr Gefolge wartete, bis wir die Zelle verlassen hatten. Dann schlossen sie sich uns an und wir stiegen die dunkle Treppe hinauf. Jetzt fühlte es sich doch wieder so an, als wären wir ihre Gefangenen. Cal hatte meine Hand genommen und drückte sie beruhigend. Melissa kümmerte sich um Ildy, die in dem engen Treppenhaus erneut mit Platzangst kämpfte.

Dann schließlich traten wir erneut in das Büro von Bane. Hier sah es noch immer so aus, als habe ein Blitz eingeschlagen. Sessel lagen kreuz und quer, und mittlerweile war sogar der Schreibtisch umgeschmissen worden. Von Bane oder seinee Privatarmee war keine Spur.

Ich blieb stehen. »Das hier ist sein privates Büro«, sagte ich. »Der Schreibtisch hat jede Menge Schubladen. Ich bin mir sicher, hier bewahrt er allerlei privates Zeugs auf, das uns noch nützlich sein kann.«

Die Amethyst nickte zustimmend. »Du meinst irgendwelche Pläne?«

»Ja, genau so was«, erwiderte ich. »So ein Anschlag auf die Welt muss doch koordiniert werden. Vielleicht hat er sogar irgendwelche persönlichen Aufzeichnungen darüber, die schon Jahre zurückliegen. All das könnte uns helfen, ihn und seine verrückte Zauberin zu stoppen. Das Problem ist ja nicht nur diese Armee von Weißschwingen. Wenn wir sie besiegen, haben wir immer noch die Anführerin der Ivory am Hals. Und sie praktiziert schwarze Magie. Ich habe keine Ahnung, wozu sie fähig ist, aber nachdem ich gesehen habe, was für Tränke sie anfertigt, kann ich mir vorstellen, dass sie kein Sonnenschein ist.«

Die Amethyst wirkte überrascht und zuerst ungläubig. Doch dann nickte sie, machte ein kurzes Zeichen mit der Hand, und zwei kräftige Alpha richteten den Schreibtisch wieder auf. Einer der Schubladenkästen war sogar aufgebrochen, und die Papiere quollen aus den Schubladen hervor.

Ich nahm sie sofort unter die Lupe. Es waren Abrechnungen über landwirtschaftliche Erzeugnisse, Belege für Export und Import, Geschäftsbriefe. Also nur offizielles Zeug. Das half uns nicht weiter.

Ich rüttelte an einer anderen Schublade, doch sie war fest verschlossen. »Ich brauche ein Werkzeug, um die Schubladen hier zu öffnen«, sagte ich, und Cal kam herüber und zückte einen kleinen Dolch. Die Klinge war fast dreimal so dick wie bei einem herkömmlichen Messer und wirkte extrem scharf. Er ging neben mir in die Hocke und säbelte die erste Schublade auf. Das Schloss brach. *Bingo!* Es waren gefaltete Karten, astronomische, aber auch von der Welt, wie sie die Bewohner im Mittelalter kartografierten hatten. Daneben Tabellen mit Zahlen, seltsame Symbole und geometrische Formen. Ein kleines Notizbuch war in welliges Leder gebunden und mit den Fangzähnen kleiner Tiere verziert. Ich schüttelte mich, als ich es aufschlug. Banes Handschrift war praktisch unleserlich, dennoch sah ich, dass es vermutlich ein Tagebuch war. Auch das würde uns nützlich sein. Ich verstaute alles schnell in meiner Umhängetasche.

Cal hatte in der Zwischenzeit auch die anderen Schubladen geöffnet, doch zwei davon waren gänzlich leer, und in einer stand eine Schale mit Konfekt. Definitiv keine Ausbeute für uns. Als wir wieder hochkamen, nickte ich den anderen zu. »Das war's.«

Die Amethyst ging voraus durch den langen Gang. Dieses Mal erklang weder Musik noch Stimmengewirr. Wir betraten den Festsaal, der jetzt geräumt war. Vereinzelt lag noch Geschirr auf den niedrigen Tischen. Sitzkissen waren hastig nach hinten geschoben worden, und in einer Ecke waren ein paar Musikinstrumente nur rasch beiseitegestellt.

Die Alpha deutete einladend hinein. »Besprechen wir uns.«

»Eigentlich haben wir gar keine Zeit«, sagte Cal. »Wir müssen uns mit den anderen Kartellen im Grenzland treffen.«

»Wir haben bereits bemerkt, dass die Kartelle ihre Streitkräfte zusammenziehen«, sagte die Frau. »Doch sie werden erst im Morgengrauen bereit sein.«

So eine ähnliche Zeit hatte auch Drystan erwähnt. Dieser hatte bis jetzt gar nichts gesagt, sondern nur schweigend zugesehen. Es passte nicht recht zu ihm, dennoch war ich froh, dass er nicht auch noch Streit anfing mit den Alpha.

Wir hatten gerade widerwillig Platz genommen, da fing mein Handy an, pausenlos zu brummen. Ich zog es hervor, und die Anzahl der Nachrichten wurde immer größer.

Sofort überkam mich ein ungutes Gefühl. Hatten die

Weißschwingen die Erde bereits erreicht? Erwachten die Omega und gefährdeten alle, die ich liebte?

Während im Raum die Unterhaltung weiterging, scrollte ich schnell durch meine Nachrichten. Doch sie waren zum Glück alle harmlos. Rhonda und Jinjin wollten wissen, wie es bisher gelaufen war. Dylan wollte mich überreden, ein paar Fotos für ihn zu machen. Meine Grandma wünschte mir einen schönen Abend bei Rhonda, und ich sollte ihren Eltern Grüße bestellen.

All diese Nachrichten waren viele Stunden verspätet zugestellt worden. Die meisten waren in den frühen Abendstunden gesendet, und jetzt zeigte die Uhr auf meinem Handy bereits 4:30 Uhr morgens. Bei meinen Freunden wäre es nicht schlimm, wenn ich jetzt antwortete. Grandma würde es beunruhigen, warum ich zu dieser Stunde noch wach war. Denn eigentlich sollte ich friedlich träumend im Bett liegen. *Eigentlich.* Und dabei hatten die entscheidenden Stunden noch nicht mal richtig begonnen.

Dann waren da noch Mitteilungen von Instagram und YouTube. Und ganz zum Schluss erreichte mich eine WhatsApp-Nachricht von Ouna Fairbanks. Die Frau von James Fairbanks, dem Feuerwehrmann, der mich zusammen mit seinem Kollegen aus dem untergegangenen Autowrack gerettet hatte.

Aus dem Wrack, in dem ich gestorben war. Dieser Gedanke bereitete mir immer noch Unbehagen. Ich freute mich zwar über eine Nachricht von ihr, denn wir hatten beschlossen, den Kontakt zu halten, aber auch ihre Nachricht musste jetzt warten. Es gab Wichtigeres zu tun.

Ich steckte das Telefon wieder weg und hob den Kopf, um den Gesprächen um mich herum zu lauschen.

Mittlerweile hatte Cal die Gruppe aus Amethyst, Crimson

und Emerald auf den allerneuesten Stand gebracht. Betretenes Schweigen erfüllte den Raum. Diese Neuigkeiten mussten erst mal verdaut werden. Cal schloss mit den Sätzen: »Der Hauptmann der Fawn war so freundlich, Boten in alle Kartelle zu schicken und um aktive Mithilfe zu bitten. Die Weißschwingen sind uralte Wesen, und ihre Kampfkraft ist enorm. Natürlich haben wir das Triumvirat ausgelassen, weil wir uns sicher waren, dass ihr uns die Hilfe verweigern würdet.«

»Wir helfen euch«, sagte die Amethyst kurz angebunden.

Cal runzelte die Brauen. »Das könnt Ihr hier entscheiden?«

Die Frau schnaubte leise und strich sich das helle Haar zurück. »Mein Vater, Enborn Devries, starb vor einigen Tagen. Jetzt bin ich, als seine älteste Tochter, die Anführerin der Amethyst. Also ja, ich kann das sehr wohl entscheiden.« Sie wartete unsere Reaktion gar nicht erst ab, sondern wandte sich an die Alpha der Crimson und Emerald. »Schickt jemanden in eure Kartelle, der die Entscheidung eurer Anführer einholt. Überbringt ihnen meine dringende Empfehlung, sich den anderen Kartellen anzuschließen. Dies ist ein Problem, das uns alle etwas angeht.«

»Ihr seid Xanthia Devries?«, fragte jetzt Horatio. Er sah Nolan und Cal an, dann glitt sein Blick fragend zu Ildy. Sie alle schienen die Anführerin nicht persönlich zu kennen.

»Nur weil ihr mich nicht kennt, heißt es nicht, dass ich euch nicht kenne, Callahan, Horatio, Nolan und Ildy. Mein Vater hielt euch für Abschaum, der kein passender Umgang für seine Nachfolgerin war. Er hat absichtlich dafür gesorgt, dass wir uns nie begegneten. Vermutlich, damit meine Ansichten nicht noch liberaler werden.«

Ich betrachtete Xanthia mit neu erwachtem Interesse. Sie war nur wenig älter als wir, vielleicht Ende zwanzig, und ihrer sportlichen Statur nach hatte sie sich nicht nur auf die Regierungsgeschäfte vorbereitet, indem sie dicke Akten gewälzt hatte.

»Dann treffen wir uns alle im Morgengrauen im Grenzland?« Sie wollte sich erheben.

Wir taten es ihr gleich. »Nein«, erwiderte Cal. »Wir müssen jetzt sofort handeln. Bane hat mittels Magie eine Nachricht an seine Frau geschickt. Sie ist schon längst von allem unterrichtet und wird sicherlich schon reagiert haben. Wir dachten eigentlich, dass sie noch nicht genug von dem Mittel produziert haben, aber das werden sie sicherlich außer Acht lassen, wenn sie ihren Plan erfolgreich umsetzen wollen. Der Tank war schon ordentlich gefüllt, und die Rucksäcke schienen einsatzbereit.«

»In Ordnung. Dann begeben wir uns schon jetzt zum Grenzland. Vielleicht haben sich dort bereits einige andere Kartelle eingefunden«, schlug Xanthia vor. »Dann durchqueren wir die Leylinie und schwärmen aus, um nach den Weißschwingen zu suchen. Weiß irgendjemand, wie lange es braucht, bis die Wirkung des Pulvers eintritt?«

Das wusste leider niemand.

»Eure Delta sind noch vor dem Haus und wohlbehalten«, erklärte die Amethyst. »Wir können also sofort aufbrechen.«

»Wo ist Bane?«, wollte Nolan jetzt wissen. »Und was werdet ihr mit ihm tun?«

»Wir haben ihn in seinem kleinen Büro vorne am Eingang festgehalten. Wir werden ihn auf die Justicia bringen, wo er in Untersuchungshaft kommt, bis wir ihm den Prozess machen können.«

Als wir den Saal verließen, musste ich an meine Freunde zu Hause denken. Ich hatte ein schlechtes Gewissen, denn keiner von ihnen ahnte, wie bedrohlich die Lage tatsächlich war. Ich wollte sie einfach nicht in Panik versetzen, bevor wir uns sicher waren, ob wir die Weißschwingen aufhalten konnten oder nicht.

Gedankenverloren zückte ich mein Handy und öffnete die Liste mit den ungelesenen Nachrichten. Rhonda hatte mir geantwortet und schrieb, dass sie sich schon Sorgen gemacht hatte und dass sie nun erleichtert war, dass ich ihr geantwortet hatte.

Die anderen unterhielten sich, doch ich ließ meinen Blick erneut über die Namensliste meiner Nachrichten gleiten. Und da wir gerade eh nur das Haus verließen, klickte ich die Nachricht von Ouna an.

Liebe Erin, es ist so schön, dass du uns gefunden hast. James spricht immer noch sehr oft von unserem Treffen, und er freut sich schon auf das nächste. Gerne können wir einen Termin finden, wenn du mit deinen Klausuren durch bist. Dafür wünsche ich dir ganz viel Erfolg! Du packst das! Anbei das Bild, von dem wir dir erzählt hatten. Der Mann, der nach seinem Hund gesucht hatte. Ich habe es durch Zufall in einem der letzten Umzugskartons im Keller gefunden.

Ich erinnerte mich, dass die beiden erzählt hatten, dass James nicht nur fotografiert, sondern auch gerne gezeichnet hatte, genau wie ich. Er hatte Zeichnungen von allen Beteiligten angefertigt, unter anderem auch von den Menschen, die so selbstlos geholfen hatten.

Ich klickte das Foto an und blieb stehen. Das hier war der Mann, der nach einem entlaufenen Hund gesucht und den zwei jungen Feuerwehrmännern geholfen hatte. Ich presste eine Hand auf den Mund, um nicht zu schreien.

Ich sah in das Gesicht von Bane Harlow.

Kapitel 30

Cal, der dicht hinter mir gewesen war, blieb nun ebenfalls stehen und sah mir über die Schulter. »Du hast Bane gemalt?«

»Nein«, stieß ich erstickt hervor und konnte mich immer noch nicht rühren.

Mittlerweile war auch den anderen aufgefallen, dass irgendetwas los war. Sie drehten sich zu uns um.

»Ich muss mit Bane sprechen, sofort.«

»Warum?«, wollte Nolan wissen. Wortlos zeigte ich ihm mein Telefon.

»Du hast Bane gemalt?« Er klang so ungläubig wie Cal.

»Nein«, erwiderte ich schnell und wandte mich an Xanthia. »Ich muss ihn sehen. Es ist wirklich dringend.«

Was hatte Bane mit dem Unfall meiner Eltern zu schaffen? Wie konnte es sein, dass er überall seine Finger mit im Spiel hatte?

Ohne weiter nachzufragen, brachte Xanthia mich zu ihm. Sie hielten ihn in dem kleinen Raum fest, in dem wir uns bei unserem ersten Besuch getroffen hatten. Er war an einen Stuhl gefesselt und hatte eine Platzwunde an der Stirn.

Als wir den Raum betraten, sah er uns mit hasserfülltem Blick entgegen.

»Da kommt ja die Kavallerie«, höhnte er. Prompt verpasste ihm eine der Wachen, ein bedrohlich aussehender Emerald, einen groben Stoß vor die Schulter.

»Was hast du mit dem Tod meiner Eltern zu tun?« Ich hielt ihm das Telefon unter die Nase.

Um mich herum spürte ich die Verwunderung der anderen.

»Sag es«, zischte ich.

Bane grinste. »Keine Ahnung, wovon du redest, Mensch.«

»Das weißt du sehr wohl.« Ich fixierte ihn. »Und ich bin nur ein halber Mensch.«

Bane zuckte mit den Schultern. »Ich bin eben über die Dimension hinaus bekannt. Was willst du hören? Oder hast du das etwa für mich angefertigt?« Es schien, als müsse er ein Lachen unterdrücken. »Gar nicht schlecht, aber ich will es mir trotzdem nicht aufhängen.«

»Es ist ein Bild, das einer der Feuerwehrmänner gemalt hat. Sein Name i-« In letzter Sekunde erinnerte ich mich daran, dass James nicht wollte, dass man wusste, dass er noch am Leben war. »Sein Name war James.« Ich dachte an seinen schrecklichen Unfall, der ihn fast das Leben gekostet hatte. Noch ein Unfall. Auch die beiden Polizisten, die am Tatort gewesen waren, lebten nicht mehr. Genauso wie Christian, der

Kollege von James. Nur er allein hatte, wie durch ein Wunder, überlebt.

»Und der hat mich gemalt?« Schon wieder so ein höhnisches Lächeln. »Ich kann mich an keinen Unfall erinnern. Vielleicht hat er mich mal woanders gesehen.« Bane wackelte mit den Brauen. »Hin und wieder treibe ich mich auf der Erde herum und genieße die Annehmlichkeiten dort.«

»Während deine liebenswerte Ehefrau Angst und Schrecken in ihrem Kartell verbreitet?«, fragte ich zuckersüß.

Das selbstgefällige Lächeln erstarb auf seinem Gesicht. »Was willst du? Ich kenne den Mann nicht, und ich kannte auch deine Eltern nicht.«

Ich wusste einfach, dass er etwas damit zu tun hatte. Das konnte einfach kein Zufall sein. Dann fiel mir meine Tasche wieder ein.

Ich versuchte mich an einem ebenso selbstgefälligen Lächeln, während ich sie öffnete. »Na, wen haben wir denn da?«, imitierte ich seine Worte von vorhin.

Ich hob die kleine Phiole aus meiner Tasche und hielt sie schräg, damit man sah, wie der pinkfarbene Inhalt träge zur Seite wogte.

Bei diesem Anblick schien auch seine Erinnerung zurückzukommen. »Wage es ja nicht.« Er rammte die Hacken in den Boden und versuchte augenscheinlich, sich samt seinem Stuhl nach hinten zu schieben. Natürlich kam er keinen Meter weit, dann hielten ihn die zwei Wachen auf, die direkt hinter ihm standen.

»Was soll das sein?«, hörte ich Xanthia hinter mir. »Ist es ein Duft? Oder etwas, das Menschen sich ins Gesicht schmieren, um hübsch auszusehen? Ich habe so etwas in den Geschäften auf der Erde gesehen. Sie bevorzugen Rot und Rosa, auch wenn ich finde, dass es ihrem Teint nicht besonders schmeichelt.«

»Das hier«, sagte ich und ließ den Inhalt erneut hin- und herschwanken, »ist ein Zaubertrank. Banes Frau hat ihn gebraut. Sie hat einen ganzen Turm voll davon.«

Ich sah die Erkenntnis in Banes Augen und gleichzeitig den Horror darüber, dass ich mich einiger dieser Tränke bemächtigt hatte.

»Und was kann der Trank?« Xanthia beugte sich nah zu mir. »***Sag die Wahrheit***«, las sie das Etikett laut vor.

Irgendwo neben mir klatschte sich Horatio laut mit der Hand vor die Stirn. »Deshalb war er vorhin so gesprächig und hat sämtliche Weltuntergangspläne so offen vor uns dargelegt. Ich hatte schon gedacht, ihm ist im Kopf irgendetwas Wichtiges geplatzt.«

»Halt dein vorlautes Maul, Onyx«, zischte Bane, doch es klang wenig beeindruckend, bedachte man seine zerschundene Gestalt und dass er an einen Stuhl gefesselt war. »Und du …«, sein Blick glitt jetzt zu mir, »… wage es ja nicht, an mir irgendwelche Experimente zu machen. Das ist schwarze Magie, sie ist gefährlich und gehört in die Hand eines Experten.«

»Sie gehört in niemandes Hand«, sagte Cal. »Das Wissen über diese Art von Magie ist nicht umsonst auf der Atlantide seit Jahrhunderten verborgen. Eine so große Macht führt selbst den stärksten Charakter in Versuchung. Sie ist eine Waffe in jeder Hand. Und genau deshalb sollte sie gar nicht existieren.«

»Mir kommen gleich die Tränen«, höhnte Bane.

»Das wollen wir doch mal sehen«, sagte ich, riss den Stopfen von der Phiole und schleuderte Bane den Rest des Tranks mitten ins Gesicht.

Erschrockenes Gemurmel erklang, als die eine Hälfte seines

Gesichts komplett verborgen war von der zähen Flüssigkeit. Sekunden später war sie in seiner Haut versunken. Er blinzelte kurz, dann sah er uns an. Er wirkte nicht weniger feindselig als vorher.

»Was hast du mit dem Tod meiner Eltern zu tun?«, wiederholte ich meine Frage. »Ich will alles wissen. Von Anfang an. Die ganze Geschichte.«

Bane wehrte sich einen Moment lang, dann kapitulierte sein Geist.

»Ich habe sie alle umgebracht«, sagte er schließlich mit tonloser Stimme. Er lächelte, doch jetzt wirkte es wie eine Fratze. »Es durfte keine Zeugen geben. Jeder, der dabei war, musste sterben.«

»Warst du das, der aus dem Schatten heraus auf die Brücke getreten ist, kaum dass meine Eltern daraufgefahren sind?« Ich hatte ihn eigentlich weiterreden lassen wollen, doch ich konnte mich einfach nicht bremsen. Alles in mir schien zum Zerreißen gespannt.

Er nickte. »Es war so einfach. Ich habe die Birne der Straßenlaterne mit einem Stein zerbrochen. Die Brücke war zur Hälfte in Dunkelheit gehüllt. Ich hatte sie beobachtet und wusste, dass sie trotz dieses gefährlichen Wetters die Einladung annehmen wollten. Deine Mutter, dein Vater und du. Ihr wart alle im Wagen, drei auf einen Streich, es wäre perfekt gewesen.«

Ein Zittern lief durch meinen Körper, so schockiert war ich. Cal legte einen Arm um mich.

»Erzähl weiter«, zischte ich. »Und lass nichts aus.«

»Das Zeug funktioniert ziemlich gut«, sagte Horatio. »Ein Glück, dass das nicht frei verkäuflich ist in der Dimension.«

»Weiter«, drängte ich, als Bane zuerst so aussah, als wollte er auf die Worte von Horatio reagieren. Es war nicht mehr so viel übrig gewesen von dem Trank und wer wusste schon, wie lange die Wirkung anhielt. »Ich will die Geschichte von Anfang an hören.«

Mittlerweile hatte ich mir Teile davon zusammengereimt, doch mir war wichtig, dass er es aussprach.

»Na gut.« Bane zuckte mit den Schultern, als wäre das keine große Sache. Mittlerweile hatte der Trank seine volle Wirkung entfaltet, denn er wirkte gleichmütig, aber auch ein wenig aufgekratzt.

»Wir haben uns in einer Taverne kennengelernt. Elara Zoas, Feyre Zoas, Ariana und ich. Wir beide waren damals schon ein Paar, aber da man unsere Verbindung in beiden Kartellen nicht besonders schätzte, freuten wir uns über jeden, der freundliche Worte für uns übrighatte. Die beiden Schwestern feierten irgendeinen Abschluss deiner Mutter und dass sie ein Angebot für einen guten Job bekommen hatte. Wir waren uns sofort sympathisch, und schon bald vertiefte sich unsere Freundschaft. Ihr müsst wissen, in dieser Zeit waren wir bereits mit den Rachepläne von Ariana beschäftigt. Wir wollten uns an die Spitze der Dimension setzen. Wir wollten gemeinsam darüber herrschen.

Die Schwestern waren neugierig. Neugieriger, als gut für sie war. Schon bald wussten sie mehr, als wir wollten. Doch leider hatten wir ihnen vertraut und irgendwie auch gehofft, dass sie uns unterstützen würden. Sie waren schließlich Waisen, und ihr Kartell hatte sie immer eher geduldet, anstatt ihnen eine Heimat zu sein. Die Zoas-Schwestern haben uns die Geschichte, dass Ariana ihr Baby im siebten Monat verloren hat, nie geglaubt. Es gab schließlich keine Beerdigung, und Ariana wirkte eher aufgekratzt und euphorisch als in Trauer versunken über den Verlust eines Kindes, da konfrontierten uns die Schwestern mit dem, was sie über uns herausgefunden hatten. Wir stritten alles ab und kündigten ihnen die Freundschaft. Doch das hielt sie nicht auf. Feyre Zoas verübte sogar einen Mordanschlag auf mich. Sie rechtfertigte es damit, die Dimension vor großem Schaden zu bewahren. Schon damals hatten wir versucht, die Erde in ein schwarzes Loch zu verwandeln. Doch selbst die schwarze Magie war nicht stark genug dafür gewesen.

Ich zeigte Feyre an, doch es gab eine bürokratische Verwechslung, weil die beiden Schwestern sich so ähnlich sahen. Elara galt als die gesuchte Mörderin, während Feyre versuchte, sich auf die Erde abzusetzen. Dann starb Ariana. Doch zu unserer beider großen Erleichterung wurde sie zu einer Ivory. Und sie war so mächtig, dass ihr Körper sich zum Teil gegen die Verwandlung wehren konnte. Ihr Kopf blieb klar, ihre Erinnerungen waren noch vorhanden. Das Kartell der Ivory sollte nun der Nabel der Dimension werden, das Zentrum der dunklen Macht, und so begann sie, die drei Schiffe miteinander zu einem Dreieck verbinden zu lassen.

Ariana war gleichzeitig rasend wütend auf Feyre, und sie ist extrem nachtragend. Sie hat nicht eher geruht, bis sie Feyre auf der Erde aufgespürt und getötet hatte. Doch Elara glaubte nicht an den Tod ihrer Schwester und folgte ihr zur Erde. Deshalb übertrug Ariana mir die Aufgabe, dafür zu sorgen, dass keine der Schwestern je wieder reden könnte. So konnten unsere Pläne für immer geheim bleiben, während wir unsere Kräfte sammelten, um es erneut zu versuchen.

Der Wagen deiner Eltern fiel wie geplant in den Fluss. Ich stand im Schatten auf der Brücke und sah dabei zu, wie er unterging. Dann erreichte ein weiterer Wagen die Brücke. Mit den Feuerwehrmännern hätte ich nicht gerechnet. Ich blieb versteckt, bis der eine Mann nach euch tauchte und die drei Körper ans Flussufer brachte. Ich ging hinunter und gab vor, nach meinem Hund zu suchen. Ich half ein wenig alibimäßig bei der Reanimation, eigentlich wollte ich einfach nur sichergehen, dass ihr alle drei tot wart.« Er sah mir jetzt direkt in die Augen. »Und das wart ihr auch. Als ich ging, war das Leben schon lange aus euch gewichen. Als der Notarzt ankam, verschwand ich. Ich wusste, dass auch die Polizei bald eintreffen würde, und ich wollte kein Aufsehen erregen.« Er schüttelte leicht den Kopf. »Du magst vielleicht den Unfall überlebt haben, weil auch du zu einer Ivory geworden bist, aber die Geschichte ist noch nicht zu Ende. Wie bereits erwähnt, ist Ariana sehr nachtragend. Sie hat sich für Feyre ...« Er schluckte und hustete. Dann blinzelte er erneut. »Was ... verdammt noch mal, was ist hier los?« Er schrie, und sein Gesicht lief ganz rot an. »Was macht ihr mit mir?« Jetzt versuchte er nicht mehr, mit dem Stuhl zu flüchten. Stattdessen wollte er sich die Fesseln abstreifen und von dem Stuhl aufspringen. »Was war das?«

»***Sag die Wahrheit***«, erwiderte ich lächelnd.

»Das kannst du vergessen!« Sein Gesicht wurde noch röter.

»Nein«, erwiderte ich. »Du wolltest wissen, was das war? Es war ...« Ich hielt ihm die Phiole unter die Nase. »***Sag die Wahrheit.***«

Während Bane mit weit aufgerissenen Augen darauf starrte, musste ich dem Drang widerstehen, ihm die Phiole über dem Kopf zu zerbrechen, auf dass möglichst viele Splitter in seiner Haut stecken blieben.

Ich hasste diesen Mann, ich hasste ihn so abgrundtief. Ich zitterte innerlich immer noch über all die schrecklichen Dinge, die er uns gerade offenbart hatte. Er hatte das Leben so vieler Menschen beendet. Er hatte meine Eltern getötet. Er hatte meiner Mutter so viel Leid bereitet, weil sie immer noch wie verrückt nach ihrer Schwester gesucht hatte.

Ich hasste ihn. Ich hasste ihn vom tiefsten Abgrund meiner Seele. Wie von selbst riss ich den Arm hoch, die Phiole fest umklammert. Ich wollte ihm wehtun. Ich wollte meiner Wut freien Lauf lassen, ihr ein Ventil bieten und ihm wenigstens einen Teil des Schmerzes zurückgeben, den er mir bereitet hatte.

Meine Faust zitterte.

Dann spürte ich eine sanfte Berührung. Cal hatte meinen Arm umfasst und zog ihn sanft nach unten. Er nahm mir die Phiole aus der Hand und legte sie zurück in meine Tasche.

»Deine Eltern und die Schwester deiner Mutter und alle die, die damit zu tun hatten, sind für die Rettung der Welt gestorben. Es ist ein ehrenwerter Tod. Auch wenn sie vielleicht nicht davon wussten, auch wenn sie nur Unbeteiligte waren, so haben sie dennoch dazu beigetragen, dass du jetzt hier bist. Auch ein Ivory kann sterben. Wäre das Auto deiner Eltern unbemerkt im Wasser versunken und wäre erst nach Tagen gefunden worden, dann hätte dir auch die Verwandlung zu einem Ivory nichts mehr gebracht. Auch sie brauchen Sauerstoff, auch sie brauchen Wärme und Nahrung. Du wärst im Auto deiner Eltern gestorben, so wie von Bane geplant. Vermutlich hat sogar die Reanimation dazu beigetragen, dass du ohne größere Schäden zur Hälfte ein Mensch und zur Hälfte eine Ivory sein kannst. All diesen Menschen gebührt für ihr Opfer der größte Respekt. Keiner von ihnen ist umsonst gestorben. Denn du …« Er drehte mich ein klein wenig mehr zu sich. »… du wirst sie gemeinsam mit uns aufhalten. Einen von ihnen …« Er deutete mit dem Kopf auf Bane. »… haben wir schon geschnappt. Und jetzt holen wir uns die Weißschwingen und danach die verrückte Zauberin.« Er sah mich an, und sein Lächeln war voller Zuneigung. »Einverstanden, mein Herz?«

Obwohl meine Augen in Tränen schwammen, nickte ich. »Einverstanden.«

Kapitel 31

Im Grenzland erwartete man uns bereits.

Die meisten Kartelle hatten schon bewaffnete Kämpfer zu dem Treffpunkt geschickt. Einigen Kartellen, wie zum Beispiel den Onyx oder den Amethyst, sah man deutlich an, dass sie weitaus kriegerischer veranlagt waren als zum Beispiel die Stone oder Xanthic, deren Waffen zum größten Teil ziemlich improvisiert wirkten.

Das Kartell der Ivory hatte man bereits abgeriegelt. Niemand würde mehr hinein- oder herauskommen. Es tobten erbitterte Kämpfe mit der Weißen Garde, doch Weißschwingen waren keine gesichtet worden. Das gefiel mir gar nicht. Banes Nachricht war, laut seiner eigenen Aussage, sofort zugestellt worden, und das sollte Ariana dank unserer Zeit im Kerker genug Spielraum gelassen haben, um ihre Lakaien loszuschicken.

Ich glaubte kaum, dass eine Barriere am Ausgang des Dunkelstroms eine rachsüchtige Zauberin aufhalten würde, doch jede Hilfe zählte.

Vielleicht würde es aber auch einfach die Masse machen. Ich schätzte, dass über eintausend Noctua erschienen waren.

Die Onyx begrüßten ein paar schwer bewaffnete Mitstreiter aus ihrem Kartell, doch wir hielten uns nicht allzu lange auf. Cal besprach sich kurz mit ein paar Anführern, und ich sah, wie ein Schatten über sein Gesicht huschte, als er seinen Vater nicht unter den Anwesenden entdeckte.

Horatio und Nolan begrüßten beide ihre Väter, und auch Ildy flog kurz zu ihrer Mutter, um die Anführerin der Cobalt zu begrüßen. Selbst das Königspaar der Fawn war anwesend, und Melissa und Drystan begrüßten sie.

Die Emerald sahen in ihren stattlichen Uniformen beeindruckend aus und ließen die Crimson entschuldigen. Sie waren im Moment vollauf damit beschäftigt, ihre Schiffe auf maximale Auslastung vorzubereiten, um so viele Verletzte wie möglich aufnehmen und behandeln zu können. Das leuchtete auch mir ein.

Ein Amber berichtete, dass die Kartelle geschlossen versucht hatten, die Noctua von der Erde abzuziehen, die dort heute unterwegs waren. Doch nur ein Bruchteil von ihnen besaß ein Handy. Viele Alpha lehnten diese moderne Technik ab. Viele Beta konnten sie mit ihren Krallen oder Pranken gar nicht bedienen, und die allermeisten Gamma wussten nicht mal, was ein Telefon war. Es gestaltete sich also als äußerst schwierig, jene Noctua zu erreichen, die wie gewohnt auf der Erde ihrer Arbeit nachgingen.

Da das Grenzland den Anlaufpunkt in der Dimension bildete, die Leylinie einen jedoch zu vielen Orten führte, ordneten sich die Anwesenden locker in mehrere Gruppen ein, um möglichst große Teile des Erdballs gleichzeitig abzudecken. Ich ließ meinen Blick über die vielen unterschiedlichen Noctua gleiten und war überrascht, wie sehr sie plötzlich als eine Einheit wirkten.

Alpha saßen auf ihren Delta, daneben flogen Beta und kleine Gamma. Einige Gamma hatten sich sogar winzige Helme aufgesetzt und trugen kleine Brustpanzer. Die Beta wirkten würdevoll und trugen mindestens genauso gefährlich wirkende Waffen wie die Alpha.

Schließlich durchquerten wir die Leylinie. Es war klar, dass unsere Truppe gemeinsam mit ein paar Mitstreitern nach Cleveland reisen würde. Im Ernstfall würde ich versuchen, so viele Leute wie möglich irgendwie in Sicherheit zu bringen. Wie, das wusste ich noch nicht genau, aber zur Not würde ich ein paar Alpha überreden, die Menschen in die Dimension zu bringen.

Ich konnte immer noch nicht fassen, was wir bei Bane herausgefunden hatten. Er war tatsächlich für den Tod meiner Eltern verantwortlich! Niemals hätte ich den freundlichen Xanthic für einen Mörder mit Weltuntergangsabsichten gehalten.

Plötzlich begann mein Handy unablässig zu piepen. Da ich mit noch mehr schlechten Nachrichten rechnete, zog ich es sofort hervor. Die Nachrichten stammten alle von Instagram. Ein Beitrag von Greg wurde dutzendfach geteilt. Ebenso oft war ich darin markiert worden. Ich öffnete die App, und meine Augen weiteten sich. Greg hatte Fotos meiner Skizzen veröffentlicht. Er hatte sie sogar thematisch gebündelt. Zehn Fotos von verschiedenen Beta. Zehn Fotos von verschiedenen Alpha. Seit ich von den Omega wusste, hatte ich sogar versucht, sie zu zeichnen. Er hatte mehrere Stories veröffentlicht, in denen er meine Skizzenbücher zeigte und der *ach so berühmten Erinnya* unterstellte, sie sehe überall im Alltag unheimliche Wesen. Leider wirkten die Noctua auf vielen meiner Skizzen sehr real, denn ich hatte die Hintergründe auf der Erde ebenfalls gezeichnet. Die Bibliothek, eine Bushaltestelle, ein Café. Ein Beta, eine Mischung aus Hund und Mensch, saß sogar in einer Postfiliale. Und ganz Instagram schien sich darüber zu amüsieren. Manche unterstellten mir sogar Wahnvorstellungen. Und noch während ich mir Gregs Beiträge ansah, trudelten immer mehr Kommentare ein. Schon wieder juckte es mir in den Fingern, ihn anzurufen und sofort zur Rede zu stellen. Doch ich vermutete, dass er jetzt erst recht nicht rangehen würde. Ich würde wohl um einen kurzen Besuch bei ihm nicht drumherumkommen, und das nicht nur, um mir mein Eigentum zurückzuholen.

Ich war so unglaublich wütend auf ihn, doch jetzt musste ich mich konzentrieren und ganz bei der Sache sein, die wirklich wichtig war.

Die Welt stand nun an erster Stelle, und all die Traumata und schlechten Neuigkeiten, die ich noch nicht mal ansatzweise verarbeitet hatte, würden bis morgen warten müssen. Wenn es überhaupt ein Morgen gab …

*

In Cleveland wurde es langsam hell. Viele Menschen waren bereits aufgestanden oder auf dem Weg zur Arbeit, und genau deshalb erkannten wir relativ schnell, dass wir zu spät gekommen waren.

Unter uns standen Autos quer auf der Schnellstraße. Bei vielen lief der Motor noch, und die Scheinwerfer waren eingeschaltet. Wir sahen Leute schreiend aus ihren Häusern rennen.

Und dann kamen uns die ersten Weißschwingen entgegen. Ich hatte vergessen, wie bedrohlich sie wirkten. Aber wo waren ihre Rucksäcke? Hatten sie sie einfach abgeworfen, weil sie ihre Arbeit bereits erledigt hatten?

Im nächsten Moment griffen sie uns an. Ihr Kampfgeschrei ließ mir das Blut in den Adern gefrieren. Sie waren so riesig, und ihre schneeweiße Erscheinung samt den riesigen Flügeln und den pechschwarzen Augen hatte etwas aus einem Horrorfilm. Es waren weibliche und männliche Weißschwingen. Viele trugen ihr Haar lang, zu Zöpfen im Nacken gebunden oder raffiniert aus dem Gesicht gebändigt.

Cal wollte sich trotz der verletzten Hand sofort mit Nyncis und mir ins Kampfgetümmel werfen, doch ich drehte mich zu ihm um, um ihn eindringlich anzusehen.

»Wir müssen zu mir nach Hause. Je nachdem wie schnell die Omega die Oberfläche erreichen, muss ich meine Leute in Sicherheit bringen. Es dauert auch nicht lang. Und ich muss Moms Unterlagen durchgehen. Wenn sie von dem Plan von Ariana und Bane wusste, dann hat sie mir Hinweise hinterlassen. Die konnte ich aber vermutlich bis jetzt noch nicht zuordnen, weil mir die Zusammenhänge fehlten. Aber jetzt haben wir mehr Wissen. Vielleicht finden wir mit dem Zeug, das wir Bane gestohlen haben. Hinweise, wie wir die Omega daran hindern können, die Oberfläche zu erreichen.«

Cal schien nicht damit einverstanden, die anderen Noctua nicht in dem Kampf zu unterstützen.

»Du bist verletzt!«, rief ich also gegen die Geräuschkulisse des Kampfgetümmels an. »Und wir sind zu zweit auf einem Alpha, wie willst du so kämpfen?«

Er sah zu den Weißschwingen, die in einer Art Formation kämpften. Sie griffen an, kämpften und zogen sich dann aber immer wieder Rücken an Rücken zurück, bevor sie sich ihren nächsten Gegner suchten.

Ich kramte hektisch in meiner Umhängetasche. Ich besaß zwar keine Messer, Dolche oder Morgensterne, aber ganz unbewaffnet war ich nicht, das hatten die letzten Stunden gezeigt. Schnell betrachtete ich im Halbdunkel der Morgendämmerung die Etiketten. Ich ging davon aus, dass uns noch weitaus heftigere Gegenwehr bevorstand, also wollte ich die ganz schlimmen Tränke wie ***Todesschlaf*** oder ***Heer der Albträume*** nicht verschwenden. Bliebe da noch ***Wie ein Fisch***, Unpassend. ***Tunichtgut.*** Keine Ahnung, was man damit anstellen sollte, mir hatte der Name nur gut gefallen. Zuletzt die leere Flaschen ***Sag die Wahrheit*** und ***Luftkuss.*** Hm.

Ich griff nach ***Luftkuss,*** in dessen Flasche eine helle Wolke herumwirbelte. Ich riss den Stopfen runter und hielt ***Luftkuss*** leicht schräg. Eine Wolke quoll heraus und waberte in die Luft.

»Was wird das?«, fragte Cal hinter mir hektisch. Nolan und Horatio kämpften zu zweit mit einem Weißschwingen. Drystan und Melissa wirkten bereits erschöpft davon, sich den Kriegern immer wieder im Kampf zu stellen.

»Ich muss ihnen helfen«, drängte Cal jetzt. »Wir brauchen jeden Mann.«

Er hatte natürlich recht. Obwohl wir zahlenmäßig überlegen waren, ich schätzte unsere Gruppe auf etwa 40 Noctua, so kämpften die circa 20 Weißschwingen wie Maschinen und schienen kaum zu ermüden.

»Nur ein Versuch«, sagte ich und wartete darauf, dass die Weißschwingen sich erneut zurückziehen und sich Rücken an Rücken aneinanderdrängen würden wie eine römische Kohorte.

Jetzt.

Neben uns hörte ich erschöpftes Schnauben und Horatios Stimme. »Die Biester sind echt zäh.«

Ich sah hinüber zu den Weißschwingen und blies dann ***Luftkuss*** in ihre Richtung.

Komm schon, puste sie ordentlich durcheinander.

Mit dem, was dann geschah, hatte ich jedoch nicht gerechnet. Die drei Tropfen ***Luftkuss*** blähten sich plötzlich zu einer großen wütenden Gewitterwolke auf, während sie den Weißschwingen entgegenrollte.

Diese stießen wieder ihr Kampfgeschrei aus und rissen ihre Waffen hoch. Doch dann hatte ***Luftkuss*** sie erreicht. Sie wurden von der dunklen Wolke komplett eingehüllt, und die Schreie, die jetzt erklangen, waren Geräusche von unfassbarem Schmerz.

Der Trank zerriss die Weißschwingen regelrecht. Blut spritzte umher, und wir alle wichen entsetzt noch weiter zurück.

Ich selbst empfand Abscheu und Ekel. Ich hatte darauf spekuliert, dass ***Luftkuss*** die Weißschwingen ordentlich durcheinanderwirbeln würde. Sie vielleicht sogar Dutzende Kilometer von uns schleudern würde. Doch dass es sie alle töten würde, damit hatte ich weder gerechnet noch hatte ich es beabsichtigt.

Als habe ***Luftkuss*** gespürt, dass es keine weiteren Gegner gab, löste sich die Wolke auf, während Blut wie Regen vom Himmel tropfte.

In den Blicken der anderen lag pures Entsetzen.

Ich schluckte deutlich hörbar und wusste nicht, was ich in die darauffolgende Stille sagen sollte. Das hatte ich nicht gewollt. Wie von selbst kamen meine Attribute hervor.

Melissa kam zu mir geflogen und in ihrem Blick lag blankes Entsetzen. »Was war das?«

»***Luftkuss***«, erwiderte ich lahm und schämte mich in diesem Moment dafür, dass meine Antwort so wenig emotional klang. Es war ekelhaft, aber ein triumphierendes Gefühl von Macht überkam mich. Wie würde es sich anfühlen, unbesiegbar zu sein? Alles zu bekommen, was man wollte?

Schnell schüttelte ich den Kopf. »Ich wollte nur helfen«, stieß ich hervor. Auch die anderen waren mittlerweile näher gekommen, meine Freunde, meine Verbündeten, aber auch viele Noctua, die ich noch nie zuvor gesehen hatte.

Ein Alpha aus dem Kartell der Amethyst fand als Erster seine Sprache wieder. »Ich weiß nicht, wer du bist. Ich weiß nicht, *was* du bist.« Er betrachtete meine silbernen Augen und rieb sich währenddessen ein wenig Blut aus dem Gesicht. »Aber in diesem Moment bin ich einfach nur erleichtert, dass du auf unserer Seite bist.« Ein paar andere nickten zustimmend.

Drystan war da anderer Meinung, und er hielt damit wie immer nicht hinter dem Berg.

»Das …«, er deutete auf das Fläschchen in meiner Hand, »… ist schwarze Magie. Sie ist gefährlich, und eigentlich sollte sie *gar kein* Mittel der Wahl sein. Wir hätten diese Weißschwingen schon besiegt, da bin ich mir ganz sicher. Was du hier treibst, gefällt mir nicht. Nicht nur die Sorglosigkeit, mit der du diese dunkelste Sorte von Magie einsetzt, beunruhigt mich, sondern auch die Tatsache, dass sie süchtig macht. Ich weiß genug darüber, um dir versichern zu können, dass sie anfangen wird, dich in Versuchung zu treiben. Sie wird dir einflüstern, wie schön es doch ist, wenn man so viel Macht hat. Sie wird dir suggerieren, was für ein tolles Gefühl es ist, wenn man praktisch unbesiegbar ist. Im Moment noch schaust du in den Abgrund, Erin …« Sein Blick wurde hart. »… aber wenn du so weitermachst, dann schaut der Abgrund irgendwann zurück.«

Ich musste wohl so ertappt ausgesehen haben, dass ich genau diese Gedanken vor ein paar Sekunden gehabt hatte, dass der Hauptmann trocken auflachte. »Du weißt also, wovon ich rede. Dann mach was daraus. Wir alle hier können dich beschützen, weil du niemals gelernt hast zu kämpfen. Und das ist völlig in Ordnung für uns und sollte auch in Ordnung für dich sein. Also wirf die Tränke weg und vergiss, dass sie existieren. Glaub mir, es ist besser für uns alle.«

Ich wollte widersprechen. Wollte ihm klarmachen, dass einer dieser Tränke das Leben von Cal und mir gerettet hatte. Und dass ein anderer Trank uns wertvolle Informationen von Bane eingebracht hatte. Doch ich wollte die schwarze Magie auf keinen Fall verteidigen. Also nickte ich nur. »Ich werde sie nicht mehr leichtfertig benutzen.«

»Wirf sie weg«, sagte Drystan eindringlich. »Lass sie einfach hier und jetzt fallen, und sie werden auf der Erde zerschellen und das war's.«

»Das wäre fahrlässig«, mischte sich jetzt Melissa in unsere Diskussion ein. »Ich weiß, du hast nur Gutes im Sinn, Drystan, aber wir haben gesehen, was schon eine kleine Menge diesen Tranks anrichten kann. Wenn sie ihn zusammen mit den anderen Tränken auf die Erde fallen lässt, könnten sie unberechenbaren Schaden anrichten.«

Drystan guckte zwar immer noch finster, doch er gab sich geschlagen. Erneut glitt sein Blick zu mir. »Sobald wir in der Dimension sind, wirst du sie los. Wir werden meiner Mutter heute Einhalt gebieten, aber wir können keine Nachfolgerin gebrauchen, die genau wie sie plötzlich Geschmack an zu viel Macht gefunden hat.«

»Jetzt mach mal einen Punkt«, sagte Cal hinter mir. »Wer will die Welt in Schutt und Asche legen? Erin hat uns den Hintern gerettet und jede Menge Zeit gespart. So können wir jetzt weiter, anstatt uns hier noch zwei Stunden Frühsport mit den Weißschwingen zu liefern. Jetzt kommen wir mal alle wieder runter und machen weiter. Ich fliege mit Erin zu ihr nach Hause. Sie vermutet, dass ihre Mutter ihr Hinweise hinterlassen hat, wie man womöglich die erwachenden Omega aufhalten oder zurückdrängen kann. Wir wollen das mit den Notizen von Bane vergleichen in der Hoffnung, dass wir den Schaden aufhalten oder wieder rückgängig machen können.« Er sah unsere Freunde an. »Ich nehme an, ihr seid alle dabei?« Dann ließ er den Blick über unsere Mitstreiter gleiten. »Schwärmt aus und berichtet, wo sich die Zentren der Erschütterung bilden. Soweit ich weiß, gibt es in Ohio und in den angrenzenden Bundesstaaten keinen Omega unter der Erde. Wir sollten in diesem Teil der Welt also noch relativ sicher sein. Je nachdem, was wir finden, werden wir uns aufmachen, unseren Plan in die Tat umzusetzen. Oder hat jemand einen besseren Vorschlag?«

Kapitel 32

Wir quetschten uns alle in mein Zimmer. Meine Gamma hatten schon ungeduldig auf unsere Rückkehr gewartet. Grandma hingegen schlief noch tief und fest, in dem Glauben, dass ich bei Rhonda übernachtete. Ich sah kurz nach ihr, während die anderen bereits die Unterlagen von Mom und Bane großflächig auf dem wenigen Platz, der auf dem Fußboden noch war, ausbreiteten.

Bis auf die Gamma besaßen wir alle Handys. Und deshalb entging es uns nicht, als die ersten News-Apps die erschreckenden Neuigkeiten anzeigten.

Da ich bereits wusste, an welchen Plätzen auf der Erde in kürzester Zeit besonders viel Angst entstanden war, wunderte es mich nicht, die Schlagzeilen zu lesen. Dort, wo der Tsunami vor einigen Jahren Zehntausende Leben gefordert hatte, bebte die Erde, und an einigen Stellen war sie sogar aufgerissen. Auch auf berühmten Schlachtfeldern der Vergangenheit passierte das Gleiche. Es gab also keinen Zweifel mehr. Die Omega waren auf dem Weg hinauf zur Erdkruste, und sie würden unseren Planeten in nicht allzu langer Zeit auseinanderreißen.

Ich fluchte leise, und es war unheimlich schwer, sich zu konzentrieren, während einem der Druck des drohenden Weltuntergangs im Nacken saß. Ich war nur froh, dass wir hier in diesem Gebiet nicht sofort betroffen sein würden. Da niemand wusste, wie lange die Omega brauchen würden, konnten wir nur schätzen, wieviel Zeit uns blieb. Aber die Noctua rechneten mit mehreren Stunden. Ich kämpfte damit, ob ich meinen menschlichen Freunden Bescheid geben sollte. Doch was sollte ich ihnen erzählen? Wie sollten wir entscheiden, wen ich zuerst rettete? Und wen würde ich dafür zurücklassen müssen? Rhonda würde ihre Eltern und ihre Schwester garantiert nicht verlassen. Dylan würde seine Familie auch nicht im Stich lassen. Und Jinjin würde vermutlich gerne ihre gesamte Großfamilie nebst Verwandtschaft in China sicher in der Dimension wissen. Wo also fing ich an? Wo hörte ich auf? Bei Freunden und Verwandten? Klassenkameraden, Nachbarn, guten Bekannten? Meiner Community bei Instagram und Facebook? Wie entschied ich über Leben und Tod?

In diesem Moment meldete sich mein Telefon schon wieder. Ich runzelte überrascht die Stirn, als ich den Namen auf dem Display sah. *Greg?* Und es war ein FaceTime-Anruf. Er musste echt ziemlich neben sich stehen, denn er hatte diese Art zu telefonieren immer gehasst. Schnell ließ ich meine Attribute verschwinden.

Da ich nicht so armselig sein wollte wie er und einem Anruf

auswich, nahm ich das Gespräch an. Greg wirkte völlig aufgelöst, war kreidebleich und saß augenscheinlich im Bett.

Bevor ich noch etwas sagen konnte, hielt er eins meiner Skizzenbücher hoch, sodass das Bild eines Omega auf dem Display zu sehen war.

»Kannst du mir das erklären?«, schrie er. »Ein Kumpel aus England hat mich angerufen und erzählt, dass so ein riesiges Vieh aus der Erde hervorgebrochen ist. Und niemand weiß, wer oder was es ist. Er hat es mir beschrieben und … und wie konntest du …« Er brach ab. »Verdammt, wie konntest du eins zeichnen, dass praktisch genauso aussieht?« Er ließ den Skizzenblock sinken und sah erneut in die Kamera. »Wie konntest du das wissen?«

Offenbar war jetzt tatsächlich ein Omega durch die Erdoberfläche gebrochen. Ich betrachtete Gregs bleiches Gesicht. Es war gemein, aber irgendwie amüsierte es mich, dass er so fertig klang. Das geschah ihm recht. Er hatte mein Eigentum gestohlen und sich dann darüber vor aller Welt lustig gemacht.

»Tut es dir jetzt leid, dass du mich als Verrückte dargestellt hast, die zu viel Fantasie hat?«

»Ich will wissen, was das ist«, beharrte er. »Und wie kann ich verhindern, dass ich dabei draufgehe?«

Ich schüttelte den Kopf. »Wenn hier einer Bedingungen stellt, dann bin ich das, Greg.« Ich spürte, dass Cal mich beobachtete. Ich sah kurz zu ihm und winkte dann ab, als sei es keine große Sache. Doch mein Herz klopfte mir bis zum Hals. Das, was Greg getan hatte, war hinterhältig und gemein gewesen.

»Was willst du?«, stieß mein Exfreund gerade hervor.

»Das ist doch wohl klar, oder?«, erwiderte ich. »Lösche deine Beiträge und sieh zu, dass ich meine Skizzenbücher zurückbekomme.«

»Jetzt, sofort?« Seine Stimme klang unangenehm hoch. Das wellige dunkelbraune Haar, in das ich früher so gerne meine Finger vergraben hatte, stand ihm wirr vom Kopf ab. »Ich glaube nicht, dass ich mich traue, das Haus zu verlassen.«

Ich seufzte gespielt dramatisch. »Dann lösche die Beiträge. Die Bücher kannst du mir irgendwann mal vorbeibringen.«

Er nickte. »Das heißt, dass wir das überleben werden?«

Ich zuckte mit den Schultern.

»Und was kann ich tun, um mich in Sicherheit zu bringen?«

Es ärgerte mich, dass er mit keinem einzigen Gedanken auch an andere dachte.

»Ich will, dass du sofort die Beiträge löschst. Ich warte.«

Greg nickte hektisch und wirkte plötzlich wie ein Wiesel, das hektisch nach etwas suchte. Er hielt kurz sein Tablet in die Kamera. »Hier, sieh zu.«

Er löschte die Beiträge. Zwar waren sie bereits geteilt worden, doch ich hatte noch einen weiteren Plan für ihn.

»Und jetzt poste ein Statement in der Story, dass du ein eifersüchtiger Stalker bist, der mir einfach nur Schlechtes wollte.«

»Ich bin kein Stalker.«

»Du warst in meinem Zimmer, während ich nicht da war, und hast von dort etwas mitgenommen. Du kannst froh sein, dass ich dich nicht anzeige.«

Greg schluckte. Mit der freien Hand hörte ich, wie er auf dem Tablet herumtippte.

Ich war so in unser Gespräch vertieft, dass ich die anderen um mich herum gar nicht mehr wahrnahm und auch nicht die atemlose Stille, die sich ausgebreitet hatte. Für ein paar Sekunden schien ich das Zentrum der gesamten Aufmerksamkeit zu sein.

»Hier.« Greg hielt das Tablet hoch. Man sah dem Text an, dass er hastig verfasst worden war. Dennoch wirkte er ehrlich und aufrichtig. Er nahm alle Schuld auf sich und entschuldigte sich bei mir für alles. Außerdem gab er zu, verletzt gewesen zu sein darüber, dass ich mit ihm Schluss gemacht hatte, und er deshalb so irrational und unfair reagiert hatte.

Das reichte mir. Er hatte die Story bereits hochgeladen.

»Also? Was kann ich tun?«

Ich zuckte erneut mit den Schultern. »Glaubst du wirklich, dass ich diese Wesen sehen kann? Sie sind nur meiner Fantasie entsprungen. Es ist ein Zufall, dass sie Ähnlichkeit haben mit den Wesen, die jetzt überall aus der Erde hervorbrechen. Woher soll ich wissen, wie man sich vor ihnen verstecken kann?«

Greg begann zu protestieren, weil er mir nicht glaubte, doch ich unterbrach ihn. »Komm mal klar, Greg, du bist schließlich ein Journalist. Harte Fakten und so?«

Und dann legte ich auf.

Cal betrachtete mich immer noch. Ich seufzte. »Er hat nicht ein einziges Mal an seine Mitmenschen gedacht. Es ging immer nur um ihn. Wie kann er nur …?« Cal legte eine Hand auf meine. »Ich weiß, woran du denkst. Und es ist ehrenhaft, dass du dir so viele Gedanken machst. Aber richte deine Zeit und deine Energie jetzt darauf, die Omega aufzuhalten. Deine Mutter und ihre Schwester haben diese Pläne schon mal durchschaut. Und sie haben dir Informationen hinterlassen. Jetzt wirst du das ein zweites Mal schaffen. Und gemeinsam können wir Ariana und Bane aufhalten, indem wir die Omega wieder in ihren ewigen Schlaf zurückversetzen. Ich habe keine Ahnung, wie das funktionieren soll …« Er sah mich an und sein Blick wurde weich. »… aber wenn irgendjemand das rauskriegt, dann *du.*«

»Mit eurer Hilfe«, erwiderte ich und sah in die Runde. »Ich brauche euch alle.« Mein Blick glitt zu Drystan, der angespannt wirkte. Doch schließlich nickte er und rang sich ein kleines Lächeln ab. »Legen wir los.« Er stutzte. »Wonach suchen wir eigentlich?«

Pünktchen hüpfte auf eine der großen Landkarten und zeigte dann auf eins der Wesen mit Schuppen und Fischschwanz, die zwischen sich auftürmenden Wellen gemalt worden waren. »Dasss Meer«, zischte sie. »Auf diesssen Karten gibt esss immer nur Monsssster im Meer. Vielleicht hat jemand unsss gemalt?«

»Die Karte stammt von 1643«, sagte Nolan und strich die Abdrücke glatt, die Pünktchens Pfoten hinterlassen hatten. »Kann das wirklich ein Hinweis sein?«

»Legen wir alles, was sich ähnelt, zusammen«, schlug Ildy vor. »So finden wir am ehesten Gemeinsamkeiten in dem Material.«

»Super Idee«, sagte ich und strahlte sie an. Sie erwiderte mein Lächeln, doch dann glitt ihr Blick an mir vorbei zum Schreibtischstuhl, auf dem ich die Tasche mit den Tränken abgelegt hatte.

Mein Lachen erstarb, und schnell sah ich weg. Ob Ildy mich bereits für eine Gefahr hielt?

»Also«, begann Horatio. Er deutete auf einen Stapel mit Karten. »Das sind alles Sternenkarten. Jede Menge Sternbilder, ein bisschen Mathe, ein bisschen Physik, und ich verstehe nichts davon.«

»Das sind alles Karten der Weltmeere.« Ildy deutete auf ihren Stapel.

Nolan hielt jede Menge vergilbtes Papier hoch. »Das sind Notizen von Bane, aber ehrlich, Leute. Der Kerl braucht keinen persönlichen Kryptografen, seine Handschrift ist auch so schon völlig unleserlich.«

Wir lachten leise.

Ich sortierte ein paar Postkarten, die ich in Moms Unterlagen gefunden hatte. Die meisten waren von Freunden und hinten mit einem netten Text beschriftet. Nur eine hatte keinen Text. Es sah aus, als habe meine Mutter sie sich zur Dekoration gekauft, denn ich war mir absolut sicher, dass sie mit meinem Vater nie an diesen Ort gereist war. Das hätte definitiv ihr Budget gesprengt.

Ich sah mir die Karte genauer an, das leicht vergilbte Bild, und legte den Kopf schief. Das Bermudadreieck.

Dreieck … Wo hatte ich zuletzt etwas von einem Dreieck-

Ich sah zu den anderen hoch. »Was hatte Bane noch gesagt? Dass sie im Kartell der Ivory die Schiffe miteinander verbunden haben, weil ein Dreieck eine mächtige geometrische Form ist?«

Horatio nickte. »Und vergiss nicht die kitschigen Namen. Vermutlich sollen die auch eine Menge Magie in sich haben.«

Ich lächelte, aber meine Gedanken glitten schon weiter. Das Bermudadreieck lag zwischen Süd-Florida, Puerto Rico und Bermuda. Drei Fixpunkte, deren verbundene Linien ein Dreieck formen würden. War das nicht etwas zu weit hergeholt? Wie sollte dieses Seegebiet im Atlantik die Weltuntergangspläne von Bane und Ariana vereiteln?

»Gib mir doch bitte mal die Meereskarten«, bat ich Ildy. Ich erinnerte mich, auf einer Karte meiner Mutter eine Markierung gesehen zu haben. Und richtig. Sie befand sich auf der hawaiianischen Insel Maui, direkt in einem Vulkan. *Nabel der Welt?*, hatte meine Mutter in ihrer leicht krakeligen Handschrift danebengeschrieben.

Nabel der Welt … Schon wieder geriet ich ins Grübeln. Hatte Bane nicht etwas Ähnliches gesagt? Einen ähnlichen Begriff benutzt? Ich ließ die Schultern hängen und kramte in den Erinnerungen der letzten Stunden. Er hatte so viel wirres Zeug erzählt, so viel Wut und Hass verbreitet, dass es mir schwerfiel, mich an Zusammenhänge in seinen Worten zu erinnern.

Dann richtete ich mich ruckartig auf. Pünktchen, die sich mittlerweile auf meinem Schoß zusammengerollt hatte, stellte die Ohren auf. »Hat Bane nicht erzählt, dass das Kartell der Ivory der Nabel der Dimension werden soll? Und nannte er es nicht sogar *Zentrum des Bösen?*«

Ein paar meiner Freunde nickten, andere schienen ernsthaft darüber nachzudenken.

»Ja, und?«, wollte Horatio dann wissen.

Ildy beugte sich vor und streckte einen Finger aus. Sie deutete auf die Handschrift meiner Mutter. »Ist doch klar, hier haben wir einen Nabel der Welt, und Bane sprach von einem Nabel der Dimension. Das muss doch irgendwie zusammenhängen. Die Begriffe sind einzigartig genug, um nicht wahllos vorzukommen. Oder habt ihr schon mal davon gehört?«

Simultanes Kopfschütteln. Sogar Otiz und Herald schienen überzeugt, nie davon gehört zu haben.

»Meine Mutter hat in ihrer Sprachnachricht behauptet, dass der Nabel der Welt das *letzte Ass im Ärmel der Menschheit* ist. Wir müssen dorthin. Wir müssen nachsehen, was dort ist. Ein Vulkan ist immerhin ein Zugang zum Erdinneren.«

»Und was ist jetzt mit dieser Sache mit den Dreiecken?«, warf Nolan ein. »Dass solche Strukturen Magie bündeln können, ist bekannt. Ich finde, im Moment ist das Dreieck das stärkere Argument als ein Kreuz auf einer Karte.«

Irgendwie hatte er recht. Dennoch …

»Aber Erins Mutter wusste etwas von den Plänen der beiden«, warf Cal jetzt ein. »Wir können im Nachhinein sagen, dass sie sie nicht verhindert hat, aber sie wusste genug darüber, dass sie darüber Aufzeichnungen anfertigte. Wollen wir ihnen nicht lieber glauben? Sie hat deutlich gemacht, dass sie sie ihrer Tochter hinterlässt, sollte es erneut zu so einer prekären Lage kommen. Und genauso eine Lage haben wir jetzt.«

Wir sahen uns alle an, und niemand schien sich wirklich sicher zu sein.

»Bane hatte doch auch jede Menge Karten«, sagte ich jetzt zu Ildy. »Sind in deinem Stapel auch welche dabei, die das Meer zeigen?«

Sie nickte und zog zwei der Karten hervor. Ich breitete sie zwischen uns aus, und wir beugten uns alle darüber. Mein Blick glitt zum Pazifischen Ozean. Dort, wo die Inselkette Hawaii lag.

Doch da war nichts. Mein Blick glitt weiter zum Atlantik, dort, wo sich das Bermudadreieck befand. Aber auch hier war nichts zu finden. Ich legte den Kopf schief. Bildete ich mir nur ein, dass an einer Stelle dort die Landkarte der Farbe etwas abgerieben wirkte? So als habe jemand einen Fleck entfernt. *Oder eine Markierung …*

Schnell nahm ich die andere Karte hoch und legte sie darüber. Die Inselkette Hawaii zeigte keinen Hinweis. Doch dort, wo sich das Bermudadreieck befand, sah es aus, als habe jemand mit einer spitzen Nadel hineingestochen. Ich nahm die Karte hoch und hielt sie gegen das Licht. Es war nur ein winziges Loch, in dem vielleicht irgendwann mal eine Nadel zur

Markierung gesteckt hatte. Natürlich wäre es zu schön gewesen, ein dickes fettes rotes Kreuz zu finden. Doch der radierte Fleck passte genau zu der winzigen Stelle, wo die Nadel gesteckt hatte. Es waren die gleichen Koordinaten. Das waren mir etwas zu viele Zufälle. Das Dreieck als eine mächtige geometrische und magische Form. Und zwei Markierungen auf zwei Karten, die die gleichen Koordinaten hatten.

Meine Mutter hatte sich getäuscht. Der Nabel der Welt befand sich nicht in einem Vulkan auf Hawaii. Er befand sich in dem berühmt-berüchtigten Bermudadreieck.

Wortlos deutete ich mit dem Finger darauf. »Dort müssen wir hin.«

Den anderen schien der Ort nicht viel zu sagen.

Ich sah ungläubig in die Runde. »Ihr wisst nicht, was im Bermudadreieck passiert?«

»Fischerei?«, schlug Nolan arglos vor.

»Ist vielleicht ein schöner Ort für eine Kreuzfahrt«, sagte Ildy.

Ich lachte leise auf. »Das Bermudadreieck ist einer der mysteriösesten Orte der Welt. Dieses Seegebiet zwischen den drei Küsten ist berühmt und berüchtigt zugleich. Regelmäßig verschwinden dort Flugzeuge und Schiffe. Man spricht von seltsam aufgeladener Luft und elektrischen Störungen, die technische Geräte außer Kraft setzen. Fischer erzählen sich Geschichten von Geisterschiffen und Wesen, die dort in der Tiefe lauern, um unbescholtene Menschen für immer hinab ins Meer zu ziehen. Es gibt sogar eine Statistik darüber, dass in diesem relativ kleinen Seegebiet auffallend viele Flugzeuge und Schiffe gesunken sind. Es ist also belegt. Es ist ein gefährlicher Ort, der seine Geheimnisse niemals preisgegeben hat.«

Sie alle starrten mich an.

Nun, das war vielleicht ein bisschen viel an Informationen, und vielleicht hatte ich etwas zu euphorisch geklungen, dafür, dass es einfach nur um ein Stückchen Meer ging …

»Hmmm …«, machte Horatio und warf mir einen schiefen Blick zu. »Das war informativ und ein wenig gruselig zugleich.«

Cal klapste ihm spielerisch in den Nacken. »Keine Beleidigungen. Seien wir froh, dass Erin so viel darüber weiß und wir jetzt nicht auch noch ewig im Internet nach Informationen suchen müssen. Sind wir uns also einig? Es werden diese Koordinaten im Bermudadreieck? Wer ist dafür?«

»Ich bin dafür«, sagte Ildy, »… aber in Anbetracht dessen, dass wir wirklich unter extremem Druck stehen, sollten wir keine Möglichkeit auslassen. Es kann auch sein, dass Bane uns absichtlich auf eine falsche Fährte führt. Wir sollten den Hinweis von Erins Mutter ernst nehmen und diesen Ort auf Hawaii ebenfalls überprüfen.«

»Dann teilen wir uns auf«, schlug Cal vor. »Das Bermudadreieck erscheint mir im Moment etwas gefährlicher, deshalb sollten wir hier ein paar mehr Leute sein. Wer will wohin?«

»Bermudadreieck«, sagte ich sofort, meinem Bauchgefühl folgend.

»Ich komme auf jeden Fall mit dir«, sagte Cal.

Nolan und Horatio wollten sich den noch aktiven Vulkan mal näher ansehen, und Ildy, der meine Erzählungen über das Bermudadreieck nicht geheuer zu sein schienen, schloss sich ihnen an. Otiz setzte sich stumm neben sie, als wäre damit alles geklärt.

Herald drängte sich neben Cal und sah ihn erwartungsvoll an. Pünktchen schmiegte sich an meinen Schoß. Ich kniff die

Augen zusammen. »Leute, wollt ihr wirklich mit? Das könnte gefährlich werden.«

»Wir wollen den Weltuntergang ebenso verhindern wie ihr«, erwiderte Herald leicht verschnupft. »Und wir sind sehr wohl in der Lage, unseren Beitrag zu leisten.«

Das klang definitiv nicht so, als würden sie noch mit sich diskutieren lassen. Da die anderen nichts dagegen hatten, blieben nur noch die Fawn übrig.

»Ich komme mit euch«, sagte Drystan mit finsterer Stimme. Sein Blick verriet mir, dass er es nicht tat, weil er dem Bermudadreieck größere Chancen zurechnete. Es ging einzig und allein darum, mich im Auge zu behalten.

»Ich nehme auch das Bermudadreieck«, stimmte Melissa zu. »Klingt für mich überzeugender.«

Horatio sprang auf und klatschte in die Hände. »Dann geht's jetzt los. Schicken wir die Omega dahin zurück, wo sie hingehören.«

*

Wir hatten die Koordinaten erneut verglichen und dann so präzise wie möglich in die Navigationsapp meines Handys eingegeben. Da wir eine Zeitzone überquert hatten, war es über dem Bermudadreieck längst hell geworden. Wir flogen hoch über dem Wasser, und als wir ein Boot passierten, hörten wir das Schreien der Menschen, die uns entdeckten.

Mir krampfte sich das Herz zusammen, dennoch zwang ich mich, jetzt nicht darüber nachzudenken, wie viele Millionen von ihnen heute noch den Schreck ihres Lebens bekommen würden.

Die Koordinaten führten uns zu einer Stelle mitten auf dem

Meer. Hier war absolut gar nichts. Ich hatte gehofft, irgendeine Markierung zu finden. Vielleicht eine Boje oder Ähnliches? Aber das wäre auch zu schön gewesen. Pünktchen zappelte auf meinem Schoß und beugte sich Richtung Wasser.

Wir hatten die Gamma auf unseren Reittieren mitgenommen, weil sie zwar schnell fliegen konnten, aber so schnell wie die Delta dann doch nicht.

Ich hatte geschmunzelt, als Drystan mit Herald an uns vorbeigejagt war, der im wahrsten Sinne des Wortes wie ein fliegender Wackelpudding aussah.

Jetzt kreisten wir über der Stelle, die wir auf den Karten entdeckt hatten.

Nichts.

Hier war absolut gar nichts.

Melissa flog nahe zu uns und steckte ihr Telefon wieder weg. »Die anderen haben auch noch nichts entdeckt. Nur ein Vulkan, aber keine Hinweise.«

Ich starrte auf die Wasseroberfläche. Hier musste etwas sein, ich wusste es einfach. Ich war mir so sicher. Ich vertraute meinem Bauchgefühl, und obwohl ich meine Mutter von Herzen liebte, war ich mir sicher, dass sie sich geirrt hatte.

Dann erregte etwas meine Aufmerksamkeit. Es waren lediglich ein paar Luftblasen, die an die Oberfläche stiegen und sich dort mit dem Meeresschaum auf den Wellenspitzen mischten.

Aber dann waren sie wieder da.

Und wieder.

Und wieder.

Ich hielt den Blick starr darauf gerichtet. Mein Herz hatte wie wild zu klopfen begonnen. »Leute«, sagte ich atemlos. »Dort ist etwas.«

Kapitel 33

»Es scheint vom Meeresboden aufzusteigen«, sagte Melissa und beugte sich auf Dante so weit hinab, dass sie die platzenden Blasen berühren konnte.

»Und wie kommen wir jetzt da runter?« Drystan sah uns nicht an, er beobachtete den Himmel mit schmalen Augen. »Und wenn mich nicht alles täuscht, bekommen wir Besuch.« Wir alle folgten seinem Blick. Weißschwingen. Selbst aus der Ferne waren sie unschwer zu erkennen. Es waren so viele, dass wir es unmöglich mit ihnen aufnehmen konnten. »Abhauen oder bleiben?«, fragte Drystan dann.

»Diejenigen von uns, die wie ein Fisch unter Wasser atmen können, sollten bleiben und nachsehen, was dort unten vor sich geht. Alle anderen sollten sich besser zurückziehen«, erwiderte Cal trocken.

»Ich bin für Rückzug«, krähte Herald. »Mit denen kann man nicht diskutieren, das wissen wir bereits.«

Cals Worte hallten in mir nach. Wie ein Fisch … Natürlich!

Ich griff in meine Tasche.

»Denk nicht mal dran«, knurrte Drystan. »Keine schwarze Magie mehr.«

Ich hielt meinen Freunden ***Wie ein Fisch*** entgegen. »Ich kann es für euch testen.« Cal wollte mich hindern, doch ich hatte die Flasche bereits geöffnet und goss ein paar der Tropfen auf meine Haut.

»Bist du verrückt?«, rief Cal.

»Sie ist verrückt«, gab Drystan ihm recht. »Ich werde das Zeug garantiert nicht benutzen.«

Die Verwandlung setzte praktisch sofort ein. Es kribbelte ein wenig, dann spürte ich ein Ziehen in meinen Händen und Füßen. Ich spreizte die Finger ab und konnte zusehen, wie sich zwischen ihnen zart bläulich schimmernde Schwimmflossen bildeten. Meine Füße juckten unglaublich. Dann begannen sie zu wachsen, drückten gegen das Innere meiner Schuhe, bis diese mehr oder weniger platzten und mir von den Füßen fielen. Die Schwimmhäute waren nicht zu übersehen. Dann veränderte sich meine Sicht. Alles wurde irgendwie bunter und gleichzeitig heller. Die Farben wirkten intensiver, und es fühlte sich an, als habe jemand in meinem Kopf eine Lampe angemacht. Ich sah hinab auf das dunkle Meer, und plötzlich konnte ich ein gutes Stück hinabsehen.

»Wow«, machte Cal leise und beugte sich vor, um mir in

die Augen zu sehen. »Die sehen tatsächlich aus wie die von Fischen.«

»Und es sieht auch nicht so aus, als würde sie gleich platzen und in einer Blutfontäne in den Himmel schießen«, sagte Melissa und flog mit Dante näher an uns heran. Sie hielt die Hand auf. »Gib mir auch etwas, ich begleite dich nach unten.«

Ich lächelte sie an. Ehrlich gesagt war ich heilfroh, dass dieser Trank so harmlos war.

Die anderen schlossen sich uns an, nur Drystan zögerte noch. Nicht weil er Angst hatte, sondern, weil er diese Art von Magie so sehr verabscheute.

Als der Schwarm unserer Angreifer jedoch immer näher kam, seufzte er und ließ sich von mir zwei Tropfen auf seine Hand träufeln. Noch während ich den Trank wieder verstaute, verwandelte auch er sich.

Mein Blick fiel auf meine beiden Gamma. Was er bei Pünktchen anrichten würde, war nicht abzuschätzen, und ich entschied, dass es zu gefährlich war. Herald war zwar eine Art Tintenfisch, aber ich wusste, wie wasserscheu er war.

»Verschwindet ihr mit unseren Delta hoch hinauf in den Himmel und passt auf sie auf«, sagte ich zu den beiden. »Wir haben sonst niemanden, der diese wichtige Rolle übernimmt und den Überblick behält.«

Die beiden waren sofort einverstanden, und Herald wirkte sogar äußerst stolz, dass er damit betraut wurde.

Jetzt hieß es wohl hinab ins dunkle Meer zu tauchen. Ich ließ mich von Nyncis' Rücken rutschen. Meine Tasche zog mich sofort nach unten, doch ich wollte sie auf gar keinen Fall bei den Gamma lassen. Wer wusste schon, wofür ich die schwarze Magie noch gebrauchen konnte.

Ich tauchte mit dem Kopf ins Wasser, und sofort spürte ich,

wie sich an meinem Hals etwas öffnete. Sauerstoff strömte in mein Blut, und ich konnte tatsächlich atmen! Dank meiner veränderten Sicht war es im Wasser taghell. Auch die anderen schienen gerade ihre neuen Fähigkeiten auszutesten. Drystan machte ein paar kräftige Züge und wirkte beeindruckt davon, wie schnell wir uns fortbewegen konnten.

Ich deutete auf die Luftblasen. Wir hatten zwar viele neue Gaben bekommen, aber das Sprechen unter Wasser oder die telepathische Kommunikation war nicht dabei gewesen. Die anderen nickten zustimmend, und wir schwammen nah an der Säule aus Blasen entlang hinab in die Tiefe.

*

Ich hatte mit vielem gerechnet, das uns hier unten auf dem Meeresgrund erwarten könnte. Aber als ich es erblickte, traute ich meinen Augen kaum.

Es war ein Palast, erbaut aus gesunkenen Schiffen und abgestürzten Flugzeugen. Die Wrackteile waren kunstvoll miteinander verbunden worden und bildeten so eine Architektur, die einschüchternd und faszinierend zugleich war. Das Gebäude musste mindestens so hoch wie ein Wolkenkratzer sein.

Wir landeten sanft auf dem sandigen Grund und sahen dann an der Fassade hinauf. Die Luftblasen stiegen ganz oben aus der Spitze aus und suchten sich dann ihren Weg hinauf an die Wasseroberfläche. Das, was wir suchten, befand sich also im Innern dieses Palastes. Aber warum wurde es nicht bewacht?

Da wir uns nicht unterhalten konnten, wechselten wir nur staunende Blicke. Drei breite Stufen aus ehemaligen Schiffsplanken führten hinauf zu einer Tür, die aus großen Tragflächen gefertigt war. Wir gingen gemeinsam darauf zu, als um uns herum der Sand plötzlich in die Höhe schoss. Zuerst erkannte ich nur verschwommene Umrisse. Doch es war klar, dass man uns erwartet hatte. Der Sand wurde durch das Wasser davongetragen, und ich sah schwer bewaffnete Beta. Sie mussten unser Kommen bemerkt haben und hatten sich tief im Sand vergraben, um uns zu überraschen. Es waren wie immer Mischwesen, doch sie hatten Kiemen am Hals. Obwohl sie Beta waren, war ich mir sicher, dass es sich um Ivory handelte. Eine Frau, halb Mensch, halb Skorpion, besaß weißes Haar. Ein weiterer Beta hatte die so unverwechselbaren Augen dieses Kartells. Meine Freunde waren alle bewaffnet und begannen sofort, uns zu verteidigen. Cal hatte ein langes Messer gezogen und stürzte sich auf einen männlichen Beta mit dem Kopf eines Salamanders. Melissa kämpfte mit der Skorpionfrau. Drystan hatte es mit gleich zwei Gegnern aufgenommen.

Bleib bei mir!, gab Cal mir mit seinen Blicken zu verstehen, während er gleichzeitig kämpfte und zwei Schritte rückwärts zu mir machte. Es ärgerte mich maßlos, dass ich mich drücken musste und nicht auch kämpfen konnte. Aber hier unten im Wasser traute ich mich nicht, nach meinen Tränken zu greifen.

Cal rammte dem Beta das Messer ins Herz und sofort mischte sich Blut ins Wasser. Kurz darauf sackte der Beta in sich zusammen. Aus dem Untergrund tauchte ein weiterer Gegner auf. Er war riesig. Eine Mischung aus Panther und Mensch. Sofort stürtzte er sich auf uns. Ich konnte zur Seite ausweichen, doch Cal wurde unter ihm begraben. Das Messer fiel ihm aus der Hand. Er versuchte verzweifelt, danach zu greifen, doch es war nicht in seiner Reichweite. Der Panther holte mit seiner Pranke aus. Ich reagierte blitzschnell, griff mir das Messer, stieß mich so kraftvoll nach vorne, wie ich konnte, und griff in das Nackenfell des Panthers, um mich noch näher an ihn zu ziehen. Bevor er reagieren konnte, hatte ich ihm das Messer tief in den Nacken gestoßen. Eine rote Wolke hüllte mich ein, während ich den Messergriff immer noch fest umklammert hielt. Der Panther zuckte noch, aber ich spürte instinktiv, dass er sterben würde. Ich ließ den Messergriff los und stieß mich von dem Panther ab. Kaum, dass Cal mich sah, schob er den Panther von sich herunter.

Bist du verletzt?, bedeutete ich mit meinen Händen.

Er schüttelte den Kopf, während er rasch auf die Füße kam. Dann deutete er auf mich. Ich schüttelte ebenfalls den Kopf. Er zog mich rasch in seine Arme und strich mir einmal kurz über die Wange. Dann sahen wir uns zu den anderen um.

Doch auch sie hatten unsere Gegner inzwischen besiegt. Für einen Moment lang blieben wir wachsam und beobachteten den Sand, doch nichts passierte. Offenbar war dieser Palast so versteckt, dass Ariana sich sicher war, ihn nicht besser bewachen lassen zu müssen. Die anderen kamen zurück zu uns, und Drystan deutete fragend auf den Eingang.

Ich nickte. Gemeinsam gingen wir wieder auf die Stufen zu. Keine weiteren Fallen, keine Beta.

Vorsichtig schoben wir die großen Türen auf. Überrascht sahen wir hin und her. Im Innern war kein Wasser, es war Luft. Das Wasser schien nicht in den Palast einzudringen, und auch die Luft blieb dort, wo sie war.

Wir konnten die Türen hinter uns schließen, ohne dass die zwei Elemente sich gemischt hatten. Kaum dass unsere Haut wieder in Berührung mit Sauerstoff kam, verwandelten wir uns zurück.

Wir rechneten erneut mit einem Angriff, doch nichts geschah.

Cal zog ein Telefon hervor. »Zwei weitere Omega sind hervorgebrochen und haben großen Schaden in Thailand und Frankreich angerichtet. Die Erde bebt jetzt fast überall!« Wie zur Bestätigung schwankte der Boden zu unseren Füßen.

»Beeilen wir uns!«, rief ich, als mir auch die Weißschwingen wieder einfielen, die uns verfolgten.

Kühler Sand kitzelte an meinen nackten Füßen, als wir uns in der riesigen Halle umsahen. Große Treppen führten zu weiteren Stockwerken.

Doch das, was meine Augen sofort fesselte, war das Bauwerk direkt im Mittelpunkt der Halle. Es sah aus wie ein Springbrunnen, den man in einem der großen Einkaufszentren finden würde. Nur, dass in dem Becken darunter kein Wasser war. Da war ein großer runder Stein, eine fast perfekte Kugel, die inmitten des hinaufschießenden Wassers kaum zu erkennen war. Die Fontäne reichte fast bis zur Hälfte der Halle hinauf, bevor sie sich in schillernde Seifenblasen verwandelte und weiter nach oben stieg.

Wir kamen näher, und mir stockte erneut der Atem.

»O mein Gott«, flüsterte ich.

Melissa neben mir stieß einen gequälten Laut aus und presste sich die Hand auf die Lippen. Drystan stand der Mund offen, und Cal hatte die Augenbrauen gerunzelt, als wolle er seinen Augen nicht trauen.

Inmitten dieser reißenden Fontäne war eine Silhouette zu sehen. Noch ein paar Schritte …

Der Anblick, der sich uns jetzt bot, war einfach nur grausam. Wir sahen die Ringe, die in die Steinkugel getrieben waren. Wir sahen die zwei Ketten, die daran angebracht waren. Und wir sahen, wohin sie führten.

Die Ketten, die an einem Ende an dem Stein angebracht

waren, mündeten an ihrem anderen Ende in Fußfesseln. Und in diesen Fußfesseln hing eine Frau. Das herausschießende Wasser hielt sie aufrecht, sodass es fast aussah, als würde sie innerhalb der Fontäne schweben.

Sofort stürmten Cal und Drystan zu der Fontäne und versuchten, die Frau zu erreichen. Das Wasser riss an ihren Kleidern und peitschte ihnen ins Gesicht. Melissa und ich hatten uns inzwischen vor der Frau in Position gebracht. Als die Jungs sie erreichten, schoben sie sie vorsichtig aus der reißenden Fontäne.

Ich erwischte sie an den Schultern, als sie nach vorne fiel, und ging mit ihr in die Hocke, während Melissa ihre Beine nahm. Ich hielt sie halb in meinem Arm, und als ich ihr Gesicht sah, entfuhr mir ein leiser Schrei. Zuerst dachte ich, ich hielte meine Mutter in den Armen. Doch dann erkannte ich feine Unterschiede. Das hellere Haar, die Augen, etwas an ihr war anders. Und dann wusste ich plötzlich, wen ich da vor mir hatte.

Feyre, die Schwester meiner Mutter. Mom hatte sich also doch nicht geirrt. Feyre war nicht gestorben. Sie befand sich hier auf der Erde, verborgen im Bermudadreieck.

Plötzlich fing die Frau an zu husten und holte dann röchelnd Luft. Ich strich ihr beruhigend über die Schulter und lächelte sie an.

»Elara«, flüsterte sie mit rauer Stimme. »Du hast mich gefunden.« Sie hustete erneut, und dann fielen mir ihre Fingernägel auf. Sie waren strahlend grün.

Feyre schluckte, dann musterte sie mich erneut. »Du bist nicht Elara.«

Ich schüttelte den Kopf und kämpfte mit den Tränen. »Ich

bin ihre Tochter. Mein Name ist Erin. Elara ist vor 14 Jahren getötet worden. Von Bane Harlow.«

Feyre wirkte plötzlich panisch. Sie wollte sich aufrichten, drehte sich zu der Fontäne herum und streckte die Hände danach aus. »Dann haben sie es erneut versucht. Elara hat dir Hinweise hinterlassen, das passt so zu ihr. Ich muss zurück ...«

»Aber warum?« Jetzt kam ich nicht mehr mit. *Wollte sie denn nicht gerettet werden?*

Feyre drehte sich zu mir, dann musterte sie meine Begleiter. »Ihr seid ja eine bunte Mischung.« Dann blinzelte sie, als müsse sie sich konzentrieren. Sie nahm meine Hände in ihre.

»Hör mir jetzt gut zu, Erin. Die Steinkugel verschließt den Nabel der Welt wie ein Korken eine Flasche. Der Nabel der Welt ist das letzte Ass im Ärmel der Menschheit. Er ist wie ein Notfallmedikament, das man benutzen kann, wenn es schon fast zu spät ist. Die Energie aus dem Nabel der Welt kann das Übermaß an Angst neutralisieren und die Omega dazu bringen, sich wieder tief in den Erdkern zurückzuziehen.« Sie deutete mit dem Finger auf die Kugel. »Die Fontäne, die zwischen den Ritzen hervorquillt, ist nur ein Vorgeschmack. Seine Energie ist mächtig und wird die Erde retten können.«

Cal stellte sich neben die Kugel und klopfte auf den Stein. »Dann schieben wir sie eben einfach beiseite, und dann ist alles gut.«

Feyre lachte leise auf, doch es klang traurig. »Wunderst du dich nicht, wie ich mehrere Jahrzehnte in einer Fontäne auf dem Meeresboden überlebt habe?«

Cal wirkte etwas überrumpelt. »Doch, natürlich.«

Feyre deutete auf die Kugel. »Sie hat ihre schwarze Magie angewandt. An mir und der Kugel. Mich hat die positive

Energie länger leben lassen, und die Kugel …« Plötzlich sah sie wieder hektisch zu mir. »Wo ist das Armband?«

Einen ewigen Moment lang starrte ich sie nur an.

»Elaras Armband, sie wird es dir ganz sicher vererbt haben. Sie hat es niemals abgelegt.«

Sie griff nach meinem Bettelarmband und hob mein Handgelenk hoch. »Ariana ist ein grausames Miststück. Sie wollte, dass meine Schwester sich zwischen der Rettung der Welt und mir entscheiden muss. Da wir beide das gleiche Armband hatten, hat Ariana den Schlüssel angepasst. Mir hat sie mein Armband weggenommen, ich habe also keinen Schlüssel, aber du hast noch einen. Das kleine Zahnrad. Kennst du es?«

Das Zahnrad, das bereits das Geheimfach in unserem Haus geöffnet hatte? Ich deutete darauf.

»Das ist es«, sagte Feyre. Dann drehte sie sich zu der Kugel und deutete auf eine Vertiefung. »Dort ist das Schlüsselloch. Drücke das Zahnrad hinein, und die Kugel wird sich lösen.«

Ich ahnte Böses. »Und was geschieht mit dir?«

»Der Strom, der aus dem Inneren hervorschnellen wird, wird mich töten.«

»Um Himmels willen«, murmelte Melissa neben mir.

Das konnte ich unmöglich tun. Wir würden den Stein irgendwie anders bewegen müssen. Doch selbst dann müssten wir zuerst Feyres Ketten lösen.

Erst da bemerkte ich, dass die Fußfesseln sich tief in ihre Knöchel bohrten. Sie lagen nicht nur um ihre Haut, sondern gruben sich auch in ihre Haut hinein. Mir wurde schlecht bei dem Anblick. Das schwere Metall würden wir niemals lösen können, ohne mit etwas Schwerem auf die Fesseln zu schlagen. Aber dabei würden wir Feyre verletzen.

»Wir versuchen es trotzdem«, schlug Cal vor. Im nächsten

Moment schleppte Drystan auch schon einen schweren Stein an.

Doch er kam damit nicht einmal in die Nähe der Fesseln. Der Stein schien davor zurückzuprallen, als wären es zwei magnetische Pole. Noch mal versuchte er es, und noch mal scheiterte er.

»Wir müssen es irgendwie anders versuchen«, sagte ich hektisch. »Schnell.«

In diesem Moment flogen hinter uns die Türen auf. Sofort war die ganze Halle voller Weißschwingen. Die anderen zückten sofort ihre Waffen, doch es war klar, dass wir verlieren würden. Es waren einfach zu viele. Und sie schienen praktisch nie zu ermüden. Es waren Kampfmaschinen, die uns irgendwann in die Knie zwingen würden.

Ich wühlte hektisch in meiner Tasche.

»Ergebt euch!«, erklang eine dunkle Stimme. Ich konnte nicht ausmachen, welcher der Weißschwingen gerufen hatte, aber es war mir auch egal.

Gerade als die anderen angreifen wollten, fand ich den Trank, nach dem ich gesucht hatte.

»Nein!«, rief ich panisch. »Greift sie nicht an. Alle hinter mich, schnell!«

Überraschenderweise diskutierte dieses Mal niemand mit mir. Vermutlich war auch ihnen klar, dass wir dieser Übermacht nicht gewachsen waren.

In meiner Hand hielt ich einen Trank namens ***Todesschlaf***. Ich konnte seine Macht durch das dünne Glas spüren. Ich konnte seine Bösartigkeit fühlen, seinen Spaß daran, Angst und Schrecken zu verbreiten, und seine ungebändigte Gewaltbereitschaft. Ich ließ das Fläschchen locker in meiner Hand kreisen.

»Verschwindet!« Eine letzte Warnung sollte man jedem zukommen lassen, das war nur fair.

Ich erntete jedoch nur schallendes Gelächter. Einige der Weißschwingen hielten sich sogar den Bauch.

Wieder bebte die Erde heftig, und der ganze Palast ächzte unter der Wucht. Irgendwo hörte ich das metallische Stöhnen von jahrhundertealtem Eisen.

Gut, ich hatte sie gewarnt.

Im nächsten Moment stürmten unsere Gegner los, und ich warf ihnen den Trank entgegen. Das Fläschchen prallte an einem Brustpanzer ab und verflüchtigte sich in einen schwarzen Nebel. Er jagte zwischen den Weißschwingen hin und her, schlang sich wie ein dunkles Band um ihre Augen, und kurz darauf begannen die ersten Schreie.

Hinter mir hörte ich Melissa leise schluchzen.

Der Trank wütete wie eine zerstörerische Krankheit unter den Weißschwingen. Zuerst legte er sich wie ein Band um ihre Augen, dann drang er durch sie in ihren Körper hinein. Zuerst dachte ich, dass er ihnen die Luft nahm, doch dann sanken sie nur kraftlos in sich zusammen und rührten sich nicht mehr. Ob sie schliefen? Ob sie tot waren? Ich wusste es nicht.

Als ich mir sicher war, dass sich keiner von ihnen mehr rührte, drehte ich mich zu den anderen herum.

Feyre sah völlig schockiert aus. »Du kontrollierst schwarze Magie? Als eine Emerald?«

Ich schüttelte traurig den Kopf. Dann zeigte ich ihr meine Attribute. Sie wich so heftig zurück, als habe sie einen Geist gesehen. Was ja auch irgendwie stimmte, denn gestorben war ich ja bereits.

»Bane hat damals auch mich getötet, genau wie meinen Vater. Ich bin jedoch zu einer Ivory geworden. Und die beherrschen, habe ich mir sagen lassen, wohl alle ein wenig Magie.«

»Ja, ein wenig Magie«, erwiderte Feyre. »Aber das …« Sie stockte. »Das erinnert mich stark an jemand anderen. Hast du diesen Trank selbst gebraut?«

»Das hat sie nicht«, erklang von irgendwoher plötzlich eine neue Stimme. »Sie hat ihn mir gestohlen, diese kleine Diebin.«

Als sie aus den Schatten trat, erkannten wir sie alle sofort. Ariana von den blauen Monden. Die Erde bebte erneut heftig und von irgendwo über uns lösten sich Wrackteile aus der Decke. Messerscharfe Stahlspitzen jagten auf uns hinunter. Doch Ariana hob lässig die Hand, und sie blieben in der Luft stehen.

»Ariana.« Feyre stieß den Namen hervor, als handele es sich um einen bösen Fluch. »Bitte lass meine Nichte und ihre Freunde gehen. Bitte habe Gnade mit uns und der Welt. Hast du nicht schon genug Macht?«

Die Ivory kam gelassen zu uns spaziert. Im Vorbeigehen tätschelte sie Drystans Wange. »Hallo mein Junge.«

Der war wie paralysiert und starrte seine Mutter einfach nur wortlos an.

»Macht kann man nie genug haben.« Sie zwinkerte Feyre zu und drehte sich dann zu uns anderen.

»Ich schlage vor, ihr verschwindet und lasst den Dingen ihren Lauf. Und als Gegenleistung dafür, dass ich euch nicht auf der Stelle umbringe, möchte ich, dass mein Ehemann freigelassen wird. Haben wir eine Abmachung? Oder soll ich euch töten?«

»Wir haben gar nichts«, knurrte Cal. »Ergib dich, Zauberin, und wir lassen vielleicht Gnade vor Recht ergehen. Du wirst sicher verwahrt werden, genau wie dein Ehemann. Dann droht dir vielleicht nicht der Tod.«

Ariana lachte schallend und warf sich das dicke helle Haar über die Schultern. In ihren weißen Gewändern und dem Gold wirkte sie wirklich wie eine Priesterin.

Plötzlich stürzte Drystan vor. Es passierte alles so schnell, dass ich nicht reagieren konnte. Er hatte in meine immer noch geöffnete Tasche gegriffen und einen der Tränke hervorgeholt.

»Verschwinde, Mutter. Die Welt wird nicht untergehen. Weder heute noch morgen, noch in naher Zukunft.«

Ariana brach in ein helles Lachen aus.

Drystan reckte ihr den Trank drohend entgegen. Er hatte ***Tunichtgut*** erwischt. »Das war die letzte Warnung.«

»Er wird nichts bewirken«, sagte Ariana und schien amüsiert.

Schon wieder bebte die Erde, und der Palast ächzte.

Ich fragte mich, wie viel von der Welt bereits zerstört war. Wie viele Menschen waren schon zu Schaden gekommen?

»Er wird nichts bewirken«, erklärte Ariana, »weil du diese Art von Magie ablehnst. Ihr alle lehnt sie ab, ihr fürchtet euch, alle, bis auf …« Sie deutete mit dem Zeigefinger auf mich. »Bis auf dich. Du bist empfänglich dafür, und deshalb funktioniert die Magie in deinen Händen. Da ist eine gewisse Skrupellosigkeit in dir, die ich interessant finde. Du hast Talent, damit kann man arbeiten. Du bist furchtlos, mutig und nicht dumm.« Sie legte den Kopf schief, als würde sie ernsthaft nachdenken. »Vielleicht war es gar kein Zufall, dass ausgerechnet *du* meine Zaubertränke gestohlen hast. Anders hätte ich nie erfahren, was in dir schlummert. Es ist etwas Dunkles, etwas Böses, das tief in dir vergraben ist. Du kontrollierst es, du lässt es nicht hervordringen, aber es ist da. Du kannst brutal sein, wenn es darauf ankommt, nicht wahr?«

Ich erinnerte mich an den Tag in der Fabrik, als ich Fotos

und Videos hatte machen wollen. An den Moment, als die zwei Beta mich angegriffen hatten. Die Sphinx und die Katzenfrau. Ich erinnerte mich an den Kampf, den Rausch des Adrenalins und wie ich meine Klinge gegen den Hals der Sphinx gedrückt hatte. Ich erinnerte mich, wie butterweich die Klinge in den Körper der Katzenfrau gedrungen war. Wie Blut meine Hand hinabgeronnen war. Ich erinnerte mich an den Rausch und an den Kater danach.

Schon wieder lachte Ariana leise. »Du weißt es. Du weißt, dass es da ist. Komm mit mir. Sei die Tochter, die ich verloren habe. Werde meine Schülerin, meine Assistentin, meine Nachfolgerin. Ich sehe etwas in dir, das niemand anders hier sehen kann. Du wirst meine Kronprinzessin. Eine der mächtigsten Frauen der Dimension. Wir werden über sie herrschen und vielleicht schon bald über das ganze Universum.«

Es war schlimm, denn ihre Worte berührten mich. Sie fanden ihren Weg zu den tiefsten Abgründen in mir. Sie öffneten Türen und Tore und ließen etwas hervorkriechen, das ich schon immer bekämpft hatte. Ich schloss kurz die Augen, um der Intensität ihres Blickes zu entgehen. *Nein, es war falsch.* Alles, was sie mir erzählte, waren süße Lügen, um mich auf ihre Seite zu ziehen, weil … Ich stockte. *Warum eigentlich?* Sie sollte uns allen doch überlegen sein? Warum machte sie sich die Mühe, mich so einzulullen?

Ich nahm Drystan den Trank aus der Hand und beobachtete sie dabei. So sah ich genau, wie sich ihr Gesichtsausdruck änderte, und in diesem Moment wusste ich, dass ich mit meiner Vermutung recht hatte.

Sie wollte mich auf ihre Seite ziehen, weil ich die einzige echte Bedrohung hier war. Diese Tränke konnten auch ihr gefährlich werden.

»Komm mit mir«, sagte Ariana erneut.

»Nein«, erwiderte ich leise. Ich legte ***Tunichtgut*** zurück in meine Tasche und tastete nach einem anderen Trank. Ich erkannte die Phiole, weil sie einen schmalen Griff besaß.

Wir würden Ariana so lange ausbremsen müssen, bis wir eine Lösung für Feyre und den Nabel der Welt gefunden hatten. ***Heer der Albträume*** klang doch sehr vielversprechend.

Zum Glück lenkte Cal Arianas Blick auf sich, weil er vortrat und sich schützend vor unsere Gruppe stellte. »Niemand geht hier mit irgendwem. Wenn du nicht aufgibst, dann werden wir mit dir kämpfen, und wir sind dir zahlenmäßig klar überlegen, Ariana.«

»Ihr könnt mich nicht besiegen«, flüsterte sie und grinste. »Wie kommt ihr auf die Idee, dass ihr mich besiegen könntet?« Sie kicherte. »Das ist lächerlich. Und weißt du auch, warum?«

Über uns in der Luft bewegten sich die Metallteile. »Weil ihr jetzt alle sterben werdet.«

Jeweils eine gefährliche Spitze jagte auf meine Freunde und mich zu.

Mir blieb keine Möglichkeit mehr zu überlegen. Ich schnippte den Korken von ***Heer der Albträume*** und schleuderte ihr die dunkelblaue Flüssigkeit entgegen.

Der Trank traf sie an der Brust, und noch während sie überrascht aufschrie, drückte ich den Stopfen schnell wieder auf die Flaschenmündung.

Ariana erstarrte und ebenso die Metallspitzen in der Luft. Sie hatten uns beinahe erreicht, bildeten einen Kreis um unsere Gruppe und wirkten wie Speere, die auf uns gerichtet wurden.

Als der Trank sich aufblähte wie eine Luftblase, ahnte ich, dass ich einen fatalen Fehler gemacht hatte.

Ich rief noch »Runter auf den Boden!«, da platzte die Kugel, und der Trank erwischte uns alle.

Ariana brach in Tränen aus und raufte sich die Haare. Sie krümmte sich und weinte bitterlich. Dann brachen auch meine Freunde zusammen.

Und ich?

Ich fühlte gar nichts.

Sie alle waren in schrecklichen Albträumen gefangen. Feyre wälzte sich auf dem Boden hin und her und schrie nach meiner Mom und ihren Eltern. Cal schien den Tod seiner Mutter bei der Meuterei noch einmal zu erleben. Melissa murmelte fahrig etwas vom Tod zweier Angehöriger. Und Drystan sprach mit seiner Mutter, nachdem sie ihm eröffnet hatte, dass sie ihn und ihren Vater verlassen würde. Er weinte und klang unendlich verzweifelt.

Ich betrachtete meine Hände. Dort klebte der Trank, aber er sank nicht in meine Haut ein.

Warum nicht?

Heer der Albträume. So wie es aussah, durchlebten sie alle den schlimmsten Moment in ihrem Leben noch mal. Dann wurde es mir klar. Meinen schlimmsten Moment hatte ich bereits erneut durchlebt. In der Kammer der Albträume. Auf dem mysteriösen Schiff, das führerlos im Ghost Orbit trieb.

Hatte die Atlantide schon damals gewusst, worauf all das hinauslaufen würde? Hatte sie diesen Zeitpunkt vorausgesehen und mich dafür wappnen wollen?

Deshalb hatte mir der Trank nichts anhaben können. Mein schlimmster Albtraum war bereits durchlebt, und ich hatte ihn überwunden.

Mein Blick fiel auf Ariana. Sie hielt ein unsichtbares Bündel im Arm und rief immer wieder: »Ich hätte dich niemals hergeben dürfen, meine kleine Tochter. Du fehlst mir so sehr. Ich hätte das niemals tun dürfen. Der Moment, in dem du meinen Körper verlassen hast, war der schlimmste Moment meines Lebens. Ich will einfach nur, dass du zurück zu mir kommst.«

Ihre Worte rührten mich, dennoch betrachtete ich sie ganz nüchtern. Sie wollte uns töten, und wir würden sie nicht besiegen können.

Schon wieder bebte die Erde, und erneut schwankte der ganze Palast. Die Welt würde untergehen. Wegen ihr und ihrem fürchterlichen Plan.

Ich straffte die Schultern und verfluchte sie. Ich verfluchte sie dafür, dass ich jetzt diese fürchterliche Entscheidung treffen musste.

Als der Boden erneut so heftig schwankte, dass ich zur Seite treten musste, fiel mein Blick auf die gefährlichen Stahlspitzen, die immer noch in der Luft hingen.

Durch den Trank hatte ich sie in letzter Sekunde in der Luft stoppen können. Was aber auch bedeutete, dass die Stahlspitzen praktisch immer noch ungebremst auf ihrem Weg waren. Kaum dass der Trank seine Wirkung verlor, würden sie diesen innerhalb von Bruchteilen von Sekunden fortsetzen. Auch Ariana würde sie unmöglich aufhalten können, selbst wenn sie es wollte. Ich ging schwer davon aus, dass ihre Wut nach diesem kleinen Angriff nur noch größer sein würde.

Ich drehte mich einmal um mich selbst und betrachtete den Kreis aus Spitzen.

Ich atmete langsam aus, weil ich die Tragweite meiner Entscheidung kaum fassen konnte. Meine Freunde quälten sich so sehr, und ihr Weinen zerriss mir fast das Herz.

Vorsichtig umgriff ich Cals Schultern und zog ihn seitlich zu der Fontäne. Das Gleiche machte ich mit meinen anderen

Freunden, bis ich Ariana an den Schultern mitten in diesen Kreis führen konnte. Jetzt zeigten alle Spitzen auf sie.

Sie wiegte immer noch ein imaginäres Baby in ihren Armen.

Ich starrte sie an, während ich rückwärts aus dem Kreis ging. Teile des Bodens brachen auf, und von irgendwoher ertönte ein fürchterliches Grollen. Uns rannte nun wirklich die Zeit davon.

Zurück bei meinen Freunden bemerkte ich, wie ihr Weinen langsam weniger wurde. Melissa rieb sich über die Augen und schluchzte, doch ihr Blick klarte wieder auf. Drystan schüttelte den Kopf, als wüsste er nicht, wo er sich gerade befand.

Cal räusperte sich und sah dann zu mir. »Was ist geschehen?«

»Ich musste eine Entscheidung treffen«, sagte ich tonlos. In diesem Moment kam auch Ariana wieder zu sich. Und mit ihr verpuffte die Magie des Tranks. Die Metallspitzen jagten weiter auf ihrem Weg.

Sie hatte nicht mal Zeit zu reagieren. Die Schrottteile prallten in der Mitte des Kreises aufeinander und zerrissen ihren Körper förmlich. Sie hatte keinen Laut mehr von sich gegeben, doch in der Sekunde der Erkenntnis hatte sie zu mir geblickt.

Ich presste die Lippen aufeinander und unterdrückte ein Würgen. Irgendwo hinter mir hörte ich, wie sich jemand übergab.

Dann schwankte der ganze Palast.

»Die Zeit ist beinahe abgelaufen!«, rief Feyre. »Öffnet den Nabel der Welt und rettet euch.«

»Nein«, erwiderte ich. »Wir gehen nicht ohne dich.«

Feyre saß immer noch auf dem Boden, doch jetzt streckte sie mir ihre Hand entgegen. »Ich werde immer bei dir sein, genau wie deine Mutter das ist. Ich werde überall sein, immer und für immer, denn ich werde zusammen mit der positiven Energie hinaus in die Welt geschleudert, dort wo du lebst und dort wo deine Kinder leben werden. Wir werden niemals getrennt sein.« Ich sah in ihren Augen, dass sie die Entscheidung längst gefällt hatte. Sie kämpfte sich auf die Füße, und ich half ihr, dann umarmten wir uns fest. »Deine Mutter ist sehr stolz auf dich«, flüsterte sie, dann drückte sie ein letztes Mal meine Hand und stieg zurück in die Fontäne.

Sofort wurde ihr Körper nach oben gerissen.

Ich konnte die Tränen nicht mehr zurückhalten. Über uns begannen erste Teile des Daches einzustürzen.

Ich hatte keine Wahl mehr. Ich hatte schon wieder keine Wahl mehr.

»Jetzt!«, rief Feyre.

Ich ließ mich auf die Knie fallen und drückte die kleine Schraube auf die Vertiefung im Stein. Die Druckwelle warf mich zurück. Sie zerbröselte den Stein und von Feyre war im Bruchteil von Sekunden nichts mehr zu sehen. Die rohe Energie schoss hinauf, und der Palast brach auseinander wie die Schalen einer Nuss. Über uns senkte sich das Wasser, nur noch abgehalten von einer dünnen Membran, die wie flüssiges Glas wirkte.

»Kommt zu mir!«, rief ich den Noctua zu und zog erneut den Trank hervor, der uns in Fische verwandeln würde.

Dann brach das Wasser über uns zusammen. Wir wurden herumgeschleudert, doch die Energie trieb uns schließlich nach oben.

An der Wasseroberfläche schnappten wir nach Luft.

Unsere Gamma mussten nach uns Ausschau gehalten haben, denn im nächsten Moment waren sie mit unseren Delta bei uns.

Wir stiegen auf und flogen in Richtung der nächsten Küste. Hier war die Auswirkung der Energie sofort zu sehen. Die Beben hatten gestoppt, und die Krater in der Erde schlossen sich. Risse näherten sich einander an und wurden dann unsichtbar.

Cal umarmte mich von hinten und drückte sich an mich. »Gut gemacht, mein Herz.«

Ich ließ meinen Blick über die Landschaft von Florida gleiten. Noch konnte ich es nicht fassen. Ich trauerte um Feyre, ich trauerte um meine Eltern und um all jene, die in diesem Kampf ihr Leben gelassen hatten. Doch dann stieg ein Gefühl von Glück und Erleichterung in mir auf, das immer stärker wurde. Ich lächelte, als ich zu meinen Freunden sah.

Wir hatten es geschafft.

Wir hatten es wirklich und wahrhaftig geschafft. Die Erde und die Dimension waren gerettet.

EPILOG

Vier Wochen später

»Tempo, Porter! Meine Katze hat nur noch drei Beine, und selbst die ist schneller!« Die Stimme unserer Sportlehrerin Ms Watanabe übertönte das darauffolgende Gelächter. »Ruhe dahinten, Miller und Vasques, oder ihr macht ein paar Liegestütze!«

Mein Stöhnen ging im Rauschen des Herbstwindes unter, der bereits ein paar bunt gefärbte Blätter über den Sportplatz der Schule wehte. In Momenten wie diesen wünschte ich mir, ich könnte mich vor den Menschen unsichtbar machen, genau wie die anderen Noctua. Leider hatte ich diese Fähigkeit bisher nicht bei mir entdeckt.

Rhonda, gut zwei Meter vor mir, drehte sich kurz zu mir um und wurde dann langsamer. Doch Ms Watanabe schrie sie an, kaum dass sie es bemerkte. Stattdessen gesellte sich nun unsere Sportlehrerin mit kampfeslustigem Blick an meine Seite.

»Was ist denn los, Erin? Ihr hattet bloß zwei Wochen schulfrei, hast du in der Zeit deine Kondition meistbietend auf eBay verkauft?«

Sobald irgendjemand das Thema nur ansatzweise in Richtung dieses denkwürdigen Morgens lenkte, war ich wieder voll gefangen in diesem Albtraum. Es war jetzt zweieinhalb Wochen her, dass wir den Weltuntergang verhindert und Ariana von den blauen Monden getötet hatten. Die positive Energie des Nabels der Welt hatte die Angst neutralisieren können, die Omega waren zurück an ihren Platz im Erdkern gekehrt und wieder eingeschlafen. Überall auf der Erde kursierten wilde Verschwörungstheorien, warum einige Menschen plötzlich solch seltsame Kreaturen gesehen hatten. Man erklärte es sich mit dem Austritt halluzinogener Gase aus dem Erdinnern, die durch die Beben an die Oberfläche gelangt waren. Denn Beweise für die Existenz der Noctua gab es keine. Weder auf Fotos noch auf Videomaterial waren sie klar zu erkennen. Cal und die anderen Noctua machten das Übermaß an negativer Energie auf der Erde für dieses Phänomen verantwortlich. Mir war es egal, welche Art von Energie diese technischen Störungen hervorgerufen hatte. Ich war einfach nur froh, dass die Menschheit weiterhin nichts von ihrer Existenz wusste. Wir hatten zwei Wochen schulfrei bekommen, denn fast überall auf der Welt mussten ganze Landstriche wieder aufgebaut werden. Was nicht bedeutete, dass die Abschlussklausuren ausfielen. Nein, sie waren lediglich zwei Wochen nach hinten verschoben worden. Da das College pünktlich starten würde, hatte man uns um zwei Wochen Ferien beraubt. Und das war der Dank, dass ich dort unten im Bermudadreieck fast den Verstand verloren hätte …

Etwas Gutes hatte es jedoch bewirkt. Die Falle zwischen der Leylinie und die Halsreifen der Zahnfeen hatten sich mit dem Tod der mächtigen Ivory aufgelöst, und die allermeisten von ihnen waren wieder auf dem Wege der Besserung. Die Kartelle hatten sich versöhnt und einen Vertrauens-Vertrag unterzeichnet. Die Stone würden nicht nur die Gebäude zwischen den Schiffen im Kartell der Ivory abreißen, um dem Dreieck seine Kraft zu nehmen, sie würden das Kartell auch kommissarisch leiten, da man sie als am wenigsten empfänglich für Machtgier einstufte. Und Bane Harlow würde nie wieder das Tageslicht sehen. Man hatte ihn auf der Justicia im Trakt der Schwerverbrecher eingekerkert und ließ ihn Tag und Nacht bewachen.

Und ich? Ich würde wie geplant im Herbstsemester mein Kunststudium in Yale beginnen.

Doch ganz so spurlos waren die Erlebnisse nicht an mir vorbeigegangen. So wie jetzt, als Ms Watanabes Worte in mir diese schlimmen Erinnerungen auslösten. Ich wollte mir einen Ruck geben, schnell weiterlaufen, doch es ging einfach nicht. Übelkeit stieg in mir auf, meine Beine wollten mir nicht mehr gehorchen, und ich kam abrupt zum Stehen. Rhonda und Jinjin sahen sich erneut zu mir um und erkannten wohl meinen Zustand, denn sie wollten auf mich zukommen.

Wieder brüllte Ms Watanabe Rhonda und meine Freunde an.

»Augen nach vorne, meine Damen. Hier gibt es nichts zu sehen.

Dann bemerkte ich, dass Ms Watanabe mich immer noch musterte. »Ich brauche mal etwas Wasser«, presste ich hervor.

Unsere Sportlehrerin hielt mit mir Schritt. Was vermutlich nicht besonders anstrengend war, denn ich war ja schließlich langsamer als ihre dreibeinige Katze. Ich spürte erneut ihren prüfenden Blick auf mir und wandte automatisch den Kopf etwas zur Seite. Hoffentlich war unser Gespräch mit meiner knappen Antwort beendet. Ich wollte gerade Richtung Tribünen abdrehen, um einen Schluck von meinem Wasser zu nehmen, da erklang ihre militärisch klingende Stimme.

»Du verlässt den Platz erst, wenn ich es sage, Porter.«

Mein Blick glitt zu ihr. Mir war immer noch übel, während das Schreien und Weinen meiner Freunde in meinen Ohren hallte, während ich mit ansah, wie Feyres Körper zerrissen wurde und Ariana vor meinen Augen starb.

Ich wollte mich ablenken, wollte daran denken, dass ich mich später mit Cal traf, dass wir in Obskuris mit unseren Freunden verabredet waren und …

Es half nichts.

»Nein«, war alles, was ich also erwiderte. Dann drehte ich mich um und ging los.

Ms Watanabe musste mir perplex nachgesehen haben, denn ich hatte die Tribünen schon erreicht, als sie energischen Schrittes auf mich zu stampfte.

»Porter!«

Ich konnte es nicht fassen, dass sie wegen eines Schlucks Wassers so einen Aufstand machte. Mittlerweile hatte die gesamte Klasse angehalten, um sich das Spektakel anzusehen.

Ich schlug die alte Ledertasche von den Ivory auf, die sich dank ihres bauchigen Schnitts hervorragend für meine Sportsachen eignete.

»Porter! Das wird Konsequenzen haben. Deine Schonzeit ist lange vorbei. Ich werde mit deiner Großmutter reden und-«

Ich hörte ihr nicht zu. Stattdessen fiel mein Blick auf die kleinen Flaschen. ***Luftkuss***. Etwas zu heftig. ***Wie ein Fisch.*** Nein, kein Wasser in der Nähe. ***Tunichtgut***. Hmmmm. Klang harmlos. *Was der wohl anstellte?*

Ich zog den Korken ab und ließ ein paar Tropfen auf den Sand zu meinen Füßen tropfen. Ein feiner Nebel stieg auf, dem ich sorgsam auswich.

Ms Watanabe rannte jedoch mitten hinein und holte dann empört Luft. Der Nebel drang ihr in Nase und Mund und benetzte jedes Fleckchen entblößte Haut, bis er komplett verschwunden war. »Was für ein unverschämtes Benehmen, Porter. Gleich heute Nachmittag werde ich-«

Ms Watanabe zuckte zusammen, dann bekamen ihre Augen einen träumerischen Ausdruck. »Ich wollte mal Ballerina werden.« Sie kicherte und drehte dann ein paar Pirouetten auf dem Sportplatz. »Macht alle mit, es ist herrlich!« Sie riss die Arme hoch, als würde sie einen modernen Ausdruckstanz aufführen.

Rhonda und Jinjin joggten zu mir, während der Rest unsere Sportlehrerin anstarrte, die mit verzückter Miene Pirouetten drehte.

»Wenn sie so weitermacht, fängt es gleich an zu regnen«, kicherte Jinjin.

Rhonda sah zu mir. »Was hast du mit ihr gemacht?«

Ich grinste. »Nichts.« Ich stellte mich zwischen meine Freundinnen und legte je einen Arm um sie. Die Erinnerungen und die Übelkeit waren wie von Zauberhand verschwunden. Dann küsste ich sie beide kurz auf die Wange. »Hab euch lieb.«

Auf dem Sportplatz vollführte Ms Watanabe gerade ein paar Sprünge und wedelte dabei mit den Händen.

Ich würde die Tränke in Obskuris entsorgen. Ich hatte Drystan mein Wort gegeben.

Gleich morgen.

Versprochen.

ENDE

DANKE SCHÖN

… Annika Grave, meiner Lektorin. Danke für deine Zeit und das angenehme Lektorat. Dieses Projekt hat so viel Spaß gemacht!

… allen bei ONE, die dazu beigetragen haben, dass aus meiner wilden Geschichte ein fertiges Buch geworden ist.

… der Meller Literary Agency und hier besonders Franziska Hoffmann, meiner wunderbaren Agentin.

… meinen Testleserinnen Alisa, Anna und Jennifer. Danke für eure Zeit und die hilfreichen Anmerkungen. Ihr seid super!

… euch, meinen lieben Leser:innen! Ihr seid es, die mich motivieren, die mich antreiben, immer mein Bestes zu geben und weniger zu zweifeln. Ihr seid ein Teil meines Lebens, den ich nicht mehr missen möchte.

Eure Kira

Kategorien der Noctua in Obskuris

Alpha:

▲ Sehen aus wie Menschen, können aber spitze Eckzähne, Kiemen, etc. besitzen
▲ Können sprechen
▲ Können nicht fliegen
▲ Anführer der Kartelle
▲ Überwachen die Aktivitäten der Noctua auf der Erde

Beta:

▲ Immer Mischwesen aus Mensch und Tier
▲ Viele können sprechen
▲ Können fliegen und sind extrem schnell
▲ Sammeln die meiste Angst
▲ Gelten als temperamentvoll und hinterlistig

Gamma:

▲ Sehen eher aus wie Kuscheltiere
▲ Einige können sprechen
▲ Können fliegen
▲ Sammeln nur Angst von Kindern
▲ Auch die Zahnfeen gehören zu dieser Kategorie

Delta:

▲ Reittiere der Alpha
▲ Können nicht sprechen
▲ Können fliegen
▲ Sammeln nur wenig Angst
▲ Sind mit ihrem Reiter ein Leben lang verbunden

Die Luftschiffe in Obskuris

Kartell der Amber:
· Dreamgate
· Skypainter
· Euphoria

Kartell der Amethyst:
· Ashcourt
· Justicia
· Truthfinder

Kartell der Cobalt:
· Lunarbay
· Stormchaser
· Windsinger

Kartell der Crimson:
· Asklepios
· Snowbird
· Lifesaver

Kartell der Emerald:
· Serpentia
· Treasurekeeper
· Eversafe

Kartell der Fawn:
· Foxglow
· Honeydream
· Pixiepalace

Kartell der Ivory:
· Spellcaster
· Cursegiver
· Stargazer

Kartell der Onyx:
· Rebelblade
· Shadowfall
· Nightcrawler

Kartell der Stone:
· Greyhound
· Stonehaven
· Duster

Kartell der Xanthic:
· Firesong
· Sunflower
· Dawnbreaker

Leseprobe

Wenn die 17-jährige Emilia eines liebt, dann sind es Rätsel. Als sie bei einem Museumsbesuch das sagenumwobene Voynich-Manuskript entziffern kann, spürt sie, dass sie einem unglaublichen Mysterium auf der Spur ist – denn das Dokument gilt als eines der größten, nie entschlüsselten Geheimnisse der Menschheit. Dann trifft sie auf den attraktiven, aber sehr verschlossenen Goldalchemisten Ben, und Emilia erfährt: Sie ist eine Nachfahrin des uralten Silberordens! Schnell gerät sie ins Kreuzfeuer rivalisierender Geheimlogen, und ein Wettlauf gegen die Zeit beginnt … Der grandiose Auftakt zu einer neuen mitreißenden Urban-Fantasy-Trilogie.

Prolog

Die Zeit hatte keine Bedeutung in dieser Einöde. Hier gab es keinen Tag, keine Nacht, keine Jahreszeiten. Licht und Dunkelheit schienen gleichberechtigt, und das Leben besaß keinen Rhythmus.

Doch sie hatte ihren eigenen Takt gefunden und der Monotonie den Schrecken genommen. Sie lauschte dem Wispern der Elemente in der Luft, spazierte zwischen Seen aus Quecksilber und brutal zerklüfteten Landschaften aus Blei und Gold. Sie badete in heißen Quellen aus Brom, die Luft geschwängert von Neon und Rhodium, und das tobende Firmament schien einen Moment lang atemlos innezuhalten, wenn sie sich einer Königin gleich aus den Wellen erhob. Blitzende Späne aus Lithium schmückten ihr langes schwarzes Haar. Das hier war ihr Zuhause geworden. Wunderschön, einsam, tödlich.

Ein regenbogenbunter Schimmer jagte über ihr Gesicht, wenn sie ihr Spiegelbild in einem Splitter aus Bismut betrachtete. Sie hatte sich nicht verändert. Ihre Haut war makellos, ihr Körper jugendlich und straff, ihre Haltung aufrecht und ungebrochen. Es waren ihre Augen, die sie verrieten. Zu viel war passiert. Zu viel war verloren.

Sie hatte getobt, getrauert, gehofft. Vergeblich. Ihr Hass saß tief, so tief, dass sogar die Zeit machtlos dagegen schien. Sie würde nicht vergessen.

Also zehrte sie von den Erinnerungen und spann ihre Geschichte weiter, füllte die Zukunft, die sie nie gehabt hatte, mit Bildern und Leben. Sie mochte die Königin dieser Einöde sein, doch die Macht der Fantasie war der heimliche Herrscher.

Also stellte sie sich vor, wie es sein würde, wieder zu sprechen, zu atmen, zu leben. Sie träumte davon zu entkommen, und wenn sie sich ausmalte, wie allumfassend sie sich rächen würde, dann schlich sich ein fast vergessenes Lächeln auf ihre Züge. Früher sagte man: *Irgendwann ist auch ein Traum zu lange her.*

Doch sie träumte noch immer.

Kapitel 1

Rom, Museo Nazionale Romano

»… und dann meinte mein Paparino: Ich kann meiner kleinen Principessa doch nichts abschlagen. Also sind wir zu Tiffany gefahren, und er hat mir den Ring gekauft. Ist er nicht süß?«

Mariagrazia Visconti hielt mir einen Klunker vor die Nase, der aussah, als sei eine Edelsteinmine auf ihrem Zeigefinger explodiert. Saphire, Rubine, Smaragde, Peridots und Turmaline, mit scheinbar letzter Kraft gebändigt von einer breiten Schiene aus Roségold.

Ich, die immer noch überlegte, wer jetzt »süß« war – der Ring oder ihr Vater – nickte nur vage. Die grünen Smaragde gefielen mir, aber der Rest ließ mich eher schaudern. Ich konnte mich nur wenig für Schmuck begeistern, und noch weniger mochte ich Gold. Ich war unbewusst sogar ein Stück zurückgewichen, als sie mir den Ring so nah vor das Gesicht gehalten hatte. Aber vermutlich hatte ich mich einfach nur erschrocken. Trotzdem. Meine Wahl war und würde immer auf Silberschmuck fallen. Ich mochte sein kühles, fast geheimnisvolles

Schimmern. Die zurückgenommene Eleganz, die – ganz anders als Gold – niemals *Hallo, bin ich nicht toll?* zu rufen schien.

»Das ist eine limited Edition.«

»Hübsch.« Ich war eine grottenschlechte Lügnerin.

Gemurmel wurde lauter, als sich eine Gruppe Mitschüler an uns vorbeischob. Die meisten wirkten gelangweilt, genervt oder beides. Kein Wunder. Das Wetter war herrlich, all unsere Abschlussklausuren waren geschrieben und benotet und das hier nur noch ein Alibi-Beaufsichtigungsprogramm, das sich die Schuldirektion ausgedacht hatte.

»Er heißt ›Endless Summer‹«, fügte Mariagrazia noch hinzu, als würde mich das endlich zu Begeisterungsstürmen bewegen.

Ich betrachtete den Ring erneut. *Bist du sicher, dass er nicht »Schlechtes Gewissen« heißt?* Das war der einzig adäquate Titel, der mir für diesen gemmologischen Overkill einfiel.

»Oh Mann, dein Vater kommt nicht zu unserer Abschlussfeier?« Meine beste Freundin Laetitia »Tizi« Farnese hatte sich zwischen uns gedrängt und je einen Arm um uns gelegt. »Das tut mir aber leid, Marigra.«

Touché. Mariagrazia schnappte nach Luft. Sie löste sich aus der unfreiwilligen Umarmung und funkelte uns böse an. »Wer hat euch das erzählt? Und nenn mich nicht so.«

»Niemand, Marigra.« Tizi zuckte mit der linken Schulter und betonte den ungeliebten Spitznamen. »Aber die roten Flecken, die da gerade auf deinen Wangen glühen, sprechen eine deutliche Sprache.«

Beide Familien, die Viscontis und die Farneses, waren wohlhabend. Doch im Gegensatz zu Tizi, deren Sandalen genauso wie meine von einem günstigen Marktstand stammten, gab Mariagrazia mit allem an, das man mit Geld kaufen konnte. Ich hatte genug Zeit gehabt, mich an ihr großspuriges Gehabe zu gewöhnen. Tizi war immer noch allergisch dagegen. Jetzt deutete sie mit dem Kopf auf Mariagrazias Taille.

»Das sieht übrigens ziemlich ungesund aus.«

»Das ist vintage Gucci.«

Ich betrachtete ihr Outfit nun genauer. Mariagrazia trug eine weiße Highwaist Jeans, die knapp unter ihrem Busen endete. Um ihre ohnehin schon superschlanke Mitte hatte sie einen breiten Gürtel geschnallt, der vermuten ließ, dass Mariagrazia Kiemen besaß, durch die sie atmete. Denn ihr Lungenvolumen hatte sie dank des Korsettersatzes von »vintage Gucci« so ziemlich halbiert.

»Ihr könnt mich mal.« Mariagrazia ließ uns stehen und schloss eilig zu dem Schülergrüppchen auf, das sich inzwischen versammelt hatte.

Tizi legte den Kopf schief und sah ihr hinterher. »Die hat sich in den Osterferien doch das untere Rippenpaar entfernen lassen. Los, lass uns wetten.«

Ich stöhnte. »Erstens: Du bist ein böser Mensch. Zweitens: Sorry, aber ich bin erst mal bedient.«

Tizi drehte sich zu mir, grinste und griff dann nach meinem linken Handgelenk. »Aber sie steht dir doch ganz ausgezeichnet.«

»Ja, total super.« Ich entzog ihr meine Hand wieder. »Erinnere mich daran, nie wieder mit dir zu wetten.« Ich würde in zwei Monaten meinen achtzehnten Geburtstag feiern und bis dahin eine Kinderuhr tragen dürfen, die sich aus einem Armband mit Tigermuster und einem Gehäuse mit Katzenohren zusammensetzte. Ohren! Und sie standen spitz von dem Gehäuse ab und waren absolut nicht zu übersehen. Das freundlich lächelnde Katzengesicht samt Brille auf dem Ziffernblatt war noch das Harmloseste daran.

Tizi sah schon nicht mehr hin. »Und da kommt auch endlich unser Pferdeflüsterer!«

Der dritte im Bunde, unser bester Kumpel Matteo Giordano, erschien. Ein neongrünes Scrunchie, bunt bedruckt mit glitzernden Einhörnern, leuchtete in seinem goldblonden Man Bun.

Die Schultern meiner besten Freundin bebten lautlos.

Matti hob warnend den Zeigefinger. »Kein Wort dazu.« Dann glitt sein Blick zu mir, wohl um den Grad meines Leidens herauszufinden. Ich zog ein gequältes Gesicht. Er nickte wissend.

Tizi hatte nach einem Eiscreme-und-Netflix-Marathon behauptet, ihre fünf Lieblingslippenstifte am Geschmack erkennen zu können. Matti lag am Boden vor Lachen, ich schob es auf ihren Zuckerschock. Natürlich mogelten wir, indem wir ihr meinen Lipbalm unterjubelten. Und natürlich hatte sie es bemerkt und die Zeit unseres Leidens von zwei Wochen auf zwei Monate verlängert. Seit heute war ich also stolze Trägerin einer lächelnden Uhr mit Ohren und Matti Besitzer eines Glitzereinhorn-Scrunchies. Tizi hatte beide Schrecklichkeiten in einem ihrer Lieblings-Asia-Shops erstanden. Für uns beide, die wir, im Gegensatz zu ihr, lieber gedeckte Farben und unauffälligere Looks bevorzugten, eindeutig Höchststrafe. Aber Wettschulden waren nun mal Ehrenschulden.

»Liebste Emilia, lieber Matti, ihr seht beide so niedlich aus!« Tizi hüpfte einmal auf und ab und strahlte. Ich seufzte wieder lautlos, Matti brummte irgendwas Unverständliches. So war das bei uns. Tizi war die kleine Laute, ich die große Ruhige und Matti irgendwas dazwischen.

»Weitergehen, Herrschaften«, erschallte Signore Badescus Stimme hinter uns. »Wir wollen alle nach Hause.« Unser betagter Geschichtslehrer ging an uns vorbei, ohne uns weiter zu beachten.

»Da widerspreche ich nicht«, murmelte Matti, dann stupste er Tizi an, als er loslief. »Hey Zwerg, wie weit bist du mit deinen Bewerbungsunterlagen?«

»Gestern kam der Sprachnachweis von TOEFL. Das heißt, heute Abend kann ich endlich-»

Ich sah meinen beiden Freunden hinterher. Matti, so groß und blond, neben Tizi, klein und dunkelhaarig, und doch wirkten sie beide in ihren Jeans und Shirts so vertraut wie Geschwister. Für einen Moment umfing mich ein Gefühl von Traurigkeit. Unsere Schulzeit war so gut wie vorbei. Danach würden uns unsere Zukunftspläne in alle Winde zerstreuen. Matti würde zu einem Jahr Work & Travel in die USA aufbrechen. Tizi würde Regie an der renommierten »University of the Arts« in London studieren. Uns blieben noch drei Monate. Drei Monate, die sich jetzt, im Gegensatz zu unserer gemeinsamen Kindheit, anfühlten wie ein Wimpernschlag. Tizi fing sofort an zu reden und gestikulierte wild, Matti hörte zu und nickte nur kurz.

Drei Monate. Und was aus mir werden würde, stand noch in den Sternen.

In diesem Moment drehten sie sich zu mir um.

»Komm schon, Schnarchnase«, rief Matti, wofür er rundherum böse Blicke von den anderen Ausstellungsbesuchern erntete. Tizi verbeugte sich gespielt in diverse Richtungen, bis die Leute sich wieder abwandten. Ein Grinsen umspielte meine Lippen, als ich auf sie zuging.

Drei Monate. Wir würden das Beste daraus machen.